WAIT UNTIL MIDNIGHT
by Amanda Quick
translation by Keiko Takata

真夜中まで待って

アマンダ・クイック

高田恵子［訳］

JN266389

ヴィレッジブックス

フランクに、愛をこめて

真夜中まで待って

おもな登場人物

キャロライン・フォーダイス	小説家
アダム・ハーデスティ	上流階級の紳士
ウィルスン・グレンドン	アダムの父親代わり。事業に成功した貴族
ジュリア	アダムの妹
モートン	アダムの執事
ミリー、エマ	キャロラインの伯母
ジュリアン・エルズワース	心霊術者
ダーワード・リード	心霊調査協会の会長
ハロルド・フィルビー	アダムに雇われている男
アイリーン・トーラー	霊媒
ギルバート・オトフォード	新聞記者
J・J・ジャクスン	警部補

プロローグ

ヴィクトリア女王の治世後期……

驚嘆すべき霊能力の披露

——『フライング・インテリジェンサー』ギルバート・オトフォード記者

著名な作家であるミセス・フォーダイスは、近ごろ、婦人ばかりの私的な小さな集まりでみごとな霊能力を披露した。

居あわせた人びとはその感動的な場面をこう描写した。部屋は文目《あやめ》も分かぬほど暗くされた。ミセス・フォーダイスは火のともったランプがひとつ置かれた卓にひとりで座った。そうやって座ったまま、質問に答え、一座のひとりひとりの性格や気性について所見を述べた。

ミセス・フォーダイスが種々の質問に正しく答えたのは超自然的な能力のゆえであり、それはとりもなおさず、非凡な霊能が生来そなわっている証拠であるということで、大方の意見が一致した。それまで面識のなかった人びとについての、ミセス・フォーダイスの所見が驚くほど正鵠《せいこく》を射ていたことに、その場に居あわせた人びとは深く感銘を受けたということである。

その後、ミセス・フォーダイスには降霊会の依頼が殺到した。また、心霊調査協会の会長であるミスタ・リードに申請して、協会本部のウィンターセットハウスで審査を受けてはどうかという提案もあった。しかし、ミセス・フォーダイスはそれらの勧めをことごとく断り、今後一切、その能力を披露あるいは実演するつもりはないと明言した。

このような現象を研究する人びとのあいだでは、霊能力の行使は神経に相当な負担がかかると考えられている。そして自然の摂理により、神経は男より婦人のほうがはるかに脆弱《ぜいじゃく》にできている。

ミスタ・リードは記者に、一般に婦人が実演をおこなうのをためらうのは、ひとえに自分の神経の健康に配慮してのことであると話した。そして、真の淑女の証明ともいえる、控えめでありたいと願う生来のつつましい心が、本物の霊能力と礼節を身につけた婦人に、公の場で自らの力を披露することをためらわせるのだと説明した。

1

血に染まったウェディングヴェールにおおわれた霊媒の死顔は、幽霊のようにかすんで見えた。

生きていたときは目をみはるほどの美人だった。紺青色の分厚いドレスの長いスカートが、白いストッキングに包まれたすらりとした脚を足首までおおっている。そばに、後頭部を砕くのに使われた鉄の火かき棒が落ちていた。

死特有のにおいと冷たさが作る見えない防壁を突き破るように、アダム・ハーデスティは小さな暗い部屋の中を進んでいった。死体のそばにしゃがみ、蠟燭を掲げる。

薄いヴェールごしに、エリザベス・デルモントの首飾りの青い玉が光るのが見えた。首飾りとそろいの耳飾りが耳にぶらさがっている。だらりと床に伸びた青白い手の横に、壊れた懐中時計が落ちていた。文字盤のガラスが割れ、針は真夜中を指して止まっていた。

アダムはズボンのポケットから自分の時計を取りだして時刻をたしかめた。二時十分。絨毯に落ちている時計が、部屋で起こったとおぼしき激しいもみあいの最中に壊れたとすると、デルモントは二時間ほど前に殺されたことになる。

黒い七宝細工の哀悼のブローチが、青いドレスの、きつくひもでしめつけられた固い胴着の上に置かれている。そのブローチは、死者への敬意をあざわらうがごとく、故意にデルモントの胸の上に置かれたように見えた。

アダムはブローチを手に取り、裏返して見た。ゆらめく蠟燭の明かりの中に、小さな写真が浮かびあがった。ウェディングヴェールと白いドレスをまとった金髪の婦人の写真だった。せいぜい十八か十九と思われる。笑みのない美しい顔を悲しげなあきらめの表情がおおっているせいか、結婚生活になにも期待していないように見えた。写真の下方の面取りをした水晶の下には、固く巻かれた金髪がひと房入っていた。

アダムは写真の婦人の顔をじっと見て、小さな写真の細部まで記憶に刻みこんだ。終わると、ブローチをデルモントの胴着の上に慎重にもどした。警察はそれを大きな手がかりと考えるだろう。

立ちあがったアダムは踵《かかと》に体重をかけてゆっくり体を回転させながら、エリザベス・デルモントが殺された部屋を観察した。さながら激しい嵐が通りすぎたあとのように、部屋じゅうがめちゃくちゃになっている。中央の大きな卓がひっくり返され、下の奇妙な仕掛けが見えていた。重い木の卓を宙に浮かせたりかたむけたりするために、デルモントは秘密の装置を使っていたようだ。降霊会に参加した客たちは、卓が浮いたり揺れたりするのを見て、霊が降りてきたしるしと考えるのだ。

卓の天板の側面に引出しが二つあり、二つともひらいていた。アダムは近づいてそれをしめてみた。案の定、とじると、引出しは見た目にはわからなくなった。四角い卓の全周を指先でさぐり、ほかにもまだ巧妙に隠された引出しがないかどうか調べてみたが、見つからなかった。

何脚もの椅子が好き勝手な場所に散らばっている。絨毯の上には、フルートやラッパ形拡声器、呼び鈴、チャイムなど、とりどりの妙ちくりんな品が散乱していた。

扉があいたままの戸棚の前に、望遠鏡と石板、南京錠がいくつか、ひとかたまりになっていた。アダムは南京錠のひとつを拾いあげ、蠟燭の明かりにかざして調べてみた。一見しただけで、錠をあけるための秘密のばねが仕込まれているのがわかった。

一脚の椅子のそばに、肘からすっぱり切断されたような白い腕がころがっていた。腕の先には形のいい手がついている。アダムはそれを靴の先でつついてみた。

蠟細工のようだ。実に精巧に作られており、白い爪やてのひらのしわまである。

アダムは懐疑論者で、昨今の心霊研究の大流行を腹立たしく思っていた。それでも、霊媒が殺されたという記事が新聞に載れば、デルモントは自身があの世から呼びだした危険な霊に殺されたと信じこむ人間が大勢いるだろうということは、充分に予想がついた。

なんであれ騒ぎには関わりあいになるべからず。それがアダムの絶対不可侵のルールだった。アダムとしては、デルモントの死が新聞で大きく取りあげられるのをなんとしても阻止したかったが、今や、それを防ぐ手だてはなさそうだ。彼にできるのはただひとつ、自分の名前が新聞に出ないよう全力をつくすことだけだ。

霊媒であるデルモントが秘密にしておきたいものを隠すとしたらこの降霊室だろう、そう考えて、アダムは部屋の中をつぶさに調べた。その結果、秘密の隠し場所がさらに三つ見つかった。ひとつは壁の中で、二つは床の下だったが、めざす日記はどこにもなかった。

その部屋の捜索を終えると、アダムは階段をあがってエリザベス・デルモントの寝室へいき、引出しと衣装簞笥を入念に調べた。

すべてはむだだった。興味を引いたものはただひとつ、『霊媒の奥義』と題された小さな目録《カタログ》だけだった。そのカタログには、霊の顕現を偽装するための作りものの体の部分や仕掛けのある鏡、針金と滑車を使って空中浮揚したように見せかけることができる装置などを始めとする、さまざまな商品が並んでいた。そして顧客に対して、商品の販売は極秘かつ細心の注意を払っておこなうと保証していた。

アダムは階下におりて、台所の戸口から外に出るつもりで暗い廊下を歩いていった。できるだけのことはした。ほかの秘密の仕切りや戸棚を見つけるべく、家じゅうをくまなく捜索するのは不可能だ。

暗い客間の前にさしかかったとき、どっしりした家具のあいだに置かれている机が目に入った。アダムは客間に入って真紅と黒の模様の絨毯を横切り、手早く机の引出しをあけていった。日記はどこにもなかったが、引出しのひとつに、名前と住所を一覧にした紙が一枚あった。紙の上部に、昨日の日付と九時という時間が書かれていた。

その一覧表をじっくり見たアダムは、それがエリザベス・デルモントの最後の降霊会に参加した人びとの名前らしいことに気づいた。

名前のひとつに太い下線が引かれている。なんとなく見おぼえがある名前のような気がしたが、はっきり思い出すことができず、そのことに彼はいらだった。アダムは抜群の記憶力の持ち主だった。ほかの人びとの醜聞や秘密を売って生計を立てていた昔、その天分は必要不可欠のものだった。

今は上流社会の一員になっているが、すべてが変わったというわけではない。アダムは人の名前や顔、うわさはけっして忘れなかった。情報は、若いころロンドンの貧民街で生き延びるのを助けてくれたように、きらびやかではあるが油断のならない社交界という迷宮でも、大きな力となってくれた。

アダムは下線の引かれた名前に神経を集中し、顔か印象、あるいは醜聞のかけらでもいいから、とにかくなにか思い出そうとした。かすかな記憶がよみがえってきた。以前、ジュリアかウィルスンがその名前を口にしていたような気がする。新聞の記事と関係のあることだった。『タイムズ』ではなかった。それは間違いない。『タイムズ』には毎日かならず目をとおすからだ。

『タイムズ』ほど信頼のおけるものではない新聞のどれかに違いない。売上げ部数を伸ばすために、扇情的などぎつい内容――暴力的な犯罪や不義密通の醜聞――に頼るたぐいの新聞だ。

ただ、そのときは聞き流してしまった。話題になった人物が、彼の縄張りである金持ちと特権階級の比較的狭い世界の住人ではなかったからだ。

背筋にかすかな電流のようなものが走り、うなじの毛が逆立った。

〈ミセス・フォーダイス、コーリー通り二二番地〉

アダムは今度はその名前をしっかり頭に刻みこんだ。

2

その謎の紳士は、陰謀と影という見えない外套をまとっていた。小さな書斎の入口にぬっと立った姿を見て、キャロライン・フォーダイスは少しばかり不安をおぼえはしたものの、なぜか、大きなときめきを感じた。期待と好奇心、そして、これまで経験したことのない奇妙な予感が体を駆け抜けた。

まだ朝の九時をすぎたばかりで、アダム・グローヴとは初対面だった。礼儀作法を重んじる淑女なら、見ず知らずの男性を家の中に入れたりはしなかったろう。このように早朝の時間とあれば、なおのことだ。けれど礼儀作法にこだわりすぎると、生活がひどくつまらなくなってしまう。この三年というもの、度を越えるほどに礼儀作法を重んじてきた結果、コーリー通り二二番地のこの家の暮らしは、耐えがたいほど退屈なものになっていた。

「おかけになってください、ミスタ・グローヴ」キャロラインは机から立ちあがり、庭に面した窓に近づいた。晴れた朝の暖かい光を背にすると、客の姿がいっそうはっきり見えるからだ。「家政婦の話では、わたくしたち双方にとってゆゆしき重大事、そうあなたがお考えのことがらについて話しあうためにいらした、ということでしたが」

実のところ、キャロラインは〈ゆゆしき重大事〉という言葉に興味をかきたてられて、グローヴを書斎にとおすようミセス・プラマーに指示したのだ。うっとりするほど不穏な響きの言葉だと考えて、うれしくなった。〈ゆゆしき重大事〉という表現は、文字どおり、あっと驚くできごとを予感させた。

魚屋の若い娘を別にすれば、〈ゆゆしき重大事〉でコーリー通り二一番地をおとずれる人間など、絶えてなかった。その娘は先週ミセス・プラマーに、鮭は腐っているので、買う前にしっかりにおいを嗅ぐようにと小声で耳打ちしてくれた。娘の説明によると、腐ったにおいをごまかすために、父親が鮭になにやら処理をほどこしたということだった。そして、自分はこの一家を毒殺したという責めを負いたくないと打ち明けた。

「いかにもわたしが、そういうあくどいやりかたに引っかかったことがある、といわんばかりじゃございませんか」ミセス・プラマーが憤懣やるかたないという口調で言った。

この家のゆゆしき重大事とは、その程度のものだった。

今朝の突然の客は、十中八九、じきに住所を間違えていたことに気づき、ゆゆしき重大事をほかの場所へ知らせにいくことになるだろう、とキャロラインは考えた。けれどそれまでは、変化のない日常に飛びこんできたこの気分転換を、たっぷり楽しませてもらうつもりだった。

「突然おじゃましたにもかかわらず、お会いくださってありがとうございます、ミセス・フォーダイス」アダム・グローヴが扉のところで言った。

あら、まあ、とキャロラインは思った。落ちついて男らしい自信に満ちた、低くて深い、思わずうっとりするような声だった。またもや奇妙な予感が体を駆け抜けたが、今度は警戒心が頭をもたげた。グローヴは恐るべき意志の持ち主だとわかったのだ。おそらく、どんなことをしても自分の目的を達する人物だ。

夏の稲妻に打たれたように、キャロラインはあっと思った。このアダム・グローヴこそ、今朝からずっとさがし求めていた男性だ。まさにうってつけだ。

書き留めようかどうしようかと考えて、キャロラインは机の上の紙とペンに視線を走らせた。へたなことをしてグローヴを警戒させると、早々に退散してしまわないともかぎらない。それでなくても、じき間違いに気づいて、正しい住所の家へいってしまうに決まっている。それまで、願ってもないこの好機をたっぷり利用させてもらおう。話をしながら、観察したことをときどき走り書きするくらいなら、気づかれずにすむかもしれない。

「当然のことですが、ゆゆしき重大事とあれば聞かなくては、と感じたのです」キャロラインはそう言って、なるべくさりげない様子で机へもどった。

「訪問の用件が火急のものでなければ、このような時間におじゃましたりはしません」グローヴがうなずいた。

キャロラインは椅子に座ってペンに手を伸ばし、話の先をうながすように笑みを浮かべた。「おかけになりませんこと?」

「ありがとう」

グローヴが小さな部屋を横切って、示された椅子に近づいた。彼が明るい光の中に入ったので、キャロラインはその上等な仕立ての上着とズボンをじっくり観察した。そしてペンを握った。

〈気をつけて〉そう心の中でつぶやく。この男性は別の世界の人間だ。といっても、心霊研究者たちのあいだで大きな関心の的になっている見えない世界ではなく、社交界という、それよりはるかに危険な世界だ。そこでは、金持ちと権力者がすべてのルールを作り、社会的に自分より下位とみなした人びとを、平気で踏みつけにしている。三年前キャロラインは、そういう特権階級の男にひどい目にあわされた。アダム・グローヴがどれほど謎めいて魅力的であろうと、そのとき学んだ教訓を忘れるつもりはなかった。

あまり露骨にならないように気をつけながら、キャロラインはグローヴを観察した。男らしい引きしまった体つきで、ものごしは抑制されてむだがないものの、しなやかな優雅さがあった。危険が迫るとすばやく反応できるが、力と意志は完璧に制御されているようだ。そして、見すごしにできない精力と男らしい活力がみなぎっているのが感じられた。

間違いない。彼こそエドマンド・ドレイク像にぴったりの人物だ。

買物のリストを書いているようにさりげなく見えることを祈りながら、キャロラインはすばやく〈男らしい活力がみなぎっている〉と書いた。

さらに、服装についてもいくつか書き留めなければと考えた。優雅かつ上品。ポルカドットのシャツに格子柄のズボンという派手な組みあわせが好まれる昨今の流行とは、大きくかけ離れている。

頭のてっぺんから爪先まで、濃い灰色一色だった。唯一シャツだけが例外で、目がさめるように白い。その襟は、従来の高い立ち襟にくらべるとはるかに楽そうな、最新流行の〝ウィングカラー〟だった。ネクタイはシンプルノットできちんと結ばれていた。

エドマンド・ドレイクにどのような服装をさせるかについて、彼女が思い悩んだのも無理はない。当世の流行の先端をいく紳士たちが身につけている、太い縞のズボンに派手な柄のシャツを着せようとしていたのだが、そういう派手な服装はエドマンドにはふさわしくない。危険で、断固たる決意にあふれた雰囲気を漂わせることが必要なのだ。ポルカドットや縞、格子柄は、エドマンドには似つかわしくなかった。

キャロラインは視線を前に向けたまま、手元の紙に〈濃い灰色の上着とズボン〉と書いた。グローヴが暖炉の前の安楽椅子に腰をおろした。「朝の手紙を書いておられるところにおじゃましたようですね。重ねて申しわけありません」

「どうぞお気遣いなく」キャロラインは安心させるようなほほえみを浮かべた。「あとで片づけなければならない雑用の覚えを書き留めているだけです」

「なるほど」

髪もまさにエドマンド・ドレイクにうってつけだとキャロラインは思った。ほぼ黒に近い色あいで、こめかみのあたりにわずかに銀色がまじっている。全体が短く刈りこまれ、ひと筋の乱れもなくきれいになでつけられていた。最近はやりの口ひげや短いあごひげは生やしていないが、角張った顎と頬のあたりがかすかに黒ずんでいるのが見て取れた。どうやら今朝はひげを剃っていないようだ。妙ではないか。

エドマンド・ドレイクという登場人物をより不気味な存在にするために、変えなければならないのは服装と髪形だけではなかった。そもそも、端整な顔立ちという表現を使おうとしていたのが間違いだった。必要なのは、アダム・グローヴの顔を特徴づけているのと同じ、冷ややかで禁欲的な容貌だ。そう、ドレイクという男は、苛酷で暗い過去の熱い火によって形作られた人物でなければならない。

キャロラインは〈荒々しい顔立ち〉と書いた。

アダム・グローヴが座っている場所からは、彫刻がほどこされたロココ様式の机の前部が見えるだけで、彼女がなにを書いているのかは見えないはずだったが、彼がじっとこちらを見ているのが感じられた。キャロラインは手を止め、にこやかな笑みを浮かべて顔をあげた。

そのとたん、彼の目がいらだちと冷たい知性で暗い緑色の鏡のようになっているのに気づき、思わずぞっとした。

注意深く、今度もまた視線は前に向けたまま、〈エメラルドのような目。暗く輝く?〉と走り書きをする。

「また覚え書きですか、ミセス・フォーダイス？」口をかすかにゆがめた表情には、礼儀正しさのかけらもなかった。

「ええ。申しわけありません」キャロラインはあわててペンを置いた。

明るい光の中で見ると、グローヴの口が疲労でゆがみ、目尻にしわが刻まれているのが見て取れた。まだ一日は始まったばかりだ。疲れた様子を漂わせているのはなぜだろう？

「お茶を一杯いかがですか？」キャロラインはやさしくたずねた。

そう言われてグローヴは少し驚いたようだった。「せっかくですが、結構です。長居をするつもりはありませんので」

「わかりました。では、おいでになった理由を話していただけますか」

「いいですとも」グローヴはそこでひと呼吸置き、キャロラインの注意を全面的に自分に向けさせた。「エリザベス・デルモントという婦人をご存じですね？」

一瞬、キャロラインはなんのことかまったくわからなかった。やがて、その名前に思い当たった。

「ハムジー通りの霊媒ですか？」

「ええ」

キャロラインは椅子の背に体をあずけた。よりによってグローヴがそのような話題を持ちだすとは、予想もしていなかった。国じゅうがこぞって、降霊会や霊媒、霊能力の研究の魅力に取りつかれているようではあるが、どう考えても、アダム・グローヴのような紳士がそのようなことに真剣に関心を持っているとは思えなかった。

「ええ、会ったことはあります」キャロラインは慎重に言った。「偶然ですが、昨夜伯母たちと、ミセス・デルモントの家でおこなわれた降霊会に参加しました」そこでちょっと口ごもった。「どうしてそんなことをおたずねになるのですか？」

「エリザベス・デルモントは死にました」

驚きのあまり、キャロラインはしばらく茫然と彼の顔を見つめた。「なんとおっしゃいました？」

「昨夜、降霊会が終わったあとで殺されたのです」グローヴが静かすぎるほどの口調でつけ加えた。

「殺された」キャロラインは思わず息をのんだ。「それはたしかですの？」

「未明の二時すぎに、わたしが死体を見つけました」

「あなたが死体を見つけたですって？」その仰天するような知らせから立ちなおるのには、ひと呼吸ほどの間《ま》が必要だった。「意味がわかりませんが」

「何者かが火かき棒でミセス・デルモントの頭をめった打ちにしたのです」

キャロラインの胃袋が凍りついたように冷たくなった。殺された婦人を発見したと主張する謎の紳士を家に招じ入れたのは、間違いだったかもしれないという気がした。机の横にさがっている呼び鈴のひもにちらりと目をやる。ミセス・プラマーを呼んだほうがいいだろう。

けれどキャロラインは、家政婦を呼ぶためにそっとひもに手を伸ばしながらも、自分が好奇心という最大の弱点に屈しかけているのを感じた。

「そのような遅い時間になぜミセス・デルモントの家へいかれたのか、おたずねしてもいいですか?」

その質問が口から出たとたん、キャロラインは大失敗をしてしまったことに気づいた。頬がかっと熱くなった。アダム・グローヴのような、見るからに裕福な男盛りの男性が、未明の二時にエリザベス・デルモントの家をおとずれる理由は、たったひとつしかない。

ミセス・デルモントはとびきりの美人で、その魅惑的な体となまめかしい姿態に、昨夜の降霊会に参加していた年配の男やもめミスタ・マクダニエルは、間違いなくとりこになっていた。あの霊媒が同様に多くの紳士をとりこにしたであろうことは、疑問の余地はなかった。

「いいえ、ミセス・フォーダイス、エリザベス・デルモントはわたしの愛人ではありません」まるでキャロラインの心を読んだように、アダムが言った。「それどころか、昨夜まで会ったこともありませんでした。そして死体を見つけたときには、紹介されるには遅すぎました」

「なるほど」キャロラインはきまりの悪さを懸命にこらえ、如才のないふうを装おうとした。なんといっても、未亡人ということになっているのだから、世慣れた婦人らしくふるまわなければ。「お許しください、ミスタ・グローヴ。お話がひどく妙な方向へ向かっていますわね。ミセス・デルモントが亡くなったことはまったく存じませんでした」

「殺された、と言ったはずです」アダムがじっと彼女を見つめた。「考えていたものとは違う方向へ話が向かっていると言われましたな。教えてください、わたしが今日お宅へうかがったのはなぜだと考えておられたのですか？」

「本当のことを申しあげると、住所をお間違えになったのだろうと思っていました」キャロラインは正直に言った。

「だとすると、なぜ家政婦に、番地が正しいかどうかたしかめるようにと指示なさらなかったのですか？」グローヴの質問は、気がめいるほど当然のものだった。

「白状いたしますと、あなたのおっしゃる知らせがどんなものか知りたかったのです」キャロラインは両手を広げた。「ゆゆしき重大事でやってくるお客を迎えることなどめったにありません。それどころか、わたくしたちがここに住んで丸三年になりますけれど、そのようなお客は記憶にありませんわ」

「わたくしたち？」

「二人の伯母がいっしょに暮らしております。今はちょうど、朝の運動に出かけています。エマ伯母とミリー伯母は、毎日散歩をすることが健康にいいと信じているのです」

グローヴが顔をしかめた。「降霊会の参加者名簿にお二人の名前は見当たりませんでした。お二人も昨夜の降霊会に同行されたのですか？」

キャロラインにはこのなりゆきが気に入らなかった。まるでグローヴに尋問されているようではないか。

「ええ」用心深く答える。「伯母たちはわたくしを夜ひとりで外出させたくなかったのです。ミセス・デルモントに伯母たちも参加してかまわないと言われたものですから」

「なぜ降霊会に参加されたのですか？　エリザベス・デルモントが霊と交信できると本気で信じておられたのですか？」そのような考えに批判的な立場であることを、グローヴは隠そうともしなかった。

その辛辣さにキャロラインはむっとした。そして自分のしたことを弁護しなければという気にさせられた。

「ちょっと言わせていただきますと」彼女は歯切れのいい口調で言った。「著名で教育があり、尊敬もされている人たちが大勢、心霊術やほかの心霊現象を真剣に受け止めていらっしゃるのですよ」

「どいつもこいつも愚か者だ」

「心霊現象を研究したり、霊媒の主張を調査したりするために、これまでにいくつもの協会やクラブが設立されています。さらに、その分野の学究的な雑誌が何誌も、定期的に発行されています」キャロラインは昨日届いた『新しき夜明け』を手に取った。「これもそのひとつです。心霊調査協会が発行しているもので、記事はどれも、きちんと引証されています」

「たわごとが引証されているだけだ」グローヴが片手で払いのけるようなしぐさをした。

「霊能力があると主張する連中がみな食わせ者やいんちきだということは、論理的な人間ならだれでもわかります」

「あなたがご自分の意見を主張なさるのは勝手です」キャロラインは切り返した。「ですが、失礼ながら指摘させていただくと、それは偏見のない探究精神とは言えませんわ」

グローヴがおかしくもなさそうな笑いを浮かべた。「あなたの心はどの程度偏見がないのですかな、ミセス・フォーダイス？　霊の顕現や声、叩音降霊《テーブルラッピング》などを、霊によるものだと本気で考えておられるのですか？」

キャロラインは椅子に座ったまま少し背筋を伸ばした。「折りよく、わたくしは最近自分で少し調査をおこなっております」

「それで、本物だと思える霊媒は見つかりましたかな？　たとえば、ミセス・デルモントは？」

「いいえ」グローヴに譲歩するのは気が進まなかったが、キャロラインは正直に認めた。「実のところ、霊と交信することができるとは思いません」

「それを聞いて安心しました。これで、あなたが知性的な婦人だという最初の印象をまた新たにしました」

キャロラインはちらりとグローヴを見た。「言わせていただきますと、心霊研究の分野は急速に拡大しています。最近では、霊を呼びだすことだけでなく、さまざまな現象が幅広く研究の対象にふくまれるようになっています。わたくしは霊媒が幽霊や亡霊と交信できると信じているわけではありませんけれど、それ以外の霊能をいちがいに否定するつもりもありません」

グローヴの緑色の目の端がかすかにつりあがり、まなざしが険悪なほど鋭くなった。「あの霊媒師が霊界と交信できると信じていないのなら、なぜ、昨夜エリザベス・デルモントの家でおこなわれた降霊会に参加されたのですか？」

間違いない。これは明らかに尋問だ。キャロラインはまたちらりと呼び鈴のひもに目をやった。

「助けを求めて家政婦を呼ぶ必要はありません」彼がそっけなく言った。「あなたに危害を加えるつもりはありません。しかし、なんとしても答えを手に入れるつもりです」

キャロラインは顔をしかめた。「まるで警官のようなおっしゃりようですわね、ミスタ・グローヴ」

「落ちついてください、ミセス・フォーダイス。わたしは警察とはなんの関わりもありません」

「それでは、いったいどうしてここへいらしたのですか？　なにがお望みなのですか？」

「情報です」グローヴが明快に言った。「なぜ降霊会に参加なさったのですか？」

まったく容赦なしだとキャロラインは思った。

「さっきも申しあげたように、心霊現象を研究しているのです。あなたのお考えとは逆で、これは調査が合法と考えられている分野ですから」

グローヴがうんざりしたようにかぶりを振った。「単なる手品や奇術にすぎない」

そろそろこちらも、たずねたいことをはっきりたずねたほうがいいようだとキャロラインは判断した。机の上で両手の指を組み、きっぱりして権柄《けんぺい》ずくに見えるような姿勢を取った。

「ミセス・デルモントが殺されたのはとても気の毒だと思います」静かな口調で言う。「ですが、あなたがなぜその死の状況に関心をお持ちになるのか、わたくしにはどうにも合点がいきません。実際、ミセス・デルモントと、その、親しいお知りあいでなかったのなら、夜中の二時に、なぜ彼女の家へいらしたのですか？」

「その時刻にエリザベス・デルモントを訪問しなければならない理由があり、しかも、ひどく緊急を要するものだったとだけ言っておきましょう。デルモントが死んだ今、なんとしても殺した犯人の正体を突き止めねばならなくなったのです」

キャロラインは啞然とした。「ご自分で犯人を見つけだすおつもりなのですか？」

「ええ」

「でも、それは警察の仕事ですわ」

グローヴが肩をすくめた。「当然、警察も捜査をおこなうでしょうが、犯人を見つけられるかどうかは大いに疑問です」

キャロラインは組んだ指を解いて、またペンをつかんだ。「とてもおもしろいですわね、ミスタ・グローヴ。正直なところ、胸が躍りますわ」そして〈決然として容赦なし〉と書いた。「ちょっと事実を整理させてください。あなたはミセス・デルモントの死を調査なさっていて、あの人が殺されたことに関して、わたくしがなにか情報を持っているのではないかとたずねるために、ここへいらした」

彼女がすばやくペンを走らせているのを、グローヴはじっと見つめていた。「要約すれば、まさにそういうことです」

あっと驚くできごととは、まさにこのことだとキャロラインは思った。これ以上のあっと驚くできごとなど、そんなにはない。

「喜んで、思い出せることを残らずお話ししますけれど、その前にまず、あなたがこの件にどう関わっておられるのか、説明してくださいな」

いきなり現れて、なんなのか判別するのがむずかしい珍妙な生物だとでもいうように、グローヴがまじまじとキャロラインを見た。静寂の中で、丈の高い掛け時計がカチカチと時を刻んだ。

ややあって、グローヴは心を決めたようだった。

「いいでしょう。いくつかあなたの質問にお答えしましょう。しかしそのかわり、これからお話しすることについては、厳に秘密を守ってくださるようお願いします」

「ええ、もちろんですわ」キャロラインは〈秘密主義〉と書き留めた。

キャロラインが気がついたときには、グローヴはすでに椅子から立ちあがっていた。

「なんですの?」突然のその動きに驚いて、キャロラインは思わず息をのんでペンを取り落とした。

グローヴは二歩で机の前までやってくると、すばやく机の上の紙をひったくった。ついさっきまで、ひどく疲れているように見えたのに。そしてキャロラインは、どちらかというと彼を気の毒に思っていたのに。

「まあ」キャロラインは彼の手から紙を取りもどそうとした。「どうか今すぐそれを返してください。いったいなんのつもりですか?」

「あなたがお書きになっている用事がどんなものか知りたいと思いましてね、奥さん」グローヴがすばやく紙に視線を走らせたが、そのとたん、表情がそれまでにも増して冷ややかになった。「濃い灰色の上着とズボン? 荒々しい顔立ち? これはいったいなんですか?」

「あなたにとっては、わたくしの覚え書きなどどうでもいいことだと思いますが」

「今しがた、このことは秘密にしてもらいたいと言ったはずです。醜聞になるやもしれないからです。それに関して、わたしにはきびしいルールがあります」

キャロラインは眉を寄せた。「醜聞に関してルールがおありですって? それはどんなものですの?」

「避けたいというものです」

「だれしもそうではありませんこと?」紙を取り返すことができず、やむなく彼女は落ちつき払っているふりをした。「信じてください、わたくしだって醜聞に巻きこまれたくはありませんわ。あなたの調査のことをこの家の外で話すつもりなど、毛頭ありません」

「それなら、なぜこのようなことを書き留める必要があるのですか?」

キャロラインの胸に怒りがこみあげた。「考えをまとめようとしていただけです」

グローヴが彼女の書いたものをしげしげと眺めた。「わたしの服装と目の色を書いたとおぼしき記述があるようですが、そうなのですか、ミセス・フォーダイス？」

「それは——」

「なぜこのようなことを紙に書き留めたのか教えていただきたい。まったく、日記にわたしのことを書こうと考えているのなら——」

「誓って、あなたのことを日記に書くつもりなどありません」それはまぎれもない真実だったので、キャロラインは心底からそう言うことができた。

「では、あなたは殺された霊媒と深い関わりがあると判断せざるをえませんな」グローヴが脅すような口調で言った。

キャロラインはあわてふためいた。「それは違います」

「それ以外に、このようなことを書き留める理由などないでしょう。このやりとりを記録しているのが日記に書くためでないとしたら、共犯者に報告するためとしか考えられません」

「共犯者ですって」キャロラインははじかれたように立ちあがった。ひどく驚いてなにがなんだかわからなくなった。「とんでもない。よくもまあ、わたくしが殺人事件に関わっているなどと言えたものですわね」

キャロラインは懸命に、落ちつきを取りもどして頭をはっきりさせようとした。「あなたに説明する義務はありません、ミスタ・グローヴ。いえ、まったくその逆です。言わせていただくと、今日この家に押しかけていらしたのはあなたのほうですよ」

そう非難されて、グローヴがいらだちをあらわにした。「まるでわたしが勝手に押し入ったような言いかたですな。それは違うでしょう。あなたが家政婦に、わたしを中に入れるようにと指示されたのではありませんか」

「わたくしたち双方にとってのゆゆしき重大事だ、あなたがそうおっしゃったからです」キャロラインはしゃんと背筋を伸ばした。「でも実際には、ミセス・デルモントの突然の死は、あなたにとってだけゆゆしき重大事のようですわね、ミスタ・グローヴ」

「それはあなたの思い違いです、ミセス・フォーダイス」

「ばかばかしい」キャロラインは自信たっぷりに言い放った。「わたくしは、エリザベス・デルモントの殺人にはまったく関心がありません」

グローヴは眉をあげたが、なにも言わなかった。

ちょっとのあいだ、張りつめた沈黙が部屋に広がった。

「もちろん、身の毛のよだつような犯罪を耳にしたとき人間が抱く、自然な好奇心とごく普通の関心はありますけれど」キャロラインはさらりと訂正した。

「ミセス・フォーダイス、それどころか、あなたがこの件に抱いている関心は、単なる好奇心とおりいっぺんの興味よりはるかに大きいはずです」

「そんなことがあるはずがないでしょう?」彼女はたずねた。「あの婦人とは昨夜一度会ったきりで、二度と会うつもりはありませんでした。もう一度言わせていただきますが、デルモントの最後の降霊会に参加したのは、わたくしと伯母たちだけではありません。参加者はほかに二人いました。たしか、ミセス・ハウウェルとミスタ・マクダニエルという名前だったと思います」

グローヴが窓に近づいて外の庭を眺めた。全身に疲れた様子が漂っているにもかかわらず、たくましい肩には断固とした不屈の意志が感じられた。

「二人ともかなりの年配で力もありません」彼がそう言下に言った。「重い卓や何脚もの椅子をひっくり返すことは言うまでもなく、自分より若くて力もある人間の頭を火かき棒で割るだけの、体力と気力があるとは思えません」

キャロラインはためらいがちにたずねた。「二人にお会いになったのですか？」

「直接会って話を聞くまでもありませんでした。二人が住んでいるあたりを見てまわって調べただけで、この件には関わっていないと確信しました」

「ええ、可能性はなさそうですわね」キャロラインはうなずいた。

「降霊会で起こったことを話してください」グローヴが静かに言った。

「お話しするようなことは大してありませんわ」彼女はそう言って両手を広げた。「お定まりの、卓が揺れたり叩く音がしたりといったものでした。顕現がひとつか二つと、霊界からの金銭上の助言がありました」

「金銭上の助言ですと？」思いがけず鋭い口調でグローヴがたずねた。

「ええ、ミスタ・マクダニエルに、近々とても有利な投資話が持ちこまれるだろうということでした。別に特別なことではありませんわ。降霊会の参加者が霊から、予想外の遺産が入るとか、思いがけないお金が転がりこむなどと知らされるのは、よくあることです」

「なるほど」グローヴがゆっくりと体をまわし、悪魔の顔もさぞやという表情でキャロラインを見た。「では、金の話題が出たのですね？」

キャロラインは関節が白くなるほど椅子の背もたれをつかんだ。ほとんど息ができなくなった。グローヴは警察に、彼女と伯母たちを殺人罪で告発するつもりなのだろうか？　自分たち三人が重大な危険にさらされているのがわかった。三人ともなにも悪いことなどしていなかったが、権力と地位のあるアダム・グローヴのような紳士に殺人罪で告発されたら、窮地に追いこまれてしまうだろう。

すぐさまロンドンから逃げだすほかはないと判断して、キャロラインはすばやく考えをめぐらせた。三年前と同様、またもや姿を消すしか方法はない。今、手元に現金はいくらあるだろうか。アダム・グローヴが出ていったらすぐに、ミセス・プラマーに列車の時刻を調べにいかせよう。荷造りにはどれくらい時間がかかるだろうか？

グローヴの黒い眉が寄り、一本の太い線になった。「大丈夫ですか、ミセス・フォーダイス？　気を失ってしまいそうに見えますが」

こみあげた激しい怒りのおかげで、恐慌がおさまった。

「あなたのせいで、わたくしと伯母たちの命がおびやかされているのです。気を失っても不思議はないでしょう？」

グローヴが顔をしかめた。「なにをおっしゃっているのですか？　わたしはおびやかしてなどいませんよ、奥さん」

「わたくしたちのひとりが、あるいは三人が共謀して、殺人を犯したのではないかとおっしゃったではありませんか。あなたがその疑いを警察に通報なさったら、わたくしたちは逮捕されて監獄に放りこまれるでしょう。そして縛り首になるでしょう」

「ミセス・フォーダイス、分別を忘れて想像力を暴走させておられますよ。たしかにわたしは疑いを抱いていますが、まだ確たる証拠をつかんだわけではありません」

「ばかばかしい。わたくしたちは三人とも、降霊会が終わったあとで、あの霊媒を殺すために引き返さなかったことを証明することはできません。あなたの疑いに対する反証はありませんし、あなたのように富と地位のある殿方に犯人だと名指しされたら、社会的なつてのないごく普通の境遇の女には、勝ち目はありません」

「落ちついてください。今はヒステリーの発作につきあう気分ではない」

すさまじい怒りがキャロラインに力を与えてくれた。「ヒステリーを起こすななどと、よくも言えたものですね。あなたのせいで、伯母たちとわたくしは絞首刑になるかもしれないのですよ」

「そんなことはありません」グローヴがうなるように言った。

「ありますとも」

「ちくしょう。芝居じみた大げさなもの言いはもうたくさんだ」グローヴが一歩彼女のほうに踏みだした。

「止まって」キャロラインは両手で椅子の背もたれをつかむと、グローヴが近づくのを阻止しようとするかのように、彼とのあいだに置いた。「それ以上近づかないで。あと一歩でも近づいたら、人殺しと大声で叫びますよ。その声は間違いなく、ミセス・プラマーと近所の人たちの耳に届くはずです」

グローヴが立ち止まり、ため息をついた。「どうか落ちついてください、ミセス・フォーダイス。お互いの時間のむだであるのは言うまでもないが、このようなことはもううんざりだ」

「こんなひどい脅威に直面して、落ちつくなんて無理です」

グローヴが考えるような目でキャロラインを見た。「ひょっとして、以前は舞台で仕事をしておられたのですか、ミセス・フォーダイス？　演技の才能がおありのようだ」

「妙な話ですが、この状況では芝居がかった反応がまさにぴったりだと思います」キャロラインは食いしばった歯のあいだから言った。

グローヴがじっと彼女を観察した。おそらく頭の中で計画を練りなおしているのだろう。

「深く息を吸って、気持ちを落ちつけてください、奥さん」やがて彼が言った。「あなたや伯母さんたちを殺人の罪で告発するつもりなどありません」

「それを信じろとおっしゃるのですか？」

グローヴがこめかみをもんだ。「ここへきたのは犯人をつかまえるためではない、というわたしの言葉を信じてもらうしかありません。それは警察にまかせるつもりです。もっとも、警察が首尾よく犯人をつかまえるかどうかは疑問ですがね。普通の人殺しをつかまえるのであれば、警察もなかなか有能ですが、これは普通の殺しではありません」

彼は本当のことを言っているとキャロラインは感じた。にもかかわらず、椅子の背をつかんだ手は放さなかった。「ここにいらしたのが、エリザベス・デルモントを殺した犯人を見つけるためでないとしたら、ねらいはなんなのですか、ミスタ・グローヴ?」

グローヴが冷静に考えるような目で彼女を見つめた。「わたしの目的はただひとつ、日記を取りもどすことです」

キャロラインは戸惑いを隠そうとはしなかった。「どんな日記ですの?」

「昨夜エリザベス・デルモントの家から盗まれた日記です」

キャロラインは懸命に頭をしぼって考えた。「ミセス・デルモントの日記をさがしていらっしゃるのですか? それなら、わたくしはなにも知りませんし、伯母たちも同じです。それに、昨夜の降霊会のとき、あの部屋で日記など見なかったことは、自信を持って断言できます」

グローヴがひたと彼女を見つめてから、しぶしぶ負けを受けいれたというように、首を横に振った。

「あなたが本当のことをおっしゃっているのは信じます、ミセス・フォーダイス。正直なところ、あなたを誤解していたようです」

キャロラインはほんの少しだけ肩の力を抜いた。「誤解ですって?」

「今朝ここへきたのは、不意打ちをすれば、あのくそいまいましい日記を持ち去ったことをあなたが認めるのではないか、そう思ったからです。そうならないまでも、せめて、日記がどうなったかについて、あなたがなにか知っているのではないかと思ったのです」

「なぜ、その日記がそれほど重要なのですか?」

グローヴの笑みは短剣のように鋭くて危険だった。「ミセス・デルモントはそれをねたにわたしをゆすることができると考えていた、とだけ言っておきましょう」

ミセス・デルモントは欲に目がくらんで、慎重さと分別を忘れてしまったようだとキャロラインは思った。分別のある正気の人間なら、この男性から金をゆするなどという危険は冒さないはずだ。

「日記のありかについてわたくしがなにか知っているとお考えになったのは、なぜですか?」キャロラインはたずねた。

グローヴが脚を広げ、両手を後ろで組んだ。「あなたと降霊会の参加者が、生きているエリザベス・デルモントを見た最後の人たちだからです。むろん、犯人を別にすれば、ですが。デルモントの近所の住人から、昨夜は家政婦はひまを出されていたと聞いたものですから」

「ええ、そのとおりです。ミセス・デルモントが自分で玄関をあけてくれました。降霊会の夜は、参加者以外の人間がいるとトランス状態に入ることができないから、いつも家政婦にひまを出すのだと言っていました。実のところ、それを聞いてわたくしは、ひょっとして——」

「え?」グローヴが先をうながすように言った。「どう思われたのですか、ミセス・フォーダイス?」

「ええ、どうしてもとおっしゃるのなら申しますが、ひょっとして、ミセス・デルモントは降霊会をおこなうとき、家政婦に家にいてもらいたくないのではないかという気がしました。なぜなら、家政婦に仕掛けを知られると、だれかにお金で買収されて暴露されるかもしれないと恐れたからです。心霊調査者たちが、霊媒の家の使用人にお金を払って雇い主の行状をさぐらせていることは、よく知られていますからね」

「うがった意見だ、ミセス・フォーダイス」グローヴが感心したように言った。「おそらくおっしゃるとおりでしょう。霊媒というのは秘密主義で知られていますからな」

「どうやってわたくしの名前と住所をお知りになったのですか?」

「死体を発見したとき、最後の降霊会の参加者の名簿も見つけました。その名簿に、名前とともに住所も書かれていたのです」

「なるほど」

殺されたミセス・デルモントの死体が床に横たわっているのをよそに、その婦人の客間を入念に捜索しているアダム・グローヴの姿を思い描くと、キャロラインは心穏やかではなかった。それはグローヴの神経のずぶとさを物語る、ぞっとするような光景だった。彼女はごくりと唾をのみこんだ。

「未明から先ほどまで、あちこちで話を聞いてきました。召使や馬車の御者たち、それに……」慎重に言葉を選ぶかのように、彼はそこでちょっと口ごもった。「……デルモントの家の近辺の路上で商売をしている者たちに。最大の収穫は、ミセス・デルモントの家政婦が昨夜は娘のお産の世話にかかりきりだったという証言がとれたことでした。家政婦のアリバイは揺るぎようがない。それであなたの名前が残ったのです、ミセス・フォーダイス」

「ひどく疲れていらっしゃるように見えるのも当然ですわね」キャロラインは静かに言った。「ひと晩じゅう起きていらしたのですね」

グローヴがなにげなく無精ひげの伸びた顎をなでて、顔をしかめた。「見苦しい格好ですみません」

「事情が事情ですもの、かまいませんわ」キャロラインはちょっとためらってから言った。「それで、突然訪問してわたくしを問いつめるおつもりで、ここへいらしたのですね。わたくしを脅かして、恐ろしい陰謀を白状させようという魂胆だったのでしょう？」

少しも悪びれる様子を見せずに、グローヴが短い黒髪に指を突っこんだ。「ええ、まあそんなところです」

まだその考えを完全に捨ててはいないらしいと感じて不安になり、キャロラインは懸命に、ほかの容疑者候補をさがした。

「ひょっとしたら、ミセス・デルモントは押しこみ強盗に襲われたのかもしれませんわ」そう言ってみた。

「家を徹底的に調べましたが、戸や窓が破られた形跡はありませんでした。どうやらミセス・デルモントが犯人を中へ入れたようです」

それを話すグローヴのさりげない口調に、キャロラインの不安はいっそうふくらんだ。

「昨夜は入念にお調べになったようですわね、ミスタ・グローヴ。普通の者なら、むごたらしい方法で殺された婦人の死体がそばにあると思うと、そのように整然と論理的に、考えたり行動したりするのはむずかしいことでしょうに」

「残念ながら、これといって役に立ちそうなものは見つかりませんでした」グローヴはそう言うと、つかつかと扉のほうへ歩きだした。「あなたとわたし双方の時間をむだにしてしまいました。このやりとりはだれにも話さずにおいていただけるとありがたいのですが」

キャロラインは返事をしなかった。

グローヴが片手で扉の取っ手をつかんで立ち止まり、彼女のほうを振り向いた。「いかがですか、ミセス・フォーダイス？　この話を内密にしてくださるとあてにしてよろしいですかな？」

キャロラインは腹をくくった。「事情によりけりですわ」

皮肉っぽい笑いがグローヴの顔に浮かんだ。「なるほど。沈黙の対価を望んでおられるのですな。望みの額を言ってください、ミセス・フォーダイス」

またもや怒りがこみあげた。「わたくしの沈黙をお金でお買いになることはできませんわ、ミスタ・グローヴ。お金が欲しいのではありません。わたくしが気にかけているのは、伯母たちとわたくし自身の身の安全です。あなたのせいでわたくしたちのだれかが逮捕の危険にさらされることになったら、遠慮なくあなたの名前を警察に言って、今朝のやりとりの一部始終を話します」

「警察があなたがたをわずらわせることはないと思います。あなたが先ほど言われたのと同様に、警察もミセス・デルモントを殺したのは強盗だという結論を出して、それで一件落着となるでしょう」

「どうしてそのように自信たっぷりにおっしゃれるのですか？」

「それがもっとも簡単な答えであり、警官というのはそういう解決法を好むものだからです」

「警官が降霊会の参加者の名簿を見つけて、あなたと同じように、その参加者全員を容疑者と考えたらどうなりますか？」

グローヴがポケットに手を突っこみ、折りたたんだ紙を取りだした。「連中が名簿を見つける恐れはありません」

キャロラインは目を丸くしてその紙を見た。「それを持ってこられたのですか？」

「どのみち、この名簿に書かれている名前が警察の役に立つとは思えません」

「なるほど」キャロラインは言うべき言葉が見つからなかった。

「名前と言えば」グローヴがさりげない口調で言った。「わたしの名前を警察に告げてもむだだということを言っておきましょう」

「なぜですか？」キャロラインは冷ややかに言った。「あなたのように富と地位のある紳士は、警察に質問されてもさほど心配する必要はないからですか？」

「何人《なんぴと》も法には勝てません。わたしの名前を警察に言ってもむだだと忠告したのは、そういう理由からではありません」その口に謎めいた笑いが浮かんだ。「ミスタ・グローヴという人間は存在しないからです。あなたに会うためにこしらえたものです。降霊会でひどく人気のある霊魂の顕現と同じく、わたしがお宅の玄関から出た瞬間に消えてしまうのです」

めまいがして、キャロラインはへなへなと椅子に座りこんだ。「まあ。偽名だったのですね？」

「ええ。あつかましいのは承知のうえですが、最後にひとつ質問に答えていただけますか？」

まだ心を落ちつけてまともに考えられない状態で、彼女は目をぱちくりした。「なんですの？」

グローヴが先ほど彼女の机から取った紙を目の前に持ちあげた。「いったいなぜ、このようなことを書き留めておられたのですか？」

「ああ、それですか」気抜けした表情で、キャロラインは彼が手にしている紙をしげしげと見た。「わたくしは小説家なのです。書いた小説は『フライング・インテリジェンサー』に連載されています」そこでひと呼吸置いた。「ひょっとして、あの新聞をお読みになっていらっしゃいますか？」

「いや、読んでいません。人騒がせな話題を売りものにしている、目ざわりなことこのうえない新聞のひとつですな」

「まあ――」

「読者を獲得するために、もっぱら不義密通や身の毛のよだつような犯罪を載せるたぐいの新聞だ」

キャロラインはため息をついた。「お気に入りは『タイムズ』なのでしょうね」

「ええ」

「『タイムズ』には、あっと驚かされるような記事はありませんわ」彼女はつぶやくように言った。「ねえ、読んでつまらないとお思いになりませんか？」

「正確で信頼のおける新聞だと思いますよ、ミセス・フォーダイス。まさにわたし好みの新聞です」

「そうでしょうとも。今申しましたように『フライング・インテリジェンサー』にはわたくしの小説が連載されています。契約で、発行人のミスタ・スプラゲットに毎週一章ずつ原稿を渡さなければなりません。ところが、登場人物のひとりエドマンド・ドレイクの人物像を作りあげるのに苦労していたのです。とても重要な役なのですが、どうしてもうまく文章で表現することができなくて。漠然として、もうひとつつかみどころがなかったのだと思います。輪郭がはっきりしなくて」

グローヴは不本意ながらも興味を引かれるいっぽうで、困惑しているふうだった。「わたしの風采と着ているものを書き留めたのは、あなたの小説のヒーローに利用するためだったと？」

「とんでもない」キャロラインは片手を振って否定した。「どうしてそんなことをお考えになったのでしょう？　エドマンド・ドレイクは物語のヒーローではありません。悪役です」

3

キャロラインに悪役を振られたことが、アダム・ハーデスティにはなぜか不愉快でならなかった。ラクストン広場にある屋敷へ帰る道すがら、ひどく魅力的なミセス・キャロライン・フォーダイスとのまったく予想外の出会いの顚末が、アダムの頭から離れなかった。さんざんな出会いだった。あの婦人にどう思われるかなど、自分が抱えている問題の長大なリストの末尾の、瑣末な問題にすぎないことはよくわかっていた。災厄の大波が急速にふくらもうとしているのをなんとか防ぎ止めようとしている今の状況では、なおのことだ。

にもかかわらず、悪役にうってつけのキャラクターだとキャロライン・フォーダイスに思われていることが、腹立たしくてならなかった。そのような評価を下されたのは、単に〈荒々しい顔立ち〉のせいだけではない気がした。どうやら、ミセス・フォーダイスはアダムの住む世界の男たちをよく思っていないようだ。

そのいっぽうで、アダムはミセス・フォーダイスに会ってすぐに敬意を抱いた。知性的で好奇心に満ちた美しいはしばみ色の目を見たとたん、あなどりがたい相手かもしれないと感じ、この婦人には心して対処しなければと考えた。

残念ながら、キャロライン・フォーダイスに対してアダムの心の中に生じたのは、敬意だけではなかった。彼女をひと目見た瞬間、五感のすべてが眠りからさめた。実りのない調査に長い夜を費やして疲れきっていたにもかかわらず、彼女に対して、不安になるほど強く体が反応した。

くそ。このような面倒はなくもがなだ。いったいどうしたというのだ？　若いころでさえ、情欲を抑えきれないことなどめったになかった。路頭をさまよう暮らしでも、それに劣らず危険な上流社会でも、生き延びて成功するには自制が鍵だということを、アダムはとうの昔に学んでいた。そして自分なりのルールを作り、それを守って生きてきた。生活のほかのすべてと同様、それが女性との親密な関係を決定する基準となっていた。

そのルールは大いに役に立った。今になってそれを捨てるつもりはなかった。

にもかかわらず、キャロライン・フォーダイスをひと目見た瞬間のことが頭から離れず、自分をとらえた抗しがたい昂ぶりに、われながら驚きの念を禁じえなかった。明るい朝陽が射しこむ部屋で、品のよい小さな机の前に座っている彼女の姿が、脳裏に深く刻みこまれたような気がした。

キャロラインが身にまとっていたのは、暖かい赤褐色の、飾りのない簡素な家着だった。それは婦人が自宅で着るための服で、外出用の婦人服につきものの、ひだをたっぷりとったペティコートや、後ろを絞ってふくらませたスカートはなかった。体の線に沿うすっきりした身頃は、盛りあがった胸とほっそりしたウエストの女らしい曲線を強調していた。つややかな金茶色の髪はきっちりと巻き髪に結いあげられて、うなじの優美な線と全身からにじみ出る静かな矜持《きょうじ》を際立たせていた。歳は二十代の半ばあたりだろうとアダムは見当をつけた。

声は心地よい愛撫のように彼の耳をくすぐった。これがほかの婦人なら媚《こび》を売っているように思えたことだろうが、彼女の場合、故意にそうしているのでないことが明らかだった。キャロラインのしゃべりかたは生来のものに違いない。内に秘めた激しい情熱を感じさせる。

夫のミスタ・フォーダイスはどうなったのだろう。老齢で死んだのだろうか？　熱病で命を失ったのだろうか？　事故だろうか？　いずれにせよ、残された未亡人が、最愛のアルバートを失って女王がもたらした、極度に嘆かわしい服喪の慣習に従う必要を感じていないことに、アダムは安堵した。ときどき、イングランドの婦人たちのうち二人にひとりが、喪服用の黒いちりめんの服を着て黒いヴェールをかぶっているのではないかという気がすることがあった。そして、深い悲しみを表すための喪服と装身具を最新の流行に仕立てあげた女という種族に、驚嘆せずにはいられなかった。

なんにせよ、キャロラインは黒玉や黒い七宝の装身具は身につけていなかった。ひょっとしたら、謎のミセス・フォーダイスは夫の死を深く悼んでいないのかもしれない。それどころか、新しい親密な結びつきを求めているのかもしれない。

今は危険な火遊びをしているときではない、とアダムは考えた。とてつもなく大きな危険が迫っているのだ。どれほど魅力的で興味をそそられようとも、あの婦人に心を奪われている余裕などない。

アダムは通りを渡ろうとしてちょっと立ち止まり、満員の乗合馬車ががらがらと通りすぎるのを待った。馬たちが懸命に重い馬車を引いている。動きの軽快な辻馬車の御者が、彼を見つけて寄ってきた。アダムは手を振って追い払った。歩いたほうが早く着けるだろう。

通りを渡ると、石畳の狭い歩道を進み、手入れのされていない小さな公園を突っ切った。昔、路頭をさまよう貧しい暮らしをしていたおかげで、アダムはロンドンの街の迷路のような細い道や地図に載っていない路地を、御者も顔負けするほど熟知していた。

レンガ敷きの歩道に出たとき、『フライング・インテリジェンサー』の最新版を売っている新聞売りが目に入った。

アダムは衝動的に、みすぼらしい身なりの売り子の前で足を止めた。

「一部くれないか」そう言ってポケットから硬貨を一枚出す。

「はい、だんな」少年がにやりとして、新聞を取りだそうと袋に手を突っこんだ。「ついてますね。最後の一部ですよ。たぶんほかのお客さんたちと同じで、ミセス・フォーダイスの連載小説をお読みになりたいんでしょう」

「実のところ、ちょっと興味があってね」

「『謎の紳士』の今回の話にはきっと満足されますよ」少年が請けあった。「あっと驚くできごとで始まって、すごくはらはらする場面で終わってるんです」

「ほう？」アダムが安っぽい新聞の一面をちらりと見ると、ミセス・C・J・フォーダイスの『謎の紳士』は、丸々三段を占めていることがわかった。「エドマンド・ドレイクという男はどうした？　ひどい最期をとげるのか？」

「まだですが、もうじきそうなりますよ。ドレイクはまだ謎めいたふるまいをしてますけど、よからぬことをたくらんでるのは見え見えです」新聞売りの目が期待できらりと光った。「ヒロインのミス・リディア・ホープをはめる、卑劣な陰謀をたくらんでるんですよ」

「なるほど。まあ、悪役というのはそういうものではないかね？　無辜《むこ》の婦人をはめる卑劣な陰謀をたくらむものだろう？」

「ええ、たしかにそうですけど、ご心配にはおよびません」少年が陽気に言った。「エドマンド・ドレイクはかならずや恐ろしい最期をとげますから。ミセス・フォーダイスの悪役はみな、最終回で悲惨な最期を迎えるんです」

アダムは新聞をたたんで腋にはさんだ。「それは楽しみだな」

それからまもなく、アダムはラクストン広場にある大きな屋敷の玄関の階段をあがった。まだ鍵穴から鍵を引き抜かないうちに、執事のモートンがはげあがった頭を朝陽に光らせながら、扉をあけた。

「お帰りなさいませ」モートンが言った。

これほどくたくたでなければ、執事が好奇心のかけらも見せないことをおもしろく感じたことだろうとアダムは思った。なんといっても、もう朝の十時半だ。昨夜、九時少し前にクラブへいくと言って家を出たまま、今まで帰らなかったのだ。いくつか質問したいことがあるのが普通だが、モートンはこの家の人間の風変わりなふるまいにすっかり鍛えられて、というより、すっかり慣れっこになって、時間についてあれこれ言ったりはしなかった。

「今しがた、ミスタ・グレンドンが遅い朝食の卓におつきになったところです」モートンがアダムの外套と帽子を受け取った。「ごいっしょに召しあがりますか?」

「いい考えだな、モートン。そうすることにしよう」

自分には睡眠だけでなく食事も必要だとアダムは考えた。それに、遅かれ早かれ、悪い知らせをウィルスンに伝えなければならない。やるべきことはさっさとすませたほうがいいだろう。

アダムが羽目板張りのしゃれた朝食室へ入っていくと、ウィルスン・グレンドンが朝刊から顔をあげた。そしてちょっとのあいだアダムを観察してから、金縁の眼鏡をはずして脇に置いた。

「ツキはなかったようだな?」前置きもなくウィルスンがたずねた。

「わたしが見つけたとき、霊媒は死んでいました。それも、殺されて」

「ちくしょう」ウィルスンの巨大な鼻の上で半白の眉が盛りあがった。「デルモントが死んだだと？　たしかなのか？」

「そういうことを間違うのはむずかしいですよ」アダムは折りたたんだ新聞を卓に放りだし、壁際の食器台のところへいって、並んでいる皿をざっと眺めた。「日記は見つかりませんでした。殺した犯人が盗んだと考えざるをえません。それで、未明から先ほどまでの時間を費やして調べてみました」

　ウィルスンが心配げな表情でそれを聞いていた。「殺人とはまた予想外の展開だな」

「そうでもありません。並の悪人なら、これを格好のゆすりのネタと考えるはずです」アダムは取り分け用の銀のフォークをつかみ、スクランブルドエッグとスモークサーモンをたっぷり取った。「金が目の前にちらつけば、人殺しを考える人間は大勢いますから」

　ウィルスンが考えこんだ表情になった。「霊媒が殺されたのは間違いなく日記のせいだと思うかね？」

「断定はできません」アダムは皿を持って食卓へもどり、席に着いた。「しかし、時期と状況を考えると、そう考えるのがもっとも妥当なようではあります」

「そうか。では、きみの言うとおりだとすると、今日記を持っておる人間がだれにせよ、じきに接触してくるのは確実だな」

「殺した犯人が金を強要する手紙を送ってくるまで、手をこまぬいて待っているつもりはありません」アダムは勢いよく卵を食べはじめた。「こっちが先にやつを見つけるつもりです」

　ウィルスンがコーヒーを飲んでカップを置いた。「昨夜と今朝の調査でなにかわかったのか?」

「いいえ。唯一望みがありそうに思えた容疑者は、とびきり扱いにくい気まぐれな女であることが判明し、おまけに、その女はわたしを、扇情小説の理想的な悪役像だと考えています」

「えらくおかしなことだな」ウィルスンの薄い灰色の目が好奇心で輝いた。「その女のことを話してくれ」

自分がなにより話したくないことにすかさず飛びつくとは、いかにもウィルスンらしいとアダムは思った。どう答えようかと考えながら、トーストにバターを塗る。

「これといって話すことはありません」アダムは言った。「問題の婦人はこの事件とは無関係でした」

ウィルスンが椅子の背に体をあずけた。「殺人と剣呑になるやもしれぬ文書について朝食の席できみと話しあうのは、今回が初めてではない」

「これまでわたしたちが話しあったその方面の話は、仕事に関わるものでした」アダムはそっけなく言った。

「それはそうだが、きみを小説の理想的な悪役像だと考えておる、とびきり扱いにくい気まぐれな女との会話をきみが口にしたのは、われわれの長いつきあいの中で、今回が初めてだ。すまないが、わたしにはそれがおもしろく思えてならぬのだ」

アダムはトーストにかぶりついた。「今も言ったように、その婦人が今回の日記の件に関わっているとは思いません」

「だが、明らかにきみに強烈な印象を与えた」

「彼女なら、だれにでも強烈な印象を与えるでしょう」

「フランス人はこう言っておる。〈女をさがせ〉《シェルシェ・ラ・ファム》とな」

「ここはイングランドで、フランスではありません」アダムは食べかけのトーストを置くと、また卵を食べた。「事情が違います」

「かならずしもそうとはかぎらぬぞ。その婦人がきみの気分に多大な影響を与えて、ひどく不機嫌にさせたらしいことに、わたしはいやでも気づかざるをえぬのだがな」

アダムはウィルスンが自分を知りすぎるほどよく知っていることを思い出した。

「言わせていただくと、この二十四時間、わたしは一睡もしていません」彼は抑揚のない口調で言った。「上機嫌でなくても少しも不思議はありません」

「とんでもない」ウィルスンが言った。「わたしの経験では、直面する危険が大きくなればなるほど、きみは事務的で冷静になる。ひどく冷淡と言ってもよいほどだ」

アダムはじろりとウィルスンを見た。

ウィルスンはそ知らぬ顔だった。「実際、きみという人間をよく知らぬ者は、きみは熱い感情など持ちあわせておらぬと思うだろう」

これはまずいとアダムは思った。フォークを持った手が宙で止まった。「重々ごもっともですが、今朝話しあいたい話題は、断じて、あなたが〈熱い感情〉と好んで呼ばれるものではありません」

「なあ、アダム、きみがそのような感情を持っていることはよく知っておる。だからこそなおのこと、身を固めて、グレンドン－ハーデスティの財産の跡継ぎをこしらえるべきだ」

「跡継ぎならもういるではありませんか。すでにジュリアが結婚して、跡継ぎを二人作ってくれています。来春にはジェシカも社交界に出ることになっています。二週間の社交期のあいだに、求婚が山ほど舞いこむのは間違いありません。結婚すれば、さらにまた跡継ぎを産んでくれるでしょう。それに、ネイサンも忘れてはいけません。いずれ哲学と数学への興味がさめたら、あいつもだれかと恋に落ちて結婚して、跡継ぎを作ってくれることでしょう」

「だからといって、きみが結婚しなくてよいという理由にはならぬ」ウィルスンが指摘した。「きみは四人のうちで最年長だ。最初に結婚してしかるべきだった」

「はるかに差し迫った問題に専念すべきときに、ここにのんびり座って、わたしが妻を見つけられないことを蒸し返すのはばかげています」アダムは懸命に冷静さを失うまいとしながら言った。「日記の問題に話をもどしましょう」

ウィルスンが渋い顔をした。「いいだろう。だが言っておくが、わたしはきみほどには気をもんでおらぬ」

「ええ、そのようですね。心配しておられない理由を教えていただけますか？」

「日記の価値はただひとつ、ゆすりの道具として使えるというものだけだ。エリザベス・デルモントから日記を盗んだ輩《やから》は、遅かれ早かれ、デルモントと同様に接触してきて、きみから金をゆすりとろうとするはずだ。そうなったら、きみはデルモントにしたように、新たなゆすり屋を突き止めるだろう」ウィルスンが片ほうの肩をひょいとあげた。「単に時間の問題だ」

いつものことながらウィルスンの論理には一分のすきもない、とアダムは思った。しかし、彼はこの問題をそれほど楽観的に考えることはできなかった。

「どうやら殺し屋も兼ねているらしいゆすり屋にいいようにされるのは、わたしの性に合いません」アダムは静かに言った。

ウィルスンがため息をついた。「ああ、そうだろうとも。よろしい、ゆすり屋を見つけて取引するがよい。片がつけば、もっと重要なことに専念できるからな」

このところ、ウィルスンの言う重要なことはひとつしかなかった。なんとしてもアダムを結婚させると決めているのだ。そして、いったんこうと決めたら、けっしてあきらめないのがウィルスンだった。

アダムは師と仰ぐウィルスンに愛情と尊敬と忠誠心を抱いており、それはほかの男たちが父親に対して抱く思いに近いものだろうと考えていた。とはいうものの、ウィルスン・グレンドンの要求を満たすだけのために結婚するつもりはなかった。

ウィルスン・グレンドンは六十代の後半で、かつては権勢を誇った名門貴族の直系子孫だったが、代々の放蕩《ほうとう》と浪費により、一族の資産と金は無残にも底をついた。鉄の意志とすばらしい商才に恵まれていたウィルスンは、一族の財産を再建することに全力を注いだ。やがて、だれも予想しなかったほどの成功をおさめたものの、彼を発奮させたそもそもの原動力だった最愛の妻と二人の子供を失ってしまった。

悲嘆にくれたウィルスンは、グレンドン帝国をさらに大きくすることにますます打ちこんだ。イングランドと大陸で広範囲に事業を拡大し、深い謀略の中に身を投じた結果、グレンドン帝国の長い触手は、長年のあいだに幾度となく大英帝国政府の役に立ってきた。

海外に駐在するウィルスンの代理人や使用人はしばしば、謀略や他国の陰謀に関するうわさや情報をつかみ、それらは女王に伝えられた。ときには逆に、グレンドン連絡網を利用して秘密の外交文書が伝達されることもあった。

アダムがウィルスンの事業に関わるようになったあとも、その非公式の協定はつづいていたので、折に触れ、朝食の席で殺人や陰謀が話題になった。アダムにとって、それはすべて仕事の項に分類されるもので、貧民街でその日暮らしをしていたときの生業《なりわい》の延長だった。ほかのすべてと同様、情報は商品で、売ったり、盗んだり、交換したり、買ったりできるものだった。

十四年前、ジュリア、ジェシカ、ネイサンとともに、ラクストン広場にあるウィルスンの広大な寂しい屋敷に引っ越してきたとき、アダムの世界は一変した。しかし、暮らしの糧《かて》を得る手段は変わっていない、と彼はあらためて思った。

社交界の人びとはアダムとほかの三人を、ウィルスンの長年音信不通だった親戚だと考えていた。グレンドンが広めた話では、お抱えの事務弁護士が古い書類を調べていて、幸運にも、血縁関係があることを発見したということになっていた。それで、ウィルスンはすぐさま四人の若者をさがしだし、屋敷へ連れてきて跡継ぎにしたのだ、と。

その話には事実の部分もあった。アダムとジュリア、ジェシカ、そしてネイサンは、本当にウィルスンの相続人だった。しかし五人の関係は、社交界の人びとが考えているよりはるかにあいまいで複雑だった。

この数年のあいだにウィルスンは、金融帝国の日常業務の大半をアダムに引き継がせていたが、抜け目のなさと狡猾さは以前と少しも変わらなかった。ただ、もう仕事に大きな精力をつぎこむ必要がないので、アダムを結婚させるべく画策するといったような、ほかのことをする自由な時間がたっぷりあった。

「なんとしても日記を見つけるつもりでおるのはわかる」ウィルスンが言った。「どのようにするつもりだね？」

アダムは銀製のコーヒーポットに手を伸ばした。「今朝帰宅する道すがら、あなたの旧友のプリットルウェルが、少し前から心霊研究にのめりこんでいることを思い出しました」

ウィルスンがふんと鼻を鳴らした。「プリットルウェルを始めとして、社交界の全員がそうだ。霊媒が卓を宙に浮かせると、見たところ分別も教養もある大勢の人びとが、常識も正常な疑念も投げ捨ててしまうとは、まったくのところ、あきれかえってものも言えぬ。むろん、これもみなアメリカ人どものせいだ。すべては向こうの世界で始まったのだからな」

「向こうの世界？」

「大西洋の向こうだ」ウィルスンがまた鼻を鳴らした。「フォックス姉妹の叩音降霊《テーブルラッピング》、ダヴエンポート一家の小部屋の降霊会、D・D・ヒュームの――」

アダムは顔をしかめた。「ヒュームはスコットランド生まれだと思っていましたが」

「生まれはスコットランドだが、育ったのはアメリカだ」

「なるほど」アダムはそっけなく言った。「それでわかりました」

「そうだろう。今も言ったように、アメリカからばかげたことが入ってきたのはこれが初めてではないし、これで最後だとも思えぬ」

「ええ。しかし、わたしが言いたいのは、あなたの友人のプリットルウェルはほうぼうの降霊会や霊能研究に関する講演会に出席して、霊媒界のうわさ話や醜聞を耳にしているに違いないということです」

「ありうるな。それがどうしたのだ?」

「それとなくたずねていただけないかと思ったのです。エリザベス・デルモントとその周辺の仲間について、彼が知っていることを聞きだしてください」

ウィルスンがひどく乗り気な表情になった。陰謀がなによりも好きなのだ。「いいとも。おもしろくなりそうだ」

うまくすれば、それに夢中になって、アダムを結婚させる計画を忘れてくれるかもしれない。

気をそらさせる画策をアダムがさらに進めようとしたとき、遠くで玄関の扉が開閉するくぐもった音が聞こえた。このような時間にやってきそうな人間はひとりしかいない。

「ジュリアがきたようです」アダムは言った。「いいですか、このことは彼女には伏せておいてください。巻きこみたくないのです。彼女が心配してもどうなるものでもありませんから」

「同感だ。安心しろ、なにも言わぬ」

軽快な足音が廊下に響いた。まもなくジュリアが現れた。ウィルスンとアダムは立ちあがった。

「こんにちは、お二人さん」ジュリアが輝くような笑顔を浮かべて入ってきた。「今日の午後、また大工と壁紙職人がおじゃますることになりますから、覚悟しておいてくださいね」

「いいとも」ウィルスンが言った。「社交期の催しとなる舞踏会にひと役買えるのは光栄だよ。そうではないかね、アダム？」

「連中を書斎に近づけずにおいてくれるかぎりはね」アダムはジュリアのために椅子を引きながらうなずいた。

ジュリアが腰をおろし、彼に顔をしかめて見せた。「ご心配なく。お兄さまの書斎が神聖不可侵の場所だということは、だれもが知っていますから。でも、これから何日かのあいだは、入れ代わり立ち代わり人が出入りしてうるさくなると思います。きっと、うっとりするようなものができるはずです」

「そうだろうな」アダムは自分の席に座り、トーストをもう一枚取った。「計画は順調に進んでいるのだろうね？」

「ええ、でも、今朝ロバートにも言ったのですけれど、今年の主題を古代ローマの荘園にしたのは、背伸びしすぎだったかもしれません」

「ばかなことを言いなさんな、ジュリア」ウィルスンが父親のような鷹揚な笑いを浮かべて腰をおろした。「あの古ぼけた舞踏室を古代ローマの荘園に変えられる人間がいるとしたら、きみをおいてほかにはない。かならずやうまくやってのけると信じているよ。去年同様、今年もまた社交界の連中に驚きの目をみはらせることだろう」

「信じてくださってありがとうございます」ジュリアが自分で紅茶を注いだ。「でも、もし夜会が計画どおりにうまくいかなかったら、ウィルスン伯父さま、責めを負わされるのは伯父さまなのですよ。このように大きな催しをひらくには、このお屋敷の古い舞踏室を使わせていただくしかないのですもの。わたくしどもの別邸は充分な広さがなくて、晩餐会か小さな夜会をひらくのがせいぜいなのです」

「大枚の金をつぎこんでロンドンに大きな屋敷を買わぬきみのご亭主は、賢明だよ」ウィルスンが言った。「金のむだ遣いもはなはだしい。田舎に広大な地所があるのだし、きみらの家族はロンドンでそれほど長期間すごすわけではないのだから、そのような金をかけるのはばかげておる」

　ジュリアがうなずいて紅茶ポットを置いた。「おっしゃるとおりですわ。ところでロバートが、明日子供たちを公園の縁日へ連れていくつもりだとお伝えするようにと申しておりました。ごいっしょにいらっしゃりたいのではないかと思っているようでした」

ウィルスンがひどくうれしそうな顔になった。「空いているかどうか、予定表を調べてみよう」

予定表を調べるまでもなく、子供たちとその父親のサウスウッド伯爵といっしょに出かける時間はたっぷりあるはずだ、とアダムは考えた。二人の子供たちとすごす午後の時間を作るためなら、たとえ女王に拝謁することになっていても、ウィルスンは喜んで予定を変更するだろう。

ジュリアがしたり顔でウィルスンを見た。「縁日に出かけるのは、大工や壁紙職人があわただしく仕事をしているあいだ屋敷を逃げだす、格好の口実にもなりますわね。言っておきますが、今週はずっと、すさまじい騒音と人の出入りがつづくはずです」

「ローマの荘園は一日にしてならず、だ」ウィルスンが言った。

ジュリアが紅茶をひと口飲んだ。「ところで、今朝ジェシカから手紙が届きました。ドーセットでとても楽しくすごしているそうです。お友達の一族の地所での毎日は、ピクニックや楽しい催しに明け暮れているようですわ」

「ネイサンからも手紙がきたが、来月のわたしの誕生日にはみんなに会いにくるつもりだと書いてあった」ウィルスンが言った。

「あの子は元気ですの？」ジュリアが少し心配そうにたずねた。「あんなに本ばかり読んでいて、心配ですわ」

「心配は無用だ」ウィルスンがさらりと言った。「当人はしごく満足しておる。学究的な暮らしが肌に合っておるのかもしれぬな」

ジュリアがにっこりした。「そんなこと、だれが考えたでしょうね？」

朝食の卓のおしゃべりがアダムのまわりを流れていったが、彼はそれに加わろうとはしなかった。気がかりな問題が頭を占めていただけでなく、徹夜した疲れが出はじめていた。床《とこ》に入りたかった。

「どうかなさったの、アダム？」だしぬけにジュリアがたずねた。「まるで心ここにあらずというような顔だわ。舞踏会の計画で退屈させてしまったのかしら？」

「いや、午前中に片づけなければならない仕事のことを考えていただけだ」アダムはナプキンを卓に放りだした。「申しわけないが――」

しかし手遅れだった。ジュリアが妹らしい遠慮のない目で彼を眺めまわした。「どうなさったの？　シャツはしわだらけだし、今朝はひげも剃っていらっしゃらないではありませんか。お兄さまらしくないわ」

「ジュリア、すまないが、失礼するよ」アダムは立ちあがった。「ゆっくり食べてくれ。では、またあとで」

ウィルスンがわずかに目をせばめて小首をかしげた。「少し睡眠をとるとよい」

ジュリアが目を大きく見ひらいた。「どうして睡眠が必要なのですか？　体の具合がよくないのですか？」

「体の調子はすこぶるいい」アダムは折りたたんだ『フライング・インテリジェンサー』をつかんで、朝食室から逃げだした。

廊下に出ると、後ろから小刻みな足音が聞こえて、彼はうめき声をもらしそうになるのをこらえた。そう簡単には逃げだせないことを覚悟しておくべきだった。

「アダム」ジュリアがきっぱりした口調で呼びかけた。「よかったら、ちょっとお話があるのですけれど」

「なんだね？」アダムは書斎に入って自分の机に座った。「今も言ったように、いそがしいのだが」

「今朝の服装がだらしなかったのには理由があったのですね」ジュリアも彼のあとについて書斎に入り、東洋風の絨毯を踏んで机の前に立った。「外泊して帰宅なさったばかりなのですね」

「ジュリア、男には、たとえ妹にでも話したくないことがあるのだ」

「は！　やっぱり。外泊なさったのね」ジュリアの目が好奇心できらりと光った。「今回は真剣なの？　それとも、またいつもの退屈な火遊び？」

「お前がわたしの私生活を退屈だと思っているとは知らなかった。もっとも、わたしの私生活であってお前のではないのだから、お前がどう考えようとかまいはしないがね」

その剣幕に驚いたのか、ジュリアが顔をしかめた。「悪気で言ったのではなくてよ」

アダムは少し言いすぎたと反省した。ついきつい口調になってしまったようだ。「わかっているよ。短気を起こして悪かった。ウィルスンの言うとおりだな。少し眠ったほうがよさそうだ」

「お兄さまの恋愛が退屈そうに見えるのは、お兄さま自身が退屈だと思っていらっしゃるように見えるからだと思います」ジュリアが考えるような口調で言った。

「ジュリア、申しわけないが、話がよくわからないのだがな。いや、わかりたいとも思わないが」

自分で勝手に納得したように、ジュリアがうなずいた。「そう、それだわ。もっと早く気づくべきでした。いつもお兄さまの恋愛がひどくつまらなさそうに思えるのは、なにより も、お兄さま自身がその恋から活力を得ていらっしゃるように見えないからなのです」

「そのようなことが活力の源泉になるとは思っていない」

「そうでしょうね。お兄さまは、恋愛をお仕事と同じように考えていらっしゃるのだわ。ご自分のルールに従って、常にきちんと計画して手際よく処理して。けっして強い情緒や感情を表に出すことはない。関係が終わると、ほっとなさっているように見えます。まるで、やっと日課のお仕事をすませて、別の計画に移れるようになったといわんばかりにね」

「なんの話かさっぱりわからない」

「けっして恋に落ちようとなさらないことを言っているのです、アダム」強調するように、ジュリアはそこでひと呼吸おいた。「ウィルスン伯父さまもわたくしも、お兄さまがなさっているのはただのひまつぶしだと思っています」

アダムはいらだちをこらえた。「ジュリア、ひとつ言っておくが、妻を見つける件については、先ほどウィルスンから説教されたばかりだ。もう一度お前の説教をがまんして聞く気分ではない」

ジュリアはそれを聞き流し、さっとスカートをすくいあげると革張りの椅子に腰をおろした。「それじゃ、新しい恋人がおできになったのね？　だれなのですか、アダム？　名前を聞くのが待ち遠しいわ」

アダムはふと、日記をさがすあいだジュリアの注意をそらすもっとも簡単な方法は、彼が新しい恋愛をしていると信じさせておくことだと思いついた。そう思わせておけば、これから何日かのあいだ、彼がいつもと違う、あるいは秘密めいたふるまいをしても、あれこれ問いつめられずにすむだろう。

頭の中で計画をまとめるあいだ、アダムは書類を整理しているふりをした。

「わたしが彼女の名前を明かすはずがないだろう」彼は言った。

「お兄さまが秘密を守るというルールを作っていらっしゃるのは知っていますけれど、この場合にはあてはまりませんわ」

「ルールはすべての場合にあてはまる」

「ばかばかしい。お兄さまは、いつだってご自分のルールをきびしく守りすぎていらっしゃるわ。ねえ、ひょっとしたら、昨夜はリリアン・テイトとごいっしょだったのですか？　あの人がお兄さまに目をつけていたのは知っていました。とうとうあの人の手管に屈したのですか?」

「いったいどういうわけで、わたしがリリアン・テイトなどを相手に、丸々ひと晩と午前中のほとんどを浪費するなどと考えるのだ?」アダムは整理し終えた書類を重ねた。「あの婦人と話すのは、ダンスを一曲踊るあいだでさえ耐えがたいというのに」

「ほかの面では、あの人ならうってつけだと思える理由がいくつも考えられるのです。ミセス・テイトはとても魅力的で、とてもお金のある未亡人ですし、もう結婚するつもりはないと公言しています。今の自由を満喫しているのでしょう。総じて、お兄さまが愛人に求めていらっしゃる基本的な要件を、ほとんど満たしているように思えます」

「そう思うかね?」アダムはわざと気のない口調で言った。

「ウィルスン伯父さまは別として、わたくしはこの世のほかのだれよりもよくお兄さまのことを知っているのですよ。以前から、お兄さまが恋愛関係に関してひどく厳密なルールを定めていらっしゃることは気づいていました」ジュリアが意味ありげに言葉を切った。「お兄さまの最大の問題はそれだと思うわ」

アダムはきょとんとした。「え?」

「生活すべてを無理やりルールで律することです。あきれたことに、お兄さまはすべてにルールを定めていらっしゃるでしょう。恋愛にまでね」

アダムはいっぽうの眉をあげた。「驚いたな、マダム。お上品な淑女は、紳士の恋愛関係など話題にしないものだと思っていた」

ジュリアがにっこりした。「請けあってもいいけれど、わたくしの知っている淑女はみなさん、だれがだれとつきあっているかという話題が大好きよ。それどころか、お茶の席や社交の集まりで最初に話題になるのは、たいていそのことです」

「またひとつ、婦人のふるまいについての幻想が砕かれたな」アダムはペンをつかんだ。「お前が友達と話題にしているのは、流行と最近評判を呼んでいる小説だけだとばかり思っていた」

ジュリアが腹立たしそうに舌を鳴らした。「見たところ聡明そうな多くの殿方が、どうして、婦人は人生のきびしい現実に驚くほど無知だと思っていらっしゃるのか、わたくしには不思議でなりません」

そう言われて、アダムはぴたりと動きを止めた。「お互いに、お前が人生のきびしい現実に驚くほど無知でないことは、よくわかっているではないか、ジュリア」彼は静かに言った。「お前たち三人を、もう少し世間の荒波から守ることができていたらと思うと、慙愧《ざんき》の念に堪えない」

「ばかなことをおっしゃらないで」一瞬にして、ジュリアの顔からからかうような明るさが消えた。「そんなことをおっしゃらないで、アダム。わたくしたちが小さかったころ、本当によく守ってくださったではありませんか。お兄さまがいらっしゃらなかったら、ジェシカもネイサンもわたくしも、今この世にいなかったのではないかという気がします。でも、いくらなんでも、お兄さまが修道士のような生活をしていらっしゃるとわたくしが考えていると思っていらしたわけではないでしょう？」

アダムはちょっとたじろいだ。「お前がわたしの私生活をそれほど気にかけていたとは知らなかった」

「血がつながっていないというだけで、わたくしはあらゆる意味でお兄さまの妹です」ジュリアがやさしく言った。「当然、お兄さまの私事は大いに気にかけていますわ」そして優美な眉をあげた。「今でもおぼえていますが、わたくしがロバートに夢中だと打ち明けたときには、今のわたくし以上に心配してくださったではありませんか」

「お前は莫大な財産の相続人だ。相手が財産目当てで結婚するのではないことをたしかめるのが、わたしの務めだった」

「ええ、わかっています。そしてお兄さまは、ロバートとわたくしが本当に愛しあって結婚するのだと納得するまで、追及の手をゆるめようとはなさらなかった。お兄さまの信頼と尊敬を得るために受けなければならなかった、さまざまな審査のことを口にするたびに、ロバートは今でも身震いしていますわ」

「わたしはあれを審査とは考えていなかった。むしろ、サウスウッドとわたしにとって、互いをよく知って友情の絆を結ぶための、格好の機会だと思っていた」

ジュリアが声をあげて笑った。「あの人が言っていましたが、スコットランドへ釣り旅行に出かけたときには、もう少しでお兄さまを溺れさせようとしかけたそうです。湖に突き落とすのを思いとどまったのは、お兄さまが泳ぎが得意だと知っていたからなのですって」

「あのときはみごとな魚を釣りあげたな」

「それから、あの人をウィルスンのヨットに招待して、三日間、沿岸を航海なさったこともありましたわね。あの人ったら、弱虫だと思われるのがいやで断れなかったのです」

「帆走にはもってこいの天候だった」

「船に乗っているあいだじゅう、あの人はひどく気分が悪かったのですって。あの人が船酔いをする体質だということを、航海に出る前にお兄さまがどうやってお知りになったのか、いまだにわからないと言っていますわ」

アダムはすました顔でうなずいた。「わたしにはほうぼうに情報源があるのだ」

「要は、お兄さまがこれまでずっとわたくしの私事を気にかけてきてくださったのだから、わたくしも同じことをしてさしあげなくてはと思っているということです。残念ながら、お兄さまは気にかけてもらいたくなどないようですけれど」

「お前がわたしの暮らしをひどく退屈だと思っているのは残念だが、それはわたしにはどうしようもない。さあ、このすばらしい会話を中断するのは気が進まないが、午後はやらなければならないことがある。出かける前に少し眠っておきたいのだがな」

ジュリアが顔をしかめた。「お相手の名前をおっしゃらないつもりなのですね？」

「ああ」

「どうしてそんなに秘密主義なのですか？　いずれ、わたくしもその人がだれか知ることになるのは確実なのに。うわさ話が社交界を駆けめぐることはご存じのはずです」彼女はそこでちょっと間をおき、たずねるように小首をかしげた。「もちろん、お兄さまの新しいお友達が社交界の人でなければ、話は別ですけれど」

アダムは立ちあがって新聞に手を伸ばした。「すまないが、二階へいってしばらく眠りたいのだがな」

「わかりました、今日のところはあきらめます」ジュリアも腰をあげた。「わたくしの好奇心を満たしてくださる気はないのですね。でも、いずれは――」そこで不意に言葉を切り、アダムが持っている新聞をちらりと見た。「『フライング・インテリジェンサー』を読んでいらっしゃるとは知りませんでしたわ、アダム。お兄さまにはまるで不似合いな新聞ですもの。もっぱら刺激的な事件や醜聞ばかりを載せていて」

「たしかに、わたしがこの新聞を買うのは、これが最初で最後だ」

「手に入って幸運でしたわね」ジュリアが扉のほうへ歩きだした。「ミセス・フォーダイスの新作が連載されているのです。とても人気がある作家で、きっと、すぐに売り切れてしまうと思います。実のところ、わたくしも今朝いちばんに、ウィロビーに言いつけて新聞売りをさがしにいかせました。『謎の紳士』の次の章を読みそこねたら大変ですもの」

アダムは運命的なものを感じた。「お前がミセス・フォーダイスの作品を読んでいるとは知らなかった」

「あら、読んでいますとも。わたくしの見るかぎり、今度の小説がこれまでのうちでいちばんおもしろいわ。悪役はエドマンド・ドレイクという男で、まだなにをたくらんでいるのかはわかりませんけれど、ヒロインのリディア・ホープによこしまな意図を抱いているのは明らかです」

アダムは思わず奥歯をぐっと噛んだ。「そうらしいな」

ジュリアが扉のところで立ち止まった。「大丈夫。ドレイクは悲惨な最期をとげるに決まっていますから。ミセス・フォーダイスの前作の悪役は精神病院にとじこめられて、死ぬまでそこですごすことになったのですよ。今回もきっと、エドマンド・ドレイクにそれと同じくらい悲惨な運命を用意しているはずです」

寝室でひとりきりになると、アダムはネクタイとチョッキとシャツを取り、少し眠ろうと寝台に横になった。日記を見つけるための次の方策を練ろうとしたが、なぜか、ともすると考えはキャロライン・フォーダイスにもどった。

たしかに、ミセス・フォーダイスはアダムがこれまでつきあったことのないタイプの婦人だ。しかしそれ以外の点では、ジュリアが彼のルールと好んで呼ぶものに、まさにうってつけだった。しかるべき夫に嫁がせるまでは、黄金の入った櫃《ひつ》よろしく、厳重に守らなければならないジェシカのような無垢な若い淑女ではないし、慎重に避けねばならないもうひとつの部類である、友人や仕事仲間の妻でもない。

未亡人、それもかなり世知に長けた未亡人だ。巷《ちまた》で大評判をとっている扇情小説の、血わき肉躍るような筋立てを書くことができるとすれば、その方面に相当な経験のある婦人に違いない。

家と身にまとっていたものから判断すると、金持ちではなさそうだが、自分の筆で快適な暮らしを送っているようだった。たしかに、上流階級の人間ではないが、それは願ってもないことだとアダムは考えた。そのほうがうわさになりにくい。

アダムはうめき声をもらし、腕で目をおおった。今は、それでなくても大きな問題を抱えているのだ。キャロライン・フォーダイスとの情事の可能性について考えているときではない。

ところが困ったことに、アダムは今、それ以外のことは考えられそうになかった。

4

その日の午後キャロラインが書斎へ入っていくと、伯母たちが待っていた。二人は暖炉の前に座ってお茶を飲んでおり、期待に満ちた目をキャロラインに向けた。

「それで？」ミリーがいつもの熱のこもった口調でたずねた。

「疑問の余地はありません。今朝わたくしをたずねてきた謎の紳士の話は、間違いなく事実です」キャロラインは自分の机に腰をおろした。「エリザベス・デルモントは昨夜降霊会のあとで殺されていました。ミスタ・グローヴだかなんだか知らないけれど、あの紳士が頭がおかしいか迷惑なペテン師だという可能性は、これで消えました」

はかない望みではあったけれど、キャロラインはそれに一縷《いちる》の望みをかけていたのだ。

「デルモントの家の近所で見たことを話してちょうだい」エマが、こちらもいつものように、最悪の知らせを覚悟しているという表情で言った。

キャロラインは机に両肘を突いて、てのひらに顎を載せた。「玄関の前に警官が立っていて、通りには近所のやじ馬と新聞記者たちが集まっていました」

「姿を見られないように注意したでしょうね」エマが心配げに言った。

「もちろんです」キャロラインは鼻にしわを寄せた。「もっとも、いずれにせよ、わたくしの顔を知っている人はだれもいなかったはずだけれど」

「そうにしても、このような場合には、注意してもしすぎるということはないわ」エマがさとすように言った。「じきに、この殺人事件は新聞に派手に書きたてられるでしょう。どんな形であれ、あなたの名前が事件と結びつけられないに越したことはないわ。ことに、ハリエット・ヒューズのお茶会であなたが霊能を披露したことが、不幸にも新聞で取りあげられたことを考えるとね」

「思い出させないでくださいな」キャロラインはつぶやいた。「あれはとんでもない間違いでした。どうして伯母さまたちの口車にのせられてしまったのかしら」

「あら、まあ、とてもおもしろかったじゃないの」ミリーが明るく言った。「ハリエットとお友達はみんな大喜びだったわ」

エマが顔をしかめた。「でも、霊媒が殺された家の近くでキャロラインの姿を見られたら、新聞がどんな関わりをでっちあげるかわからないでしょう？　大変なことになりかねないわ。わたくしたちとしては、デルモントの最後の降霊会に参加したことが知られないよう、祈るしかないわね」

「ミスタ・グローヴの話では、参加者の名簿を警察に渡すつもりはないようでした」キャロラインは言った。けれど、気が変わったら？

エマがその思いを読んだように言った。「その言葉を守るかどうかはわからないわ。控えめに言っても、ひどく変わった人のようですもの。自分で殺人犯人を見つけるつもりだなんて」

「どう見ても、上流階級の紳士のすることではないわね」ミリーがうなずいた。「その人がさがしている消えた日記には、いったいなにが書かれているのかしら。それに、偽名を使ったことも気になるわ」そう言って、チッチッと舌を鳴らした。

疑問だらけだ、とキャロラインは思った。アダム・グローヴと名乗った男性が帰ったあとは、一行も原稿が書けなかった。当人は帰っても、残った影が家全体におおいかぶさっていたのだ。

キャロラインはこの世でだれよりも愛している二人の婦人を見た。不安でたまらなくなった。三年前、自分のせいでこの二人の人生をひっくり返してしまった。もう二度とあのようなことを起こすわけにはいかない。キャロラインには、またもや二人を大変な醜聞に、いや、もっと悪い事態に巻きこまないよう守る責任があった。

二歳のときから、キャロラインはエマとミリーに育てられた。母親が阿片の過剰摂取で亡くなったあと、二人が自分たちの家に引き取ってくれたのだ。言葉がしゃべれるようになってからずっと、キャロラインは二人を「伯母さま」と呼んでいたが、実際には、血縁関係があるのは母の姉のエマだけだった。

どちらももうかなりの年だった。長年、親友という以上の仲で、家と子供を育てる責任だけでなく、数えあげればきりがないほど、さまざまな興味と関心を共有していた。

二人は外見も気性も対照的だった。エマは背が高く整った顔立ちで、ものごしはそっけなく、悲観的な考えかたの持ち主だった。ユーモアのセンスがまったくないわけではないものの、声をあげて笑うことはめったにない。

それに対してミリーは背が低くふくよかで、あまりにも陽気なので、よく知らない人たちにはしばしば軽薄だと思われてしまうほどだった。けれど、実際にはまったく逆だった。ミリーもエマに劣らず聡明で充分な教育を受けていた。ただ、夢見がちな傾向が強かった。

キャロラインは小さいころから、伯母たちの服装の好みもそれぞれの気性と似ていると考えていた。エマはリボンや縁飾りのほとんどない黒っぽい地味な服を好んだ。終生の喪に服しているような身なりだったが、偶然にも、それは現在大流行しているものだった。けれど最近は、また別の傾向のスタイルが、それと同じくらいはやっていた。派手な色と柄、縁飾りなどを過剰なくらいに取り入れたもので、それがミリーにはよく似合った。今日の午後着ている服も、その典型と言えるものだった。赤と金色の縞模様と、黒と白の格子柄がまざっている。マドラスチェックの袖と襟ぐりには房飾りが揺れ、スカートの裾からはひだ飾りのついたペティコートがのぞいていた。

エマがキャロラインの紅茶を注いだ。「それにしても心穏やかでないできごとだわ。昨夜わたくしたちがデルモントの家から帰るとき、殺した犯人は物陰からじっと見ていたのかしら？ つまり、そうやって機会を待っていたのだと思う？」

「ぞっとするわね」ミリーが、ぞっとしているというより興奮しているような口調で言った。「正直なところ、昨夜の降霊会はとても興奮したわね。とくに、気味の悪い手が卓の縁からのぞいたのは傑作だったわ。とても効果的で。あの指がミスタ・マクダニエルの袖に触れたときは、あの人が卒倒するのではないかと心配になったくらいよ」

「もちろん、エリザベス・デルモントは完全なペテン師だけれど」キャロラインは考えこんだ口調で言った。「あんな興味深い仕事を選んだことには感服するほかないわ。実入りのいい職業で婦人に門戸がひらかれているものは、本当に数えるほどしかないのですもの」

「まったくだわ」エマがうなずいた。「今日の午後、ほかになにかわかったことは？」

「若いメイドがひとりぽつんと立って、ミセス・デルモントの家の前の騒ぎを見ていました」キャロラインは言った。「だから御者に馬車を止めてもらって、ちょっと話を聞いてみました。わたくしが何者かをその人が知っている恐れはありませんから、心配はまったくないと思ったのです。そうしたら、やじ馬のあいだでささやかれているうわさについて、嬉々として話してくれましたわ」

「で、なんと言っていたの？」ミリーがたずねた。

「それによると、だれもが、降霊室の家具が霊の力で残らずひっくり返されていたことを話題にしていたそうです」

エマがため息をついた。「殺されたのが霊媒だということを考えると、そのようなうわさが流れるのはしかたがないわね」

「ええ」キャロラインは紅茶茶碗を持ちあげた。「それと、壊れた懐中時計のことも大いに取りざたされていると言っていました」

ミリーが興味深そうな表情を浮かべた。「その時計のなにが取りざたされていたの?」

「どうやら時計は死体のそばで発見されたようでした。警察は、殺されたときに壊されたと考えているのですって」キャロラインは紅茶をひと口飲んで、茶碗を置いた。「時計の針は真夜中を指して止まっていたそうです」

ミリーがぶるっと体を震わせた。「まあ、いかにもという感じだこと」

エマの唇が引き結ばれた。「その懐中時計のことはきっと、殺人を報じる記事で大きく取りあげられるでしょうね」

「ひょっとしたら、降霊会の参加者のだれかが腹を立てて、ミセス・デルモントに腹いせをしようと思ったのかもしれないわね」ミリーが言った。「あの世との交信は、そういうばかげたことを真に受けている人たちにとっては、ひどく感情的になる可能性があるものだから」

「そうかもしれませんね」キャロラインはゆっくりと言った。「でも、今朝からこの件についていろいろ考えているうちに、別の可能性があることに気がつきました」

「どういう可能性?」エマがたずねた。

「今朝ここへきた紳士は、ミセス・デルモントを殺したのがだれにせよ、日記を手に入れるために殺したのだろうと考えていました。でも、伯母さまたちもご存じのとおり、わたくしはこのところ心霊調査協会の本部へ何度か出かけていますが、あそこで聞いたところでは、ミセス・デルモントにはアイリーン・トーラーというライバルがいて、その霊媒はひどくねたみ深いことで知られているようです」

「霊媒の世界では、同業者同士で相当なねたみあいがある、あなたはそう言っていたわね」ミリーが言った。

エマが自分の紅茶をかきまぜた。「警察がじきに犯人を逮捕して、この一件を終わりにしてくれるよう祈るほかないわね」

けれど、警察が殺人犯人を見つけることができなかったら？　キャロラインは心の中でそうつぶやいた。アダム・グローヴがしたように、最後には警察がこの家の玄関に現れるのでは？　そして、謎のミスタ・グローヴのことは？　もしも日記が見つからなかったら、またうるさく質問し、あからさまな非難をするためにやってこないともかぎらない。結局は、デルモントの最後の降霊会の参加者名簿を警察に引き渡すのではないだろうか？

グローヴの住む世界の男たちが信用できないことを、キャロラインはだれよりもよく知っていた。

エマがきびしい表情になった。「まったく、次の小説の登場人物に霊媒を使おうなどという、妙な気を起こしてくれさえしなければね、キャロライン。そうすれば、心霊研究について調べるためにウィンターセットハウスへいくこともなかったでしょうし、エリザベス・デルモントの最後の降霊会に参加することもなかったでしょうに」

けれど、自分はそうする道を選んでしまったのだと考えて、キャロラインは悄然とした。その結果、自分と伯母たちはまたもや、ひどく不愉快な醜聞にまみれる危機に直面している。同時に、三人の経済的なよりどころである、小説家という新しい仕事がふいになる危険もあった。

手をこまぬいてここに座り、災厄がなだれのように押し寄せてくるのを待っているわけにはいかない。行動を起こさなければ。大きな危険が迫っているのだ。

5

その夜、キャロラインはまたあの夢を見た。

重いスカートをつかみ、わだちのついた細い道を必死で走る。背後にどっどっという追っ手の恐ろしい足音が迫ってくる。心臓が激しく打っている。疲れてきて、ぜいぜいあえぎながら息を吸いこむ。

走りだしたときには、すさまじい恐怖に駆られて自分でも信じられないほどの力がわきあがったが、長いドレスがずっしり重くなってきて、必死に走っても速度が落ちてきた。誕生祝いにミリーとエマから贈られた美しい帯飾りの鎖にさげた日傘が腰に当たり、よろめきそうになった。

あとどれくらい走りつづけられるか自分でもわからなかったが、立ち止まれば死ぬのはわかっていた。

「あなたには死んでもらわなくてはならないのよ」背後から、不自然なほど説得力のある不気味な声が聞こえた。「わからないの？　あなたが死ねば、あの人はわたしのもとへ帰ってくるのよ」

肩ごしに振り向いたりはしなかった。そのように危険なことはできない。つまずいたり転んだりしたらおしまいだ。

いずれにせよ、振り向いても意味はない。必要なことはすべてわかっていた。追っ手は大型の肉切りナイフを握っており、殺すと決めているのだ。

「あなたには死んでもらわなくてはならないのよ」

どっ、どっ、どっ。足音が迫った。追ってくる女はじゃまになる重いドレスは着ておらず、身軽だった。薄い麻の寝間着一枚で、足には頑丈な靴をはいている。

「あなたが死ねば、あの人はわたしのもとへ帰ってくるのよ」

手に持ったウール地のドレスのスカートが、鉛のように重くなってきた。もうだめだ……。

目がさめたとき、キャロラインはぐっしょり冷たい汗をかいていた。この夢を見たあとはいつもそうだった。殺された霊媒の一件が引き金になって、また悪夢がもどってきたのだ。

この三年間、彼女は断続的にその夢に悩まされてきた。ときには二週間からひと月も見ない夜がつづき、この前のが最後だったのではと期待を持ちはじめることもあった。やがて、悪夢は前触れもなくもどってきて、安らかな眠りを打ち砕く。いったん始まると、立てつづけに幾夜もつづくこともあった。

キャロラインは寝台の横に脚をおろし、部屋着を引き寄せて部屋ばきをはいた。もう一度眠ろうとしてもむだなことは、これまでの経験でよくわかっていた。すべきことはひとつしかない。悪夢と恐ろしい思い出がもどってきた夜は、いつも同じことをしていた。

足音を忍ばせて階下におり、冷えきった書斎へ向かう。書斎に入ると、ランプをつけてシェリー酒を小さなグラスに注ぎ、しばらく部屋の中を歩きまわった。

やがて気持ちが落ちつき、せわしなく打っていた脈がゆるやかになった。キャロラインは机に腰をおろし、紙とペンを取りだして書きはじめた。

彼女には、悪夢と殺人、謎めいたミスタ・グローヴを頭から追いだして、やらなければならない仕事があった。今週末には『謎の紳士』の次回の原稿を、『フライング・インテリジェンサー』の発行人のミスタ・スプラゲットに渡す約束になっている。

大評判の連載小説の作者は、決められた予定をきちんと守ることで生き延びていた。二十六週間、毎週新しい章を書きあげなければならないのだ。ひとつの章は約五千語からなり、読者の関心をつなぎとめるためには、毎回、あっと驚くできごとで始まり、あっと驚くできごとで終わる必要があった。

時間的な余裕があまりないので、キャロラインはたいてい、連載中の小説の最後の何章かを書きあげる作業と並行して、次の作品の調査に取りかかり、調べたことを書き留めておかざるをえなかった。

キャロラインは何百語か書き進めたあとでペンを置き、今書いた原稿を読み返した。

やっとのことで、エドマンド・ドレイクという人物がはっきり形を取りはじめてきた。なんとか間にあったと考えてほっとした。ドレイクはこれまでは表立って登場することはなかったけれど、今後は中心的な存在になる予定なのだ。

6

二日後、キャロラインが講堂の最後列に座って舞台を注視していると、劇的効果を盛りあげるように、ガス灯がすうっと消えた。

会場は深い陰に包みこまれた。明かりに照らされているのは無人の舞台だけになった。ひとつだけ明かりのついているランプがぼんやりした光を放ち、舞台にぽつんと置かれた卓と椅子を照らしだしている。なにかを期待するように、まばらな観衆が静かになった。

キャロラインは自分が座っている最後列にはほかに人がいないことに気づいた。死んだライバルが、これが最後の機会とばかりに、アイリーン・トーラーの影を薄くしてしまったようだ。このウィンターセットハウスでは、エリザベス・デルモントが殺されたというニュースが、心霊研究に関わる人びと全員の関心をさらっていた。年代もののこの館の広間や廊下は、憶測やうわさ話でもちきりだった。だれもがすっかり興奮していて、アイリーン・トーラーの心霊書記の実演を見ようと考える人間はほとんどいなかった。

そんな中で、なんの前触れもなく会場が暗くなったので、キャロラインはどきりとした。文字どおり、目に見えない手にうなじをさっとなでられたような気がして、全身の神経が波立った。見えない存在がおおいかぶさってきたように感じた。

「こんにちは、ミセス・フォーダイス」キャロラインの右肩のすぐ後ろで、アダム・グローヴと名乗った男性が小声でささやいた。「これはまた、超常的と言ってもよいほど驚異的な偶然ですな。隣の席に座らせていただいてもよろしいですか?」

仰天のあまり、キャロラインは椅子から飛びあがらずにいるのが精一杯だった。実際、思わず小さな悲鳴をもらしてしまった。

「ミスタ・グローヴ」あまりの驚きに息をのみ、いっぽうで自分のその反応が腹立たしくて、キャロラインはグローヴをにらみつけた。もっとも、会場後方のこのあたりは闇に包まれているので、にらんでも相手には見えないようだった。「いったいここでなにをしていらっしゃるのですか?」

「同じ言葉をお返ししたいですな」キャロラインは隣に座っていいとは言わなかったのに、グローヴは隣の座席に座るために彼女の前を横切った。「わたしは、アイリーン・トーラーの心霊書記の実演を見れば、なにか得るところがあるかもしれないと考えたのです」

「わたくしのあとをつけていらしたのですね」踏まれないようにさっとスカートをどけながら、キャロラインはなじった。

「いや、実のところ、そうではありません」グローヴが隣の椅子に腰をおろした。「しかし、こうしてまたあなたとばったり会っても、なぜか、さほど意外に思ってはいません」

「正式に紹介されていない見ず知らずの殿方とは、口をきかないことにしております」キャロラインは最大限の冷ややかな口調で言った。

「そうでした、忘れていました」グローヴが座席で体をくつろげた。「先日の朝お宅をたずねたときには、本名を言わなかったのでしたね」

「それどころか、嘘をおっしゃったではありませんか」

「ええ、そうですが、今言えるのは、あのときはそれがあなたのためだと思ったということだけです。しかし、こうなったからには、きちんと名乗ったほうがよさそうですな。アダム・ハーデスティと申します」

「今度は本当のことをおっしゃっているという保証はないでしょう？」

「そうしろとおっしゃるなら、喜んで身元を証明するものをお見せしますよ」

キャロラインはそれを無視した。「今日ここへいらしたのは、ミセス・トーラーにはミセス・デルモントを殺す動機があったらしいとわかったからなのでしょう？」

「どうやら同じうわさを耳にされたようですな」

「二人が張りあっていたことは、このウィンターセットハウスではだれもが知っていますわ」

「好奇心からあの事件を調べておられるのでしょう」アダムがかぶりを振った。「そのような好奇心は危険だと注意されたことはありませんか？」

「ミスタ・ハーデスティ、たしかにわたくしは生まれつき好奇心の強い人間ですが、あいにく、今日ここへきたのは好奇心からではありません」

「ほう？　ではおたずねしますが、いったいどのような気まぐれから、自分で殺人事件を調査しようなどと思われたのですかな？　あの事件はもうあなたとはなんの関係もないはずだ」

「残念ながら、そうとは言いきれません」キャロラインはそっけなく言った。「自分であの事件を調べるのが賢明だと考えたのです」

「まさか」アダムが腕組みをした。「いったいどういうわけで、そのようなことをするのが賢明だなどと？　無謀でばかげた、ひどく危険なことですぞ」

「やむをえないのです。わたくしの見るところでは、状況はもうすでにひどく危険です。お見受けしたところ、あなたは情け容赦のない断固としたかたのようです。あなたがお帰りになったあとで、もし納得のいく犯人が見つからなかったら、あなたはわたくしと伯母たちがあやしいという最初の説に立ち返られるかもしれないと気づいたのです」

アダムがその意味を考えるあいだ、短い張りつめた間があった。キャロラインには、その論法に彼がむっとしたことがわかった。

「たしかに、わたしはあなたの不意をついてあわてさせようとしましたが」アダムがしぶしぶ認めた。「あなたと伯母さんたちは事件とは無関係だとある程度納得したことを、はっきりお伝えしたと思っていました」

「ある程度の納得では、わたくしとしては安心できません。もうおしゃべりはやめにしてください。実演が始まりますわ」

アダムは黙ったが、キャロラインは、彼にはまだあとで言いたいことが山ほどあるのがわかった。アイリーン・トーラーの公開実演が終わったら、大急ぎで会場から逃げだそうと彼女は思った。

流行の大きな水玉模様のシャツと縞柄のチョッキがアクセントになっている、しゃれた背広姿の小柄な男性が舞台に出てきた。そして咳払いをした。

「ただいまより、ミセス・アイリーン・トーラーが自動書記の実演をおこないます」

ぱらぱらと気のない拍手が起こった。

舞台袖の幕の後ろから婦人が現れた。キャロラインは、ウィンターセットハウスの廊下で何度かアイリーン・トーラーを見かけたことがあった。見たところ三十代前半のようで、背が高く、くっきりした顔立ちの美人だった。黒っぽい髪を三つ編みにして、頭の周囲に何重にも巻きつけている。

アイリーンはおごそかな足取りで卓に向かって歩いていった。片手に、ハート形の板に二つの脚輪と鉛筆が垂直に取りつけられた装置を持っていた。プランシェットと呼ばれる器具だ。何年か前に考案されたもので、トランス状態に入った霊媒があの世からの伝言を書くための道具だった。

「あの殺人が起こっていなければ、これはまずまずおもしろい実演になったでしょうな」アダムが低い声で言った。

アイリーン・トーラーが椅子に座り、目の前の卓にプランシェットを置いた。そして、まばらな観衆のほうに初めて目を向けた。キャロラインはその視線の近づきがたい激しさに驚いた。

「こんにちは」アイリーンがよく響く力強い声で言った。「プランシェットの実演を初めてごらんになるかたのために、装置がどのようにして動くのかをご説明します。まず、この世と亡くなった人たちの霊が住む世界とは、薄い膜《ヴェール》で隔てられていることを理解してください。わたしのようなある種の人間には、その膜を貫く管を提供する能力がそなわっています。基本的にわたしは、亡くなった人たちがこの現世と接触できるようにするための霊媒――媒体――にすぎません」

観衆がじっと話に聞きいり、会場が静かになった。ようやく全員の注意がアイリーンに向けられた。彼女はプランシェットを紙の上に載せ、小さなハート形の木の台に指先を軽く置いた。

「霊が伝言を書くためにわたしの手を使えるよう、まず、わたし自身が準備をしなければなりません」アイリーンがつづけた。「しかるべきトランス状態に入ったら、みなさんからの質問をお受けします。もし霊が答える気になれば、プランシェットを利用してくれるはずです」

期待のささやき声が広がった。懐疑的であるにもかかわらず、キャロラインは自分がわずかに身を乗りだしていることに気づいた。

「ただし、あらかじめ申しあげておきますが、このような公開の場で質問された場合、霊がかならず答えてくれるとはかぎりません」アイリーンが言った。「しばしば、ある種の質問はもっと内輪の場でするようにと要求してきます」

アダムが顔を寄せて、キャロラインの耳に小声で言った。「夜自分の家でおこなう、もっと金になる降霊会を売りこんでいるように聞こえますな」

「お静かに願います。わたくしはミセス・トーラーの話を聞こうとしているのです」

舞台では、アイリーンがトランス状態に入りかけた兆候を示していた。目をとじて、椅子の上で体をわずかに左右に揺らしている。

「聞きたまえ、現世をおおうヴェールの向こうにおわす天上の存在よ」アイリーンが歌うように言った。「われらに教えをたまわらん。導きと智恵を与えたまえ」

観衆のあいだに期待の波が広がった。この会場にいる人びとの多くが進んで論理を棚あげにしていることが、キャロラインにはわかった。みな、アイリーン・トーラーが霊界と交信できると信じたいのだ。

「その気になっている観衆ほどだまされやすいものはない」アダムが小声で言った。

アイリーンが低いむせぶような声をあげはじめ、キャロラインは思わずぶるっと身震いした。霊媒の体が何度も痙攣し、肩がよじれた。

観衆が食いいるように見つめた。

突然アイリーンのうめき声がやんだ。体が硬直し、はじかれたように頭がのけぞった。やがて背筋がしゃんと伸びて、それまでより背が高く、いっそう堂々としてりっぱに見えた。

アイリーンが目をあけ、射すくめるような目で観衆を見まわした。

「霊がきています」さっきまでとはまったく違う、しゃがれた恐ろしい声だった。「普通の人の目には見えませんが、会場のあちこちをさまよっています。みなさんの質問を待ち受けています。質問をどうぞ」

あちこちから息をのむ音や感嘆したような低い声が聞こえた。

最前列に座っていた男性がおずおずと立ちあがった。「失礼します、ミセス・トーラー。あの世はどんなところなのか霊にたずねたいんですが」

一瞬、完全な静止の状態があった。やがて、ひとりでに動いているように、アイリーンの指が載っているプランシェットが動きはじめた。

キャロラインは、アダム・ハーデスティをのぞく全員がかたずをのんでいるのを感じた。プランシェットに固定された鉛筆が紙の上をすべるのを、観衆は魅せられたようにじっと見ていた。

しばらくして、自動書記装置の動きが止まった。アイリーンはその作業で少し憔悴《しょうすい》したようだった。プランシェットを脇へどけて紙を取り、観衆に見せる。ランプの明かりで走り書きの文字が見えた。

「ここは光と調和に満ちた世界だ」アイリーンが声に出して読んだ。「いまだ現世にとらわれている者たちには想像もつかない場所だ」

感嘆と驚きのささやきが、さざ波のように会場に広がった。

「小説を書く才能は持ちあわせていないが」アダムがキャロラインにささやいた。「あれくらいならわたしにでも書ける」

「実演についてあれこれ批評するのをお控えになることができないのなら、お願いですから、どこか別の席に移っていただけませんか」キャロラインは小声でぴしりと言った。「わたくしはミセス・トーラーを観察しようとしているのです。気が散るようなことはなさらないでください」

「これを真に受けてなどいないくせに」

キャロラインは聞こえなかったふりをした。

別の客が質問をするために立ちあがった。今度は中年の婦人だった。喪服を着ており、顔は黒いヴェールで隠れている。

「主人のジョージの霊はいますか？」婦人が震える声でたずねた。「もしいれば、株券をどこに隠したのかたずねたいんですが。主人ならどの株券のことかわかるはずです。家じゅうをくまなくさがしましたが、見つかりません。あれを売らなければならないんです。どうしても見つけなくては。さもないと、家を失いそうなんです」

全員が舞台のほうを見た。

アイリーンがプランシェットに手を載せた。また一瞬、静止の状態があった。亡くなったジョージはここにはいない、霊媒はそう言うだろうとキャロラインは思った。ところが驚いたことに、アイリーンの指の下でプランシェットが動きはじめた。最初はゆっくりだった動きがだんだん速くなった。

突然プランシェットが止まった。ぐったりした様子で、アイリーンが紙を持ちあげた。

「暖炉の上にかかっている鏡の後ろ」そう声に出して読んだ。

「助かったわ」中年の婦人が大声をあげた。「ミセス・トーラー、なんとお礼を言えばいいのか。心の底から感謝します」

「お礼ならご主人の霊におっしゃってください、奥さん」アイリーンが言った。「わたしはただの霊媒で、わたしを通じてご主人がその情報を送られたのです」

「どこにいるにせよ、ありがとう、ジョージ」婦人はそそくさと並んだ椅子の列のあいだから通路に出ると、出口のほうへ急いだ。「失礼します。すぐに株券をさがさなくちゃならないものですから」

婦人はキャロラインの脇を急ぎ足で通りすぎ、ラヴェンダーの香りを残して、扉から明りが入らないようにさげてあるカーテンの向こうへ消えた。

「今のはおもしろかったな」アダムが言った。

暗い講堂に興奮がわきあがった。別の男性が勢いよく立ちあがった。

「すみませんが、ミセス・トーラー、ひとつ質問があります」男性が大きな声で言った。

「エリザベス・デルモントの霊が近くにいたら、だれに殺されたのか教えてくれるようにたのんでみてください」

会場が驚きでしんとなった。

舞台でアイリーンが激しくたじろいだ。口をぱくぱくさせている。

アダムが初めて舞台に全神経を集中した。太腿に両肘を突いて身を乗りだし、じっとミセス・トーラーを見つめた。

「たぶん、ミセス・デルモントの霊はここにはいないと言うでしょうね」キャロラインはアダムにささやいた。

「それはどうかな」アダムが答えた。「ほら。プランシェットが動きはじめましたよ」

キャロラインは驚いて目をみはった。ミセス・トーラーの手の下で装置があちらへこちらへと動き、新しい紙の上に鉛筆で字が書かれていった。

アイリーンがうめき声をあげた。肩にそれとわかるほどの震えが走った。懸命に、椅子にまっすぐ座った姿勢を保とうとしているのが見てとれた。

ようやくプランシェットが止まったときには、だれひとり動く者はいなかった。

アイリーンが装置をどけて紙をつかんだ。そして、のたくっている文字を長いこと見つめた。会場の空気がぴんと張りつめた。

アイリーンがしゃがれた声で読みあげた。「エリザベス・デルモントはペテン師だ。その偽りの主張とごまかしが霊たちの逆鱗《げきりん》に触れた。天罰の見えざる手が墓の下から伸びて、あの女を黙らせたのだ」

その負担が大きすぎたとでもいうように、アイリーンがばたりと卓に突っ伏した。観客が動くひまもなく、ただひとつついていたランプの炎が、大きく揺らいだかと思うと、消えた。講堂は濃い闇に包まれた。

だれかが悲鳴をあげた。つづいてがやがやという声が起こった。

「どうか落ちついてください。心配はいりません。これはミセス・トーラーの実演が終わったときにしばしば起こることです。降霊会は霊媒の神経に大きな負担を強いるものなのです。すぐにランプをつけます」

キャロラインにはそれがアイリーン・トーラーを紹介した小柄な男性の声だとわかった。

会場の明かりがゆっくりついて舞台を照らした。

アイリーン・トーラーとプランシェットは消えていた。

7

「猿芝居はもうたくさんだ」アダムはキャロラインの腕をつかんで立ちあがらせた。「ブラウニングが『霊媒ミスタ・スラッジ』という詩を書いたのも無理はない。霊を呼びだすことができると称する人間はみないんちきだ」

「念のために申しますと、ミスタ・ブラウニングの奥さんは、有名なミスタ・D・D・ヒュームがおこなった降霊会にとても感銘を受けられたのです。うわさでは、ヒューム が霊界と交信できるだけでなく、本当に霊の顕現を起こしたと確信なさったとか」

「たぐいまれなエリザベス・バレット・ブラウニングには大いに敬意を表するが、間違いなくヒュームにだまされたのですよ」キャロラインの腕をつかんだまま、アダムは扉のほうへ向かった。「しかし、相手が第一級のペテン師であったことは認めましょう。全盛期には、ヒュームは大勢の人びとをまんまとだましたのですから」

講堂から連れだそうとしてもキャロラインが逆らわなかったので、アダムはほっとした。

しかし、ひとつ大きな計算違いをしていたことに気づいた。袖の生地ごしに伝わってくる、彼女の腕の丸みとそそるような張りのある感触に、思いがけず気持ちがざわめいたのだ。腕をつかんだ手に力をこめて引き寄せたいという衝動が不意にわきあがり、懸命にこらえなければならないほどだった。キャロラインの体に触れたのはこれが初めてで、体に興奮が走るのを抑えることができなかった。

襟ぐりと袖に白い縁取りのある緑色のドレスをまとったキャロラインは、はつらつとして生気にあふれていた。ドレスの短い裳裾は、歩くとき床を引きずらないよう優雅にホックで留めてあり、そのため、ドレスと同じ色のきゃしゃな靴の先がのぞいていた。スカートの布を寄せて小さなふくらみにまとめたドレスの後ろの部分には、緑と金色のベルベットの大きな飾りリボンがついている。髪は優雅な巻き髪に結いあげられ、花の飾りをあしらった小さな帽子が、片目にかかるような粋な角度で載っていた。

まさに食べたくなるような婦人で、自分はひどく空腹だとアダムは思った。

キャロラインの腕をつかんで廊下を歩いていくあいだ、アダムは彼女の女らしさを痛いほどに意識した。そそるようなほのかな体臭が、入浴のとき使った花とハーブの石鹸の香りとまざりあって、鼻をくすぐった。その香りにアダムはぞくぞくした。婦人にこのように簡単に圧倒されるほど、自分はもう若くもなければ未熟でもなく、世間の暗くきびしい面もたっぷり見てきている、と心の中でつぶやく。しかし、自分でもどうしようもなかった。まさに稲妻に打たれたようだった。

二人はウィンターセットハウスの中央廊下を進み、事務室と広い応接室、さらにいくつかの講堂と図書室の前を通りすぎた。アダムの見たところ、心霊調査協会の会員に開放されているのは館の一階だけらしく、二階以上は一般には公開されていなかった。

その館は広大で寒々としており、アダムに言わせるとひどく醜悪だった。ゴシック様式で、どっしりした石造りの建物だ。どの部屋も中世風の丸天井になっており、建物の内部には陽光がほとんど射しこまなかった。

協会の会員たちの雰囲気にぴったりだとアダムは思った。

広い玄関に着いたとき、二人の紳士がなにやら真剣に話しているのが見えた。二人のうち背の低いほうの紳士は四十から四十五歳くらいで、背は平均より低いものの、館と似ているといえなくもない、がっしりした頑丈な体つきだった。眼鏡をかけてひげをたくわえ、額の生え際は後退しかけているうえに、上着はしわだらけで、見るからに学者のような風貌だった。

その眼鏡をかけた背の低い男性が、辟易《へきえき》したような表情を浮かべた、上品で身なりのいい紳士の貴族的な鼻先に、一葉の写真をかざしていた。背の高いほうの男性は、婦人の目を惹きつけずにはおかない彫像のように完璧な顔立ちだった。漆黒の髪に、銀色の髪がひと房光っている。

「人品のいい背の高い紳士はミスタ・ジュリアン・エルズワースです」キャロラインがささ

やいた。「今ロンドンでもっとも人気のある心霊術者です。ときどきこのウィンターセットハウスでも公開実演をしていますが、あの人の降霊会の多くは、ごくごく上流のかたがたのお屋敷でおこなわれます」

エルズワースについて話すキャロラインの口調には、必要以上に熱がこもっているようにアダムには思えた。

「うわさは聞いたことがあります」アダムは言った。「正式に紹介されたことはありませんが」

「今週ここで、あの人のために正式な歓迎会がひらかれることになっています」キャロラインが言った。「そのあとで実演がおこなわれる予定です。きっと大勢の観客が集まることでしょう」

「で、背の低いほうの紳士は？」

「あれがミスタ・リードです。心霊調査協会の会長で、『新しき夜明け』の発行人です」

ちょうどそのとき、エルズワースが、リードに鼻先に突きつけられた写真から目をあげた。考えるような視線をちらりとアダムに向けたが、すぐに、どうやら重要な人間ではなさそうだと判断した様子で、キャロラインのほうに、目もくらむようなまばゆい笑顔を向けた。

「ミセス・フォーダイス」エルズワースが言った。「またお会いできて光栄です」

「ミスタ・エルズワース」キャロラインが手袋をはめた手を差しだしてから、礼儀にのっとって、背の低いほうの紳士に注意を向けた。「ミスタ・リード」

そして、どうしようかというようにアダムをちらりと見た。「ご紹介いたします、こちらはミスタ——」

「グローヴです」キャロラインがどちらの名前を言うべきか迷っているうちに、アダムは言った。「アダム・グローヴです」

二人の紳士がおざなりな会釈をしたが、二人が関心を向けているのはキャロラインであることは明らかだった。

眼鏡のレンズの奥のリードの目には、熱心で真剣な光があった。「またまたウィンターセットハウスへようこそ。小説の調査のつづきをなさるためにいらしたのですか？　それとも、ようやく、当協会でご自身の霊能力を披露すると決心してくださったのですか？」

アダムはキャロラインの腕をつかんでいた手に力をこめた。霊能力だって？　いったいなんの話だ？

キャロラインがそっと彼の手を振りほどこうとした。目に見えない力にさらわれる危険にさらされているとでもいわんばかりに、アダムは無意識に彼女の腕をぎゅっとつかんでいたようだ。あわてて力をゆるめたものの、手は放さなかった。なぜか、彼女をできるだけ近くに置いておかなければという気がした。

キャロラインがリードににっこりした。「先日も申しあげましたとおり、お茶会でわたくしが披露したことについてのあの新聞記事は、間違いだらけでしたのよ」

「しかし、わたしはミセス・ヒューズとじかにお話ししましたが」リードが強い調子で言った。「あの日目《ま》の当たりにしたことに、ミセス・ヒューズはとても感銘を受けておられました」

「当人のわたくしが、協会の調査員のかたがたが興味をお持ちになるような力など持ちあわせていないと申しあげているのですから、どうか信じてください」キャロラインが言った。

リードが理解と賞賛のまじった笑みを浮かべた。「ミセス・フォーダイス、控えめでいらっしゃるのはいかにもあなたらしいが、心配はご無用です。公開の舞台に立たせようなどとは夢にも考えておりません。調査は非公開で、きびしい科学的な基準にのっとっておこなわれますから、安心してください」

「お断りいたします」キャロラインがきっぱり言った。

エルズワースが形のいい眉をあげた。「あまりに謙虚すぎるのではありませんか、マダム。新聞の記事によると、幸運にもミセス・ヒューズのお茶会に出席しておられた何人ものご婦人の心を、みごとに読み取られたそうではありませんか」

「残念ながら、わたくしには協会で披露するような能力はなにもございません」キャロラインが、さっき以上に力をこめて言った。

リードが何度もうなずいた。「お望みのとおりに。いやなことを無理じいしようとは夢にも考えておりませんから」そこでひと呼吸おいてから、声を落とした。「エリザベス・デルモントが亡くなったことはお聞きおよびでしょうな？」

「驚きましたわ」キャロラインが言った。

「協会のわたしたちもみな、仰天しております」リードがかぶりを振った。

「偉大な才能を持った霊媒でしたからな」

エルズワースが、アイリーン・トーラーが実演をおこなった講堂のほうにちらりと視線を走らせた。「全員がそう考えていたわけではありませんがね」

そのやりとりを聞いて、アダムの関心が一段階強まった。「ええ、たしかに、先ほどミセス・トーラーからそういう印象を受けました」

リードが顔をしかめた。「ミセス・トーラーとミセス・デルモントは、仕事の上で張りあっていたようですな。強い能力を持つ霊媒は、しばしば互いの霊能に大きなねたみを抱くものですから」

「ミセス・デルモントの死はあの世の邪悪な力によってもたらされたものだ、ミセス・トーラーはそう示唆《しさ》していました」キャロラインが中立的な口調で言った。

エルズワースが腹立たしそうな表情を浮かべた。「扇情的な新聞によると、この殺しには奇妙な点がいくつかあるようで、おかげで、新聞の売れゆきは大いに伸びることでしょうね」

「奇妙な点とはなんですか?」アダムは単なる好奇心からと聞こえるような口調をよそおってたずねた。

リードが困ったようなため息をついて声を落とした。「デルモントの降霊室の家具が、なにか強大な超自然的な力が働いたかのように、ことごとくひっくり返されていたらしいのです。家具が木切れのように散乱していたそうです」そこで気をもたせるように一拍おいた。「さらに、死体のそばで謎めいた懐中時計が見つかったとか」

「懐中時計のなにが謎めいていたのですか？」アダムはたずねた。

「記事によると、その懐中時計は壊れていて」エルズワースが説明した。「殺人の時刻とおぼしき時刻を示していました。針は十二時を指して止まっていたそうです」そう言って、おかしくもないというような笑みを浮かべた。「ご存じのように、心霊研究の世界ではしばしば、真夜中はとくに重要な時刻とされています」

「この世とあの世をへだてる壁がいとも簡単に破られるのが、夜中のその時刻だという説があるのです」リードが物知り顔でこくりとひとつうなずいて、つけ加えた。「なんとも心穏やかならざるできごとです」

キャロラインがリードの手の中の写真に視線を向けた。「なにか写真を持っておいでのようですわね」

「ええ、そうなんですよ」リードがぱっと明るい表情になって、写真を見せた。「ちょうどエルズワースに見せていたところです」

アダムはキャロラインの肩ごしに写真を見た。写っているのは、背もたれのまっすぐな椅子に腰かけた若く美しい婦人だった。その頭の後ろの空中にぼんやりと、影のような別の女性の姿が浮かんでいるように見えた。

「協会の会員が写したものです」リードが熱心に説明した。「どうやらここに写っている霊媒は、霊の顕現を起こすことができるようです」

「問題は、もう心霊写真を信用する人間などいないことです」エルズワースは明らかにうんざりしていた。「あまりにも簡単に捏造《ねつぞう》できるからでしょう」

「ほかの多くのことと同様に」アダムは言った。

キャロラインがちらりとなじるような視線を向けたが、アダムは気がつかないふりをした。

「そろそろいこうか、きみ？」アダムは言った。「遅くなる」

「わたくしは急いでなどいませんわ」キャロラインが言った。

「約束があるのを忘れているようだね」そう言って彼女を扉のほうへとうながした。

アダムは一瞬、キャロラインがその場に足を踏ん張って動かないのではないかと心配したが、彼女はリードとエルズワースに別れの挨拶をした。

ウィンターセットハウスの玄関の階段の上で、キャロラインはちょっと足を止め、腰の帯飾りの鎖から緑色のきゃしゃな日傘をはずして勢いよくひらいた。

「ミスタ・ハーデスティ、あんなに失礼な態度をお取りになる必要はなかったでしょうに。ミスタ・リードはこの協会の会長というだけでなく、真摯《しんし》に科学的な心霊研究を進めるために、大きな貢献をなさっているのですよ」

「科学的な心霊研究ですと？　もしそういうものがあるとすれば、明らかに矛盾した言いかたですな」

「そしてミスタ・エルズワースのほうは、一部にD・D・ヒュームの後継者とみなしている人たちがいることを知っておかれたほうがいいですわ。ヒュームのように、あの人も本当に空中浮揚ができるといううわさです」

「ミセス・フォーダイス、それを信じておられるのなら、最近わたしの目を引いている興味深い投資話をお勧めしますが、どうでしょう？　ウェールズにあるというダイヤモンド鉱山への投資です。そこでは地面に原石がごろごろしていて、バケツを持っていけばだれでもかき集められるそうです。間違いなく大金持ちになれますよ」

「おもしろくもなんともありませんわ。念のために言っておきますが、ミスタ・エルズワースは心霊研究者による調査を何度も受けて、本物だという太鼓判を押されているのです。調査したある研究者は、ミスタ・ヒュームとミスタ・エルズワースはともに狼男の末裔《まつえい》で、二人があのような非凡な力を持っているのはそのためだと言っています」

アダムは両方の眉をあげて彼女を見たが、なにも言わなかった。

キャロラインにも顔を赤らめる程度のたしなみはあった。

「いいでしょう」彼女がぶっきらぼうに言った。「それがばかげた主張だということは認めます。でも、ミスタ・エルズワースとD・D・ヒュームには、ほかにも共通している点があることを思い出してください。エルズワースの降霊会の参加者には、ロンドンの上流中の上流のかたたちがふくまれています」

「いいことを教えてあげましょう、マダム。わたしの経験では、上流階級の連中も、だまされやすい点ではほかの人びとと同じです」

「アルバート公がみまかられたあと、女王陛下も降霊会を依頼なさったというううわさです」

「ええ、そのうわさは聞きました」アダムはキャロラインの手を取って階段をおりた。「残念ながら、どんな身分であろうと、悲しみに打ちひしがれている人間はいとも簡単に、それにつけこむ連中のえじきになるのです」

「どうしてまた、あなたと心霊研究について論理的な議論をしようなどと考えたのでしょう。懐疑的な考えに凝り固まっていらっしゃるのは明らかですのに」

「そんなことはありません」アダムはキャロラインの腕を取ったまま、自分の馬車のほうへ向かって通りを渡ろうとした。ありふれた辻馬車と見間違えそうな、飾りのない黒っぽい馬車なので、通りで注意を引く心配がなく、目的地まで歩いていかない場合には、彼はその馬車を使うことにしていた。「ちょうどわたしも、ある人物の霊能力について話しあいたいと思っていたところです」

「で、その人物というのはだれですの?」キャロラインが油断のない表情でたずねた。

「おや、むろん、あなたですよ、ミセス・フォーダイス。ミセス・ヒューズのお茶会で披露された霊能力の実演について、ぜひともくわしい話を聞かせていただきたいものです」

ダーワード・リードは、二人がウィンターセットハウスの玄関から出ていってしまうまで待ってから、エルズワースのほうに向きなおった。

リードはジュリアン・エルズワースが好きではなかった。貴族的な態度と冷たい知性、得体の知れない霊能のせいで、落ちつかない気持ちにさせられるのだ。さらに、エルズワースは内心で自分を軽蔑しているに違いない、そう感じさせられることがよくあった。しかし、エルズワースが協会に入会したおかげで、ウィンターセットハウスに対する世間の関心と信用が大いに増大したことは、否定のしようがなかった。

「ミセス・フォーダイスが自分の能力を否定すればするほど、本当に霊能力を持っているに違いないと思えてきました」ダーワードは内心の思いを声に出して言った。「婦人にありがちな生来のあの引っこみ思案を打ち破って、心霊研究の分野に多大な貢献ができることを納得してもらう方法を、なんとかして見つけなければなりませんな」

エルズワースが肩をすくめた。「あの人は霊媒ではなく作家です。関心を引きたいのであれば、小説を出版するという契約を提示してみてはどうですか」

その妙案に、ダーワードは一瞬言葉を失うほど感心した。

「おお、なんと」ようやく声が出るようになると言った。「すばらしい考えですな。次の作品を『新しき夜明け』に掲載すれば、膨大な数の新たな読者を獲得できるだけでなく、心霊研究の分野に大きな関心を集めることができるでしょう。じっくり検討してみる価値がありますな」

霊感を与えられて、ダーワードはすでに頭の中で形を取りかけている計画を詳細に検討すべく、急ぎ足で自分の事務室へ向かった。
やはりそうだ。腹立たしい存在ではあっても、エルズワースは大いに役に立つ人物だ。

8

「すべては大きな誤解です」キャロラインがいらだちとあきらめのまじった表情で言った。「わたくしの霊能力の実演というのは、ミセス・ヒューズとお茶会の出席者に楽しんでいただくための余興にすぎなかったのです」

「余興？」

「伯母たちが週に何度か、ミセス・ヒューズやお友達とカードを楽しんでいて、その席でなにか隠し芸を披露してくれないかと頼まれたのです。エマとミリー伯母は、最近の調査でわたくしが、霊能力があると称する人たちの使う仕掛けをいくつかおぼえたことを知っていました。それで、霊媒がどのようにするのか、そのやりかたを実演して見せたらお友達が喜んでくださると考えたのです」

「ところが、ミセス・ヒューズはあなたの手品を真に受けた？」

「残念ながら、そのようです」キャロラインが言った。「ミセス・ヒューズには心霊調査協会の会員のお友達が何人かいらしたらしくて、そのひとりが『フライング・インテリジェンサー』の記者に、お茶会のことを話したのです」そう言って、てのひらを上にして両手を広げて見せた。「そんなこんなで、結局、気がついたときには新聞に記事が載っていました。まったく、辟易させられたのなんのって」

「いかにも俗受けをねらう新聞にありがちなことだ。ほんのひとつか二つの事実をもとに、大仰な作り話をでっちあげるのです」

キャロラインが鼻にしわを寄せた。「たしかに、新聞はかならずしも、事象を望ましい正確さで報道するとはかぎりませんわね」そこで急に言葉を切ると、不安そうにあたりを見まわした。「どこへ向かっているのですか？　わたくしはコーリー通りへ帰らなくては。今日じゅうにあと何枚か書きあげなくてはならないのです」

「わたしの馬車でお送りします、ミセス・フォーダイス」

「まあ」キャロラインがぎょっとしたように口ごもった。まるで、アダムにコーリー通りまで送ってもらうことを考えて狼狽したとでもいうように。

通りの向かいで、近づいてくる二人を見つけたお抱え御者のネッドが、馬車の戸をあけようと御者台から飛びおりた。

キャロラインは考えを決めたようだった。通りを渡りきると、馬車のそばで足を止めた。

「ミスタ・ハーデスティ、せっかくですが、わたくし、今日はウィンターセットハウスまで貸馬車でまいりました。帰りも同じ方法で帰りますわ」

キャロラインが彼の馬車に乗りたがっていないとわかって、アダムは自分でも認めたくないほどのいらだちをおぼえた。そして、彼女を馬車に誘いこむえさに使えそうなものはないかと思案した。

「いいでしょう、ミセス・フォーダイス、お好きになさるといい」アダムはさも残念そうに、丁重な口調で言った。「今日のアイリーン・トーラーの実演について、記憶がまだ新しいうちに互いの感想を話しあう機会が持てると期待していたのですが、貸馬車で帰宅するとおっしゃるのであれば――」

キャロラインが驚いた表情になった。「気づいたことを比較なさりたいと？」

「ええ。互いに感じたことを話しあえば、別々に考えたのでは到達できないかもしれない、なんらかの結論を導きだせるかもしれないと思ったのです」

キャロラインの目が興奮で輝いた。「なるほど。それは考えていませんでしたわ」

「しかしながら、わたしに送ってもらうのは気が進まないというお気持ちは、よくわかります。われわれの出会いが楽しい始まりでなかったのは承知しています。全面的にわたしのせいですが」

「うーん」キャロラインが待っている馬車に不安げな視線を走らせた。

アダムを信用していないことは一目瞭然だ。ジュリアン・エルズワースの馬車に誘われても、同じようにためらうだろうか、アダムはふとそう考えた。

そして、別の方向から押してみた。

「恐れておられるのは、うわさになることではありませんね、ミセス・フォーダイス」そっけない口調で言う。「なんと言っても、あなたはれっきとした未亡人で、婚約者ではない紳士と二人で馬車に乗りこむところを見られるようなまねをしてはいけない、未婚の若い淑女ではないのですから」

意外にも、その皮肉は驚くほど強い反応を引き起こした。日傘の柄《え》を握っていたキャロラインの手に、それとわかるほど力がこもった。

「自分の分《ぶん》は充分に心得ているつもりです」キャロラインが冷ややかに言った。

「そうでしょうとも。では、問題はなんなのか教えていただけますか?」

「あなたがどなたか、正確なところを存じあげないことですわ」

「申しあげたではありませんか。わたしの名前はハーデスティです。アダム・ハーデスティです」

「グローヴと違って、それが本当のお名前だと信じてもよい根拠はなんですの?」

アダムはポケットに手を突っこむと、名前が印刷された白い名刺を取りだした。「これが名刺です、ミセス・フォーダイス」

キャロラインは名刺をしげしげと見たが、表情は変わらなかった。「名刺は簡単に偽造できますわ」

そして、ごみかなにかのようにアダムに突き返した。久しぶりに、アダムは自分がかっとなるのがわかった。

「気を悪くさせるつもりはありませんが」そっけなく言う。「言わせていただくと、この純情ぶった遠慮は少々度がすぎていますよ。なんといっても、あなたは扇情小説を書いている作家ではありませんか」

「それがどうかしまして？」

「それがなにを意味するかはだれもが知っています」

「へえ？　で、それがわたくし個人についてなにを物語っているのでしょうか、ミスタ・ハーデスティ？」

アダムは自分が抜き差しならないはめに陥ったことに気づいた。彼が婦人を相手にこのような窮地に陥ることは、めったになかった。

「つまり、大いに、その、読者の感情に訴える小説を書いておられることを意味しています」遅ればせながら言葉を選んで言う。

「そのどこがいけないのですか？」

アダムは通りの左右にちらりと目を走らせて、上品とはとても言えないこのやりとりが聞こえる範囲に人がいないことをたしかめた。公衆の面前でみっともない騒ぎを起こすのだけはごめんだった。

「扇情小説の作家は、ひどく世俗的なとしか言いようのない主題を扱った物語を書くことで知られています」

「どうしてそんなことがおわかりになるのですか？　その種のものは読まないとはっきりお

っしゃったではありませんか」

「しかり。しかし、たまたま『謎の紳士』の最新の章を読みましてね。その一章だけでも、まぎれもなく、密通と不義、駆け落ち結婚、さらには殺人について言及がありました。どう見ても、あなたがお書きになる物語は、次から次と、これでもかというほど感情に訴えるものです」

キャロラインがアダムに鋼のような笑みを見せた。「あなたがこの分野の小説に新たに知識を広げられたことに、いたく心を動かされました。でも、作者について判断をくだす前に、あと何章かお読みになったほうがよろしいのではないでしょうか」

「あの小説を最後まで読む必要などありません。エドマンド・ドレイクが非常に悲惨な最期をとげるのは明白です。あなたの小説の悪役は例外なく悲惨な最期を迎える、そう伯父と妹が断言していましたから」

キャロラインの表情が一変した。「妹さんと伯父さまが、わたくしの作品を読んでくださっているのですか?」

「残念ながら、そのようです」

「そうですか」キャロラインがひどくうれしそうな表情になった。「どなたかがわたくしの小説を楽しんでくださっていることを聞くのは、いつも大きな喜びです」

「ええ、それで、今も言ったように――」

「わたくしの小説の品位についてひどくお気になさっている理由が、それでよくわかりました」キャロラインが温かい笑みを浮かべた。「妹さんに不適切な話を読ませたくないとお考えになるのは当然ですわ。ご安心ください。わたくしの書く主題と筋は、必然的に大人向けのものが多くなりますが、登場人物はその品行に応じて、ちゃんと報われたり罰せられたりしますから」

「それは、エドマンド・ドレイクにとってはよい前兆ではありませんね」

「ドレイクについてはご心配にはおよびませんわ。なんといっても悪役ですもの。わたくしの小説のヒーローは、かならず土壇場で勝利をおさめてヒロインと結ばれることを、おぼえておいてください」

アダムは片手を馬車の側面に突いて少し前かがみになり、キャロラインにおおいかぶさるようにした。「教えてください、ミセス・フォーダイス、これまでにヒーローと悪役の区別がつかなくなったことはありますか？」

「ありませんわ。ヒーローと悪役は、わたくしの頭の中ではいつもきちんと区別されていますもの」

その点に関して、彼女の中では一片の疑いもないことがアダムにはよくわかった。ドレイクの運命は定まった。

「あなたは幸せな人ですね、マダム」彼は言った。

わかったというようにキャロラインの目が光った。「あら、まあ。エドマンド・ドレイクのモデルとして使わせていただくつもりだと申しあげたせいで、ご自分にあてつけたものだと考えていらっしゃるのですね」その顔に申しわけなさそうな笑いが浮かんだ。「ごめんなさい。あなたを侮辱するつもりも、お気持ちを傷つけるつもりもなかったのですが」

自分はいったいなにをしているのだろう？　こんなところに突っ立って、キャロラインと小説の悪役とヒーローについて話しているとは。

「わたしの気持ちなど捨てておいてください、マダム。はっきり言って、こんなものよりはるかにひどい罵倒にも耐えてきましたから」アダムは体を起こし、馬車に突いた手をおろした。「しかし、埋めあわせをしたいと思われるのなら、どうか家まで送らせてください」

「それは――」

「まだわたしの身元について疑いをお持ちなら、ここにいるネッドが保証してくれます」

ネッドはひらいた馬車の戸の横に辛抱強く立ったまま、懸命に、この奇妙なやりとりを聞いていないふりをしようとしていたが、自分の名前が口にされたのを聞いて、びくりと飛びあがった。

「はい？」

「頼むから、わたしの名前はアダム・ハーデスティで、どこから見てもりっぱな紳士だと思われていて、ふらちな目的のためにご婦人をさらって自分の馬車で連れ去る癖などないことを請けあって、ミセス・フォーダイスを安心させてあげてくれ」

ネッドの口が驚きでぽかんとあいた。御者はあわててごくりと唾をのみこむと、懸命に落ちつきを取りもどそうとした。

「ミスタ・ハーデスティの人となりは保証します、奥さん」ネッドがいじらしいほど真剣な口調で言った。「長年御者を務めてますが、旦那さまは恐ろしいかたでもなんでもありません。本当です」

キャロラインがにっこりした。「あなたの言葉を信じていいのね、ネッド？」

「はい。それと、こう言ってはなんですが、ミセス・フォーダイス、今度の小説はこの前の作品以上にわくわくします。火事の炎の中からミス・アンが救出されるくだりは、ほんとにはらはらしました。殺人の場面もです」

キャロラインの顔が輝いた。「まあ、ありがとう、ネッド」

「エドマンド・ドレイクを今回までずっと、いわば陰の存在にしておいたのは、ほんとに天才的なやりかたでした。とても謎めいた人物ですね、ドレイクは」

キャロラインがうれしそうに頰を上気させて、ネッドが馬車の戸の前に置いた踏み台に近づいた。「そう言ってもらってとてもうれしいわ」

ネッドが白い歯をのぞかせて、馬車に乗せるべくキャロラインの手を取った。「芯まで腐ったあの男がどうなるのか、読むのが待ちきれませんよ」

キャロラインが明るい笑い声をあげた。「今週ちょうど、彼がどうなるのかを書いているところよ、ネッド」

キャロラインが優雅に腰を曲げて馬車に乗りこむのを、アダムはじっと見守った。派手な緑色と金色のベルベットのリボンが気を引くように揺れたと思うと、車内の暗がりに消えた。

ひょっとしたらネッドを見習うべきかもしれないと考えながら、アダムはキャロラインにつづいて馬車に乗りこんだ。御者はなんの苦労もなく彼女を納得させて馬車に乗せた。間違いなくヒーローにぴったりの人材だ。

9

やってしまった。キャロラインは自分の大胆さに茫然としていた。未亡人という立場を利用して馬車に乗りこみ、これまでの人生で出会っただれよりも魅力的な男性と二人きりで、狭い車内に座っている。

惜しむらくは、話題が殺人事件だということだ。

さも、ロンドンの街なかを紳士と馬車で走るのには慣れているというように、キャロラインはさりげないふうをよそおいながら、たずねるような表情でアダムを見た。

「うわさは正しかったようですね」アダムが言った。いっぽうの脚を投げだし、片腕を窓枠にかけて座席でくつろいでいる。「アイリーン・トーラーとエリザベス・デルモントが憎みあっていたのは間違いない」

「ええ、そうですわね」キャロラインは先ほどの実演で見たことに考えを集中しようとした。「当然の報いがくだったと思っていることを、ミセス・トーラーは隠そうともしていませんでした」

アダムがいっぽうの眉をあげた。「当然の報いかどうかは疑問だが、動機がなんであれ、ミセス・デルモントの頭はあの世からの顕現によって砕かれたのではありません。誇り高き霊が人を殺すのに、暖炉の火かき棒のような世俗的なものを使うとは考えられない」

キャロラインはぶるっと身震いした。「同感です。そのような暴力は、あまりにも人間くさくありませんこと？」

アダムは往来の激しい通りに目をやって考えこんでいるふうだった。「死んだライバルにトーラーが強い憎しみを抱いていたことは明白だ。殺人についてなにか知っているのかもしれませんね」

「ミセス・デルモントを殺したのはミセス・トーラーかもしれないという気もしました。仕事上のライバル同士というのは、非常に強い動機づけになります」

「たしかにそうです」アダムの目の端がかすかにこわばった。「しかし、今なにより気になっているのは、新聞に書かれていなかったことです」

「今朝の新聞をごらんになりましたか？　事件のことがとてもくわしく載っていました。家具がひっくり返されていたことと、真夜中を指して止まっていた懐中時計のことも書かれていましたわ」

「それは、わたしが現場で見たことの中では瑣末なほうに属することでした」アダムが静かに言った。

「と言いますと？」

「わたしが発見したとき、エリザベス・デルモントは降霊室の絨毯にあおむけに倒れていました。だれか、おそらく殺した犯人が、その顔に花嫁のかぶるヴェールをかけていて、そのヴェールは血に染まっていました」

キャロラインは仰天してアダムを見つめた。「まあ」

「おまけに、デルモントのドレスの胴着の上に、黒い七宝の哀悼のブローチが残されていました。ブローチの裏面には、ひと房の金髪と、花嫁衣裳姿の金髪の若い婦人の小さな写真が入っていました」

「ブローチはミセス・デルモントの死体の上に置かれていたとおっしゃるのですか？　ドレスに留めつけられていたのではなくて？」

アダムがうなずいた。「ヴェールと同様、意図的に死体の上に置かれたように見えました」

それを聞いて体を走り抜けた寒気を追い払おうと、キャロラインは両腕で自分の体を抱きしめた。「本当に、奇怪という言葉がぴったりだわ。ヴェールと哀悼のブローチということは、強い怨恨による殺人ということになりますわね。どう見ても強盗や押しこみのしわざとは思えません」

「さらに、日記を手に入れることが目的でデルモントを殺した者のしわざとも思えない」アダムがその可能性を捨てたくなさそうな口調で認めた。「ゆすりのネタをねらった人間が、わざわざそのような芝居がかったことをするとは思えませんから」

「殺すほどの個人的な恨みをエリザベス・デルモントに抱いていた人間のしわざに見せかけることで、警察の捜査を攪乱《かくらん》することをねらったのでないかぎりは」キャロラインはやんわりと言った。

アダムが冷静に値踏みするような目でじっと彼女を見た。「ミセス・フォーダイス、それは非常に興味深い可能性ですね。注意をそらすというのは、大昔からある手です。何者かが日記を盗み、別の方向を指し示すさまざまな手がかりを故意に残した、ということは考えられます。しかし、もしそうだとしても、なぜ新聞にそのことがなにも書かれていなかったのでしょう?」

「ミスタ・ハーデスティ、問題がますます複雑になってきたようですわね。次はどうなさるおつもりですの?」

「アイリーン・トーラーについてさらに調べたいと思います。わたしの考えるところでは、デルモントを激しく憎んでいたとすれば、疑わしい容疑者ということになる。しかし、直接会って質問しても、役に立つ答えは返ってこないでしょう。とりわけ、なにか隠したいことがあるとすれば」

「ミセス・トーラーが嘘をつくと思っていらっしゃるのですか?」

「それより、露見したと思ったら、荷物をまとめて姿を消すのではないかということのほうが心配だ。この事件に関わっているかどうかがはっきりするまでは、おびえて逃げだされるようなことにはなってもらいたくないのです」

「どうなさるのですか？」

「あの女がエリザベス・デルモントを殺して日記を盗んだのだとすれば、家のどこかに隠しているはずです」アダムが考えこんだ口調で言った。「次にすべきことは家捜《やさが》しでしょうね」

キャロラインはすばやく腕組みをほどいた。「ミセス・トーラーの家に押し入るつもりですか？　まあ、そんな危険を冒すなんていけませんわ。すでに一度殺しているとしたら、躊躇なくもう一度同じことをするでしょう」

反対されてアダムは戸惑ったようだった。やがて、その目にたずねるような奇妙な表情が浮かんだ。「わたしの安全を心配してくださっているのですか、ミセス・フォーダイス？」

「無謀な計画に常識を吹きこもうとしているだけです」

「残念だな。一瞬、わたしの安寧《あんねい》を気にかけてくださったのかという期待を持ちかけたのに」

「からかうのはやめてください、ミスタ・ハーデスティ。この冒険をすると心を決めていらっしゃるのなら、せめて、押し入る前に家の間取りをお調べになったほうがいいのではありませんか？　前もってそういうことがわかっていれば、より効率的に捜索することができるはずです」

アダムがほうというような目でキャロラインを見た。「どうすればよいと？」

「降霊会を設定するという方法もあります」キャロラインはすばやく考えをめぐらした。「ミセス・トーラーは今日の公開実演を利用して、あからさまに自分の商売を売りこもうとしていました」

「なかなかよい思いつきだ」アダムが眉をあげた。「それどころか、すばらしい。降霊会を口実にして家に入れれば、家の中を見る機会が持てるだけでなく、トーラーに関してほかの情報も手に入るだろう。実のところ、この事件では、扇情小説家に相談役になってもらえば、このうえなく役に立ちそうだという気がしていたのです」

アダムの顔にじんわり浮かんだ笑いは、思いがけないほど官能的で、ぞくぞくするほど親密だった。その笑いで彼の印象が一変し、世間に見せている謎めいた外見の下に隠れた、いくつもの顔を持つ複雑な男性が、一瞬かいま見えた。

キャロラインはどぎまぎして、懸命に落ちつきを取りもどそうとした。

「もちろん、わたくしもいっしょにまいります」胸の高鳴りをやりすごそうとしながら言う。

アダムの笑みが、浮かんだときと同様、一瞬にして消えた。ふたたび、よそよそしいそっけない表情がもどってきた。

「その必要はないと思います」

「そんなことはありませんわ」キャロラインは渾身の力をこめて言った。「わたくしがいれば、ミセス・トーラーが抱くかもしれない疑念を和らげる役に立つでしょう」

「いったいどのような疑念を抱くというのですか？　わたしはミセス・トーラーと会ったことは一度もありません。たとえ日記を持っていて、アダム・ハーデスティという名前の男がゆすりの対象になりそうだと知っているとしても、わたしがそのカモになるはずの人間だとわかるはずはないでしょう?」

「今日の実演の際に、ミセス・トーラーはあなたを見たかもしれません」

アダムが片手で振り払うようなしぐさをした。「そうだとしても、リードとエルズワース同様、わたしをミスタ・グローヴと思うだけです。アイリーン・トーラーの生業《なりわい》は降霊会をおこなうことだ。トーラーにとっては、わたしは新しい顧客のひとりでしかないはずです」

キャロラインを計画に加える必要があるとアダムに納得させるためには、どうやら別の論拠を見つけなければならないようだ。彼女は自分抜きでアダムに調査をさせるつもりはなかった。慎重にやらなければ、と心の中でつぶやく。アダム・ハーデスティは、他人からなにかをするよう仕向けられるのをよしとする人間ではない。けれど、なんとしてもそうしなければ。

キャロラインは咳払いをした。「お気を悪くなさらないでいただきたいのですが、そう、あなたのある面が、おそらくミセス・トーラーを――」そこで言葉を切り、無難な表現をさがしたが、思い浮かばなかった。「不安にさせることでしょう」

アダムの顎がこわばった。「いったいなぜ、わたしが彼女を不安にさせるなどと?」

キャロラインは、ポケットから手鏡を出してアダムにみずからの恐ろしげな表情を見せてやろうかと考えたが、すぐに、そんなことをしてもむだだと考えなおした。ほかの人間が彼を見たときどう感じるか、当人にわかるとは思えなかった。

論理と道理で押そう。アダム・ハーデスティにこちらの望むことをさせるよう仕向けたければ、使うべき道具は論理と道理だ。

「もしもアイリーン・トーラーが殺人についてなにか知っているとしたら、警戒しているはずです」キャロラインは辛抱強く言った。「逆に、殺人についてなにも知らないとしたら、同業の霊媒が殺されたことで、ひどく神経質になっていることでしょう。当分のあいだ、知らない人間からの降霊会の依頼をすべて断ったとしても、不思議ではありません。わたくしがあの人なら、そうするでしょう」

「そうかな？」

「間違いなく」キャロラインは請けあった。

アダムは疑わしそうな表情を隠そうともしなかった。にもかかわらず、キャロラインの言ったことをじっくり考えているのが見て取れた。

「あなたはトーラーと知りあいなのですか？」やがて、アダムがたずねた。

一歩前進だ。

「紹介されたことはありませんけれど、このところ、調査のためにわたくしは何度もウィンターセットハウスに顔を出していますから、わたくしがだれかということは知っているはずです。先ほどミスタ・リードとミスタ・エルズワースに会ったときおわかりになったように、わたくしの調査のことは、心霊調査協会の会員のかたがたにはよく知られていますから」

アダムが口の端をゆがめた。「言い換えれば、わたしがアイリーン・トーラーの家に入るには、あなたの名前が必要だということですね？」

「わたくしが降霊会を依頼しても、ミセス・トーラーに妙だと思われる心配はないと思います。それどころか、ことのなりゆきから見て、わたくしがそうするのはごく自然なことでしょう」

アダムはちょっと考えているふうだった。そして座席の上で座りなおし、前腕を太腿に載せて身を乗りだした。

「よろしい、ミセス・フォーダイス」真夜中のような深い声だ。「あなたがアイリーン・トーラーの降霊会を手配できるのなら、いっしょに参加しましょう」

目的を達したことにほっとして、キャロラインはにっこりした。「すぐにミセス・トーラーに手紙を送りますわ。きっと問題はなにもないと思います」

「手を握らせてもらってもよいですか？」彼がたずねた。

キャロラインは凍りついた。「え？」

アダムがむだのないすばやい動きで馬車の窓のカーテンをしめたので、車内が暗くなった。彼が手を伸ばしてキャロラインの手をつかんだ。

「降霊会の参加者はしばしば手をつなぐと聞きました」アダムの手がやさしく彼女の手を握った。「たしか、霊媒の力を強めたり集中させたりするためだとか」

キャロラインはアダムの大きな力強い手に視線を落とし、自分がほとんど息ができなくなっていることに気づいた。彼の体がすぐ間近にあった。

「ええ、そう、それが通常の説明です」キャロラインはどうにか言った。「霊媒が参加者全員に手をつなぐことを求めるのは、そうすれば、懐疑的な参加者が、都合の悪いときに明かりをつけたり、霊の顕現をつかまえようとしたりする恐れが少なくなるからだと言う人もいます」

「そうやって、霊媒の仕掛けをあばこうとするのを防ぐわけですね」

「そのとおりです」

「降霊会であなたの手を握るのが楽しみですよ、ミセス・フォーダイス」

キャロラインは動くことができなかったし、動きたいとも思わなかった。

アダムは見えない力で彼女を動けなくしておいてから、ゆっくり時間をかけて、握った手を口のところまで持ちあげた。そして彼女のてのひらを上向きにして緑色の手袋をずりさげ、手首の内側のとりわけ敏感な肌をあらわにした。

キャロラインの呼吸が完全に止まった。

早鐘のように脈打っている手首に口づけされたときには、体が何万もの小さな花火になって粉々に砕けそうな気がした。

「ミスタ・ハーデスティ」ささやくように言う。

アダムは頭を起こしたが、握った手は放さなかった。「アダムと呼んでください」

「アダム」キャロラインはその名前を舌の上で味わった。火と氷が一体になった、生まれて初めて味わう味だった。

彼女の口から出た自分の名前の響きが気に入ったというように、アダムが笑みを浮かべた。そして、さらに身を乗りだしてきた。唇にまともに口づけをするつもりだとわかって、キャロラインは仰天した。事態の重大さに戸惑っているうちにアダムの唇が重なり、まわりの世界が霧の中に溶けていった。

えもいわれぬ幸せな気分が体の奥からわきあがった。喜びと興奮、好奇心、そして期待が混じりあい、めまいがしてきた。意識がもうろうとして、体を支えようと彼の肩に両手を置いた。肩に手が触れた瞬間、アダムが喉の奥からあえぐような声をもらし、彼女の肩をつかむなりぐいと胸に引き寄せた。

口づけが深まるにつれ、キャロラインはもうなにも考えることができなくなって、激情の渦にのみこまれた。

ばねの利いた馬車が軽い音をたてて止まった。アダムがいかにも残念そうに彼女を放し、体を起こして座席の背もたれに背中をつけると、カーテンをあけた。

「お宅に着いたようです」そう言って、心臓が止まりそうなほど親しげな目でキャロラインを見た。「これほど早く着いてしまうとは、残念しごくだ」

キャロラインはどう返事をすればいいのかわからず、かわりに窓から外を見た。玄関の階段の上に人影が二つ見えた。向こうも、驚きにあんぐりと口をあけてこちらを見ている。

彼女は瞬時に現実に引きもどされた。

「大変」思わずつぶやく。「あなたにとっては、少しばかりやっかいなことになるかもしれませんわ」

アダムが階段の上の二人をじっくり見た。「伯母さんたちですね？」

「残念ながら、そうです」

アダムが扉の取っ手をつかんだ。「わたしは世間では尊敬すべき人間とみなされていると言ったはずです。きっとお二人は、あなたを家までお送りしたことに異議を唱えたりはなさらないでしょう」

「問題は、伯母たちがあなたに、ぜひともお茶を一杯さしあげたいと言うだろうということです」

「願ってもない。ちょうどお茶を飲みたいと思っていたところです」

「お待ちください。おわかりになっていないのです」キャロラインは言った。「お茶だけですむはずがありません。あれこれ質問されるでしょう。それも山ほど」

アダムが謎めいた笑いを浮かべて馬車からおりた。「いくつか質問されるくらいかまいません。折よく、こちらにも質問したいことがありますから」

10

それから二十分あまりがすぎたときにもまだ、アダムが最後に言った謎めいた言葉はどういう意味だろうと考えて、キャロラインは落ちつかない気分だった。彼の機嫌を測りかねて、目立たないように観察する。いらだっている兆候が現れても当然なのに、コーリー通り二二番地の小さな客間で、アダムはすっかりくつろいでいるようだった。

肘かけ椅子に座り、脚を前に投げだして足首を重ねている。そばの卓には飲みかけの紅茶とミセス・プラマーが作ったペストリーの皿が載っており、彼はさかんにペストリーを食べていた。

「姪ごさんからお聞きおよびのことと思いますが、エリザベス・デルモントは、死んだときある日記を所有していたとわたしは考えています」アダムがジャムタルトを頬張りながら言った。

ミリーとエマは丁重に応対していたが、本題に入ったので警戒していた。しかしながら、二人とも急速にアダムの魅力にとりこまれつつあるようだった。

「ええ」ミリーが言った。「キャロラインから日記のことは聞きましたわ」

エマが顔をしかめた。「正直なところ三人とも、日記になにが書かれているのかを知りたくて、うずうずしているのですよ」

「当然です」アダムが口の中のタルトをのみこんだ。「残念ながら、その好奇心を完全に満たしてさしあげることはできません。日記には、わたしが心から愛している人たちに関わるきわめて個人的な情報が書かれている、と申しあげればわかっていただけるでしょう」

「ミセス・デルモントがその日記を持っていることを、どうやってお知りになったのですか？」キャロラインはたずねた。

アダムがちょっと口ごもった。どこまで話すべきかと考えているようだ。

「二週間ほど前、モード・ギャトリーという古い友人が亡くなったという知らせを受け取りました」アダムが言った。「亡くなったのは悲しいことでしたが、さほど驚きはしませんでした。モードはもう長いこと阿片中毒でしたから。近年はもう阿片なしではいられない状態で、ついに阿片に命を奪われたのです」

「なんとお気の毒な」ミリーがつぶやいた。

「その数日後、相当な額の金をある場所に置いておかなければ、モードの日記の内容を暴露すると書かれた脅迫状が届きました」アダムが次のタルトをつまんだ。「そのときまで、モードが日記をつけていたことは知りませんでした。すぐに調べたところ、モードが残したわずかな所持品は、いとこが持ち去ったことがわかりました」

「そのいとこを見つけだされたのですか?」エマがたずねた。

「ええ。モードに親戚がいたことは、いくぶん意外でもありました。彼女はずっと身内はいないと言っていましたから」

「だれかが亡くなってなにか値打ちのあるものが残されると、不思議なことに、長らく所在不明だった親戚がどこからともなく現れるものですわ」エマが皮肉っぽく言った。

アダムがおもしろがっているような表情を浮かべた。「ええ。とにかく、時機的に、その未知のいとこがモードの遺品の中にあった日記を見つけて読み、金になりそうだと考えて、ただちに脅迫状を送りつけたのは間違いありません。で、さらに調べを進めて、モードの住まいへやってきてわずかな遺品を持ち去った女が、エリザベス・デルモントだということを突き止めました」

「おみごとな探索でしたこと」ミリーが感心した口調で言った。

アダムが紅茶茶碗に手を伸ばした。「実のところ、さほど手間のかかることではありませんでした。ちょっとばかりたずねまわるとすぐに、ハムジー通りの住所が判明しました」

だれでも同じことができたはずだと言わんばかりのさりげない口調だったが、キャロラインにはそうでないことがわかった。アダム・ハーデスティが住む世界とエリザベス・デルモントが住む世界とはまったく接点がなく、人の交流もないはずだ。遺品がわずかだったことから見て、阿片中毒のモードはそれよりさらに低い階級に属していたと思われる。上流階級の平均的な紳士が、それほど迅速に、モードのような下層階級の人間といとこの関係を突き止めるために必要な情報網を持っていることなど、どう考えてもありそうにない。

アダムのことを知れば知るほど、ますます謎めいた人物に思えてきた。

「残念ながら、先日の夜デルモントと対決すべく自宅へいったときには、すでにデルモントは死んでいて、日記は消えていました」アダムがちらりとキャロラインを見た。「ご存じのように、それでまあいろいろあって、こちらへうかがったわけです」

「その家で降霊会の参加者の名簿を見つけられたことは、キャロラインが話してくれました」ミリーが言った。「名簿にこの子の名前があったとか」

アダムがまたミリーに視線をもどした。「じきに、姪ごさんは事件とは無関係だと確信して、ご当人にもそうお話ししました」紅茶をひと口飲んで卓に置く。「今日ウィンターセットハウスの講堂へ入って、姪ごさんもアイリーン・トーラーの自動書記の実演を見にこられているとわかったときの、わたしの驚きを想像してください」

ミリーとエマがキャロラインを見た。

「偶然というものを信じない人間なので」アダムがつづけた。「すぐに、自分で調査をしようと思われたのだと気づきました。わたしとしてはその必要はないと思うのですが、どうやら、この件をわたしに任せるよう姪ごさんを説得するのはむずかしそうですね」

エマが顔をしかめた。「わたくしたちは三人とも、醜聞になる恐れがあることは避けるよう、細心の注意を払っておりますのよ」

「そうなのです」ミリーが言った。「ミスタ・ハーデスティ、誠実なおかたのようにお見受けしますし、もう、キャロラインが殺人や盗まれた日記と関わっているという疑いは抱いていないとおっしゃるお言葉は信じます。けれど、もしお考えが変わったら？」

「そのようなことはありえません」アダムがまた、思わずどきりとさせられるような目をキャロラインに向けた。「むろん、今回のことでまだわたしに話してくださっていないことがあるのなら、話は別ですが」

キャロラインが持っている紅茶茶碗が、受け皿の上でカタカタと音を立てた。あわてて受け皿と茶碗を卓に置き、考えをまとめようとした。アダムに調査を任せて引きさがるのを頑として拒んだことについて、説明を求められているのだ。彼のことだから、納得するまで追及をやめないだろう。キャロラインはしかたなく、本当のことを、すべてとはいかないまでも話すことに決めた。秘密は自分のものだと心の中でつぶやく。すべてを話すよう要求する権利はアダムにはない。

「率直に申しあげましょう」キャロラインはぐいと顎をあげて言った。「わたくしは三年前、その、バースで非常に不愉快な醜聞に巻きこまれました。あのような目にあうのはもうこりごりです。そんなことになれば、わたくしの仕事にとっても大きな打撃となるでしょう。伯母たちとわたくしは、わたくしの執筆による収入で暮らしているのです」

「なるほど」

キャロラインの見るかぎりでは、彼女にかんばしくない過去があると聞いても、アダムはまったく動じなかった。もちろん、その醜聞がどういう種類のものだったのかを知らないからだ、と声に出さずにつぶやく。なんらかの不義を犯したのだろうと考えているに違いない。上流社会の男性だから、その種の過ちを大目に見ることができるのだろう。つまるところ、彼女を世故に長けた未亡人と考えているのだ。もっとも、キャロラインはその誤解を解くつもりはなかった。

しかしながら、あやうく殺されそうになって、まったく新しい身元をこしらえざるをえなかったできごとの詳細を知ったら、アダムが彼女を偏見のない目で見る可能性は、今よりはるかに小さくなるだろう。

キャロラインは毅然として胸をそらした。「あなたが日記を発見されるまで、この件から手を引くつもりはありません。それが伯母たちとわたくしの利益を守る唯一の方法だからです」

アダムはしばらく自分の靴の先をじっと見つめてから、顔をあげてキャロラインと目を合わせた。「調査の進捗《しんちょく》状況を逐一知らせると約束したら、納得してもらえますか?」

「いいえ」キャロラインは言った。「残念ながら」

アダムが判読しがたい笑いを浮かべた。「わたしを信用していないのですね?」

キャロラインは頬を染めた。「そうではありません」急いで否定したものの、あまりに急ぎすぎたと気づいた。

「いや、そうです」アダムは気を悪くした様子はなかった。「しかし、そのことについて言い争う気はありません。わたしがあなたの立場でも、よく知らない人間を信用するのはためらうでしょうから」

キャロラインが彼を知らないのと同様、彼もキャロラインという人間を知らないことを、アダムはそうやってやんわりと指摘したのだろう。二人とも相手を信用しなくて当然なのだ。

エマがただでさえまっすぐな肩をさらに怒らせた。「ご理解くださって感謝します」

アダムが軽く会釈して、またタルトをつまんだ。

ミリーがにっこりほほえんだ。「そうと決まってほっとしましたわ。キャロラインはとても役に立つお手伝いができるはずですもの。心霊研究の世界は、部外者が入りこむのがとてもむずかしい世界です。けれど、キャロラインはもうその中に受け入れられていますし、霊媒界と心霊調査協会についてもいろいろ知っていますから、得がたい存在だとおわかりになるでしょう」

「少なくとも、この子のおかげで大幅に時間が節約できて、調査をより効率的に進めることができるはずです」エマが言った。

アダムが謎めいた笑いを浮かべた。「どうやら、この事件ではあなたと相棒になることになりそうですね、キャロライン」

11

今日、アダム・ハーデスティと会ったとき彼だとわかったのは、まさに幸運のなせるわざだった。じつに幸運だったとしか言いようがない。

もっとも、これまでも自分はたいがいの人間より幸運に恵まれていた、とジュリアン・エルズワースは考えた。少なくとも最近までは。

エルズワースは絹のネクタイをほどき、ブランディをたっぷりグラスに注いで、暖炉のそばの椅子に腰をおろした。またもや体に震えが走った。それを抑えるために、ブランディをぐいとあおる。

先日の夜、偶然にもハーデスティと同じクラブに属している後援者と連れだって劇場を出る際、あれがハーデスティだと教えられていなければ、今日の午後、恐ろしげな風貌のミスタ・グローヴに堂々と偽名を名乗られても、それが偽名だとは知る由もなかったろう。

あれやこれやの疑問が次々とわきあがってきた。ハーデスティはなぜ、非常に魅力的なミセス・フォーダイスと連れだっていたのだろう？　なぜ偽名を使ったのだろう？　なぜ、アイリーン・トーラーの自動書記の実演を見にきたのだろう？

しかし、思い当たる答えはひとつしかない。どう考えてもそれしかなかった。ハーデスティは手がかりを追っているのだ。なんとかして調査の方向をそらすことができないかぎり、ある秘密に出くわすのは時間の問題だ。

エルズワースは目をとじて椅子の背もたれに頭をあずけ、殺人現場の光景を思い起こした。血だらけで、部屋には生ぐさいにおいが充満していた。人殺しがあのようにおどろおどろしいものだとは、いったいだれが考えたろう？

目をあけて、高価な家具調度がそなわっている自分の部屋を眺める。長いことかかったものの、ようやく自分にふさわしい暮らしを手に入れて、金や権力を持ったきらびやかな上流階級の人びととつきあえるようになった。もともとそれが彼の属すべき世界だったのに、高貴な生まれの父親が、不都合にも身ごもった住みこみの家庭教師を追いだしたせいで、おあずけにされてしまった。

生まれ落ちたときから自分のものであるはずだった運命を、必死の努力で手に入れたのだ。苦心して築きあげたこの暮らしを、ハーデスティごときにぶち壊されてなるものか。

12

一時間後、アダムは自分の書斎に入ってマホガニーの大型の机についた。頭の中はキャロラインのことで一杯だった。彼女はなにか秘密を持っている。結構だ。アダムにはその必要性は理解できた。自分にも厳重に守っている秘密がある。

キャロラインの決意と不屈の意志には感服するばかりだ。最初にくだした人物評価は正しかった。断固とした気概を持った淑女だ。

とはいうものの、よく知らない人間とつきあうのは嫌いだった。これまでの経験では、かならず面倒なことになる。

扉にノックの音がした。

「お入り」

モートンが戸口に現れた。「ミスタ・フィルビーがおいでになりました」

「ありがとう、モートン。通してくれ」

ハロルド・フィルビーがせわしなく入ってきた。丸々と太って眼鏡をかけており、市松模様のズボンに縞模様のチョッキ、ぱりっとしたモーニングコートという当世風のいでたちだ。

雇い主にも見劣りしない服装だ。いや、雇い主よりはるかに流行に乗っていると言う人間もいるだろう。もっとも、とアダムは考えた。秘密を守るために人を雇うときは、確実に秘密を守らせるために、たっぷりの金を支払うことが必要だ。

ハロルドはもう六年以上アダムの代理人として働いていた。秘密を守ることのできる人間だ。

「お手紙を受け取りまして、ただちにまいりました」ハロルドが言った。

「いつものことながら、時間を厳守してくれてありがとう。座ってくれ」

ハロルドは机の真向かいに置かれた椅子に腰をおろし、眼鏡の位置をなおして小さな手帳と鉛筆を取りだした。

「急を要する用件だということでしたが？」うながすように言う。

「今すぐバースへ発ってもらいたい」アダムは机の上で手を組んだ。「着いたら、三年ほど前に起こったある醜聞について、極秘裏に調査してほしい」

ハロルドが手帳に書き留めた。「投機的な事業に関する調査ですね？」

「いや、個人的で内密な性格のものだ。キャロライン・フォーダイスという婦人に関して、調べのつくかぎりの情報を集めてもらいたい」

「ミセス・フォーダイスですって？」ハロルドがはじかれたように顔をあげた。「ひょっとして作家のですか？『フライング・インテリジェンサー』に連載を書いている作家の、あのミセス・フォーダイスですか？」

アダムはあきらめた。「この広いロンドンで、ミセス・フォーダイスの小説をつい最近まで読んだことがなかったのは、どうやらわたしひとりのようだな」

「非常に刺激的な小説です」ハロルドが熱のこもった口調で言った。「手に汗握ること請けあいですよ。わたしに言わせてもらうなら、最新作はこれまで以上にはらはらさせられる小説です。『謎の紳士』という題名です」

「ああ、知っている」アダムは組んだ手をゆるめて、もう一度ゆっくり組んだ。「たしか、悪役の名前はエドマンド・ドレイクというのだったな」

「ああ、読んでおられるのですね。まだエドマンド・ドレイクはあまり登場していませんが、非常に危険な人物であることは明白です。ミセス・フォーダイスのこれまでの作品の悪役と同様、悲惨な最期をとげるのは間違いありません」

アダムはむらむらとこみあげる好奇心を抑えようとしたが、だめだった。「悪役の正体も悲惨な最期をとげることもわかっているとすれば、その小説には意外性も驚きもないではないか。最初のページをめくる前から結末がわかっているのなら、なんの目的で小説を読むのだ？」

ハロルドがひどく当惑した表情でアダムを見た。やがて、その顔にわかったという表情が浮かんだ。

「あまり小説というものをお読みにならないのですね」ハロルドが同情のこもった口調で言った。

「ああ」アダムは椅子の背もたれに体をあずけて肘かけをつかんだ。「わたしの悪癖の中に小説を読むことは入っていない」

「僭越《せんえつ》ながら、ご説明いたしましょう。当然のことながら、扇情小説では、悪役が悪行の報いを受けるのと同様、ヒーローとヒロインの善意と高貴なおこないが報われることは、読者は百も承知のうえです。言うなれば、そういったことは規定の事実で、小説を読む目的ではありません」

「ほう？　では、目的はいったいなんなのだ？」

「わたしたちが小説を読むのは、登場人物がどのようにしてさまざまな運命に到達するのか、その過程を知りたいからです」ハロルドが大きな両手を広げた。「章ごとに、おもしろい、あるいはあっと驚くできごとがつづき、紆余曲折にはらはらどきどきさせられます。だから人は小説を読むのです。結末がどうなるかを知るためではなく、そこにいたる過程で、自分が体験したことのない、興味をかきたてられる状況を楽しむために、です」

「ミセス・フォーダイスの作品をもっと読みたいという気になったときには、そのことを頭に置いておこう」アダムは目をせばめた。「ところで、自分が体験したことのない、興味をかきたてられる状況で思い出したが、すぐに帰宅して荷造りをしたほうがよいぞ。できるだけ急いでバースへ出発してもらいたい」

「承知しました」ハロルドが立ちあがった。

「調査の進捗状況は逐一電報で知らせてくれ」

13

「キャロラインにとって危険なことになるのではないかしら」エマが読書用の椅子の前についている小型のクッションに足を載せ、小さな居間を暖めている暖炉の炎を見つめて言った。

ミリーは読んでいた本をおろして老眼鏡をはずした。エマがそのことについて、何時間もあれこれと考えていたのは知っていた。長年いっしょに暮らしてきたので、なにごとも、エマが時間をかけてじっくり考えるまで待つ必要があるを承知していた。

「キャロラインの安全については、あまり心配する必要はないと思うけれど」ミリーは眼鏡を卓の上に置いた。「ミスタ・ハーデスティがしっかり面倒を見てくださるのは間違いないわ」

「でも、ミスタ・ハーデスティからは、だれがキャロラインを守ってくれるの?」エマが不安そうな口ぶりでたずねた。

ミリーは答えようとして口をあけたものの、口ごもった。なにごとにつけ、ミリーはひどく楽観的に考えるのが常だった。もちろん、エマはその反対の見かたをすることが多かった。たいがいの場合、二人はそうやってうまくバランスを取って暮らしてきた。

最初にミリーの頭に浮かんだのは、ハーデスティの肩を持ちたいという思いだった。ひと目でハーデスティに敬意を抱き、信頼できる人物だという気がしたからだ。けれど考えてみれば、彼のことはほとんど知らないも同然ではないか。エマが心配するのも当然だと思わざるをえなかった。危険がないとは言えない。

「キャロラインはもう小娘ではないし、アダム・ハーデスティのような人種をうまくあしらえるだけの知恵もあるわ」いかにも自信たっぷりの口調で言う。「あの子だって危険だということはわかっているはずよ。三年前あんな目にあったのだから、気をつけなければならないことは承知しているわ」

「どうかしらね。今日の午後あの二人がお互いに見つめあっていたあの目、あなたもあれを見たでしょう?」

ミリーはため息をついた。「ええ、見たわ」

「二人のあいだにすさまじい電気が渦巻いて、この居間に小型の雷雲が起こったのではないかと思うほどだった」

「まったくだわ」

エマがミリーをじっと見た。「ミスタ・ハーデスティのような紳士と親密な関係になれば、結局キャロラインがみじめな思いをするだけだということは、あなただってよくわかっているでしょう。権力と財産のある男が結婚するのは、さらに大きな権力と財産を手に入れるためよ。ハーデスティほどの人物が妻を選ぶとなれば、キャロラインなどよりはるかに条件のいい婦人を望むことができるし、きっとそうするはずだわ。キャロラインがあの人に期待できるのは、せいぜいが人目を忍ぶ情事だけよ」

どう答えるか、ミリーは慎重に考えた。むずかしい問題だ。そして言った。

「そんなにひどい結果になるかしら？」

エマの顔がこわばった。「そんなこと、たずねるまでもないでしょう？ きっと悲惨な結末になるわ」

「妹さんのことを考えているのね」ミリーはやさしく言った。「でも、ここは率直に話しましょう。キャロラインは母親とは違うわ。まず気質がまるで違うもの。わたしたちはあの子をゆりかごのころから知っているのよ。あなただってあの子が、恋人に捨てられたくらいで自分の命を絶つような人間だとは、一瞬たりとも思わないでしょう」

エマが目をとじた。「でも、キャロラインが苦しむのは見たくないわ」

「わたしたちには、そういう苦しみからあの子を守ることはできないわ。遅かれ早かれ、女ならだれもが、そういうことに対処する術《すべ》を学ばなければならないのよ。世の中とはそういうものなのだから」

「わかっているわ。それでも——」

「最後まで聞いてちょうだい」ミリーは長椅子から立ちあがってエマの椅子に近づき、親友の肩に手を置いた。「妹さんが亡くなったあと、わたしたち二人でキャロラインを育てることに決めたとき、あの子を強い自立した婦人に育てると誓ったわね。そのために、最高の教育をほどこしたわ。そして、筋道を立てて論理的に考えることと、お金をきちんと管理することを教えてきた。自分がそうしたいと思わないかぎり結婚する必要はないことも、しっかり教えこんだわ。実際、わたしたちが知っているだけでも二回求婚されたけれど、あの子は二回とも受けなかった」

「それは、あの子が相手を愛していなかったからよ」エマがたまりかねたように言った。両手を膝の上できつく握りしめている。「問題はそこよ、ミリー。今回、絶対に結婚を申しこみそうにない相手に心を寄せたら、どうなるかしら？」

「あの子ももう小娘ではないわ。りっぱな大人の女よ。自分の面倒は自分で見られるわ。あの子がどれだけのことをやりとげたか考えてごらんなさい。三年前にあれほどのひどい挫折を経験したというのに、自分ひとりの力で、実入りのいい仕事を始めてりっぱに成功しているじゃないの。愛のない結婚をしてみじめな生きかたをするより、自分の力で世間を渡る困難な道を選んだのよ。そういう決断のできる女なら、自分と結婚してくれる望みがない殿方と関係を持つ危険を冒すかどうか、自分で決められますとも」

エマが弱々しくほほえんで、肩に置かれたミリーの手に自分の手を重ねた。「もちろん、あなたの言うとおりよ、ミリー。こういうことでは、あなたはいつも正しいわ。でもね、キャロラインを見ていると、つい、ベアトリスの身に起こったことと、自分があの子を守りきれなかったことを思い出してしまうの。あの子の娘では絶対にしくじらない、わたくしはそう誓ったのよ」

「このことは、これまでにもう何度も話しあったじゃないの。わたしとしては、これまで耳にたこができるほど言ったことを、もう一度くり返すことしかできないわ。ベアトリスを救うためにあなたにできたことは、なにひとつなかったのよ。そして、キャロラインでしくじってなどいない。あの子が今、聡明で分別と気概のある婦人に成長したのは、ひとえにあなたのおかげだわ。どこから見ても、あの子はあなたの娘よ、エマ」

エマがミリーの手をぎゅっと握った。「わたくしひとりで育てたわけではないわ。育てるあいだ、あなたがいつもそばにいてくれたじゃないの。あの子は、わたくしの娘であると同時にあなたの娘でもあるのよ」

二人はしばらくじっと暖炉の火を見つめた。言葉は必要なかった。二人はもう長いこといっしょに暮らしてきた。お互いの考えていることは、口に出して言わなくてもわかった。

14

降霊会を申しこんだ返事は翌朝早く届いた。

キャロラインはまだ、エマとミリーの三人で朝食を食べているところだった。三人とも新しい部屋着を着ていた。朝食のときまでは楽でゆったりした服を着るという流行は、最近フランスから入ってきたものだったが、あらゆる階層の婦人たちに急速に取りいれられていった。コーリー通り二二番地の三人も、いち早くその流行を取りいれていた。

部屋着はきちんとしたものではあったけれど、ゆったりしているがために、非常に大胆だとみなされた。これもまた道徳的堕落の前兆のひとつと見て、その流行を批判する声も多かった。なかには、毎朝朝食の席でゆったりした衣服をまとっていたら、夫たちはじきに妻に興味を示さなくなるだろうと警告するものまであった。

しかしながら、そのような不吉な予言に関心を払う婦人はほとんどいなかった。まして、夫という人種がひとりもいないこの家では、その批判的な意見を気にする者はだれもいなかった。現代のドレスの厚ぼったい生地の重さは言うまでもなく、きつくひもでしめあげたコルセットと胴着の窮屈さを考えると、正気の婦人ならだれも、必要もないのに朝早くからそんなものを着たいとは思わなかった。

キャロラインはフォークを置くと、アイリーン・トーラーからの手紙を開封した。「やっぱり」得意げに手紙を頭の上で振る。「降霊会の予約を取るのに時間はかからないだろうと思っていたわ。言ったでしょう、ミセス・トーラーは新しいお客が欲しくてたまらないようだったとね？」

ミリーが紅茶茶碗を置いた。「なんと言ってきたの？」

キャロラインは声を出して手紙を読みあげた。

親愛なるミセス・フォーダイス、
本物の降霊会を体験したいというご依頼についてですが、ちょうど、今夜九時に降霊会をおこなう予定があることをお知らせします。人数にはあと二人ほど余裕がありますので、あなたと助手のかたのご参加を歓迎いたします。きっと期待にそむかないものになるはずです。

かしこ
アイリーン・トーラー

追伸　降霊会への参加費用は以下のとおりです。降霊会が始まる前にお支払いください。

エマがひどくゆっくりとスプーンを置いた。「今夜はくれぐれも気をつけると約束してちょうだい、キャロライン。あなたがミスタ・ハーデスティとおこなっている調査のことが、わたくしはまだ心配でならないのよ」

「大丈夫よ」ミリーが気を引き立てるように言った。「降霊会でなにが起こると言うの？」そしてキャロラインのほうに向きなおった。「今夜、エマとわたしはミセス・ヒューズと劇場へいく約束をしているの。そのあとは、たぶん遅くまでカードをすることになると思うわ。わたしたちが帰るころには、あなたはきっとぐっすり眠っているでしょう。でも明日の朝には、ミセス・トーラーの実演について、細大漏らさず聞かせてちょうだいね」

「ご心配なく」キャロラインは言った。「手帳に書き留めてきます」

エマが顔をしかめた。「助手というのはなんのこと？　ミセス・トーラーへの手紙にミスタ・ハーデスティのことをそう書いたの？」

「ええ」アダムをどうするかという問題で自分が思いついた答えに満足して、キャロラインはにっこりした。「ウィンターセットハウスで調査をしている作家だと名乗って、助手を同道するつもりだと書いたのです。ごらんのとおり、ミセス・トーラーは二つ返事で承知してくれました」

ミリーが眉をあげた。「あなたがそう書いたことを、ミスタ・ハーデスティはご存じなの?」

「いいえ、まだです」キャロラインは言った。「今夜降霊会へいく途中で説明するつもりです」

「きっと、とてもおもしろいやりとりになるでしょうね」ミリーがそっけなく言った。「その場にいて聞けないのが残念だわ」

キャロラインはトーストに手を伸ばした。「どうしてですか?」

「なんとなく、アダム・ハーデスティは他人から命令されることには慣れていない気がするからよ」

その夜八時半、アダムはキャロラインにつづいて馬車に乗りこみ、向かいの座席に腰をおろした。

「アイリーン・トーラーに、わたしをきみのなんだと言ったたって?」

「わたくしの助手です」キャロラインが静かにくり返した。「ほかになんと言えばよかったと? 遠い親戚では、わたくしたちの過去についてなにかたずねられたとき、うっかり口をすべらせて嘘だということがわかってしまうかもしれないので、避けたほうがいいと考えたのです」

「もっとましなものを考えついてくれてもよかったろうに」

「いっしょに参加するとなれば、どんな説明をしても、ほかのものでは、あなたとわたくしが、その、親密な知りあいだと受け取られるのではないかと思ったのです」キャロラインがにっこりほほえんだ。「そのような印象を与えて、気まずい思いをさせたくなかったものですから」

「なるほど」扇情小説家の助手という低い役を振られたことを聞かされて、アダムがまず感じたのは、皮肉な笑いの混じったいらだちだった。しかしながら、キャロラインが自分の恋人だと絶対に誤解されないようことさら気を配ったとわかって、決定的に意気消沈した。

どうやらキャロラインは、昨日の馬車の中での口づけにアダムほど大きく気持ちを揺さぶられなかったようだ。驚くほど情熱的なあのひとときのあと、彼はずっと気持ちが波立ったままで、時間の経過とともに欲望はますますふくらむばかりだった。

今夜のキャロラインは、馬車の車内灯のやわらかい金色の明かりの中で、うっとりするほど神秘的に見えた。ドレスの胴着は琥珀色で、スカートは赤みがかった茶色だった。そのスカートの裾が足のまわりに何重にもひだを作っている。つややかな髪には、凝った作りの小さな帽子が、男心をそそるような斜めの角度で載っていた。

アダムは突然、自分たちが向かっているのが降霊会などでなければいいのにと思った。今この瞬間は、暖かい暖炉とふかふかの寝台があって二人きりになれる、どこか人目につかない秘密の部屋へ向かっているのなら、ほかにはもうなにもいらない気がした。

「わたくしが割り振った役がお気に召さなかったのなら、ごめんなさい」キャロラインがぶっきらぼうに言った。「とてもいい考えだと思ったのですが」

「たしかに独創的な役だ」アダムは認めた。

キャロラインが顔をしかめた。「思い出していただきたいのですが、降霊会の手配に関してはわたくしに一任なさったはずです」

「あのときはそれが妥当だと思えたからだ。しかし今考えると、ひどい過ちだったかもしれないと思わざるをえない」

キャロラインの口の両端がぴくぴくと引きつった。「でも、助手という地位が申し分のない隠れ蓑になることは、おわかりのはずです。わたくしとの関係についても、うわさの対象にならずにすむでしょう」

では、キャロラインは自分のささやかな冗談を楽しんでいるのだろうか？

「今も言ったとおり、独創的な考えだ」アダムはそっけない笑いを浮かべた。「それに、わたしの評判について気にかけてくれてありがとう。しかしながら、わたしが気まずい思いをせずにすむよう配慮してもらう必要などなかった」

「え？」

「きみと親しい関係だと誤解されるようなことを言われたくらいでは、睡眠不足になったりはしない」

キャロラインが目を丸くした。口がぽかんとあいた。

「まあ」

彼女を赤面させたことに満足して、アダムは腕組みをした。「作家の助手というのは、いったいなにをするのかな？」

「わたくしにもわかりません」キャロラインが正直に言った。「助手など雇ったことがないものですから」

「では、同行するのなら、なんとかそれらしい格好をつけねばならないな」

「あら、ええ、そうですわね」明らかに、アダムに必要以上に大きな役割をになわせるのは気が進まない口調だった。「まず、降霊会に関してですが、参加者は、その場にいる全員が理解しているある規則に従うという暗黙の了解があることは、ご存じですね？」

「降霊会の礼儀作法について、あてずっぽうだが言ってみよう。霊媒がもたらした効果について は、それがいかに奇怪であろうと、とっぴであろうと、けっして質問してはならない。正しいかな？」

「そのとおりです」

「調査助手の役割の一環として、明かりをつけたり、卓をひっくり返して下部の造作を調べたりすることもできるのだが」アダムは考えながら言った。

「そんなことは、考えるのもやめてください」キャロラインがいさめるような表情でアダムを見た。「思い出していただきたいのですが、わたくしたちが降霊会に参加するのは、霊媒の正体をあばいてあなたに満足していただくためではありません。目的はただひとつ、あなたがミセス・トーラーと家の間取りをじっくりご覧になる機会を作るためなのですよ」

アダムは軽く頭をさげた。「今夜わたしがしなくてはならない重要なことを思い出させてくれて、ありがとう」

アイリーン・トーラーの家は質素な家が建ち並ぶ地域の静かな通りにあった。アダムは家の二階と一階のほとんどが真っ暗なことに気づいた。玄関の扉の上にある飾り窓から、薄暗い不気味な明かりがひとつ漏れているだけだった。

「どうやら、ミセス・トーラーは明かりに金をむだ遣いしない主義のようだな」アダムはキャロラインに言った。

「この商売は暗いほうがいいはずですもの」

背が低くがっちりした体つきの中年の家政婦が、玄関の扉をあけてくれた。光沢のまったくない黒い生地の服に、白い前掛けと帽子というお仕着せ姿だった。

「こちらへどうぞ」家政婦が言った。「もうみなさんおそろいです。まもなく降霊会が始まります。降霊会の料金は今お支払いください」

アダムはほのかにラヴェンダーの香りを感じた。金を渡すとき、なんとなくこの婦人には会ったことがある気がした。顔に見おぼえはないものの、声とがっしりした肩には間違いなくおぼえがあった。

思い出したのは、家政婦のあとについて客間へ向かう途中だった。アダムはちらりとキャロラインの顔を見た。キャロラインもうなずいて、この女に見おぼえがあることを知らせてよこした。

トーラーの家政婦は、昨日ウィンターセットハウスでおこなわれた実演に喪服姿で現れて、亡くなった夫の株券のありかについてたずねた未亡人だった。どうやら通常の家政婦の仕事のほかに、霊媒の助手の仕事もしているようだ。

アダムはキャロラインのあとにつづいて、飾りたてられた小さな客間に入った。暖炉には火が燃えていた。炉棚の上に、喪服姿のヴィクトリア女王の写真がかかっている。

ほかの参加者のうち二人はかなり年配の婦人で、ミス・ブリックとミセス・トレントと名乗った。二人とも髪に白いものが混じっており、趣味のいいウールのドレスを着ていた。

三人目は三十五歳くらいのそわそわと落ちつきのない男性で、ギルバート・スミスと名乗った。

スミスの目は薄い青色、髪はつやのない赤味がかった金髪で、赤らんだ顔色とほぼ同じ色あいだった。身に着けている上着とシャツ、チョッキ、ズボンは、生地、仕立ともにごく普通のものだった。

アダムがミスタ・グローヴと名乗っても、三人ともまばたきもしなかった。だれも自分の顔を知らないことに、アダムは満足した。もっとも、なにか問題が起こると思っていたわけではなかった。そもそも住んでいる世界が違う。

しかしながら、キャロラインが名乗ったときには、二人の婦人の口から小さな驚きの声がもれた。

「お近づきになれて光栄です、ミセス・フォーダイス」ミス・ブリックが元気のいいはずんだ声で言った。「ミセス・トレントもあたしも、あなたの小説をとてもおもしろく読ませていただいているんですよ」

「ええ、そのとおりです」ミセス・トレントがうれしさに両手を握りあわせた。「エドマンド・ドレイクは本当に恐るべき悪役ですこと。あの男がどういう目にあうのか、読むのが待ち遠しいですわ。ひょっとしたら、乗っている馬から落ちて、そのまま高い崖の上から海へころげ落ちることになさるのかしら？」

アダムは、ギルバート・スミスがステッキをもてあそぶのをやめたことに気づいた。スミスは関心を押し隠してキャロラインをじっと見つめていた。

「それより、ヒーローのジョナサン・セントクレアに撃たれるほうがいいと思いますわ」ミス・ブリックが熱のこもった口調で言った。「そうすれば、ドレイクの末期のうめき声や顔に浮かぶ苦悶と後悔の表情を、たっぷりお書きになれますもの」

「ご提案をありがとうございます」それ以上の助言を封じるように、キャロラインが明るく丁重に言った。「でも、もう悪役の最期をどうするかは決めています。かならずや、どなたにとっても意外なものだと思いますわ」そしてにっこりした。「とりわけエドマンド・ドレイクにとってはね」

アダムは思わず奥歯を食いしばった。そして、エドマンド・ドレイクの名前が出るたびに、自分が歯を食いしばっていることに気づいた。それはきわめて不愉快な習慣になりつつあった。

アダムはおかしくもないのに無理に笑いを浮かべた。「ことによると、ドレイクには通常悪役に割り振られる悲惨な最期を逃れさせて、わたしたちみんなをあっと言わせるつもりかもしれませんね」

頭がおかしくなったのではないかというように、ミス・ブリックとミセス・トレントが目を丸くしてアダムを見た。

「あっと驚くできごととはまさにこのことです」アダムは自分の考えに興奮してつづけた。「考えてもみてください、物語の途中でドレイクをヒーローに変えて、どたんばで勝利をおさめてヒロインと結婚することにしたら、読者をどれほど仰天させられることか」

「ミセス・フォーダイスがそんなことをなさるなんて、考えられませんわ」ミセス・トレントが自信たっぷりに言った。

「そうですとも」ミス・ブリックがそっけなく言った。「悪役をヒーローに変えるですって？ 問題になりません」

ギルバート・スミスがしげしげとアダムを見た。「ちょっとおたずねしますが、今夜の降霊会に参加される目的はなんですか？」

「ミスタ・グローヴはわたくしの助手です」アダムが返事をする前に、キャロラインがさらりと言った。

スミスが顔をしかめた。「作家の助手というのは、なにをするんですか？」

「聞いたら驚きますよ」アダムは言った。

スミスがアダムに見切りをつけ、キャロラインに注意をもどした。「正直なところ、作家のあなたがなぜ降霊会に参加されるのか、とても興味があるんですが、ミセス・フォーダイス」

「次の作品に霊媒を登場させようと考えているのです」キャロラインが説明した。「それで、執筆を始める前に何度か降霊会に参加して、心霊現象というものをよく観察しようと思いまして」

ミス・ブリックがほうという表情を浮かべた。「調査をするためにいらしたのですか？」

「ええ」キャロラインが答えた。

「まあ、すてきだこと」

スミスがまた密かにさぐるような視線をアダムに向けた。「あなたはこの調査で手伝いをなさっているんですか？」

「きわめて興味深い仕事ですよ」アダムは言った。「少しも退屈しません」

まるで霊が形を取って現れたように、家政婦が戸口に現れた。

「時間です」もったいぶった様子で告げる。「ミセス・トーラーが降霊会を始める準備が整いました。あとについてきてください」

五人は家政婦のあとについて、最初のとは別の暗い廊下に出た。アダムはその機会を利用して、裏階段と台所の勝手口の位置を頭に入れた。

廊下のなかほどで家政婦が戸をあけた。参加者はひとりずつ順に暗い部屋に入り、布がかけられた卓のまわりに座った。

卓の中央にはランプがひとつ置いてあった。灯芯はぎりぎりまで絞られていて、薄暗い明かりは、部屋に垂れこめた濃い闇を申しわけ程度に照らしているにすぎなかった。

アダムは椅子を引いてキャロラインを座らせてから、隣に腰をおろした。

卓をおおっている分厚い布がじゃまになり、卓の下にこっそり手を入れて、ばねやほかの仕掛けが隠されていないかどうかさぐるのは不可能だということが、すぐにわかった。同様に、部屋全体が暗いので、周囲の壁や天井、床をじっくり調べるのも無理だった。にもかかわらず、降霊室の広さと天井の高さが、どうも不自然な気がした。先ほど廊下を歩いてきた距離から考えて、部屋が小さすぎるように思えた。

壁が二重になっていて、おそらく天井も一段低くなっているのだろう。

「こんばんは」アイリーン・トーラーの声がした。

トーラーは戸口に立っており、明かりを背負った輪郭だけが見えた。アダムは婦人服の流行にくわしいわけではなかったが、その乏しい知識に照らしても、アイリーン・トーラーのスカートは異常にふくらんでいる気がした。キャロラインの説明によると、いんちき女霊媒は、大きくふくらんだ重いスカートの中に、降霊会でそれらしい効果をもたらすために作られた、さまざまな装置を隠しているのではという疑いが広がっているようだった。

アイリーンが堂々とした足取りで部屋に入ってきた。アダムは立ちあがった。ギルバート・スミスも立ちあがり、霊媒の椅子を引いて座るのに手を貸した。

「ありがとう、ミスタ・スミス」アイリーンが椅子に座り、家政婦を見た。「もういっていいわ、ベス」

「かしこまりました」ベスが廊下に出て戸をしめた。

部屋に残った唯一の明かりは、卓の中央に置かれたランプの弱々しい光だけになった。

「わたしにならって、みなさんも両手を卓の上に置いてください」アイリーンはそう指示すると、てのひらを下にして、はっきり見えるように、布のかかった卓の上に両手を置いた。

これでキャロラインの手を握る望みは消えた、とアダムは思った。

「降霊会が終わるまで、どなたも絶対に卓から手をおろさないでください」アイリーンがつづけた。「これは、ごまかしがないことの保証になります」

アダムにはそのような保証になどならないことがわかった。けれど、おそらくキャロラインをのぞく三人は、常に全員の手が見えるところにあることで、いかさまはないという保証になると納得したようだった。

すぐに叩音《ラッピング》が始まり、かすかなかちんという音につづいて大きなごつんという音がして、ミス・ブリックとミセス・トレントが息をのんだ。

音は部屋のあちこちから聞こえ、部屋の隅や卓の下からも聞こえた。

「あれはなんですか？」ミセス・トレントが畏れのこもった声でたずねた。

「心配いりません」アイリーンが言った。「わたしの霊が、ここにいることを知らせてくれているのです。セネファーという名前で、この世にいたときは古代エジプトの司祭でした。膨大な量の深遠な知識を持っています。わたしはこのセネファーの霊媒なのです。セネファーは気が向いたら、わたしを通してあなたがたと交信するはずです。でも、そのためにはまずわたしがトランス状態に入る必要があります」

自動書記の実演のときと同様、アイリーンが激しく震えはじめた。体が引きつり、痙攣した。首が激しく前後にねじれた。

アダムはアイリーンの手をじっと見つめた。両手は布がかかった卓の上にぴたりと置かれたままだった。微動だにしない。

突然卓ががたがた揺れたかと思うと、床から十センチほど持ちあがった。

「たまげたな」ギルバート・スミスがつぶやいた。

「なんとまあ、宙に浮いているわ」ミス・ブリックの熱狂に不安が混じりはじめていた。

「卓の上に置いた手はそのままで」アイリーンがさっきより深い、よく響く声でどなった。おそらくセネファーが発した声だろう。

アダムはすばやく手の数をかぞえた。アイリーンのものもふくめて、全員の手がまだはっきり見えていた。

卓がまた床におりた。アイリーン・トーラーの手は、先ほどまでとまったく同じ場所に置かれている。

「見て」ミセス・トレントが甲高い声で言った。「あそこになにか見えるわ」

アダムは驚きといぶかしさが混ざったミセス・トレントの視線を追って、卓の真上の天井を見た。頭上の暗がりに銀色がかった青白いものがぼんやりと浮かんでいるのが、かろうじて見分けられた。それは幽霊のようにふわふわと漂い、やがて、消えた。

「まあ、あれはなに？」ミス・ブリックが小声で言った。

アイリーン・トーラーのすぐそばに、死人のように血の気のない手が現れていた。六人が見守る前でその手が動き、やさしくミス・ブリックの肩をたたいた。ミス・ブリックが驚きの小さな悲鳴をあげた。

「怖がらないで」アイリーンがきっぱりと言った。「霊は危害を加えるつもりはありませんから」

ミス・ブリックは暗がりで目を大きくみはったまま、身じろぎもせずに座っていた。死人のように白い手が、また卓の下にさがって見えなくなった。

「あたしに触ったわ」ミス・ブリックが畏れのこもった声で言った。「霊の顕現が本当にあたしに触ったわ」

だれかがそれに答える前にまた、こつんこつん、かちんかちんという音が起こった。つづいてかすかな鐘の音が聞こえた。

「今のは、この卓に座っているだれかと交信を望んでいる霊の顕現だとセネファーが言っています」アイリーンがふいに言葉を切り、目をぎゅっととじた。顔がゆがんだ。やがて、なにかに驚いたように目をぱっと大きく見ひらいた。「ミセス・トレントとミス・ブリックに伝言を送りたいそうです」

ミセス・トレントが見るからにそわそわした。「どういうことかしら」

「だれなの？」ミス・ブリックが同じように不安げにたずねた。

鐘がじゃらんと鳴った。

「この伝言の送り主は……」あの世の電信かなにかを通訳しようとしているかのように、アイリーンがつっかえながら言った。「友達。そう、ここ一年ほどのあいだにあちらへいったお友達の霊です」

ミセス・トレントが体をこわばらせた。「まあ、ミセス・セルビーなの？」

ミス・ブリックも体をこわばらせて、部屋を見まわした。「あなたなの、ヘレン？」

また叩音が聞こえ、鐘が鳴った。

「ヘレン・セルビーがお二人によろしく伝えてほしいそうです」アイリーンが言った。

ふたたびかちんかちん、こつんこつんという音が聞こえた。

「金銭上の有益な助言をしたいと言っています」

「すばらしいわ」ミセス・トレントがまた勢いこんだ口調にもどって言った。

「あたしたちに伝えたいことというのはなんなの？」ミス・ブリックが宙に向かってたずねた。

こつこつという音とじゃらんという鐘の音がした。

「お二人は近いうちにある紳士と出会うでしょう」アイリーンが歌うように言った。「その人は投資話を持ちかけるでしょう。それに乗れば、一年以内に大変な金持ちになるでしょう」

「その紳士の名前は？」ミセス・トレントが茫然としながらも興奮してたずねた。

小刻みなこつこつという音が響いた。

「それは言えません」アイリーンが強い声で言った。「でも、ヘレン・セルビーの知りあいだった者だと言うはずですから、すぐにわかるでしょう。お二人がヘレンの古い友達だと名乗れば、投資話に乗るよう勧めてくれるはずです」

「ヘレン、なんとお礼を言えばいいのかわからないわ」ミス・ブリックがつぶやいた。

ギルバート・スミスがしきりにあたりを見まわした。「あの、その投資にぼくを加えてもらったら、なにか差しさわりがありますか、ミセス・セルビー？　ギルバート・スミスと申します。生きておられたときには知りあいじゃありませんでしたけど、今は、いわばお近づきになったわけですよね」

激しい鐘の音と叩音《ラッピング》がスミスの言葉をさえぎった。

音が突然やんだ。

アイリーンがきびしい目でひたとギルバート・スミスをにらんだ。「あなたの貪欲さにヘレン・セルビーの霊が怒っています、ミスタ・スミス。あなたが声をかけられる見こみはないだろうと言っています」

「わかりました」スミスがつぶやいた。「まあ、だめもとで、言うだけ言ってみたんです」

部屋の隅から気味の悪いぎいっという音が聞こえた。アダムは油を差してない蝶番の音のようだと思った。そしてすばやいこつこつという音が響き、つづいてさざ波のような軽い鐘の音が聞こえた。

「別の霊がこの卓のだれかと交信したがっています」アイリーンが言った。「この霊はミセス・フォーダイスに伝えたいことがあるようです」

アダムは隣でキャロラインが息をひそめたのに気づいた。

「その霊はだれですか?」キャロラインが静かにたずねた。

こつこつ、かちかちという小さな音が聞こえた。

「あまりはっきりしていませんが……」アイリーンが必死に集中しようとしている様子で言った。

またかすかな叩音が起こった。

「男の人、だと思います」アイリーンがためらいがちに言った。「紳士……ああ、ええ、わかりました。亡くなられたお連れあいの霊です」

キャロラインが椅子に座ったまま凍りついた。

アダムの胸に激しい怒りがわきあがった。ばかげた遊びはもうたくさんだ。いんちき霊媒のくせに、死んだ夫からの伝言だなどと言ってキャロラインを苦しめるのは許せない。今すぐこのたわごとを終わらせよう。

「いいえ、やめてください」アダムの意図を察したらしく、キャロラインがささやいた。

「大丈夫です。かまいません。それどころか、いとしいジェレミーがなにを言いたいのか、ぜひとも聞きたいわ。あまりにも突然の死でした。お互いに別れを言うひまもなかったのです」

アダムはためらった。ただちにキャロラインをここから連れだすつもりだったのだが、おとなしくついてはこないだろうという気がした。決めるのはキャロラインだ、とアダムは自分に言い聞かせた。当人がこのままここにいたいと言うのなら、いっしょに留まるしかない。キャロラインは聡明な婦人だ。アイリーン・トーラーがきわめて不愉快な室内ゲームをしていることは、よくわかっているはずだ。

とはいうものの、どんなに思慮分別のある冷静な人間でも、最愛の配偶者を早くに亡くした悲しみで、たやすくトーラーのようなペテン師の餌食になってしまうことはありうる。

ちくしょう。アダムは憤懣やるかたない思いだった。このようなことになったのは、だれでもない自分のせいだ。アダムが引きずりこまなければ、キャロラインは今夜ここにはいなかったはずだ。

またこつこつ、かちかちという音とじゃらんという鐘の音が部屋に響き、アイリーンが向かいに座っているキャロラインを見た。

「あなたのジェレミーは、愛している、あの世で両腕を広げてあなたを待っていると伝えてほしいと言っています。いつの日かお二人はまたいっしょになって、そのときこそ、お連れあいが亡くなったときに奪われた幸せを取りもどせることでしょう」

「わかりました」キャロラインが妙な声で言った。

鐘がひとつ鳴った。

アイリーンが身震いした。卓の上に置いた手が震えた。「霊が、今夜はもうこれ以上交信することはできないと言っています。また近い将来、交信してくれるでしょう」そう言って体をこわばらせ、また椅子の上で身をよじった。「終わりです。霊はいってしまいました。今すぐ部屋から出てください。もうへとへとです」

そして、くずおれるように、ぴくりとも動かない自分の手の上に突っ伏した。

戸がひらき、廊下に立っている家政婦の姿が見えた。

「降霊会は終わりです」ベスが言った。「ミセス・トーラーが元気を回復できるように、全員お帰りください」

15

馬車は霧の垂れこめた通りをコーリー通りへ向かって走った。アダムがランプをつけなかったので、車内は暗かった。心を揺さぶられるほど強烈だったに違いない体験のあとで、キャロラインはひとり物思いにふけりたいのではないかと思ったからだ。

アダムの胸の中ではまだ怒りがくすぶっていた。どう声をかけるべきかと考えながら、キャロラインを見つめる。彼女は向かいの席で暖かそうな肩掛けを羽織り、あらぬほうに顔を向けていた。思い出の中にどっぷり浸っているようだ。

悔やみを言いたい思いもあったが、降霊会で起こったことはなにひとつ信用すべきではないことを、思い起こしてもらいたい気持ちも強かった。とはいうものの、亡くなった夫が墓の下から話しかけてきたのかもしれないと思うことで、いくらかでもキャロラインの気持ちが慰められたとしたら？　それをぶち壊す権利はアダムにはない。

相手がアイリーン・トーラーなら、良心の呵責などまったく感じずに絞め殺すことができたろう、とアダムは思った。あのようなことをして、よくも平気で生きていられるものだ。降霊会を見世物として、あるいは、ばかやまぬけをペテンにかける手段としておこなうのはかまわない。商売は商売だ。アダムはだれよりもそれをよく理解していた。しかし、故意に婦人の悲しみの堰《せき》をこじあけるのは許せなかった。

この件が片づくまでに、アイリーン・トーラーがペテン師だということをあばいてやる、とアダムは心の中で誓った。

「あのような悲しい思いをさせられて気の毒だった」ようやくアダムは言った。

「どうかお気になさらないでください、アダム」キャロラインの声にはまったく感情がなかった。「あなたのせいではありません」

「いや、ひとえにわたしのせいだ」アダムは座席のクッションにいっぽうの手をついた。

「今夜いっしょに連れていってほしいと言われたとき、耳を貸すべきではなかった」

「いいえ、ご自分をお責めになってはいけません」キャロラインがあわてて言った。「本当に大丈夫ですから」

「取り乱しているではないか」

「取り乱してなどいません」声が高くなった。「本当です」

「あのようなつらい思いをして平気でいられる人間などいない」

「たしかに、少しばかり――」適当な言葉をさがしているかのように、キャロラインがちょっと口ごもった。「奇妙なできごとでした。でも、誓って、取り乱してなどいませんわ。いたって落ちついています。ヒステリーや鬱病の発作を起こしたりはいたしません」

「その点はまったく心配していない」怒りが煮えたぎっているにもかかわらず、アダムの胸に賞賛の念がわきあがった。「キャロライン、知りあってまだ何日にもならないが、きみの気丈さと回復力には畏れいると言うほかない」

キャロラインが扇子をひらいたかと思うととじて、またひらいたが、それは、まったく彼女らしくない落ちつきのないしぐさだった。

「お口がお上手ですこと」つぶやくように言う。

しゃべればしゃべるほど彼女に気まずい思いをさせているようだとアダムは思った。しかし、いったん話しはじめると止められなくなってしまった。

「アイリーン・トーラーが完全なペテン師だということを忘れてはいけない」アダムは静かに言った。

「ええ、もちろんです」

「きみが未亡人だということにつけこんで、大きな悲しみをよみがえらせたのだ」

「わかっています」キャロラインが扇子をたたみ、手袋をはめた両手を膝の上できつく握りしめた。「霊媒がよく使う手ですわ」

アダムは右手を拳に握って太腿に置いた。「わたしに言わせれば、あこぎな商売だ。人をだますことで成り立っている」

キャロラインが咳払いをした。「いつの世にも、喜んでだまされる人は大勢います」

馬車がガス灯の並んでいる場所を通りすぎた。一瞬、ほのかな明かりがキャロラインの硬い表情を照らしだした。今にも泣きだすのではないかと、アダムは気が気でなかった。

「ご主人を心から愛していたようだね」ふさわしい言葉をさがしながら言う。「悔やみを言わせてもらう」

キャロラインが体をこわばらせた。「ありがとうございます。でも、あれからもうずいぶんになります。悲しみはすっかり癒えましたわ」

状況はどんどん悪くなるいっぽうだ。少しでも分別のある人間なら、コーリー通りに着くまでずっと口をつぐんでいるだろう。しかしながら、キャロラインが死んだ夫と会える日を心待ちにしているのかもしれないと思うと、アダムは短剣で胸をえぐられるような気がした。

「愛するジェレミーがあの世で待っていると考えれば、少しは気持ちが慰められることだろうな」気がつくとそう言っていた。

「もうたくさん」キャロラインが乱暴に手を振って扇子をひらいた。「お願いですから、もうなにもおっしゃらないで。これ以上この話をするのは耐えられません」

「すまない」今夜は何度もこの言葉をくり返しているような気がする、とアダムは思った。この一年間に口にした回数を合わせたよりも多い。「きみにとってはきわめてつらい話題のようだな。もう二度と降霊会には参加させないと誓う。この件にきみをこれほど深く巻きこんだのは間違いだった」

「間違いではありません」キャロラインがぶっきらぼうに言った。「わたくしが決めたことです」

「機会がありしだい、アイリーン・トーラーの正体をあばいてやる」

「いいえ、そのようなことをなさってはいけません」キャロラインが心底ぎょっとしたような声で言った。「危険をお考えください。そのようなつまらないことに気を取られていると、ご自分の秘密が危険にさらされるやもしれません。用心なさらなくては」

「トーラーには今夜の無神経な欺瞞の罰を与えるべきだ」アダムはきっぱり言った。「きみへの仕打ちを不問に付すことなどできない。あのようなやりかたできみの悲しみをもてあそぶとは、あくどいかぎりだ」

キャロラインがむせたような小さな声をあげた。今にもわっと泣きだしかねない。アダムはあわててポケットからハンカチを出した。

アダムの手に白い麻のハンカチが握られているのを見て、キャロラインがあきらめたようなため息をもらした。

「その必要はありませんわ」キャロラインがつぶやくように言った。「悲しみに打ちひしがれてなどおりませんから。本当のことを包み隠さずお話ししたほうがよさそうですわね。納得していただくにはそれしかないでしょう」

「納得させるとは、なにをだね？」

「人をだますのが上手なのは、アイリーン・トーラーだけではありません。ジェレミー・フォーダイスなど存在しません。わたくしが作りだした人物なのです」

仰天のあまり、アダムはしばらく身じろぎもしなかった。キャロラインがまたもや意外なことを言いだすのは、予期してしかるべきだった。とはいうものの、このような展開は予想もしていなかった。

作り話だと見抜けなかった理由はよくわかっていた。キャロラインは生娘ではないと信じたかったのだ。三十歳までの未婚の婦人のふるまいを制約する規則に縛られる必要のない、世故に長けた婦人だと考えるほうが、なにかと都合がいいからだ。

「結婚したことはないのか？」アダムは用心深くたずねた。

「残念ながら、ありません。三年前のチリンガムでの災難のあと、未婚の婦人と思われるよりは未亡人と思われるほうが、はるかに暮らしやすいと考えたのです。ロンドンへ引っ越してからは、仕事でも私生活でも、ミセス・フォーダイスでとおしてきました」

アダムは醜聞の場所が変わったことを頭に刻みこんだ。「よかったら本当の名前を教えてもらえるかね？」

キャロラインがわずかにためらった。「キャロライン・コナーです」

「なるほど」アダムは、夜は付添いの婦人なしでは家から出てはいけないことになっている未婚の婦人と、夜更けに二人きりで馬車に乗っていることを意識した。そう、たしかに、キャロラインが未亡人だと考えるほうが、はるかに都合がいい。

「今の話がお気に召さないようですわね、ミスタ・ハーデスティ」キャロラインが言った。

「ですが、わたくしの年齢の未婚の女にとって、日々の暮らしがどれほど不自由かはおわかりだと思います。それでも、田舎ではまださほどではありませんでした。慣習の縛りが、いくぶんゆるやかだからです。けれどロンドンでは、未婚の女は、意地悪なうわさを広めるのが好きな人びとの格好の餌食にされます。大きな醜聞に巻きこまれたことに加えて、扇情小説家となれば、どれほどすさまじいことになるかはおわかりでしょう。キャロライン・コナーには消えてもらったほうが、はるかにことが簡単だったのです」

結婚する前のジュリアが、社交界が若い淑女に強要する数かずの制約を始終毒づいていたことを、アダムは思い起こした。「慣習がわずらわしいことは承知している。しかし、言わせてもらえれば、そのような制約にはもっともな理由があるのだ。婦人にとって世の中は危険な場所だ。どの社会階級であれ、平気で女を食い物にするひどい輩がうようよしている」

キャロラインが手袋をはめた手で扇子を握りしめた。「その中でももっとも質《たち》の悪いのが、上流階級の人たちです」食いしばった歯のあいだから押しだすようなささやき声だった。

張りつめた短い沈黙があった。アダムはなにも言わなかったが、通常と違うことや予想外のことに対して常に警戒を怠らない神経が、その口調の激しさを感知した。どうやら、キャロラインが巻きこまれた醜聞には上流階級の紳士が関わっていたようだ。

キャロラインがほうっと深い息を吐いた。「大丈夫です、わたくしは世間のきびしい現実をよく承知しておりますから。お気遣いには感謝いたしますが、世間の慣習についてのお説教に、むだな精力をお使いになる必要はありません」

キャロラインには、自分の好きなように名乗って自分の思うように生きる権利がある、とアダムは自分に言い聞かせた。

「悪かった」アダムは静かに言った。「思わずきつい言いかたになったことをお許しください。おわかりのように、わたくしにとってはとてもいやな話題なものですから」

「言いたいことはよくわかった。残念ながら、突然きみが未婚だとわかったことで、それでなくてもやっかいな状況が、ますます面倒なものになったな」

「ばかばかしい」キャロラインがあわてて言った。「わたくしたち二人のあいだでは、なにひとつ変わりはしないはずです」

アダムはにやりとしそうになった。「おいおい、きみがそれほど世間知らずでないことは、お互いにわかっているではないか」

キャロラインがちょっとたじろいだ様子で、顔をそむけて窓のほうを向いた。「怒っていらっしゃるのですか?」

怒っているのだろうか? アダムは自分でもよくわからなかった。「きみのおかげで、わたしがきわめてむずかしい立場に立たされたのはたしかだ」

「そのようにお考えになる必要はまったくありません」キャロラインが不安げに言った。「世間はわたくしを未亡人だと思っていますし、わたくしはその誤解を解くつもりは毛頭ありません。これからも、秘密をお話しする前とまったく同じように接してくださってかまいません」

「そのようなことができると本気で考えているのかね？」

キャロラインが小さく舌打ちした。「わたくしはか弱い花ではありません。あなただって、わたくしの書く小説の主題から、世間知らずではないことがわかるとおっしゃったではありませんか」

「たしかに世間知らずな婦人ではないかもしれない」アダムは認めた。「しかし、たとえそうであっても、悪い評判が立たないよう気をつけねばならないことに変わりはない」

「とんでもない」キャロラインの声には苦々しい響きがあった。「キャロライン・コナーには守るべき評判がありましたわ。でも、それは三年前ずたずたにされてしまいました。その点では、ミセス・フォーダイスには気にかけなければならないものはなにひとつありません」

「それは考えかたの問題だ」

キャロラインがとがめるような目でアダムを見た。「あなたがそれほど堅苦しい口やかまし屋さんだったなんて、だれも考えもしなかったでしょうね」

その非難は思いもかけないものだった。アダムは思わずかすかな笑みを浮かべた。「まったくのところ、自分の中にこのような面を見つけて、きみ以上に驚いている」

キャロラインが胸の下で腕を組み、踵の高い靴の尖った爪先で軽く床をたたいた。「まあ、今度はわたくしがおわびを言う番ですわね。あなたをむずかしい立場とやらに立たせるつもりはありませんでした」

「そのつもりでなかったことはわかっている」アダムはちょっと口ごもった。「キャロライン、わたしに自分の秘密を守る権利があるように、きみにも自分の秘密を守る権利がある」

「その点では合意に達しましたわね」

アダムは懸命に、胸にわきあがってくるキャロラインへの激しい気持ちを抑えようとした。彼女を抱きしめ、あえぎ声をあげるまで口づけをして、チリンガムで彼女を誘惑して捨てたろくでなしを忘れさせたいという、抗しがたいほどの思いが突きあげてきた。けれど同時に、それよりはるかに無謀なことを、これまでどんな女性にもしたことのないことをしたいと思った。理由は自分でもうまく説明できなかったが、二人のあいだの秤《はかり》が釣りあうようにしなければという気がした。みずからの秘密を明かすことで、キャロラインが自分の秘密を話してくれたことに報いたかった。

「わたしといっしょにある場所へいかないか？」アダムはたずねた。「見せたいものがある」

「今ですか？　今夜？」

「ああ」自分がどういう気でこんなことをしているのかわからなかったが、もう引き返せないことだけはわかった。「きみには危害を加えないと約束する」

キャロラインは驚いたようだった。「あなたを恐ろしいかただなどと思ってはいませんわ」

おそらくキャロラインはいっしょにくることを拒むだろう。おそらくそのほうがいいだろう。にもかかわらずアダムは、彼女の次の言葉に自分の将来がかかっているかのように、息をつめて返事を待った。

「わかりました」キャロラインが静かに言った。「伯母たちは、今夜は出かけて遅くなると言っていました。わたくしの帰りが遅くなっても、心配してやきもきすることはないでしょう」

アダムは自分の気持ちが変わる前に、立ちあがって天井のはねあげ戸をあげ、ネッドにおなじみの住所を告げた。

16

夜中にアダムといっしょにどこかへいくというのは、これまでの人生最大の刺激的なできごとだとキャロラインは思った。経験したことのない熱い期待が胸にわきあがってきた。アダムはどこへ連れていくつもりなのだろう？　なにを見せるつもりなのだろう？

けれど、キャロラインはなにもたずねなかった。アダムが見せようとしているものは、彼にとってきわめて重要なものだという気がした。自分のやりかたでことを進めたいに違いない。

キャロラインは肩掛けをいっそうきつく肩に巻きつけて、馬車の窓から霧に包まれた通りを見た。馬車はみすぼらしい地区へ入っていっていた。通りが狭くなり、ガス灯の間隔が広くなった。明かりのついた窓が少なくなり、いきかう人や馬車もぐんと減った。ぽっかり口をあけた暗い路地の入口は、思わず背筋に寒気が走るほど不気味だった。

馬車が酒場の前を通りすぎた。すすけた窓ごしに、粗末な仕事着姿の男たちやみすぼらしいドレスを着た女たちの姿が見えた。卓に座って、ふたつきの大ジョッキやジンのグラスをかたむけている。

「心配はいらない」アダムがキャロラインの顔を見て言った。「ここは貧しい地区だが、わたしはこのあたりをよく知っている。きみの身に危険はない」

「怖くなどありません」あなたといっしょにいるかぎりは。キャロラインは声に出さずにつけ加えた。

馬車は角を曲がり、薄暗い路地を走りつづけた。色あせたドレスを着た女がひとり、ガス灯の明かりの下に立っていた。馬車を見つけると、肩掛けをずりさげて胸をあらわにしながら、酔いの回ったしゃがれ声で言った。「いいものを見せたげるよ、旦那。格安の値段でね」そして顔をしかめた。「なんだい？　もう今夜のお楽しみは見つけたみたいだね。それじゃ、またこの次ってことにしよう。あたしはここにいるからね、旦那。さがしてきておくれ。名前はナンだよ」

「本当にかわいそうに」キャロラインはつぶやいた。

「あれを見ても驚かないのか？」アダムがたずねた。

「財産のない女が通りでみじめな暮らしをするようになるのは、ごく自然ななりゆきですわ」

「まさにそのとおりだ」アダムは上着のポケットから小さな包みを出して、慣れた手つきで窓から放り投げた。娼婦がその包みに飛びつき、紙を破ってあけた。

「ありがとよ、親切な旦那」走りすぎる馬車に向かって女が言った。「気前がいいんだね、あんた」そして包みに口づけをすると、そそくさと暗がりに消えた。

キャロラインはその様子から、包みに入っていたのは金だろうと思った。おそらくアダムはこれまでにも同じことをしてきたのだろう。

「前回ここへきたときには、あのガス灯の下には別の女がいた」アダムが言った。「ひどい咳をしていた。もう生きていないかもしれないな」

「その人にもお金をあげたのですか?」キャロラインはたずねた。

「ああ。そして、寝床と温かい食事を与えてくれる救貧院の場所を教えた。だが、あの金は阿片かジンか博打に使ったのだろう。ちょうど、今夜ナンがそうするように」

「そうとわかっていても、それでも女たちにお金を恵むのですか?」

「食べさせなければならない子供を抱えた者もいる」暗がりでアダムはきびしい表情を浮かべていた。「ときには、ガス灯の下で待っているのがその子供たちのこともある」

キャロラインは車内の暗がりにアダムの静かな怒りがたぎっているのを感じた。

馬車がまた角を曲がり、通りの真ん中で止まった。キャロラインが外に目をやると、明かりのついていない戸口が見えた。

「いこう」アダムが言った。

アダムは馬車をおりると、振り向いてキャロラインがおりるのに手を貸した。

「しばらくかかるだろう、ネッド」彼が言った。「通りの端の酒場へいって、なにか温かい飲み物でも飲んでいるがいい。用がすんだら口笛を吹く」

「はい」ネッドが帽子のひさしに手をやった。

アダムはキャロラインを暗い入口へ連れていった。そしてポケットから鍵を出し、戸の錠をあけた。

二人は小さな玄関に入った。アダムが小さなランプをつけた。それを片手に持ち、もういっぽうの手でキャロラインの腕をつかむと、狭い階段をあがりはじめた。

「今はこの家にはだれも住んでいない」アダムが言った。「所有者はわたしで、少し手を入れる計画を立てている」

キャロラインはひどく興味をそそられた。「ここをどうなさるおつもりなのですか?」

「考えていることがあるのだ」アダムはそれだけしか言わなかった。

階段をあがりきると、アダムはキャロラインの腕を引っ張って廊下を進み、とある扉の前で足を止めた。そして別の鍵を取りだした。

彼は無言で錠をあけて一歩さがり、天井の低い暗い部屋の中へ入るようにと、キャロラインをうながした。

それが持つ意味の重みを全身にひしひしと感じながら、キャロラインはゆっくり部屋に入った。このみすぼらしい小さな部屋は、アダムにとっては非常に重要な場所のようだ。

ひとつきりの窓には帆布の粗末なカーテンがかかっている。家具調度は最小限のものしかなく、簡易寝台と卓がひとつずつ、床はむきだしのままだった。私物と思われるようなものはいっさいなかったが、部屋はきれいに掃除されていて、暖炉には火をたいた跡があった。アダムがキャロラインにつづいて入って戸をしめ、ランプを卓の上に置いた。そして彼女のほうを向いた。

「わたしが十八歳の初めまで住んでいた部屋だ」

アダムはそう言って、いつもの謎めいた静かな表情でキャロラインを見つめたが、その静かさの下に強い感情が渦巻いているのが感じられた。

「豊かな階級のお生まれではなかったのですか？」キャロラインは慎重にたずねた。

アダムがゆがんだ笑いを浮かべた。「母は婦人帽子店で働いていた。十八のとき、海運会社の事務員をしていた父と結婚した。父はわたしが二歳のとき埠頭の事故で亡くなった。母に残されたのは、父の指輪と本だけだった。指輪は質に入れて部屋代を払ったり食料を買ったりしたが、本は売らなかった」

退屈な古代の歴史を読みあげてでもいるかのように、アダムは生い立ちの要用だけを、まったく感情のない口調で話した。

「お気の毒に、お母さまは必死で頑張られたのでしょうね」キャロラインは静かに言った。

「ああ。朝から晩まで店で働いていた。夜は、父が残してくれた何冊かの本を使って読み書きを教えてくれた」

キャロラインは胸の前で手を握りあわせた。「大変な勇気と信念の持ち主でいらしたのですね」

「ああ、そのとおりだ」アダムの表情がますます超然として、遠くを見ているような目になった。「十一のとき、その母も熱病で亡くなった」

「アダム、本当にお気の毒に。それで、どうなさったのですか？　どうやって生き延びてこられたのですか？」

「読み書きは母から習ったが、このあたりの通りで育つうちに、別の教育も受けた。それは母が亡くなる前から役に立つようになっていた。おかげで、母が亡くなったあとも部屋代を払って食べていくことができた」

「どうやって暮らしを立てていらしたのですか？」

「他人の秘密を売買して、だ」アダムが簡単に言った。

「意味がわかりませんが」

「モード・ギャトリーという名前をおぼえているかな？　わたしが取りもどそうとしている日記を書いた、阿片中毒の女だ」

「ええ、もちろんです」

アダムが顎で部屋の戸を示した。「モードは娼婦で、廊下の向かいの部屋に住んでいた。しょっちゅう客を部屋へ連れこんでいた。客の中には自分の秘密を彼女に打ち明ける者もいて、それを彼女がわたしに伝えた」

「そして、あなたがその買い手を見つけたわけですか？」キャロラインは信じられない思いでたずねた。

アダムが冷ややかな笑いを浮かべた。「秘密の買い手はいくらでもいて、とても金になる。なかんずく、その秘密が上流階級の紳士に関わっている場合には」

「ちっとも知りませんでした」

「当時モードは大変な美人で、まだどっぷり浸かるほどの阿片中毒ではなく、常連客の中には上流階級の男も大勢いた。わたしの仕事は、モードが仕事中に手に入れたうわさ話の買い手を見つけることだった。もうけは折半《せっぱん》した。かなり長いあいだ、その分業体制はうまく回っていた」

キャロラインは驚嘆の念に打たれた。「本当に仰天するようなお話ですこと」

アダムがいっぽうの眉をあげた。「おもしろいと思ってもらえてうれしいよ。しかし言っておくが、きみがこれをひと言でも小説の中に書いたら、わたしはかんかんに腹を立てるぞ」

キャロラインはとりすました表情を浮かべて言った。「もちろん、そのときは名前を変えますわ」

「名前を変えたくらいではだめだ」アダムが警告した。

「冗談です、アダム、よくわかっていらっしゃるくせに。つづきを話してくださいな」

「その後数年ほどのあいだに、妹が二人と弟がひとりできた」

「きょうだいはどうやったらできるのですか？」キャロラインはたずねた。

「方法はさまざまだ。売春宿に売られる寸前の孤児《みなしご》を見つけることもある。十二歳以下の処女を好む紳士を相手に商売している店があるのだ」

「まあ」

「あるいは、ごみの山のそばで、三歳の捨て子の女の子を見つけることもある」

「アダム、まさか――」

「あるいは、街灯の下で物乞いをしている四歳の男の子を見つけることもある。親がそうするようにと言いつけて、そのまま姿を消してしまったのだ」

「その子たちをみんな引き取って、いっしょに暮らしたのですね」キャロラインはつぶやいた。「なんと言えばいいのか、言葉もありませんわ」

アダムがひょいと肩をすくめた。「当時、わたしにはそこそこの稼ぎがあって、自分以外に何人かを食べさせるくらいの余裕があった。おかげで夜は話し相手ができた」

「お母さまがしてくださったように、あなたも彼らに読み書きを教えたのですか?」

「夜はほかにすることもなかったからな」アダムが言った。

キャロラインは右手でみすぼらしい小部屋を示した。「どうやってここから抜けだしたのですか?」

「十七歳の半ばごろ、大きな転機がおとずれた。とりわけ貴重な秘密が手に入ったのだ。上流階級の投資家を大勢巻きこんだ、大がかりな投資詐欺に関するものだった。わたしはそれを新しい客に売った。金持ちの男やもめだ。その情報のおかげで、その紳士と朋友たちは大枚の金を失わずにすんだ」

「それで？」キャロラインは話に引きこまれて言った。

アダムはすぐには答えず、寄りかかっていた壁から離れて腕組みをほどくと、暖炉のところへ歩いていった。そしてしゃがんで片膝をつき、マッチをすってたきつけに火をつけた。小さな炎があがるまで、アダムはしばらくじっと火を見つめていた。昔のできごとを思い出しながら、話してもいいのはどれかと考えているのだろう、とキャロラインは思った。

「その紳士は七、八年前に奥さんと子供たちを熱病で亡くしていた」アダムがようやく言った。「金はうなるほどあっても、天涯孤独だった。数か月あまりのあいだに何度かいっしょに仕事をしたあと、紳士はわたしに陰の代理人のような職を提示してくれた」

「あなたはまだ十七歳だったのでしょう。その人のためにどんなお仕事をなさったのですか？」

「今も言ったように、師となったその紳士は、どんなものであれ秘密が大好きで、わたしには秘密を集める才能があった。モードだけでなく、秘密を知ることのできる立場にある大勢の人びとからも、情報を手に入れていた」アダムがおもむろに立ちあがった。「酒場の経営者、小間使、召使、床屋、洗濯女、荷役……。ほかの人びとについての役に立つ情報を提供してくれる人間は、それこそ枚挙にいとまがない」

「なるほど」キャロラインは簡易寝台の端に腰をおろした。

「やがて、その紳士は父親のごとく接してくれるようになった。そして、職を与えてくれただけでなく、広大な屋敷でいっしょに住むようにと言ってくれた。わたしは妹と弟を見捨てることはできないと言った」アダムが昔を思い出すようにかぶりを振った。「すると、ウィルスンはわたしたち全員を屋敷に引き取ってくれた」

「たぶん、そのかたのご家族が亡くなってできた心の穴を、あなたとごきょうだいが埋めてさしあげたのでしょうね」

「数年前、ウィルスンもそのようなことを言っていた。長年音信不通だった親戚ということにしようという案は、ウィルスンが言いだしたものだった。大胆な計画で、うまくいくはずがないとわたしは言った。だが、彼にはそれを実行するだけの力があった。われわれ四人にしかるべき教育を与えて行儀作法を身につけさせるために、家庭教師やダンスの教師を始めとして、さまざまな分野の専門家を雇った。そしてついには、われわれ四人を彼の財産の相続人にしてくれた」

「まさに、あっと驚くできごとの連続ですわね」キャロラインは感嘆の声をあげた。

「話として聞けばそのように聞こえるかもしれないが、実際にその渦中にいるあいだは、そんな気楽なものではなかった」

「ええ、そうでしょうとも」キャロラインはやさしく言った。「親を失った深い悲しみ。大きな不安と危険。あなたにとって人生がけっして一編の物語でないことは、よくわかりますわ。打ち明けてくださって光栄です。けっして口外はいたしません」

アダムがひたとキャロラインを見つめた。「信頼できると思わなければ、自分の過去を話したりはしなかったろう」

「取りもどそうとなさっている日記になにが書かれているのか、予想はつきますわ。あなたと弟さん、妹さんたちの本当の出自についてですね？」

「ああ。モードは本当のことを知っていた。それを日記に書き記していたようだ。エリザベス・デルモントは日記を読み、その情報をネタにわたしをゆすろうとしたのだ」

「日記を取りもどしたいと思われるのは当然ですわ」

「うちの一族の力をもってすれば、どのような醜聞が起こっても難なく対処できるとウィルスンは請けあっている。たしかにそのとおりかもしれない。しかし、ウィルスンが考えているほど簡単にはいかないのではないかという気がする。ジュリアはサウスウッド伯爵夫人だから、守ってくれる夫がいる。だが、ジェシカは社交界のデビューを間近にひかえている。ごみの山の中に捨てられていたことが世間に知れたら、どのようなうわさにさらされるかわかったものではない」

「どんな場合にも、醜聞はやっかいなものですわ。社交界に入るにあたって、さまざまな重圧に直面している若い婦人にとっては、とりわけそうでしょうね」

「ネイサンは学問の世界に惹かれている。研究を深めるためには、閉鎖的な学者の社会に入っていく必要があるだろう。かつて通りで物乞いをしていたことがわかれば、学者たちがすんなり受け入れてくれるとは思えない」

「弟さんと妹さんたちを守りたいとお考えになるのは当然ですわ。ご家族を守ろうという崇高なご気性と決意には、心底から感服いたします」

アダムの口の端があがった。「全力をあげて家族を守りたいと考えているのはたしかだが、それは崇高な気性からでもなんでもない。家族を守るのがわたしの務めだからだ」

キャロラインはうなずいた。「たしかに、あなたならそのようにお考えになることでしょうね」

「キャロライン、わたしこそきみの立派さには感服している」

その真剣な口調にキャロラインは面食らった。「失礼ですが、わたくしの生業《なりわい》をあまりよく思っていらっしゃらないものとばかり思っていました」

アダムはそれを聞き流した。「多くのものを失いながらも、逆境をくぐり抜けて、立派に成功しているではないか」

「ひとりではとてもやりとげられなかったでしょう」キャロラインは静かに言った。「エマ伯母とミリー伯母がいなかったら、わたくしの人生はまったく違ったものになっていたはずですわ」

「ウィルスン・グレンドンがいなければ、わたしの人生もそうだったろう。だが、だからといって、きみのなしとげたことが色あせるわけではない。大きな醜聞を乗りこえて、きみを愛してくれ、きみのほうも心を許せる人たちを得た。そして創造力と頭を使って、興味深い仕事についたではないか。それらがあいまって偉大な成功となっているのだよ、キャロライン」

キャロラインはなんと言っていいのかわからなかった。思わず胸が熱くなった。これまで、このように心に響く真摯な言葉で敬意を表してくれた男性はいなかった。アダムが心底そう思っていることが伝わってきた。

しかしながら、彼の口から聞きたいのは賞賛の言葉などではないのに、とキャロラインは残念だった。

「そうおっしゃってくださって、本当にありがとうございます」キャロラインはひどく形式ばった口調で言った。

「さっき、今夜なぜここへ連れてきたのかとたずねたな」アダムが彼女のほうに近づいてきた。「ここへ連れてきたのは、きみに秘密を打ち明けさせることになってしまって、わたしもお返しをするのが筋だからだと自分でも思おうとした。しかし、実はそれだけではない」

その瞬間、部屋の空気が一変し、さっきまでより親密なものになった。心の深いところでそれを感じて、キャロラインは思わず立ちあがった。二人のあいだになにか重大なことが起ころうとしているのがわかった。

アダムが手を伸ばし、両手で彼女の顔をはさんだ。

「本当は、きみが考えているような人間ではないことを知ってもらいたかったのだ。あの最初の日、きみの書斎へ押しかけて居丈高に情報を聞きだそうとしたのは、本当のわたしではないということを」

「そうですか」キャロラインはほかに言うべき言葉を思いつかなかった。アダムの手の熱さと力強さを痛いほど意識して、まともなことを言うのはおろか、息を吸うのもままならなかった。

「わたしもまた、特権階級の尊大で身勝手な男のひとりだと思われているのはわかっている。そして、今は自分がそういう世界に出入りしていることも認める。しかし、生まれながらにそうだったわけではないのだよ、キャロライン。上等な服を着て、上流のクラブに属し、上流の人びとと仕事をしてはいるが、ひと皮むけば、これからもずっとよそ者のままだろう。たとえつきあっている人びとにはそれがわからなくても、わたしにはわかる」

キャロラインは両手をあげてアダムの手首を握った。「わかりますわ」

「きみをここへ連れてきたのは、生き延びるために必死で闘うのがどれほど大変か、わたしが身をもって知っていることをわかってもらいたかったからだ。それどころか、目的を達するために、きみが聞いたら心底衝撃を受けるようなこともしてきた」

「信じられませんわ」

「本当だ」アダムが荒々しい口調で言った。「今それを話してきみを驚かせるつもりはない。しかし、この部屋で暮らしていたころ学んだ教訓を今でも忘れていないことは、わかってもらいたい。生涯忘れないだろう。それらが積み重なって、今のわたしという人間ができているのだ」

キャロラインはため息をついた。「あなたは尊大なかたかもしれません。間違いなく意志強固で、場合によっては頑固でさえあります。でも、女の弱みにつけこんで、自分の身勝手な目的のために利用したあげく、用がすんだら、口をきわめて非難して、醜聞のただ中に放りこむたぐいの殿方でないことは、よくわかっています」

アダムが手にわずかに力をこめて、キャロラインの顔を仰向かせた。「もうわたしをきみと伯母さんたちの脅威とは思っていない、今の言葉はそう解釈してもよいのか？」

「気まぐれや単なる疑いで、わたくしたち三人を破滅させるようなかたではないと思っています。たとえ不本意であろうと事実を受け入れるかただということが、よくわかりました」

アダムの中でぴんと張っていたものがいくぶんゆるんだのが、キャロラインにも伝わってきた。彼が親指でキャロラインの下唇をなでた。

「ありがとう」そうささやく声はしゃがれていた。「ちょっとたずねたいのだが、なぜわたしを信用できると思ったのだ？」

キャロラインは鼻にしわを寄せた。「それなら言いますけれど、最初にお会いしたときから、偽名を名乗られたことがわかっても、信用できるかただという気がしていました。もちろん、理性と常識でそれを抑えてはいましたけれど」

「当然だろうな」アダムがうなずいた。

「それに、わたくしには自分のほかにも守らなければならない人たちがいますから」

「エマとミリーか」

「そのとおりです。でも、今夜は、ミセス・トーラーへの腹立ちのあまり、早まって正体をあばく危険を冒されるのではないかと心配だったのです。わたくしのせいで調査が失敗するようなことになっては困りますもの」

「それで秘密を話してくれたのだな」

「ええ」

「そして、わたしも自分の秘密を少しだけ明かした」炉の中で溶けた緑のガラスのように、アダムの目が熱く燃えあがった。「だが、今夜はきみに打ち明ける秘密がもうひとつある」

キャロラインの体にさざ波のように期待が広がった。「なんですの？」

アダムが彼女の頬骨を親指でなでた。「きみが未亡人ではないことで、きわめてやっかいな状況にはなったが、あの世で両腕を広げて待っている亡き夫をしのんで、きみが悲しんでいるわけではないとわかって、非常にうれしい」

「どうしてそれがそんなにうれしいことなのですか？」

「今わたしがなによりもしたいのは、もう一度きみに口づけすることなのだが、幽霊と張りあうのは気が進まなかったからだ」

「まあ、そうですわね。ええ、そうしてくださいな」

アダムが飢えたように激しく唇を重ね、キャロラインはわれを忘れた。彼にしっかり胸に抱きしめられていなければ、うっとりしてとろけてしまったことだろう。

その口づけで全身が熱く燃えあがり、酔っ払ったようになって、警戒心はどこかに消えた。

「アダム」一瞬唇が離れたとき、キャロラインはささやいた。

「このうえなく情熱的で美しい」アダムが彼女の眉に唇を押しつけ、両手を背中に這わせた。

キャロラインは彼の首に腕をからめ、ためらいがちに彼の唇に唇を触れながら、相手の反応をたしかめた。

その繊細な愛撫がアダムの気持ちに火をつけたようだった。うめき声をもらすと、なにかに憑《つ》かれたような激しさで口づけを返してきた。

まもなく、キャロラインは彼の手がドレスの前の留め具をさぐっているのを感じた。芯の入った堅い胴着はコルセットも兼ねていたが、それが、よろいが中心線で割れていくように、ゆっくりとひらいていく。

「現代の流行に女たちはよく耐えているな」アダムがかすれ声で言った。「このようなドレスを着ていると、小さなきつい檻をはめて動きまわっているような気がすることだろうに」

「でも、檻をはずしたときには、なんともいえない解放感がありますわ」キャロラインは正直な気持ちを言った。けれど言葉が口から出たとたん、しまったと思った。「まあ、こんなことを言うつもりはありませんでしたのに」

アダムがかすれた笑い声をあげて、軽く口づけした。「説明は不要だ。言いたいことはわかる」

「あとはわたくしが自分でやったほうが早いのではありませんこと？」

「とんでもない。断じて許さない」アダムがドレスのホックをはずす作業にもどった。「きみの服を脱がせるのは、厳重に包装された贈り物の包みをあけるようなものだ。期待に胸を躍らせる楽しみを取りあげないでくれ」

　キャロラインはアダムのリンネルのシャツの前をつかんだ。ドレスの前が胸の下のところまでひらいたとき、アダムがまた手を止めて、キャロラインの額に自分の額をつけた。「くそ。信じられない」

　キャロラインはどきりとした。アダムは自分の目の前に現れたものにがっかりしたのだろうか？「どうかなさったのですか？」

「ああ」アダムが頭をあげて、残念そうな表情で彼女を見た。「手がひどく震えて、このホックをはずすのもままならない」

「本当に？」キャロラインは自分のせいで彼の手が震えているのがわかって、心底からうれしくなった。

「きみを情熱と歓びの雲に乗ったような気分にさせるつもりでいたのに、まるで、不器用なでくのぼうになったような気がする」

　それを聞いて、キャロラインは自分でも思いがけないほど大胆になった。

「わたくしがお手伝いすれば、やりやすくなるのではないでしょうか」彼女はもう一度そう言ってみた。

　そして、震える手でアダムのネクタイをほどきはじめた。

　アダムの口が曲がって笑いが浮かび、目がランプの明かりを受けてきらりと光った。「ああ。そうしてもらえると助かる」

まもなく、キャロラインはシュミーズとストッキング、ズロースだけになって立っていた。重いドレスは足元の床に落ちて山になっている。アダムのネクタイとチョッキ、白いリンネルのシャツも、その横に散らばっていた。アダムはズボンだけの姿で彼女の前に立っている。

筋肉の盛りあがった上半身が暖炉の炎を受けて輝いた。キャロラインはうっとりして、たくましい胸を指先でなぞった。

「古代ギリシャの神の像のようにすてきだわ」つぶやくように言う。

アダムが喉にからまった笑いをもらした。「それよりは温かくて若いと思うがね」

「ずっと温かくて、ずっと若いですわ。完璧だわ、本当に」キャロラインは彼の体で温めてもらいたいと思った。

「ああ、かわいい人。きみを見ていると昂ぶりを抑えられない」

これまで男性の服を脱がせたことなど一度もなかったので、キャロラインはアダムの服を脱がせるのに四苦八苦して、シャツを脱がせたところでやめた。ズボンのボタンに手をかける勇気がなかったのだ。幸いにも、アダムは彼女のためらいを不審には思わなかったようだ。

彼はキャロラインを抱きあげて、そっと寝台に横たえた。そして体を起こすと、もどかしげに、残っていたズボンと下着を手早く脱ぎ捨てた。

キャロラインはすくんだように動けなくなった。

大事に育てられた都会の箱入り娘とは違い、自分は田舎で育ったではないかと胸の中でつぶやく。だから、こういう状態の動物の雄を見たことがないわけではなかった。加えて、若い婦人の教育になにが必要かということに関して、エマとミリーはきわめて現代的な考えを持っていた。全体として、男性とのこの初めての体験でどういうことが起こるか、頭ではよくわかっていた。にもかかわらず、キャロラインは仰天した。

アダムが寝台の横でちょっとためらった。暖炉の明かりに浮かびあがった顔がくもってい る。「どうかしたのか？」

「いいえ」キャロラインは手を伸ばして彼の手を取り、ぎゅっと握りしめた。「なんでもありませんわ」

彼が慎重な動きでゆっくり寝台に横たわり、キャロラインを腕の中に引き寄せた。そして、髪を留めてあるピンを一本ずつ抜いていった。ピンが寝台のそばの床に落ちる音に、彼女はぶるっと身震いした。

「今夜はこんなことをするつもりではなかった」アダムが彼女の喉に口づけしながらささやいた。「衝動的にここへ連れてきたのだが、残念でならないことがひとつある」

キャロラインは息をつめた。「お気持ちが変わられたのなら――」

「とんでもない」長い髪の中でアダムが手を拳に握った。「きみへの思いに胸を焦がしている。たとえ命にかかわると言われても、これを抑えることはできないだろう。そうではなくて、残念なのは、もっと豪華な場所へ連れていかなかったことだ。この粗末な部屋ではきみに申しわけない」

キャロラインはほっと息をついてアダムの顔に触れた。「この部屋で充分ですとも、アダム。今夜はなにもかもが完璧です」

アダムがまだストッキングをはいたままの彼女の脚に手を這わせた。腿の内側を愛撫されたとき、キャロラインがこれまで知っていた世界が大きく変わった。彼の手の親密な動きは、このうえなく刺激的だった。

まるで、それまでずっと歩いていた庭の中で、高い生垣の角を曲がったとたん、いきなり、見たこともない南国の密林に踏みこんだような気分だった。

「きみはとても美しい」アダムがシュミーズのボタンをはずして、胸のふくらみに口づけした。

美しくなどないとキャロラインは思った。けれど今夜は彼のおかげで、クレオパトラかトロイのヘレネ、あるいはアフロディーテの直系の子孫のような気がした。

先端のつぼみをアダムの歯ではさまれた瞬間、滝のような興奮が全身を駆けめぐった。燃えるような荒々しい昂ぶりが体の奥深くからわきあがる。太腿を押さえているアダムの脚の重さが、このうえなく甘美に感じられた。

彼の手がズロースのすきまからすべりこんで秘所に達したとき、キャロラインは思わず悲鳴をあげそうになった。衝撃と驚きのまじった歓びで、呼吸と脈が大混乱をきたした。体のもっとも敏感な部分に触れているアダムの手の感触は、これまでに経験したどんなものとも比べようがなかった。

「すでに濡れて、わたしを迎える用意ができている」アダムが耳元でささやいた。

脚のあいだが熱く濡れているのを悟られて、キャロラインはかすかに気恥ずかしさをおぼえたものの、体を引くことなど考えられなかった。今彼がしていることの延長線上にあるものなら、どんなことであれ、もっとしてもらいたいと思った。

やがて、アダムがようやくズロースのひもをほどいた。そして彼女の上に体を重ね、胸のふくらみのあいだに口づけした。キャロラインは頭をのけぞらせた。体が熱くこわばり、彼が欲しくてたまらなくなった。

「お願いです」いっぽうの脚をアダムのたくましい太腿にからめてささやく。

アダムが少し体をずらした。キャロラインはその重みを感じた。

「ああ」彼女は言った。「とってもいい気持ち」

「キャロライン」

アダムが一気に押し入ってきた。

自分が望んでいるものに気をつけるのよ、とキャロラインは心の中でつぶやいた。

それはほぼ予想どおりのものではあったけれど、それでも、つい今しがたまで世にも甘美な歓びに満たされていたので、痛みは衝撃だった。

「いったいこれは？」キャロラインはびくりとして体をこわばらせ、本能的にアダムの肩を押しのけようとした。「待って。やめて。なにかおかしいみたい」

アダムがぴたりと動きを止めた。

キャロラインは慎重に体を引こうとした。「ごめんなさい。わたくしのせいです。気がつきませんでした。つまり、大丈夫だと思っていたのですけれど、どうやらそうではなかったようです」

「キャロライン、動かないでくれ、たのむ」

「どうか、抜いていただくわけにはいきませんか？」

アダムがうめき声をあげた。額に汗が浮かんでいる。痛みをこらえているかのように、奥歯をぐっと嚙みしめている。目はなかばとじられていた。明らかに意志をふりしぼるようにして、自分のものをキャロラインの中から抜きはじめた。

それは不快な感覚ではなかった。

「待って」キャロラインは言った。両手で彼の背中を抱いて、動きを止めさせる。「その必要はないかもしれません」

「キャロライン、気が変になりそうだ」

「あら、もうそれほどいやな感じではなくなりました」彼女はもう一度体をくねらせて、その感覚に満足した。「ごくゆっくりつづけてくださいな」

「ごくゆっくりだと？」アダムが寝台に肘をついて体を支えると、両手でキャロラインの顔をはさんだ。全身の筋肉が鋼のように固くなっている。目には、なにかの限界に近づきつつある者の必死な光があった。にもかかわらず、口の端をわずかにあげて、ロンドンじゅうを燃えあがらせそうな官能的な笑いを浮かべた。「こんなふうに、かね？」

アダムがまた動きはじめた。ゆっくりと。

キャロラインは体の力を抜いた。アダムが手をさげて秘所のあたりをまさぐった。彼女の内部が拳のように固くなった。けれど、今度は侵入を阻むのではなく、狂おしく求めるような収縮だった。

「ええ」キャロラインはささやいた。「ああ、ええ、すんなり入りましたわ」

「膝を立ててごらん、かわいい人」アダムがささやいた。

彼女は言われたとおりにした。快感がさらに増した。

「ああ、キャロライン」彼が口の間近で言った。「もう完全に自制を失いそうだ」

それがどういう意味なのかとたずねるひまもなく、アダムの動きが速くなった。

こすれあうその甘美な感覚にキャロラインの下腹部がこわばり、突きあげるような快感に耐えきれなくなった。体がひくひくと痙攣する。

キャロラインは絶頂に達し、夜の闇に舞いあがった。

アダムがくぐもったうめき声をあげて、体を硬直させた。

あわやという瞬間、彼は自分をキャロラインの中から引き抜き、彼女の横に倒れこんで寝具の上に放出した。

17

かなりの時間がすぎてから、アダムは左腕で腕枕をして、古い毛布の下でキャロラインを引き寄せた。このまま眠りにつこうとするかのように、彼女が体をすり寄せてきた。そうできればうれしいのだが、今夜は無理だとアダムは考えた。

「いつわたしに話すつもりだったのだ？」彼はたずねた。

われながらぶっきらぼうで無粋な言いかただと思ったが、かまうものか。心を根こそぎ揺さぶられるほどの驚きと腹立ちを、アダムはなんとか抑えようとしていた。

今考えてみると、キャロラインが未経験だということを示すいくつもの小さな手がかりを、自分はわざと見すごしてきた。最初は、なにも考えずに未亡人だと信じこんだ。今夜、その都合のよい作り話が消えてしまっても、秘密の過去と醜聞がらみのできごとにかこつけて、また勝手に都合のよいように推測して納得したのだ。

しかし、キャロラインという婦人には、次から次へと驚かされることばかりだ。

キャロラインが品のいいあくびをして、小さな猫よろしく、毛布の下で片脚を伸ばした。

「話すって、なにをですか？」

爪先がアダムのふくらはぎを軽くこすった。そのささやかな愛撫で、またもや欲望がかきたてられた。

「処女だったことだ」アダムは言った。

キャロラインがぴたりと動きを止めた。やがて、いっぽうの肘をついて体を起こし、戸惑ったように顔をしかめてアダムを見おろした。

「お話ししなければいけないことでしたの？」彼女がたずねた。

「ああ」アダムはきっぱりと言った。自分自身に対してだけでなく、キャロラインにも怒りを感じていた。「話してくれるべきだった。無辜の婦人とは寝ないことに決めているのだ」

「ああ、問題はそれですか」そのとたん、キャロラインの顔が晴れた。「ルールがおありでしたのね」

「わたしをからかうのは危険だぞ、キャロライン」アダムはやさしく注意した。

「状況を筋道立てて考えてみましょう。今おっしゃっている無辜の婦人というのは、世間知らずで、結婚まで評判を守らなくてはならない若い婦人のことですわね。それでよろしいですか？」

「まあ、そのようなところだ」アダムは用心深く答えたが、キャロラインのあっけらかんとした反応に、思わず身構えた。うまく丸めこんでごまかそうとしているようだ。アダムにはそれが手に取るようによくわかった。

キャロラインが気取った満面の笑いを浮かべた。「それなら、まったくご心配にはおよびませんわ。わたくしは無辜の婦人の部類には入りませんから、ルールをお破りになったことにはなりません」

アダムは金茶色の巻毛をひと房つまんで指に巻きつけ、やさしく引っ張った。「そうかね？」

「ええ、そうです。事実をよく考えてみてください」キャロラインが右手をあげて、ひとつずつ指折りかぞえた。「まず、わたくしはもう若い婦人ではありません。二十七歳で、世間が無辜とか結婚適齢期と考える年齢をとっくにすぎています」

「キャロライン――」

「次に、どう考えてもありそうにないことですが、万が一、夫になる可能性のありそうな殿方と出会ったとしたら、わたくしはそのかたに、三年前のひどい醜聞のことを話さなければならないと感じます。それで万事休すとなるでしょう。育ちのよいきちんとした紳士ならなたであれ、たとえ変名を名乗っていても、わたくしのような惨憺たる評判の女と結婚しようとは思われないはずです。ですから、けっしてくるはずのない初夜のために純潔を守る必要などありません」

「きみの論理には大きな欠陥がある」アダムは言いかけた。

「そして最後に」キャロラインがそれをさえぎって言った。「建前上は、わたくしはついさきほどまで処女でしたけれど、けっして世間知らずというわけではありません。今夜あなたのキスに応えたとき、自分がなにをしようとしているか、よくわかっていました。アダム、あなたがわたくしを誘惑なさったわけではありません。実際はその逆です」

「逆だと？」キャロラインがそのように考えていることに仰天して、アダムは枕にしていた腕をはずして体を起こした。「誘惑したのはきみのほうだと言おうとしているのか？」

キャロラインが唇をすぼめた。「それは――」

「そんなばかなことを信じるものか。断じて」

「お目にかかった瞬間から惹かれていたと申しあげているだけです」キャロラインが振り払うようにいっぽうの手を振った。「もちろん、最初はいくつか問題がありました。わたくしたちにとって脅威になるかたかもしれないと思ったからです。でも、信頼しても大丈夫とわかってからは、あなたがわたくしの気持ちに応えてくださるよう願っていました」

「なるほど」

「たしかに、ことはわたくしが考えていたよりはるかに早く進みました」キャロラインが快活につづけた。「知りあってからこのように短期間で情熱的に抱きあうことになるとは、予想もしていませんでした」

「わたしもだ」アダムは彼女の髪に手をもぐりこませて顔を引き寄せた。「なあ、キャロライン、それほど性的な経験をしたかったのなら、なぜ今までぐずぐずしていたのだ？　これまでに何度も機会はあったろうに」

なんとも愚かな質問だといいたげな笑いを浮かべて、キャロラインがかぶりを振った。「女にはさまざまな危険があります。ふさわしくない殿方と契りを結んで、そのような危険にさらされたくなかったのです」

アダムは身震いするほどの満足感が腹の底からわきあがるのを感じた。「わたしをふさわしい男と考えたわけか？」

キャロラインの目から笑いが消え、真剣な光が残った。「今夜、心底からそれを確信しましたわ」

アダムは唇で軽く彼女の唇をなでるようにした。「で、期待どおり、興味深くて刺激的な経験だったかね？」

「もちろんです。しごく満足しました、本当に」

「はらはらさせられどおしなのは言うまでもないが、まったく、きみという婦人にはあきれて言葉もない」

「気をしっかりお持ちくださいませ」キャロラインが励ますように言った。「怖気づきそうなときには、ひどい醜聞と破滅からわたくしを守ってくれる偉大な遺産、このうえない保護者、そのうえ頼もしい防壁でもあるものを思い出してください」

「で、その遺産であり保護者であり防壁でもあるものとは、なんだね？」

「あら、ほかでもない、好都合にもわたくしを未亡人にしてくれた亡き夫、ジェレミー・フォーダイスですわ」

アダムはキャロラインをまた寝台に引き倒した。「たしかに、その男の霊はなかなかに重宝だな」

18

アイリーン・トーラーは降霊室にひとり座り、目の前の卓にジンの入った大きなグラスを置いて、復讐について考えていた。これまではまぬけなカモだったが、もう違う。やっと目からうろこが落ちたのだ。

「どこにいるのか知らないけど、あんたに乾杯、エリザベス・デルモント」アイリーンは乾杯するようにジンのグラスをあげてから、ぐいと飲んだ。強い酒が喉を焼いておりていく。

アイリーンは手の甲で口をぬぐった。「あんたって人は、まさに煮ても焼いても食えない女だったけど、おかげで本当のことがわかったわ。あたしにほんとに幽霊を呼びだす力があったら、ちゃんと礼を言うために、地獄からあんたの霊を呼びだすんだけどね」

家の中が冷えてきたのを感じて、アイリーンはまたジンを飲んだ。ベスにひまを出してしまって、暖炉の火が消えかかっていた。

「残念ながら、あんたがしてくれたことにどんなに感謝していても、それを伝えることはできないのよ、ミセス・デルモント。なぜって、心霊術に関しては、あんたと同じであたしもいかさま師なんだもの」だれもいない部屋でつぶやく。「でもそれを言うなら、この仕事をしているあたしらはみんな、いかさま師やペテン師だろう、え？　それは、あたしら同業者が結束して守っている大きな秘密だからね」

アイリーンは昔を思い出してむっつりと考えこんだ。この仕事を始めてもう十年近くになる。当初は若く、美人だった。どちらも女霊媒にとってはきわめて重宝なものではあったけれど、それでも競争は熾烈だった。生計を立てていくためにやむなく、はるか昔に死んだ娼婦や妖婦の霊に会いたいと望む紳士を相手に、個人的な降霊会をおこなった。それは確実にもうかる方法だった。

夜ごと、暗くした部屋で、その肉体ゆえに伝説的な存在となった女たちの霊が乗り移ったふりをした。古代の好色な女王や有名な情婦と情熱的な情事を楽しみたい、そう望む男性客の願いを満足させるために、高額な料金と引き換えに自分の体を提供したのだ。

この仕事の底辺にいる者たちのあいだでは、そうやって収入を補うのはめずらしいことではなかった。しかも、そうすれば、霊媒は純潔だという幻想を維持できるという大きな利点があった。なぜなら、霊媒は客と関係を持つわけではなく、霊がその目的のために使用する導管にすぎないからだ。

そのような仕事は気が進まなかったけれど、ほかにどうしようもなかったではないか、アイリーンはそう自分に言い聞かせた。

そのうちに、自動書記と叩音降霊、霊の顕現を持ち技に加えた。おかげで、それまでとは違い、さほどつらい要求をしない客を集めることができた。

ところが数か月前あの男が現れて、アイリーンはまた昔やっていた役割を果たすようになった。最初のうちは、自分に関するかぎり、二人の関係は純粋に仕事上のものだと思っていた。ところが、とんでもない過ちを犯してしまった。恋に落ちたのだ。

どうしてこんなばかなことになったのだろう？　まるで魂を奪われてしまったようだった。しかし、流血という最古の魔術によって、その呪縛はようやく解けた。もっとも、その種のくだらない御幣かつぎを信じているわけではないけれど、とアイリーンは身震いして心の中でつぶやいた。

しかし、復讐は信じているし、じきに、その復讐は果たされるはずだった。

家のどこかで床板がきしんだ。静寂の中で、うめき声のような気味の悪いその音は思いのほか大きく響き、アイリーンはぎくりとした。深呼吸をして、落ちつけと自分に言い聞かせる。夜ひとりで家にいるとよく聞こえる、木と木がこすれるおなじみの音ではないか。

アイリーンはほかのことに考えを向けようとした。今夜の降霊会はいつになくうまくいった。ミセス・フォーダイスが参加してくれたのは非常に喜ばしいことだった。あの作家は、これまでに自分の降霊会に参加した客のなかでも指折りの重要人物だ。キャロライン・フォーダイスは社交界の人間ではないものの、このところ大いに名前が売れてきているし、大勢の上流階級の人びとが彼女の小説を読んでいるのは間違いない。

ただひとつ悔やまれるのは、作家の亡き夫の霊を呼びだそうと思いついたことだった。死んだ配偶者の霊との交信には常に危険がともなう。ことに客と死者との関係がどうだったのかわからない場合には、霊媒は慎重にやらなければならない。いつぞや、死んだ夫を呼びだしてみたら、未亡人がその夫を心底憎んでいて、どうやらあの世への道を急がせたらしいとわかった。あの晩のことは今でもまだはっきりおぼえている。

しかしながら、ジェレミー・フォーダイスと交信しているふりをするのは、なんのさしさわりもないように思えた。ところが、ふと卓の向かいを見ると、ミスタ・グローヴの険しい目に冷たい怒りが燃えているのがわかった。その瞬間、ぞっとするほどの恐怖が背筋を走った。思い出しただけでも身震いがする。アイリーンは即座に、自分がひどい誤算をしたことを悟った。

数秒ほどは、ミスタ・グローヴが明かりをつけて仕掛けをあばくのではないかと肝を冷やした。さまざまな装置を操作するために両手が自由に使えるよう、蠟で作られたにせの手を卓の上に置いていることも、そのひとつだ。

生きた心地のしない数秒間だった。幸いなことに、ミセス・フォーダイスがその助手とやらの手綱をしっかり抑えてくれた。

ミスタ・グローヴのいる前では二度と、彼女の亡き夫の名前を口にしないこと、アイリーンはそう肝に銘じた。

しかしながら、ミセス・フォーダイスとのつきあいは深めていくつもりだった。あの作家は新しい扉をあけてくれるかもしれない人物だと考えて、アイリーンは満足感にひたった。あの世との交信に関しても、ほかのすべての場合と同様、社会のルールは厳格だった。下《しも》じもの人間と同じで、上流社会の人びとも心霊術に魅せられているが、せめて霊媒には、自分たちと同じ階級と思われる者を使いたいようだった。たしかに、ときには彼らも自分より下の社会階級とおぼしき霊媒がおこなう降霊会に参加することがあるが、アイリーン・トーラーのような霊媒を、みごとな家具調度がそろった自分たちの客間に呼びいれることなど、考えもしないだろう。

また、どうにかそのような高みにまで這いあがったとしても、選ばれた人びとから見ると、自分はしょせんサーカスの芸人でしかないことはわかっていた。けっしてジュリアン・エルズワースと同列には見てくれない。

アイリーンは小さくふんと鼻を鳴らして、またジンをあおった。エルズワースをもてはやす金持ちの横柄な社交界の連中に、あの男の正体を明かしてやりたかった。アイリーンは顔をしかめた。彼女にはあの男について話してやれることが山ほどあった。

冷え冷えとした家のどこかで、また気味の悪い音が聞こえた。アイリーンは、犯した罪の証拠を隠した秘密の戸棚のほうに、不安な視線をちらりと走らせた。まだそれを処分するひまがなかったが、明日の朝いちばんに捨てにいくつもりだった。血のついたドレスを袋に入れ、重しに石をいくつか入れて、テムズ川に投げこもう。

ドレスは残念なことをした。きれいなドレスだったのに。あの男が買ってくれたものだ。

あんなに大量に血が出るとは思わなかった。

廊下の暗がりで、すきま風の吹きこむため息のような音がした。アイリーンは思わずグラスを握りしめた。まるで、死んだあの女の霊に名前を呼ばれたような気がした。〈ばかなことを考えるのはやめよう〉「あんたもあたしに負けない大ばかだったね、エリザベス・デルモント」アイリーンは暗がりに向かってささやいた。「二人とも最初から、彼女の幽霊にはかないっこないとわかっていてしかるべきだった」

気持ちを落ちつけるために、アイリーンはまたジンをあおった。まもなく彼がくるはずだ。復讐の第二段階に考えを集中しておかなければ。

玄関の間からくぐもった短いノックの音がかすかに聞こえた。アイリーンは立ちあがった。ジンをあおったにもかかわらず、心臓が早鐘のように打っている。

とうとう彼がきた。復讐の仕上げを実行するときがきた。

今夜は家がひどく気味悪く感じられた。アイリーンはふいに、降霊会のあとベスにひまを出さなければよかったと後悔した。けれど、今夜の計画は目撃者のいる前で実行するわけにはいかない。

また軽いノックの音が響き、アイリーンにはそれが、降霊会のとき霊が立てる叩音《ラッピング》のように思えた。

なぜか、玄関までの廊下を歩く足が重かった。いったいどうしたのだろう？　どうして急に恐怖がわきあがってきたのだろう？　恐怖を感じる理由などどこにもない。自分には計画がある。復讐を果たすだけでなく、投資話よりはるかに金になる計画だ。

アイリーンは玄関の間でちょっと立ち止まって深呼吸をすると、扉をあけた。

「手紙を受け取った」男が言った。

「入って」

男が玄関に入った。「アイリーン、お前のおかげでひどくやっかいなことになった」

「安っぽい娼婦かなんかみたいに、さんざん利用したあげくお払い箱にしたりして、あたしが黙っていると本気で思っていたの？」

「正直なところ、安っぽい娼婦よりもっと悪い。いかさま娼婦だ。だが、つまらないことで言い争うのはやめよう。なにが望みなのか言ってくれ」

アイリーンは煮えくり返るような怒りをこらえてにやりとした。「ついてきて。そうしたら詳しく話すわ。秘密を新聞に暴露されたくなければ、なにをしなくちゃならないかをね」

「まさしくゆすりのようだな」

「仕事上の提案と思ってちょうだい」

アイリーンは先に立って、廊下を降霊室へと引き返した。彼女が部屋に入ったとき、男は数歩後ろにいた。

「この話しあいはひどく不愉快なものになりそうな気がするな」男が言った。「ジンを注いできてもいいかね？」

「あたしのものは、もう一滴だって飲ませるものですか」アイリーンは肩ごしに男を振り返り、さげすむような目を向けた。

玄関の間の小卓に置いてあった、対の重い真鍮《しんちゅう》の燭台のひとつが男の手に握られているのが見えたときは、もう手遅れだった。その瞬間、アイリーンは自分がその夜二度目の誤算をしたことに気づいた。

彼女は悲鳴をあげようと口をあけ、反射的に前に向きなおって走りだそうとした。けれど、小さな部屋には逃げる場所はなかった。

男が渾身の力をこめてすばやく燭台を振りおろしたので、アイリーンの口からは小さなうめき声がもれただけだった。

アイリーンは最初の一撃で倒れたが、男は絨毯が血の海になるまで、何度も何度もなぐりつけた。そう、確実に死んだとわかるまで。

燭台を振りおろすのをやめたとき、男は肩で大きく息をついていた。額に玉の汗が浮かんでいる。男は死んだアイリーンを見おろした。

「いかさま娼婦め」

男はゆっくり時間をかけて、ねらいどおりの効果を与えるべく、降霊室をめちゃくちゃにした。満足すると、懐中時計を出して時間をたしかめた。十二時十五分。

針を慎重にもどしてから、死体のそばの床に置く。そして渾身の力をこめて靴の踵で踏みつけた。ガラスと内部の複雑な装置がつぶれた。

時計の針は真夜中で止まったまま、二度と動かなかった。

19

自分はキャロラインがただ欲しいだけではない。しばらくしてアダムは悟った。渇望している。

ふたたび馬車の座席に座り、アダムは暗がりでキャロラインを見つめていた。二人は協力してなんとかペティコートとドレスを元どおりに着せつけ、髪をまとめた。そうやって、キャロラインはまた人前に出られる姿になった。しかし、新たな経験によって顔が明るく輝いているのが、暗がりでもはっきり見て取れた。

アダムはこのようにいらだたしい、足ることを知らない感情を味わうのは初めてだった。彼女と二度も愛しあって疲れ果てているにもかかわらず、頭を占めているのは、いつどうすれば、キャロラインとの次の逢引の手はずを調《ととの》えられるかということだけだった。彼女への欲望の底知れない深さに大きな不安を感じるべきだと思ったが、なぜか、警戒する精力と意志をかき立てることができなかった。

コーリー通りまで帰るあいだ、キャロラインはほとんど口をひらかなかった。うっとりと自分ひとりの世界に浸っているようだ。アダムはふと、情熱的な歓びを思い起こしているのだろうか、それとも、この経験を『謎の紳士』の次の章の材料に使おうとしているのだろうか、と考えた。

後者の可能性には心底ぞっとする、とアダムは思った。今夜のできごとについて大いに心配しなければと本気で思うのなら、キャロラインが今夜経験したことを小説の中に取り入れる可能性があると考えるのは、非常に効果的だろう。

馬車が速度を落として止まったとき、キャロラインがはっとした様子で夢想からさめ、カーテンごしに外をのぞいた。

「まあ、もう家《うち》だわ。まだ調査の次の段階について話しあってもいないのに」

アダムは馬車の扉をあけて、石畳の道におりた。「二人とも、ほかのもっと差し迫ったことで頭が一杯だったようだな」

キャロラインの笑い声は、春の驟雨《しゅうう》のように明るくさわやかだった。

「まあ、ええ、おっしゃるとおりです」彼女もつづいて馬車からおりると、真顔になって言った。「どうか、今夜はミセス・トーラーの家の捜索はおやめになってくださいね」

「ああ」アダムは彼女の腕を取って玄関の階段のほうへ歩きだした。「トーラーと助手が、明日の午後また自動書記の実演をするために、ウィンターセットハウスへ出かけてからにするつもりだ」

「ミセス・トーラーの予定をご存知なのですか？」キャロラインが驚いたようにたずねた。

「今日の午後調べておいた」

「ああ、ええ、お得意の調査ですね。でも、今夜あの家に忍びこむつもりはないとうかがって、安心しました」

アダムは階段の上で立ち止まった。「今夜降霊会で起こったことについて、きみと話しあいたい。ミスタ・フォーダイスの名前が出たことのほかに、とくに気になったことがひとつある。明日またきてもいいかな？」

「ええ、もちろんです」キャロラインが鍵を出そうとドレスのポケットに手を入れた。「気になったことというのはなんですの？」

「霊が二人の婦人に言っていた投資話だ」

「おぼえています。でも、どうということはないと思いますわ。前にもお話ししましたけれど、霊媒が参加者に思いがけない遺産がころがりこむと予言するのは、よくあることです」

「だが、あれは非常に明確な予言だという気がした」アダムは彼女の手から鍵を受け取って鍵穴に差しこんだ。「細かい部分までひどくはっきり言っていた。二人に近づく男が、亡くなった友人の知りあいだと名乗るだろうというのも、そのひとつだ」

「ええ、そう言われればそうですわね」

「最初の日に話したとき、エリザベス・デルモントの最後の降霊会でも、参加者のひとりが投資の助言を受けたと言っていたな」

「ええ、そのとおりです」キャロラインが言った。「言われてみれば、とてもよく似ていましたわ。デルモントが呼びだした霊はミスタ・マクダニエルに、近いうちに紳士が接触してくるだろうと言っていました。紳士はその霊の知りあいだと言って、とても有利な投資に関する情報をもたらしてくれるだろうと。でも、それが、殺人となくなった日記にどんな関係があるのですか？」

「おそらく、まったく無関係だろう」アダムは扉をあけた。「だが、トーラーとデルモントが参加者に同じような予言をしたのは、非常に興味深いことだという気がする」

キャロラインが暗い玄関の間に入り、振り返ってアダムを見た。「二人の霊媒のあいだにつながりがあったことを示している、とお考えなのですか？」

「ああ、その可能性はある」

「でも、アイリーン・トーラーとエリザベス・デルモントは商売敵だったのですよ」

「金がからむと、考えられないような人間同士が結びつくものだ。社交界の夫や妻たちにたずねてみるがよい」

「とても皮肉なお言葉ですわね、アダム」

「はるか昔に発見したことだが、男であれ女であれ、まず、その人間がどうやって収入を得ているかを調べておくと、階級の高低にかかわらず、その人となりについて実に多くのことがわかる」

「興味深いご意見ですこと。それで思い出しましたが、ストーン通りのあの家のことで計画があるとおっしゃいましたわね。どうなさるおつもりなのですか？」

アダムはちょっとためらったが、計画をキャロラインに話していけない理由はなにもないだろう。「家のない子供たちのための救貧院にすべく、あれこれ手配しているところだ。いき場のない子供たちが安全に暮らせて、飢えを満たすことのできる場所にしたいのだ。そして、世の中で出世できるよう読み書きを教えるつもりだ」

キャロラインが謎めいたやわらかな笑みを浮かべた。「そうですか。予想してしかるべきでしたわ」

その言葉に驚いて、アダムは顔をしかめた。「いったいどうしてきみに――」

「お気になさらないでください。たいしたことではありませんから。おやすみなさい、アダム」

「おやすみ、キャロライン」

「明日の朝、今書いている章のつづきを書くのが待ち遠しくてなりませんわ」キャロラインが言った。「物語の新しい構想が次つぎに浮かんできて……」

アダムの顔の前で扉がそっととじられた。

あっけにとられて、彼はしばらくその場に立ちつくした。このようなとき、自分の評判や妊娠の可能性を心配する婦人もいるだろう。ところが、キャロラインが気にしているのは小説の構想だけのようだ。

それは自分にとって心配のもとになるかもしれないとアダムは思った。

20

翌朝九時半すぎ、キャロラインはペンを置いて、今書き終えたばかりの原稿を読み返した。

エドマンド・ドレイクは外見とはまったく違う人間なのかもしれない、とリディアは思いはじめた。世の中に見せている冷徹で断固とした仮面の下に、秘密だけでなく、おそらく生来のものと思われる精神の崇高さが隠されているようだ。ドレイクは簡単に自分の本性をのぞかせる人間ではなかったが、このところの心を乱すできごとのせいで、彼の人となりがだんだんわかってきて、リディアは最初の判断に疑問を感じるようになってきた。

ドレイクが情熱家であることは間違いないとリディアは思った。ただ、強い意志と、金持ちで生まれのよい紳士の多くが持っている浅いものなど足元にもおよばない道義心とで、その情熱を抑えこんでいた。

ドレイクは自分なりのルールを作り、それに従って生きているのだ。

キャロラインは満足して、新しい紙に手を伸ばした。物語はなかなかおもしろい展開になってきた。エドマンド・ドレイクというキャラクターの意外な転換に、読者はあっと驚くことだろう。さあ、あとは、この章をしめくくるあっと驚くできごとを思いつけば、今週の分はできあがる。

彼女はペンをつかんで、机の表面をこつこつとたたいた。駆け落ちさせるか？　いや、それでは前回と同じになってしまう。効果をあげるためには、駆け落ちのようなできごとはあまりひんぱんに使わないほうがいい。

ここで必要なのは、ぞくぞくするほど情熱的な場面だ。昨夜アダムの腕の中で経験したようなできごとなら、完璧だ。

刺激的な思い出がいっきによみがえってきた。キャロラインはもう一度その中に浸った。下腹部が熱くなってくるのがわかった。

そう、この章の終わりに必要なのは情熱的な抱擁だ。キャロラインは書きはじめた。

馬車の車内灯の薄暗い明かりの中でリディアは、エドマンド・ドレイクの目が不可思議な火の中から取りだされたエメラルド色の石炭のように輝くのを見た。彼がリディアを引き寄せ、たくましい胸に抱きしめた。

「わがいとしき、うるわしきリディア」彼がささやいた。「きみといると自制心を抑えきれなくなりそうだ」

「ミセス・フォーダイス?」

キャロラインはびくりとした。ペンの先が滑り、いま書いた最後の部分が汚れてしまった。急いで目をあげると、戸口にミセス・プラマーが立っていた。

「はい、なにかしら?」いらだちを見せないようにして言う。

「執筆中におじゃまして申しわけありませんが、たった今これが届きました」ミセス・プラマーが部屋に入ってきた。手に封筒を持っている。「つい今しがた、男の子がこれを勝手口へ持ってきたんです」

「手紙?」キャロラインは思わず身構えた。「スプラゲットからではないでしょうね? 次の章の締め切りは週末だということはよく知っているはずですもの。まったく、うるさくせっつくのをやめてくれないと、今に堪忍袋の緒を切らして、別の出版業者をさがすわよ」

「いいえ、ミスタ・スプラゲットからではないと思います。奥さまに手紙を届けるときには、あの人はいつもトムという赤毛の男の子をよこします。これを持ってきたのは見たことのない男の子でした」

アダムだわ、とキャロラインは考えた。彼に違いない。ほかに手紙をよこしそうな人物に心当たりはなかった。心臓がどきんとして、温かい喜びが全身に広がった。そのとき、アダムが手紙をよこしたのは、今日ここへくる予定を変更したことを知らせるためかもしれないと気がついた。

「ありがとう、ミセス・プラマー」

キャロラインは家政婦の手から封筒を受け取ると、封を破った。

親愛なるミセス・フォーダイス

至急お目にかかりたいと存じます。昨夜お帰りになったあとで、あの世からわたしに届いた伝言に関する用件です。

かしこ

アイリーン・トーラー

「妙なこともあるものね」キャロラインは言って、もう一度手紙を読み返した。「霊媒からだわ」

「いったいどの霊媒ですか、奥さま?」

「アイリーン・トーラーよ。昨夜、その、お友達のミスタ・ハーデスティと参加した降霊会をおこなった霊媒よ」キャロラインは手紙を置くと急いで立ちあがり、机の後ろから出た。

「いったいどういうことかしら」

「では、お出かけになるんですか？」

「ええ。とてもおもしろい展開になったわ。せっかくの機会を逃したくないの。すぐ二階へいって、散歩着に着替えるわ」キャロラインは急ぎ足で部屋から出たが、廊下で足を止めた。「伯母さまたちが朝の散歩からお帰りになったら、急にミセス・トーラーのところへいかなければならなくなったことと、昼食には帰ってくることを伝えてちょうだい」

「はい、奥さま」

キャロラインは急いで階段へ向かったが、ふと思いついて、また足を止めた。「もうひとつあったわ、ミセス・プラマー。ミスタ・ハーデスティがいらっしゃるとおっしゃっていたの。もしもわたくしが帰ってくる前にいらしたら、じきにもどるから待っていてくださるように伝えてもらえるかしら？」

「はい、奥さま」


四輪の貸馬車がガラガラと音を立てて通りかかるまでに、キャロラインは一頭立ての二輪の軽快な辻馬車を二台、やむなく見送った。古ぼけた四輪馬車に乗りこみながら、辻馬車を使えないのは本当に腹立たしいことだと思った。前面があいていて御者が頭上後方に座る設計は、客にすばらしい眺めを提供してくれるはずだということはもちろんだが、ロンドンの混みあう街なかでは、辻馬車のほうがかなり速くて小回りもきく。

残念ながら、たとえ未亡人であっても、婦人が二輪の辻馬車に乗っているところを見られるのは、さまざまな意味で不道徳だと考えられていた。

しばらくして、馬車がアイリーン・トーラーの家の前の通りで止まった。キャロラインは馬車からおりながら、この家は、昨夜霧と闇に包まれていたときもそうだったが、今朝も寒々として陰鬱に見えると思った。

アイリーン・トーラーが手紙をよこした理由をあれこれ想像して考えにふけっていたので、キャロラインは家の前の通りにできている小さな人だかりに、すぐには気がつかなかった。けれど気づいたとたん、胸騒ぎをおぼえた。なにかあったようだ。

玄関の階段をあがっていくあいだに、人びとのやりとりが断片的に耳に入ってきた。

「寝てるところに悪党が押しこんだんだそうよ」家政婦の前掛けをした女が言った。

「この通りでこんなことが起こるなんて信じられないわ」メイドがささやいた。

「ここに住むようになってもう長いけれど、こんなやっかいごとが起こったことなど一度もなかったのに」落ちついた品のある婦人が言った。「このあたりはきちんとした地区なのよ」

キャロラインの胸騒ぎが大きくなった。だれかが押しこんだらしいとわかって、とっさに頭に浮かんだのは、アダムがこの家を捜索する計画を立てていたことだった。昨夜家まで送ってくれたあとで気が変わったのだろうか？　今日の午後まで待つという予定を変更して、あのあと、まっすぐここへきたのだろうか？

「玄関の階段をあがっていくあの女の人はだれかしら？」だれかがキャロラインの背後でささやいた。「このあたりじゃ見かけない顔ね」

りませんように。

キャロラインは好奇の目にはかまわず、ノッカーをたたいた。どうかアダムとは関係があ

狭い玄関の間に重い足音が響いた。扉があいた。キャロラインの目の前に立っていたのは、巡査の制服を着た大柄なたくましい男性だった。

「この家になんの用ですか、奥さん」巡査がたずねた。

キャロラインはあわてふためいた。アダムがトーラーの家を捜索していて捕らえられたのだろうか？　手錠をかけられて、じめじめした暗い監獄に放りこまれる彼の姿が目に浮かんだ。

キャロラインは努めて落ちついた口調で言った。「少し前にミセス・トーラーから手紙を受け取りまして。なにかあったのですか？」

「手紙、ですと？」巡査が目をわずかにせばめた。「霊媒からの？」

「ええ。それですぐにやってきたのです」

体に合わない背広を着た、背の低いやせた男が巡査の後ろに現れた。まじめで抜け目がない感じの男だ。

「なにごとだ、巡査？」

「ご婦人がいらしてるんです、警部補」巡査が肩ごしにちらりと後ろを見た。「少し前に霊媒から手紙を受け取ったそうで」

「ほう、それは興味深いことだな」警部補が前に進みでた。「いや、実に興味深い。で、奥

さん、お名前は？」

「ミセス・フォーダイスです」キャロラインは答えた。どうにかきっぱりした口調で言ったものの、息をするのがやっとだった。「お目にかかったことはないと思いますが」

「J・J・ジャクスン警部補と申します。ここになんの用がおありなのですか、ミセス・フォーダイス？」

状況はますます悪くなるいっぽうだ、とキャロラインは思った。「今このおまわりさんにお話ししたように、手紙を受け取ったのです。緊急の用件のようでした」

そのとき、警部補の後ろの暗い廊下から三人目の人物が現れた。

「おはようございます、ミセス・フォーダイス」アダムが言った。単なる通り一遍の知りあいにすぎないというように、丁重でひどくそっけない口調だ。「ここでお会いするとは驚きましたな」

キャロラインの胃袋がぎゅっと縮こまった。最悪の心配が現実になった。アダムはアイリーン・トーラーの家の中でつかまったのだ。この冷ややかでよそよそしい態度でそれを伝えようとしているようだ。よく知らない仲だというふりをしてもらいたいのだろう。

キャロラインはどうにか、明るく礼儀正しいと思われそうな笑顔を作った。「またお会いできてうれしゅうございます」さらりと言う。名前はハーデスティを使っているのかグローヴを使っているのかわからなかったので、あえて口にしなかった。「あなたも霊媒から、今朝きてほしいという手紙を受け取られたようですわね？」

「ええ」アダムが抑揚のまったくない口調で言った。「きてみると、ジャクスン警部補と巡査がおられたのです」

「なるほど」キャロラインは言った。まるで、イラクサの生い茂る野原を恐る恐る進んでいるような気がした。「だれかけがをしたのですか?」

「ミセス・トーラーがひどいけがをしたと言っていいでしょうな」J・J・ジャクスン警部補がおごそかに言った。「死んだのです」

「死んだ」キャロラインは急に脚から力が抜けて、壁に並んだ鉄製の外套かけのすぐ下に置かれた小さな椅子に座りこんだ。「なんということでしょう」

「降霊室で殺されたのです。部屋はめちゃくちゃになっていました。家具がひっくり返って、ランプが割れて……」

「もうひとりのときと同じです」巡査が知ったような顔でうなずいた。

「ミセス・トーラーは後頭部を何度もなぐられたようです」ジャクスン警部補がひどく事務的な口調でつづけた。

「もうひとりの霊媒と同じように」巡査が呪文のように言った。

キャロラインは必死で頭を働かせた。「死んでからさほど時間は経っていないはずですわね」

J・J・ジャクスンが踵に体重をかけた。「殺されたのは夜中の十二時です」

「もうひとりと同じように」巡査がまたつぶやいた。

「夜中の十二時ですって? でも、そんなはずはありません。わたくしがミセス・トーラーから手紙を受け取ったのは、つい先ほどです」キャロラインは懐中時計を確認した。「手紙が届いてからまだ四十分も経っていませんわ」

ジャクスンがやせた肩をいっぽうだけあげて肩をすくめた。「今朝使いに持たせるよう、昨夜のうちに書いて家政婦に渡しておいたのでしょう」

キャロラインはあたりを見まわした。「で、家政婦はどこにいるのですか?」

「まだ姿を見せていません」巡査が言った。

「殺人のことをどうやってお知りになったのですか?」キャロラインはたずねた。

「匿名の手紙が届きましてね」ジャクスンが言った。「内密の情報、というやつです。その手のものはなかなか役に立ちます」

「ミセス・トーラーが殺されたのは夜中の十二時だと断定なさるのは、なぜですか?」キャロラインはたずねた。

ジャクスンが咳払いをしてアダムを見た。「死体のそばの床に、紳士ものの懐中時計がころがっていましてね。ミスタ・ハーデスティとそのことについて話しあっていたとき、あなたがこられたのです」

ミスタ・ハーデスティ。ではアダムは警部補に本名を名乗ったのだ。それが凶兆なのかそうではないのか、キャロラインには判断がつかなかった。

「時計ですって?」キャロラインは慎重にたずねた。

「前回のとき起こったことと同じです」巡査がまたわけ知り顔でうなずいた。

エリザベス・デルモントの死体のそばに壊れた懐中時計があったとアダムが言っていたのを、キャロラインは思い出した。

「わかりませんわ」彼女は穏やかに言った。「どうしてその時計で霊媒の死亡時刻がわかるのですか？」

「時計はもみあいの最中に割れたようです」奇術師が新しい手品を披露するときのように、J・J・ジャクスンが大仰なしぐさで片手を動かした。「針が十二時ちょうどを指して止まっていました」

「その懐中時計は犯人のものだと考えていらっしゃるのですか？」好奇心が頭をもたげて、キャロラインはたずねた。

世にも奇妙な質問をされたとでもいうように、警部補と巡査がまじまじとキャロラインを見た。またもや彼女の体に寒気が走った。

アダムが腕組みをして、片ほうの肩で壁に寄りかかった。「問題の懐中時計にはわたしの名前が彫りこまれていたのですよ、ミセス・フォーダイス」

「ええっ？」キャロラインはぎょっとして、はじかれたように立ちあがった。「でも、そんなことはありえません」

状況は考えていたよりはるかに悪いようだ。これは殺人事件だ。アダムは縛り首になるかもしれない。その光景が頭に浮かび、キャロラインは気が遠くなりそうな気がした。

彼女は必死に狼狽を隠そうとしながら、すばやくアダムに視線を走らせて、どうすればいいのかと無言でたずねた。しかし、アダムのきびしい表情からはなにも読みとれなかった。

「事実はそうなのです、奥さん」ジャクスンが告げた。「時計に彫られた名前に間違いはありません。文字はくっきり彫られていました」

キャロラインはくるりとジャクスンのほうに向きなおった。「わたくしが保証いたします。ミスタ・ハーデスティはアイリーン・トーラーの死とは無関係です」

ジャクスン警部補が太い眉をあげた。

「ミセス・フォーダイス」アダムがそっけなく言った。「この件に関してはもうそれ以上なにもおっしゃらないほうがよいと思います」

それは命令だったが、キャロラインは従うつもりなどなかった。

「ジャクスン警部補」彼女はきっぱりした口調で言った。「どういうわけでミスタ・ハーデスティの懐中時計が犯罪現場にあったのか知りませんが、昨夜の真夜中にミスタ・ハーデスティがこの家の近辺にいらっしゃらなかったことは、このわたくしが保証いたします」

アダムの顎がいらだたしげにぴくりと動いた。「ミセス・フォーダイス、もうそれくらいで充分でしょう」

「昨夜ミスタ・ハーデスティがどこにいたかについて、どうしてそれほどはっきり知っておられるのですか？」ジャクスンが丁重に詮索する口調でたずねた。

「それは、ミスタ・ハーデスティは十二時にはわたくしといっしょだったからです、警部補さん」キャロラインはぐいと顎をあげた。「昨夜は二人でこのミセス・トーラーの家の降霊会に参加して、そのあと、ミスタ・ハーデスティの馬車でいっしょに帰りました。それはほかの参加者のかたたちが証言してくださるはずです」

ジャクスンがうなずいた。「ミスタ・ハーデスティの話では、降霊会が終わったのは十時ごろだったということですが」

「そのとおりです」キャロラインは言った。

ジャクスンがまじまじと彼女を見た。「お宅まではどれくらいかかるのですか、ミセス・フォーダイス？」

「道路の混み具合によりますが、三十分くらいです」

「それならば、十二時よりはるか前にお宅に着かれたはずで、ミスタ・ハーデスティがこの家へ引き返して殺人を犯す時間はたっぷりあったでしょう」ジャクスンが言った。

キャロラインは頭にきて、自分の鼻ごしに小柄な警部補を見おろした。「降霊会のあと、ミスタ・ハーデスティとわたくしはまっすぐ家へ向かったわけではありません。何時間かいっしょにすごしたのです。送っていただいてわたくしが家に着いたのは、未明の二時近くでした」

「本当ですか？」警部補がポケットから手帳を取りだした。「なるほど、それは非常に興味深いことですな、ミセス・フォーダイス。連れだって夜会か劇場へいかれたのですか？」

「いいえ、警部補さん、ストーン通りにある部屋で二人きりですごしました。ミスタ・ハーデスティの御者がそこまで連れていってくれて、数時間後にまた拾ってくれました」

アダムが大きなため息をついた。あきらめて、避けがたい運命に従うことにしたようだ。「ストーン通りの部屋で二人きり」ジャクスンが小声でくり返しながら、手帳に書き留めた。「非常に興味深いことですな、ミセス・フォーダイス」そして考えこんだ表情でアダムを見た。「お二人がそれほど親しいお知りあいとは知りませんでした」

昨夜のできごとで、自分は名実ともに経験のある婦人になったのだ、とキャロラインは心の中でつぶやいた。警部補に艶然とした笑みを向ける。「ええ、実は、ミスタ・ハーデスティとはとてもいいお友達なのです、警部補さん。いわば、親密な仲というわけです。昨夜殺人がおこなわれた時刻にいっしょにいたことは、法廷でも喜んで証言するつもりですわ」

アダムが彼女の腕をしっかりつかんだ。「警部補さん、よろしければ、ミセス・フォーダイスを家まで送っていきたいのですが。まだわたしに質問があるようなら、住所はご存じですな」

ジャクスンが手帳をポケットに入れた。「ありがとうございました」

アダムがキャロラインの腕をつかんだまま、玄関から出て階段をおりた。人だかりの中から見おぼえのある顔が飛びだして、二人のほうへ近づいてきた。新聞を一部、小脇にはさんでいる。

「ミセス・フォーダイス。ミスタ・グローヴ」

キャロラインは驚いて男を見た。「ミスタ・スミス。ここでなにをしていらっしゃるのですか？」

「実は、名前はオトフォードです。ギルバート・オトフォードと言います」腋にはさんでいた新聞をつかみ、幟《のぼり》のように高く掲げる。「昨夜トーラーの降霊室で会ったときは、『フライング・インテリジェンサー』の記者だと名乗るわけにはいかなかったもので」

「あなたの名前にはおぼえがあるわ」言うと同時に、キャロラインの胸にまた新たな怒りがこみあげた。「わたくしについてのあのひどい記事を書いた人でしょう？　お茶会で霊能力を披露したという記事を」

「ええ。あれは非常におもしろいものでしたが、もう記事としては古いですね」オトフォードの抜け目のない目が、キャロラインとアダムを見比べた。「昨夜ミセス・トーラーが殺されたという情報が入ったんですが、本当ですか？」

「ミセス・トーラーが殺されたことを、どうやって知ったのだ？」キャロラインが返事をする前にアダムがたずねた。

オトフォードの顔に秘密めかした表情が浮かび、骨張った人差し指を尖った鼻筋にあてがった。「ちょっと前に情報が入ったとだけ言っておきましょう。われわれ新聞記者は情報提供者が頼りでしてね。ぼくの情報源は、速さと正確さにおいてはロンドンでも一、二を争うほど優秀なんです」

「わたくしについての誤解を与えるようなあの記事を考えると、情報提供者の信頼性の見なおしをなさったほうがいいですわね」キャロラインはぴしゃりと言った。

ネズミ捕りを仕掛けようか、それとも、箒《ほうき》を取ってきてオトフォードを側溝へ掃きこんでやろうかと考えているように、アダムがじっと彼を見つめた。「なぜ昨夜の降霊会に参加したのだ？」

すばやくあたりを見まわしてだれも聞いていないことをたしかめてから、オトフォードが声を落とした。「ここだけの話ですが、霊媒を調査して、人を惑わす連中のやりくちをあばくつもりなんです。民衆には知る権利がありますからね。そんなわけで、昨夜は正体を明かさなかったんです。いわば、忍びですよ」

「偶然だな」アダムが名刺を出した。そして、手渡すのではなく、わざと記者のてのひらに落として、どんな肉体的接触も持ちたくないことを、これ見よがしに示した。「わたしも本当の名前を言わなかったのだ。アダム・ハーデスティだ。ミセス・フォーダイスの個人的な助手ではなく、友人だ」

オトフォードが目を丸くして名刺を見た。ハーデスティという名前を即座に認識したことが、キャロラインにはわかった。あれやこれやを考えあわせて、オトフォードの目が抑えがたい興奮で輝いた。

「驚いたな、どう見てもただごととは思えない」そうつぶやいて小さな手帳と鉛筆を取りだした。「偽名やらその他もろもろ。とうてい見すごしにはできない。今朝お二人が殺人現場でなにをしておられたのか、説明していただけますか？」

オトフォードが頭の中で次のきわもの的な犯罪記事を書いているのが、キャロラインには手に取るようにわかった。大変なことになりそうだ。

アダムがすっと手を伸ばすと、記者の手から手帳をひったくった。「オトフォード、ミセス・フォーダイスとわたしは、秘密裏に警察の捜査に協力していたのだ。この件に関する記事にミセス・フォーダイスの名前がちらりとでも出たら、間髪を入れず、きみの身に罰がくだることになるだろう。わたしの言いたいことがわかったかね、ミスタ・オトフォード？」

オトフォードが口をぱくぱくさせた。そして一歩あとずさった。「おっと、報道関係の紳士を脅したりしてはいけませんよ」

「あたりには紳士の姿など見えない」アダムが言った。「見えるのはきみだけだ。今後のきみの安全のために、わたしは脅しなどしないことを頭にたたきこんでおくよう、強く勧めるね、ミスタ・オトフォード。わたしがするのは約束だけだ。さようなら」

アダムはキャロラインの腕を引っ張って、待っている四輪の貸馬車のほうへ向かって歩きだした。

21

コーリー通りまで帰るあいだ、キャロラインはひと言も話さなかった。ほとんどまともに考えることができない状態では、しゃべるなど論外だった。アダムはその横でゆったりと片足を向かいの座席に載せ、窓の外の景色に目を向けたまま、車内の張りつめた沈黙を破ろうとはしなかった。キャロラインには、彼がなにを考えているのか見当もつかなかった。

馬車が二二番地に着いたとき、エマとミリーがまだ朝の散歩から帰っていないことを知って、キャロラインは心底ほっとした。足早に書斎に入り、机の奥の椅子にどさりと腰をおろす。

「ほんとに」彼女は大きな声で言った。「きわどいところでしたわ。まだ足が震えています」

アダムが彼女のあとからゆっくり部屋に入って、絨毯の真ん中で立ち止まった。両手をズボンのポケットに突っこみ、考えこんだ表情で彼女を見つめる。

「たしかに、少しばかり危険な瞬間はあった」

「冗談を言っている場合ではありません」キャロラインは顔をしかめた。「あのように脅したところで、オトフォードが『フライング・インテリジェンサー』に、わたくしたちが殺人事件に関わっている記事を書くのを止めることなどできないのは、よくおわかりでしょう？」

「その望みがないことは認める」

「またもや霊媒が殺されて、権力のある紳士と扇情小説家がそれに関わっているとなれば、オトフォードとミスタ・スプラゲットが記事にしないわけがありません」キャロラインは警告するように人差し指を立てた。「いいですか、どういう形であれ、この話はいずれ新聞に載るでしょう」

「おそらくきみの言うとおりだろう」アダムがなにかをさがすように部屋を見まわした。「ひょっとして、ブランディはないかな？」

キャロラインは思わず目をとじた。「広がりつつある醜聞が目の前にぶらさがっているのですよ。このようなときに、よくそんなに落ちついていられますね？」

「誤解しないでくれ。わたしとて、まったく平然としているわけではない。われわれがいくつか問題を抱えていることは、よくわかっている」

キャロラインは目をあけた。「それを聞いてほっとしました」

「ブランディは？　まだ午前中だということは知っているが、元気を回復するために一杯飲みたいのだ。気疲れのする午前中だったからな」

「その戸棚にシェリー酒があります」キャロラインはしぶしぶ言った。

「ありがとう」アダムが戸棚をあけてシェリー酒のデキャンターを出した。「もう少し強い酒が飲みたいところだが、ぜいたくは言っていられない」そう言ってグラスを選んだ。「新聞できみの名前がわたしと結びつけられることを心配しているのなら、すまない、キャロライン。だが、言わせてもらうと、昨夜きわめて親密な状況で長時間いっしょにすごしたことをジャクスン警部補に話すと主張したのは、きみだったのだぞ」

キャロラインは両手を広げた。「ほかに方法がなかったからです。殺人がおこなわれた時刻にはわたくしとごいっしょだったことを、警部補に話すほかなかったではありませんか」

「実際のところ」アダムが重々しく言った。「話す必要などなかった。きみも気づいたと思うが、警部補には、きみの名前も二人の関係も知らせていなかったのだから」

「ええ、そうだと思いましたわ。わたくしを守ろうとしてくださったのですね。お気持ちはありがとうございます、アダム。でも、あの状況で口をつぐんだままでいることなどできませんでした」

「なるほど」アダムがシェリー酒を飲んでグラスをおろした。「自分の評判を大切にする賢明な婦人なら、口をつぐんでいる分別があったろうし、そうすれば、不愉快な醜聞にますます深く引きずりこまれることもなかったろう」

「未亡人という立場のおかげで、わたくしには大きな自由があります。そのことでは意見が一致しているはずですが」

アダムがひょいと眉をあげた。「本当は未亡人ではないことが世間に知れたら、きみの評判が台なしになることはよくわかっているだろう」

「それは杞憂というものですわ。そんな心配をして精力を使うくらいなら、もっと差し迫った問題の心配をなさってください」

アダムがちょっと考えてからうなずいた。「きみの言うとおりかもしれない。すんだことはすんだことだ。前に進むことを考えたほうがよいな」

「そのとおりですわ」アダムがこれ以上説教をするつもりはないとわかったのでほっとして、キャロラインは机の上で腕を組んだ。「ミセス・トーラーが殺された現場を調べる機会はあったのですか?」

「ある程度は。わたしが降霊室を調べてまわることに、ジャクスン警部補は異議は唱えなかった」

「日記はなかったのですね?」

「ああ」

「懐中時計以外に、ミセス・デルモントの殺人現場と共通していたことがなにかありまして?」

「ミセス・トーラーの降霊室の様子は、新聞に載っていたミセス・デルモントの家の現場と、なにからなにまでそっくりだった」アダムが低い声で言った。「きわめて興味深いことだ」

「新聞に載っていたものと、なにからなにまでですか?」キャロラインにもわかってきた。

「つまり、花嫁のヴェールと哀悼のブローチはなかったのですね?」

アダムがうなずいた。「トーラーを殺したのが何者にせよ、第二の殺人現場をしつらえるのに、デルモントの死を報じた新聞記事を参考にしたことは明らかだ」

「ということは、ミセス・デルモントを殺したのと同じ人間ではないということですね」

「そのように思える」アダムが手にしたシェリー酒をじっと見つめた。「またもや、ヴェールとブローチはどうなったのかという問題にもどるな」

「ひょっとしたら、近所の人間か、あるいは巡査のだれかが盗んだのかもしれませんわ」

「いや」アダムが手の中でシェリー酒のグラスをまわした。「デルモントが死んだとき身につけていた宝石類のことが新聞に書かれていたのを、おぼえているかな?」

「そうでした。『フライング・インテリジェンサー』の記事によると、首飾りと耳飾りをつけていたということでしたわ」

「わたしはこの目でそれを見た」アダムが言った。「汚れたヴェールと安物のブローチなどより、はるかに高価な品のようだった。普通の泥棒ならそれを盗《と》ったはずだ」

キャロラインはちょっと考えてみた。「懐中時計はどうですか?」

「わたしがデルモントの死体のそばで見た時計には、彼女の頭文字が刻まれていた。よって、あれは彼女のものだったのだと思う。殺されたときポケットから落ちたのかもしれない。トーラーの死体のそばで見つかったものについては、わたしに言えるのは、わたしの名前が彫りこまれていても、わたしのものではないということだけだ」

キャロラインは恐怖がふくらむのを感じながら彼を見つめた。「殺した犯人がそれを買ってあなたの名前を彫らせ、疑いをあなたに向けるために、わざと犯罪現場に残したに違いありません」

「犯人の意図はそれだろうな、うん」

「アダム、これは恐ろしいことです」

彼は無言でシェリー酒を飲み干した。

キャロラインは彼をにらみつけた。「あまり心配なさっているように見えないのはなぜか、おたずねしてもいいですか？」

アダムがじんわりと冷たい笑いを浮かべた。「それは、わたしの調査が進展しているしるしだからだ」

「進展しているという考えには賛成できかねる気がします」そこでふと口をつぐんだ。「今朝、ミセス・トーラーの家へくるようにという手紙をわたくしたちによこしたのは、いったいだれでしょうね」

「それはわたしにもわからないが、警察が捜査を始めるとき、われわれをその近辺にいさせたかった人間がいるようだな」

「でも、なぜ？」

「いずれわかるだろう」アダムが一拍置いて言った。「キャロライン？」

「はい？」

「わたしのために、自分の評判もかえりみずに昨夜のアリバイを証言してくれたが、なかなかできることではない」彼が静かに言った。「ありがとう」

あらたまって礼を言われて、キャロラインは頰を染めた。「なんでもありませんわ。あなたは本当のことをおっしゃっていたのですから、最後にはきっと警部補を納得させることがおできになったはずです」

「そうかもしれないが、昨夜十二時にどこにいたかをきみが証言してくれたおかげで、ことがすこぶる簡単にすんだのはたしかだ。恩に着るよ、キャロライン」

「よしてください。今なにより心配なのは、事件が新聞で大々的に取りあげられたら、うわさがロンドンじゅうを飛びかうだろうということです。そうなると、だれもが、殺した犯人を見つけることではなく、わたくしたちのことを取り沙汰するでしょう。そして醜聞がおさまるころには、手がかりはすっかり薄れてしまっていることでしょう」

「おそらく犯人のねらいはそれだろう」アダムの口がゆがんだ。「犯人には敬意を表すべきだろうな。これほど短時間に仕組まなければならなかったにしては、なかなか巧妙な計画だ」

キャロラインはこめかみを指先でもんだ。「これからどうしますか？」

「デルモントとトーラーがともに、降霊会の参加者全員にではなく、特定の人間に金銭上の助言を与える霊を呼びだしたことが、どうしても引っかかる。なにか関連があるはずだ。そういう気がしてならない」

「まだ答えの出ていない問題がいくつもあることには賛成です」

「ああ、しかしそれを追及する前に、もうひとつ、対処しなければならない小さな問題がある」

キャロラインは不安な思いで顔をあげた。「なんですの？」

「わたしの家族に会ってもらう必要がある。といっても、今ロンドンにいる者たちだけだが、彼らがきみのことを新聞で読む前に会ってもらわなければならない」

22

アダムがクラブへいってみると、ウィルスンが隅にひとりで座って、コーヒーを飲みながら今朝の『フライング・インテリジェンサー』を読んでいた。

「いったいどこへいっておったのだ?」ウィルスンが新聞ごしに目をあげて言った。「飛び出したまま何時間も帰らずに」そして上着から封筒を出した。「留守のあいだにこの電報が届いたぞ」

アダムは腰をおろして電報の封をあけた。ハロルド・フィルビーからだった。

ザンネン　ナガラ　チョウサ　シンテン　ナシ

アダムは顔をあげた。「チリンガムという村の名前をお聞きになったことがありますか?」

ウィルスンがちょっと考えてから言った。「たしか、バースの近くにチリンガムという村があったな」

アダムは年配の召使に合図した。「ペンと紙を持ってきてくれないか。電報を打ちたいのだ」

召使が言いつけられたものを持ってもどってきた。アダムは手早く電文を書いた。

チカク　ノ　チリンガム　ヲ　シラベラレタシ

ミョウジ　ハ　コナー　ゴクヒリ　ニ

アダムはフィルビーのバースの住所を書いてボーイに渡した。ボーイはそれを打電するために電信局へ走った。

ウィルスンが眉をあげた。「なんだったのだ？」

「あとで説明します」

「それで、今朝手紙を受け取ったときのきみの予想どおり、アイリーン・トーラーは日記と交換に金を要求したのか？」

「いいえ。トーラーは昨夜、デルモントが殺されたときとそっくりの状況で殺されていました。頭を何度もなぐりつけられて。今度も降霊室がめちゃくちゃになっていました」

「なんとまあ。冗談ではないのだな？」

「ええ」

「たまげたな」ウィルスンが顔をくもらせてコーヒーに手を伸ばした。「どう考えても尋常ではない。また霊媒が殺されたとなれば、ただでさえ一部の新聞が派手に書きたてておるのに、火に油を注ぐことになるだろう」そう言って、読んでいた『フライング・インテリジェンサー』を顎で示した。「今、オトフォードというあほうが書いた記事を読み終えたところだが、デルモント殺しは超自然の力によるものかもしれぬなどと書いておる。ばかばかしいにもほどがある。同様の第二の殺しについてこの男がどう書くか、推して知るべしだな」

「ほかの面でも、オトフォードはやっかいな問題になりそうです」アダムは両手の指先を突きあわせた。「必要なら手を打ちます。その前に、トーラーとデルモントが、なんらかのいんちき投資計画をおこなっていた可能性を調査してみます」

「ああ、そうだな」ウィルスンがもっともらしくうなずいた。「金を追え、だ」

「女をさがせ《シェルシェ・ラ・ファム》と助言してくださったのではありませんでしたっけ?」アダムはたずねた。

「女と金は相伴う場合が多い」

「失礼ですが、男と金も相伴う場合が多いことを考えると、その金言はあまり役に立ちませんね」

「好きに言うがよい」ウィルスンが腹の上で手を組んだ。「トーラーの家で日記をさがすことはできたのか?」

「徹底的にとはいきませんでした。着いたときには、すでに警察がきていたもので。警部補と話しているあいだに、降霊室と階下の廊下をさりげなく調べましたが、引出しをあけたり絨毯をめくったりすることまではできませんでした。かまいません。日記が持ち去られたことは間違いありませんから」

「殺した犯人が持ち去ったと思うのか?」

「その可能性もありますが、ほかにもあります」

「たとえば?」

「ミセス・トーラーは家政婦を雇っていましたが、その女は、ある意味で助手と相棒も兼ねていました。その家政婦が雲隠れしたようなのです。近所の住人に名前を聞いてきましたから、居所を突き止めることはできるでしょう」アダムはそこでちょっと言葉を切った。「あいにくなことに、トーラーが殺されたことは、あなたが興味を持たれるに違いないいくつものできごとのひとつにすぎません」

「ほう?」

「警察がトーラーの殺害現場で、わたしの名前が彫られた懐中時計を発見しました。時計の針は、犯行がおこなわれたとおぼしき時刻で止まっていました」

ウィルスンの全身が、仰天してピンと張りつめたように見えた。「きみの時計だったのか?」

「いいえ。安物の時計でした。彫ってある文字もちゃちなものでしたが、はっきり読み取れました」

「殺人犯はきみがさがしておることを知っておる、ということだな。それで、時計を使ってきみに罪をかぶせようとした」

「そのようです」アダムは突きあわせた指先を軽く二度打ちあわせた。「ことはますます複雑になってきました。ジュリアを心配させたくなかったのですが、こうなったら、彼女とサウスウッドにも事情を話すほかありません」

「しかり。きわめてやっかいな状況になってきた。二人にも知らせたほうがよかろう」ウィルスンが目をせばめた。「警察はきみを容疑者と考えておるのだろうな?」

アダムは肩をすくめた。「警部補は少しばかり疑いを持っていたようですが、わたしに確固たるアリバイがあるとわかって、疑いはほぼ捨てたようでした。トーラーが殺されたときほかの場所にいたというわたしの主張を、親しい知りあいが証言してくれたのです」

「それを聞いてほっとしたよ」ウィルスンがはた目にもわかるほど肩の力を抜いた。「それで事態はかなりましになったようだな。トーラーが殺されたのは何時だったのだ?」

「夜中の十二時です」

ウィルスンがうなずいた。「降霊会が終わってかなり経ってからだな。おおかたクラブにおったのだろう。証人は大勢おるはずだ」そう言ってふんと鼻を鳴らした。「きみに罪をかぶせるつもりなら、犯人も、居場所を確認するくらいの分別があってしかるべきだったな」

「クラブにいたのでありません」

「どこにおったのだ? 劇場か?」

「いいえ。ストーン通りの部屋へいっていました」

「夜中の十二時にかね？」

「はい」

「わからんな」ウィルスンが眉を寄せた。「あそこへいくときは、いつもひとりのはずだ。きみがあそこにおったことを証言してくれた知りあいとは、いったいだれなのだ？」

「近しい友人のミセス・フォーダイスです」

「フォーダイスだと？　フォーダイス」ウィルスンの顔に戸惑った表情が浮かんだ。「きみが言っておるのは、作家のミセス・フォーダイスのことかね？」

「ええ」

ウィルスンは仰天したようだった。「驚いたな。まさか、奇矯なユーモアを披露しておるのではあるまいな、アダム」

「冗談などではありません。覚悟してください。わたしはじきに、殺人と有名な扇情小説家との不義がからんだ、衝撃的な醜聞に巻きこまれることになるでしょう」

23

「気をしっかり持ってください」キャロラインは机の上で手を組むと、エマとミリーを正面から見た。「お二人が留守だった昨夜と今朝早くに、あっと驚くできごとが山ほど起こったのです」

「まあ、わくわくするわ」おもしろい知らせを聞けるとわかって、ミリーがいつものように顔を輝かせ、手近な椅子に腰をおろした。「残らず話してちょうだいな」

予想どおり、エマの顔は輝いてなどいなかった。読書用の椅子のひとつに腰をおろし、高熱が出ている兆候をさがす医者のような表情で、じっとキャロラインを見た。「大丈夫？」

「大丈夫、とても元気です」キャロラインはひと呼吸置いた。「この数時間にあんまりにもたくさんのことが起こったもので、どこから始めればいいのかわからないのです」

「どこからでもいいから、始めてちょうだい」ミリーが片手を振って言った。

「わかりました。エリザベス・デルモントが殺されたのと奇妙なほど似た手口で、またひとり、霊媒が殺されました」

それを聞いて二人が申しあわせたように息をのみ、時計のかちかちという音だけが部屋に響いた。

「衝撃的な知らせね」エマは呆然としている様子だった。「実に衝撃的だわ」

ミリーのほうはどうやら最初の驚きから立ちなおったようだった。「もうひとり霊媒が死んだ、ですって？　どの霊媒が？」

「アイリーン・トーラーです」キャロラインは言った。

「デルモントのライバルの？」ミリーが顔をしかめた。「でも、あなたとアダムは、エリザベス・デルモント殺しの犯人はトーラーではないかと考えていたのではなかったの？」

「たしかに、ミスタ・ハーデスティとわたくしは、その可能性が大きいと考えていました。でも、間違っていたのかもしれません」

まだキャロラインの話は始まったばかりだったが、それをさえぎるように、ひづめと馬具、馬車の車輪の音が聞こえてきた。通りを走るがらがらという音が突然やみ、重い馬車が二二番地の前で止まった。

「だれかしら」エマがそちらに気を取られて言った。

真鍮のノッカーをたたく音が響いた。つづいてミセス・プラマーのせわしない足音が聞こえた。玄関の扉があいた。人声が聞こえた。

まもなく、ミセス・プラマーが書斎の戸口に現れた。血色のよい顔がいつにも増して赤くなっている。非常に重要な伝言を伝えるというように、家政婦が背筋をしゃんと伸ばし、肩をそびやかした。

そして、もったいぶって咳払いをした。

「サウスウッド伯爵と令夫人、ミスタ・ウィルスン・グレンドン、ミスタ・ハーデスティがお見えです。ご在宅だと申しあげましょうか?」

ミリーがはじかれたように立ちあがった。「まあ。伯爵と伯爵夫人ですって? それに、ミスタ・グレンドンも? ご近所の人たちがなんと思うかしら?」

エマがよろよろと立ちあがった。「ミスタ・ハーデスティはなぜお身内の方がたを同道なさったのかしら? きっと住所をお間違えになったのよ、ミセス・プラマー」

「いいえ」キャロラインうんざりした口調で言った。「残念ながら住所をお間違えになったのではありません」そしてミセス・プラマーにうなずいて見せた。「お客さまを客間にご案内してちょうだい」

「どういうことなの?」ミリーがたずねた。

「サウスウッド伯爵と奥さまが、なぜうちへいらしたの?」エマがたずねた。「そして、ミスタ・ウィルスン・グレンドンまでが」

キャロラインは立ちあがった。「それはもうひとつのあっと驚くできごとのためなのですが、そちらは伯母さまたちにお話しするひまがなくて」

「そのできごとというのはなんなの?」エマがたずねた。

「警察がミスタ・ハーデスティを、ミセス・トーラー殺しの犯人ではないかと考えたのです」

エマとミリーがあんぐりと口をあけてキャロラインを見た。

「ご心配なく」キャロラインはあわてて言った。「疑いは晴れましたから。わたくしが強固なアリバイを証言することができたのです。でも、残念ながら、それが新聞に載って大騒ぎになりそうなのです」

「わたくしはあなたの小説の熱狂的なファンですのよ、ミセス・フォーダイス」ジュリアがミリーから紅茶茶碗を受け取った。「お会いできて本当にわくわくしています」

「まったくです」ウィルスンが盆に並んでいるタルトをうれしそうにつまんだ。「こう言ってはなんですが、ありがたいことにあなたは、通常のアダムの知りあいとはまるで毛色が違っておられる」

「そのとおりです」サウスウッド伯爵のリチャードが言った。物静かで思慮深そうな人物で、さりげなく守ろうとするかのように、妻のすぐ後ろに立っている。そしてアダムに、おもしろがっているような皮肉な表情を向けた。「しかし、ハーデスティは『タイムズ』以外はほとんど読まない男ですから、知りあいが同様に退屈な人種なのも無理はありません」

窓の近くに立っているアダムは、義理の弟の言葉を聞き流した。身内の人びとをキャロラインとエマとミリーに引きあわせて、ほっとしているようだった。

キャロラインはどうにか笑顔を浮かべた。正直なところ、圧倒される思いだった。アダムから聞かされた家族の数奇な過去を考えれば、リチャードとジュリア、ウィルスンが、予想されてしかるべき冷ややかで見下した態度を見せなくても、意外でもなんでもないことかもしれない。三人とも上流階級にありがちな人間ではなかった。とはいうものの、自分たちの質素な客間で、上等な身なりの客たちがいかにも居心地よさそうにしていることに、キャロラインは内心で驚いていた。

ジュリアが少しまじめな表情になった。「アダムから、お二人のこのところの冒険について聞きました」

ウィルスンが真顔でうなずいた。「日記の捜索の件で、アダムを手伝ってくださっておるそうですな。二人で胸が躍るような時間をすごされたとか」

「そうですとも」エマがアダムに鋭い目を向けたまま、身を乗りだした。「詮索するのは嫌いですし、今回のできごとにキャロラインが深く関わっていなければ、詮索しようなどとは夢にも思わないでしょう。けれど、どうやら姪はこの件に首までどっぷり浸かっているようです。ですから、ミスタ・ハーデスティ、その日記を取りもどすことがそれほど重大だとお考えになっている理由を、わたくしどももうかがっておいたほうがよい気がするのですが」

ミリーがふいに真顔になり、その陽気で楽天的な表面のすぐ下にある、決然とした強い性格の片鱗をのぞかせた。「わたしもエマとまったく同じ考えです。二人の婦人が殺されて、状況はどう見ても剣呑になっています。危険がどのような種類のものなのかを、どうかわたしどもにもお知らせください。そうすればキャロラインを守ることができるかもしれませんから」

「くわしい説明は必要ありません」キャロラインは急いで言った。「お話はわたくしがミスタ・ハーデスティから充分にうかがって、日記を取りもどすことが非常に重要だということは納得しています」

ジュリアがにっこりした。「ミセス・フォーダイス、伯母さまたちに事情をお知らせするのは当然ですわ」

「いいえ、そんなことはありません」キャロラインは言いかけた。

ジュリアがエマとミリーの顔を見た。「要点だけを申しあげますと、わたくしたちきょうだいには血のつながりはありません。ウィルスン伯父とも血縁関係はなく、あるのは愛情と忠誠心から生まれた絆だけです」

「よくわからないのですが」エマがわずかに眉を寄せて言った。

「わたくしたちは三人とも、幼いころ親に捨てられました」ジュリアがつづけた。「もしアダムが拾ってくれなければ、ジェシカもネイサンもわたくしも、おそらく生き長らえることはできなかったでしょう」

リチャードがジュリアの肩に手を置いた。ジュリアがその手に軽く触れた。そのさりげないしぐさを見ても、二人が深い愛情で結ばれていることがよくわかった。恋愛結婚だろうとキャロラインは思った。なんと恵まれた夫婦だろう。

「なくなった日記には、わたくしたちの過去が書かれているのです」ジュリアが言った。「アダムはかならず見つけて焼き捨てると決意しています。なによりジェシカとネイサンのことを心配しているのです。二人ともまだ若く、ことにジェシカはか弱い娘です。まだ十八になったばかりで、社交界へのデビューを間近にひかえています」

「なんとまあ」ミリーが目を丸くしてつぶやいた。

ジュリアがキャロラインを見た。「アダムが、昨夜あなたをストーン通りの部屋へお連れしたことを話してくれました」

驚きを押し隠したエマとミリーの視線を、キャロラインは痛いほど感じた。頬が熱くなるのを懸命にこらえようとした。自分はもう本当の意味で経験のある婦人になったのだ。未亡人と称しているからには、それらしくふるまわなければ。有力な紳士と関係を持っている未亡人は、少々のことでうろたえたりはしない。

「ええ」落ちつきはらった口調を心がけて答える。「あの部屋で、あなたがたの過去と、ミスタ・グレンドンと知りあわれた経緯を話してくださいました」

「アダムが、ストーン通りの秘密を打ち明けるほどあなたを信頼しているとすれば、わたくしも全面的に信頼します」ジュリアがさらりと言った。

ウィルスンがまたタルトに手を伸ばした。「わたしもジュリアと同じ意見だ」

リチャードが肩をすくめた。「ハーデスティには少々癇に障るところもあるが、人を信頼できるかどうかを見抜く、きわめてすぐれた目を持っていることは間違いない」

アダムの口の端がぴくりとあがった。「ありがとう、サウスウッド。きみがそれほど高く買ってくれていたとは知らなかった」

リチャードがふいににやりと笑った。「ぼくをジュリアの夫として認めたではないか、そうだろう？　つまり、きみは信頼できる人間に会えばそうとわかるということだ。ときに、納得できるような証拠を要求するにしてもだ」

「リチャード、わたくしの過去に少しも嫌悪の念をお持ちにならなかったことで、あなたはご自分のお人柄を充分に証明なさったではありませんか」ジュリアが言った。

伯爵が妻の肩にやさしく手を置いた。「このように勇敢な若い婦人を、好きにならずにいられるはずがないだろう？」

ジュリアがにっこりした。その目に愛が輝いていた。

ミリーがレースのハンカチで目頭を押さえた。「なんとロマンティックなこと」

ウィルスンが咳払いをした。「わたしはアダムに、日記の内容が明るみに出てうわさになったところで、じきにおさまるから心配はいらぬと言ったのですが、どうしても日記を見つけて焼き捨てると言って聞かぬのです。たしかに、だれかほかの人間に読まれぬうちに処分してしまうほうが、ことは簡単でしょう。わたしとて、ジェシカの過去がうわさになって取り沙汰されたりすれば、あの子が初めての社交期をどのようにすごすか、少しばかり気になるところだ」

「ええ」リチャードが表情を硬くして言った。「ぼくも、ジュリアをその種のうわさ話のたねにしたくはありません」

「ゆすりは基本的には事務的なことがらだ」ウィルスンが請けあった。「そういうことに関しては、アダムほどの適任者はおらぬ」

それからまもなく、ジュリアとリチャード、ウィルスンの三人は、伯爵のぴかぴかの馬車に乗りこんだ。アダムはキャロライン、エマ、ミリーと石畳の道に立って、お仕着せを着た従僕が馬車の戸をしめるのを見守った。

「まあ、すっかり舞いあがって忘れるところでしたわ」ジュリアが窓から顔を出してキャロラインとエマ、ミリーを見た。「明後日の夜、うちで舞踏会をひらくことになっていますのよ。もちろん、おそろいでいらしてくださいね」

キャロラインは仰天した。「無理ですわ。うかがうことなどできません」

「ほかにご予定が？　急なことですものね」

エマがかぶりを振った。「キャロラインの言うとおりです。三人とも出席させていただくわけにはまいりません。お声をかけてくださってありがとうございます」

「でも、ぜひともいらしてくださいな」ジュリアが言った。「そのころには、アダムとキャロラインのことがロンドンじゅうのうわさになっているでしょう。いらしてくださらなければ変に思われますわ」

「残念ですが、やむをえないのです」ミリーがいかにも残念そうに言った。

アダムが三人を交互に見比べた。

「どうしてだめなのですか？」

「それは」キャロラインは言いかけて、口ごもった。

「口にしにくいことですわ」エマがつぶやくように言った。

「ドレスです」ミリーが思いきったように言った。「ありていに申しますと、三人ともそのような場にふさわしいドレスを持っていないのです。たしかに、キャロラインの新しい契約のおかげで、とてもすてきな服を持っています。けれど、それはとても、上流社会の舞踏会に着ていけるようなしろものではありません」

「ええ、無理もありません」ジュリアが答えた。「うっかりしていました。ドレスのことならお気になさらずに。おさしつかえがなければ、明日の朝いちばんにお迎えにあがります。わたくしの仕立屋へまいりましょう。そこにまかせれば、すべて手配してくれますから」

「でも」キャロラインは弱々しく言った。「その費用が——」

「費用も問題ではないだろう」ウィルスンが請けあった。「仕立屋の請求書はアダムのところへ送らせればよい」

「でも」キャロラインはまた言った。

「ドレスは、日記を取りもどすのを手伝ってもらう謝礼と思ってくれたまえ」アダムが言った。

事務的な取り決めというわけね、とキャロラインは考えた。なんと味気ない。

24

「妹さんの舞踏会に出席することを考えると、ひどく気が重いのですが」キャロラインは言った。

それを口にするのは、これが初めてではなかった。

ジュリアとリチャード、ウィルスンの三人が帰ったあと、エマとミリーにそれ以上あれこれ質問されるのを避けるために、キャロラインとアダムは四輪の貸馬車に乗り、木の生い茂ったこの静かな通りへやってきた。ミス・ブリックとミセス・トレントに会うのが目的だった。有利な投資話をもたらす男の訪問を受けるだろうと言われた婦人たちだ。

「くだらないドレスの心配はやめたまえ」アダムが言った。心配はいらないと言うのが、これも初めてではないせいか、その口調にはかすかにいらだった響きがあった。「舞踏会にふさわしいあれやこれやを、ジュリアが用意万端ととのえてくれるはずだ」

「でも、舞踏会用のドレス三着となにやかやを合わせると、大変な金額になりますわ、アダム」

アダムの顔におもしろがっているような表情が浮かんだ。「言っただろう、ドレスがいくらぐらいするものかはよく知っている。サウスウッドが引き継いでくれるまで、ジュリアのドレスの代金はずっとわたしが払っていたし、今でもまだジェシカの分を払っているのだ」

馬車が止まった。アダムが自分の書いた住所を確認した。「ここがさがしている家のようだ。この堂々めぐりの話はやめにして、仕事にかかろう」

「堂々めぐりですって？　わたくしは堂々めぐりなどしていません。しつこいとおっしゃっているのですか？」

アダムがにやりとした。「そのようなことは夢にも思っていない。さあ、ミス・ブリックとミセス・トレントに会う準備はいいかね？」

キャロラインは当面の問題に考えを集中しようとした。「ええ、もちろんです。質問するのはわたくしにまかせてくださったほうがいいと思います。忘れないでください、あなたはわたくしの助手ということになっているのですよ、ミスタ・グローヴ」

「自分の立場を忘れないようにしよう」

二人は馬車からおりて玄関の階段をあがった。アダムがノッカーを二度たたいた。まもなく戸があいた。くたびれた前掛けをした自堕落そうな若い家政婦が顔をのぞかせた。

「なんでしょうか？」

「ミス・ブリックとミセス・トレントに会いにきた」アダムが言った。「ミセス・フォーダイスとミスタ・グローヴが話したいと言っていると伝えてくれ」

家政婦が顔をしかめた。「ここでお待ちください」

家政婦はすぐにもどってきて、アダムとキャロラインを狭い陰気な客間に案内した。

ミス・ブリックとミセス・トレントは二人を見て喜んだ。

「ほんとに光栄ですわ、ミセス・フォーダイス」ミス・ブリックが上ずった声で言った。「家に作家のかたをお迎えするのは初めてです。お茶をいかがですか?」

「喜んでいただきます」キャロラインはそう言って、緑色のビロード張りの低い長椅子に腰をおろした。長年の使用で生地がすれて薄くなり、てかてか光っている。「会ってくださってありがとうございます。ミセス・トーラーの降霊会が終わってからのできごとについて、ミスタ・グローヴと二人でおたずねしたいことがありまして」

アダムが暖炉のそばに立ち、片手を炉棚に突いた。そうやって二人の婦人の表情をじっと観察しているのが、キャロラインにはわかった。まだ二人とも、霊媒が殺されたことは知らないようだった。

「とても満足のいく降霊会でした」ミス・ブリックが言った。

「あの世にいる気前のいいお友達と話ができて、本当によかったですわ」ミセス・トレントがつけ加えた。

キャロラインはにっこりした。「昨夜もお話ししたように、わたくしはミスタ・グローヴに手伝ってもらって、降霊会と霊媒の仕事について調査しています。なにより重要な疑問のひとつは、霊媒の予言がどの程度実際に起こるか、ということです」

ミセス・トレントがチッチッと舌を鳴らした。「近ごろはいんちき霊媒が多いですからね。でも、ミセス・トーラーの霊能力は間違いなく本物だと保証できます」

アダムがちょっと身じろぎした。「では、本当に、紳士がやってきて有利な投資話を持ちかけたのですか?」

「あら、ええ」ミス・ブリックが言った。「今朝早くにね。まだ朝食を食べているときでした」

「その紳士の特徴を教えてもらえませんか?」アダムがたずねた。

キャロラインには二人がその質問に面食らっているのがわかった。

「特徴を話していただけると、わたくしの調査にとても役に立つのです」彼女は急いで言った。

それを聞いて二人とも安心したようだった。

「わかりました。そう、ええと」ミス・ブリックが言った。「名前はミスタ・ジョーンズといって、気の毒に、脚がひどく不自由で、体全体がねじれていました。たぶん、子供のころになにかひどい病気をして、そのせいで体がゆがんだんでしょう」

「本当に気の毒に」ミセス・トレントがため息をついた。「あんなに感じのいい紳士なのに。とても礼儀正しくて。ああ、金縁の眼鏡をかけていました」

ミス・ブリックが目をせばめた。「こう言ってはなんですけど、ひげぼうぼうでした。少し刈りこんでもよさそうなくらいに」

キャロラインはちらりとアダムを見た。

「ジョーンズは脚が不自由だったと言われましたね?」アダムがたずねた。

ミス・ブリックがうなずいた。「かなりひどいようでした」

「どちらの脚ですか?」キャロラインはたずねた。

「え?」ミス・ブリックが顔をしかめた。「ああ、おっしゃる意味はわかりました。右だったか左だったか思い出せませんわ。思い出せる、サリー?」

ミセス・トレントが唇をすぼめて額にしわを寄せた。「左、だと思います。いいえ、待って、不自由なのは右脚だったかもしれません。あら、まあ、どっちだったかよく思い出せないわ」

「でも、ミセス・トーラーが言ったとおり、ミセス・セルビーの知りあいだと名乗って、すばらしい投資の話を持ちかけてくれました」ミス・ブリックが熱意をこめて言った。

「お金をお渡しになったのですか?」キャロラインは最悪の事態を心配しながらたずねた。

「またとない機会ですもの」ミセス・トレントがうれしそうに言った。「話に乗らないのはばかげていますわ」

「なんと、まあ」キャロラインはつぶやいた。

「ミスタ・ジョーンズが持ちかけたのは、どういう種類の投資だったのですか?」アダムがたずねた。

そのとき初めて、二人が顔を見あわせて口ごもった。

ミス・ブリックが申しわけなさそうに咳払いをした。「失礼なことをするつもりも、協力を惜しむつもりもありませんが、どんな投資かということは口外しないようにと、ミスタ・ジョーンズに念を押されているんです」

「株を手に入れようとして、すさまじい争奪戦が起こる恐れがあるからです」ミセス・トレントが説明した。「ミスタ・ジョーンズは、こんなすばらしいもうけ話があることが漏れたら、大勢の人が便乗したがるだろうと言っていました。だから秘密が肝要だと」

「そうですとも」アダムがよくわかるという表情で言った。「株券は安全な場所に保管しておかなければなりませんよ」

ミス・ブリックの目が輝いた。「ご心配なく。ちゃんとしまってあります」

「それを聞いて安心しました」アダムがキャロラインの目を見た。「さて、今日の調査はこれくらいで充分でしょう、ミセス・フォーダイス。失礼しましょうか？」

ミス・ブリックとミセス・トレントが驚いて目を丸くした。

「でも、まだお茶を召しあがっていないじゃありませんか」ミス・ブリックが訴えるように言った。

キャロラインはアダムをにらんだ。「まだお茶をごちそうになっていないでしょう、ミスタ・グローヴ」

アダムがいらだたしげに大理石の炉棚を指先でたたき、キャロラインに冷ややかな笑みを向けた。「そうでした。お茶ね。うっかりしていました」

それから二十分ほどして、キャロラインはようやく、もう辞去しても、二人の婦人の気持ちを傷つけることはないだろうと考えた。

表の通りに出ると、アダムがキャロラインの腕を取った。「永久にあそこから逃げだせないのではないかと思ったよ」

「ねえ、アダム、いらいらしていらっしゃるのはわかりますけれど、大急ぎで逃げだすのは思いやりがなさすぎます。あのまま失礼したのでは、ミス・ブリックとミセス・トレントは打ちひしがれてしまったことでしょう」

「手にした株券がただの紙切れだとわかったら、少なくとも金銭的には、二人は間違いなく打ちひしがれることになるだろう」

キャロラインはちょっとひるんだ。「そうおっしゃるのではないかと思っていました。ミスタ・ジョーンズが持ちかけた投資話ですが、本物だった可能性もあるとは思われませんか？」

「いや」

その返事は望みを完全に打ち砕くものだった。「あなたがミス・ブリックとミセス・トレントと話していらっしゃるとき、ふと思いついたことがあったのですけれど」

「なにかな？」

「株券というのは印刷された証書ですよね？」

アダムが好奇心をそそられたようにキャロラインをちらりと見た。「ああ。たいがい、意匠をこらした文字と、その株式が発行される鉄道や鉱山などの事業を描いた絵があしらわれた、きわめて装飾的なものだ。なぜ？」

「わたくしが契約しているミスタ・スプラゲットは、業界生え抜きの印刷業者です。あの人と仕事でおつきあいしてみて、印刷業者がみな自分の仕事をとても誇りにしていることが、よくわかりました」キャロラインはそこで一拍置いた。「実際、印刷業者はたいてい、自分の仕事に印刷所の標章と呼ばれる印を入れるものだと、いつかミスタ・スプラゲットが言っていました」

アダムが足を止めた。キャロラインもふいに引き止められる格好になり、あやうくころびそうになった。たった今天啓を受けたとでもいうように、アダムが彼女を見つめた。

「すばらしい思いつきだよ、きみ」そう言うなり、有頂天で激しく口づけをした。「実にすばらしい。株券を作った印刷業者を突き止めることができれば、その制作を依頼した人間のこともわかるだろう」

キャロラインは息を切らして頬を染め、あわてて通りを見まわして、公衆の面前で紳士が婦人に接吻するという、このとんでもない場面をだれかに見られなかったかどうかをたしかめた。幸いあたりに人影はなく、彼女はほっとした。

アダムが、ミス・ブリックとミセス・トレントの小さな家のほうをちらりと振り返った。

その顔に計算高い表情が浮かんだ。「ぜがひでも株券を見たいものだな」

「いいえ、やめてください」キャロラインはあわてて言った。「アダム、どこかの家を捜索なさるたびに、死体に出くわされるではありませんか」

「それはひどい言いかただな、キャロライン。エリザベス・デルモントの家で一度出くわしただけだぞ」

「あやうく、アイリーン・トーラーの家でもそうなるところだったではありませんか」キャロラインは身震いした。「あの家を捜索なさるおつもりだったのですもの。今朝、あそこへいらっしゃるのがもう一時間か二時間早かったら、家の中にいらっしゃるところを警察に見つかっていたはずです。そうなっていたら、警察もあれほど簡単にはアリバイを信じてくれなかったことでしょう」

「ばかばかしい。殺人の犯行時刻にいた場所をきみが証言してくれるかぎりは、まったく心配などなかった。いったいだれが、高名な作家であるミセス・フォーダイスの言葉を疑うというのだ？」


それからしばらくして、二人はミスタ・マクダニエルの下宿にとおされた。エリザベス・デルモントの最後の降霊会で、金銭上の授かりものがあるという予言を受けた年配の参加者だ。

ミス・ブリックとミセス・トレントと同様マクダニエルも、思いがけない客を歓迎してくれた。そして自分の幸運に関して、前の二人以上に快く話してくれた。

「ええ、実際、ミセス・デルモントが言っておった実務家が、霊が予言したとおりに現れました。名前はジョーンズ」言いながら激しく震える手で紅茶茶碗を持ちあげたので、紅茶がズボンにこぼれたが、本人は気づかないようだった。「非常に礼儀正しく、非常に見識のある人でな。気の毒に、足がひどく不自由だった」

「その男についてほかになにかおぼえておられますか？」アダムがたずねた。

「さあてね。ひげぼうぼうだったな。床屋へいったほうがよさそうだった」ミスタ・マクダニエルが考えるように口ごもった。「眼鏡をかけておった」そして眉をあげた。「なぜそのようなことをおたずねになるのかな？」

「今おっしゃったのとそっくりの男が、わたしに興味深い投資話を持ちかけてきましてね」抜け目のない投資家が仲間の投資家に話すような調子で、アダムが言った。「その男はあなたのお名前を口にしていました。それで、ちょっと調べてみようと思ったわけです」

キャロラインは、アダムも自分と同じようにやすやすと作り話をつむぎだせることを心に刻んだ。

マクダニエルの顔が輝いた。「では、あなたにも同じ話を持ちかけたのですな？　鉱山会社への出資を？」

「それで調べているのです」アダムがうなずいた。「しかし、ありていに言うと、株券の現物は見せてくれませんでした。で、少し心配になって、金を渡すのをためらっているのです」

「妙だな。わたしにはすぐに株券を見せてくれたが」

「それをちょっと見せていただけないでしょうか」アダムが言った。「本物かどうかたしかめたいだけです」

「いいですとも。関係のない人間にはこの開発計画のことを話さんようにとジョーンズは言っておった。しかし、おたくも同じ投資を考えておられるのだから、株券を見せていかん法はないでしょう」

「ありがとうございます」アダムが言った。

ミスタ・マクダニエルは杖にすがって椅子から立ちあがると、よたよたと隅の机まで歩いていった。そして引出しの鍵をあけて、分厚い紙を一枚取りだした。アダムが部屋を横切って見にいった。キャロラインも急いでそれにならった。

株券は薄い青色の地の仰々しい証書で、ドレクスフォード商会と読める派手な字体の文字と、鉱山と鉱夫に採掘道具まで入った図柄が描かれていた。細部まで非常に鮮明で、印刷は上等だった。

「間違いなく本物のようですね」株券をさりげなくキャロラインに渡しながら、アダムが言った。「どう思われますか、ミセス・フォーダイス？　印刷の世界に関わっておられるのだから、このようなことにはわたしよりお詳しいはずでしょう」

大切な株券が第三者の手に渡されたので、ミスタ・マクダニエルの顔に不安げな表情が浮かんだ。キャロラインは彼を安心させるようににっこりしてから、急いで証書を明かりにかざした。

唐草と渦巻き模様の装飾の中に、胴体が獅子で鷲の頭と翼を持つグリュプスと大文字のBを組み合わせた小さな標章が、はっきり見て取れた。

「とても上等な印刷ですわ」キャロラインはそう言って株券をミスタ・マクダニエルに返した。

「その会社について、ミスタ・ジョーンズはあなたにはなんと言っていましたか？」アダムがたずねた。

「アメリカの西部のどこかに金鉱を持っておる会社だそうです」証書が無事手元にもどってきてほっとしたように、マクダニエルが言った。「創業者が採掘を始める前に死んで、すべてを相続人に遺した。相続した若者はなにがなんでも鉱山をひらいて採掘する気でおる、ということでした」

「しかしその相続人には、鉱山の採掘を始めるのにかかる費用をまかなう資金がない、そうですね？」アダムがたずねた。

キャロラインはその声に険しいとげがあるのを感じたが、マクダニエルは気づかないようだった。

「しかり」マクダニエルが賢人ぶった表情でうなずいた。「いつも言っておることだが、金《きん》に間違いのあろうはずがない」

「名言です」アダムが言った。「この投資をじっくり考えてみましょう。お力になってくださって感謝します」

「なんの、なんの」マクダニエルが証書を大切そうに引出しにしまった。「正直なところ、ミスタ・ジョーンズが現れると霊に言われたときはいくぶん懐疑的だったのだが、翌日すぐにジョーンズが現れて、あの霊媒が本物だったとわかりました」

「今その引出しにしまわれた株券と同じで、本物ですよ、ミスタ・マクダニエル」アダムが言った。

25

ミスタ・マクダニエルの家から出たときには、時刻は五時をすぎていた。濃い霧が急速に広がって夕闇が垂れこめはじめていた。キャロラインの胸に怒りが煮えたぎっているのが、アダムにはわかった。細い肩を怒らせている。

「それで？」彼はうながした。「証書には標章があったかな？」

「はい。どういう標章かをミスタ・スプラゲットに説明することはできますが、もう今日は仕事を終えて帰ってしまったでしょう。話をするのは明日にしましょう」

キャロラインはそのまま黙りこんだ。

「このことで心を痛めるのはやめたまえ」アダムはしばらくして言った。「きみの責任ではない。ジョーンズにだまされた者たちを守るために、きみにできることはなにもなかったのだから」

「三人ともお金を失うことになるのですよ」

「買い手の責任だ。あの世からの金銭上の助言を受け入れるようなまぬけは——」

「よしてください。そうおっしゃるのは簡単ですが、ミス・ブリックもミセス・トレントもミスタ・マクダニエルも、あなたほどの金融上の判断力は持ちあわせていません。三人には、あの金鉱の投資に失敗しても生活に困らないだけの金銭的な余裕などないことは、よくおわかりのはずです」

「大打撃を受けるのは間違いないな」

二輪の辻馬車ががらがらと走りすぎて霧の中に消えた。アダムのうなじにちりちりするような感覚が走った。それはよく知っているものだった。狭い通りや暗い路地で他人の秘密を売る仕事をしていた昔、しょっちゅう経験した感覚だ。若いころ身についた生存本能は、まだ体の中に消えずに残っていた。肩ごしに後ろを振り向きたいという衝動を抑えるのには、強い自制心が必要だった。

「あの人たちの家をごらんになったでしょう」キャロラインがつづけた。激しい感情で声が高ぶっている。「それでなくても、どうにか日々の暮らしを送っていることは明らかです。だまされたことがわかったときなにが起こるか、考えたくありませんわ。きっと打ちのめされることでしょう」

「そうだろうな」アダムはうなずいた。

そして、熱心にキャロラインの話を聞いているようなふりをして少し前かがみになり、彼女のほうに顔を向けた。目の隅に、後方の霧の中に立っている黒い人影がちらりと見えた。

キャロラインが手袋をはめた右手をあげた。「わたくしたちでなにか手を打たなくてはなりませんわ、アダム」

アダムはにやりとしかけた。「わたしたちというのは、つまり、わたしがなにか手を打たなくてはならないということだな?」

「もちろん、理想を言えば、だましたミスタ・ジョーンズにお金を返させるべきです。でも、それがだめだとしても、気の毒なあの人たちがすべてを失うのを黙って見ていることはできません」

「心配するな、キャロライン」アダムがもう一度ちらりと後ろを見ると、尾行者はまだ同じ距離を保ってついてきていた。「ブリックとトレント、マクダニエルが、なんらかの形で金を取りもどせるようにしよう」

キャロラインが小首をかしげるようにした。しゃれた小さな帽子の縁の下に見える顔が、うれしそうに輝いている。

「ありがとうございます、アダム。本当におやさしいのですね」

「わたしとしては、ジョーンズに金を巻きあげられた被害者の名簿が長くないことを祈るだけだ」

「価値のないあの鉱山の株券で、ジョーンズはいったいどれくらいの人たちからお金をせしめたのでしょう」

「キャロライン、ちょっとした問題があるのだが」

「え？」

「尾行されている」

「ええっ？」キャロラインが立ち止まって振り返ろうとした。

「歩きつづけるのだ」アダムはつかんでいた彼女の腕を押してそのまま前へ進ませた。「気づいたそぶりを見せてはいけない」

「ええ、わかりました」キャロラインはいつもどおりのきびきびした歩調で石畳の上を歩きつづけた。「後ろにいるのはだれだとお思いになりますか？」

「これから突き止める」

アダムは霧の垂れこめた通りをすばやく観察して、罠をしかける場所をさがした。通りの両側には家がびっしり建ち並んでいて、使えそうな小道や路地はなかった。幸い、ゆく手におあつらえむきの小さな公園がある。霧が格好の隠れみのになってくれるだろう。

「いい案を思いついた」アダムはキャロラインに言った。「よく聞いて、言うとおりにしてくれ」

26

二人は公園へ入っていった。手ごろな木に近づいたとき、アダムはキャロラインに、そのまま芝生をひとりで歩きつづけるようにと合図した。そして自分は、低く垂れている太い枝の下に身を潜めた。

その位置から見ると、尾行している男にどう見えるかがわかった。赤茶色のドレスを着た婦人のぼんやりした後ろ姿が濃い霧の中へ消えていく。婦人がひとりかどうかは判断がつかず、連れと公園の中で別れたと尾行者が考える理由もないはずだ。

したがって、尾行者はキャロラインを追っていくだろうとアダムは予想した。

その予想は裏切られなかった。キャロラインが公園の奥へ歩いていってしばらくすると、忍び足で石畳を歩く足音が聞こえた。その足音がふいに消えた。芝生に入ったのだ。

まもなく、灰色の上着を着て山の低い帽子をかぶった人影が、アダムが待ち伏せている場所を急ぎ足で通りすぎた。

アダムは大股の二歩で追いつき、男の上着の襟をつかんでぐいと引いた。男が恐怖の悲鳴をあげ、どさりと尻もちをついた。

見おろすと、見おぼえのある顔だった。「ミスタ・オトフォード。こんなところで出くわすとは驚いたな」

ギルバート・オトフォードが怒りに顔を真っ赤にしてわめいた。「どういうつもりですか、こんな乱暴なことをするとは？」

「なあ、オトフォード、わたしがその気になればどれほど無作法になれるか、見せてやろうと思ってね」

キャロラインが霧の中から現れた。両手でスカートをたくしあげているところからすると、淑女にはあるまじき勢いで走ったのだろう。

「ミスタ・オトフォード」彼女が驚いた声をあげて男の前で立ち止まった。「尾行していたのはあなただったのですか？　いったいどういうつもりなのですか？」

「公道を歩いてなにが悪いんです」オトフォードがどうにか立ちあがり、上着についた泥と芝を払ったが、あまり効果はなかった。「上着が汚れてしまったじゃないですか、ハーデスティ。あんたは上着など何枚でも買えるかもしれないが、ぼくら庶民はそういうわけにはいかないんですよ」

アダムは一歩前に出た。オトフォードが驚いてあとずさり、木の幹にぶつかった。

「ぼくに触るな」オトフォードが甲高い声でわめいた。「指一本でも触れたら巡査を呼ぶぞ」

「われわれを尾行してなにを知りたかったのだ？」アダムは純粋に好奇心からたずねた。

「言ったでしょう、たまたま同じ道を歩いていただけだと」オトフォードが懇願するような顔でキャロラインを見た。「ぼくらはいわば同業者じゃありませんか、ミセス・フォーダイス。新聞記者としてやましいことをしていたわけじゃないことは、おわかりでしょう」

キャロラインがため息をついた。「この人を信じますわ、ミスタ・ハーデスティ。ミスタ・オトフォードは悪さをするつもりだったのではないと思います」

「いや、それはどうかな」アダムはもう一歩前に出て、威圧するようにオトフォードとの距離をつめた。「きみの嘘にはもうがまんがならない、オトフォード。わたしのじゃまをするなと言ったはずだ」

オトフォードは何度もごくりと唾をのみこんだが、寄りかかっていた木の幹からどうにか離れて、まっすぐに立った。キャロラインがそばで心配そうに見ているおかげで、また自信を取りもどしたのが見て取れた。婦人がそばで見ているかぎり、アダムも乱暴なことはしないだろうと判断したのだ。

「ぼくは新聞記者です」オトフォードが噛みつくように言った。「民衆に真実を知らせる責任があるんです。あなたとミセス・フォーダイスは殺人事件に関わっています。ぼくには真実を調べて読者に伝える義務があります」

「きみが記事を書いているのは、もっぱら、騒ぎを興味本位に書きたてる新聞ではないか」アダムは言った。「真実にはこれっぽっちの関心もないくせに」

「その言いかたにはむかつきますね。そんなふうにぼくを侮辱する権利はないはずだ。あやまってもらいましょう」

「おやおや……」アダムは鼻先でせせら笑った。

オトフォードが目をむいて、すばやく一歩さがった。「さあ」

「これからもうるさくつきまとうつもりだな、オトフォード。だとすれば、いたしかたない」

オトフォードがあわてふためき、逃げだそうと前に飛びだした。アダムはその上着の裾をつかんで引きもどし、木の幹に押しつけた。

「アダム」キャロラインが静かに言った。「この人を痛めつけるのはやめてください。ひどくわずらわしいのはたしかですが、この人は新聞記者です。自分のやるべき仕事をしているという主張は、もっともなものですわ」

「ほうらね？」オトフォードがすかさず言った。「ぼくは新聞記者として、自分の職務を果たしているんですよ」

「きみは自分のしていることを仕事だと言うのか？」アダムはたずねた。「いいだろう、ひとつ取引をしよう。わたしの質問に答えれば、五体満足のまま解放してやる」

「どんな質問ですか？」オトフォードが用心深くたずねた。

「トーラーとデルモントの殺人現場の様子を、どうやって知った？」

「そういう情報に関しては、すばらしい情報源を持っているんです」オトフォードが気取った顔で言った。「これまでに何度もいっしょに仕事をしてきた人物です。ぼくはその人物に全面的な信頼をおいています」

アダムはオトフォードの襟をつかんだ手に力をこめた。「で、その信頼のおける情報源の名前は？」

オトフォードが口ごもった。「新聞記者は絶対に情報源を明かしません」

アダムは無言でオトフォードをにらみつけた。

オトフォードがうっとせきこんだ。「名前はJ・J・ジャクスンです。あんたにはなんの関係もないことですがね」

「彼を信頼していると言うのだな？」

襟をつかまれたまま、オトフォードが肩をすくめようとした。「常にきわめて信頼のおける人物です」

「『フライング・インテリジェンサー』に載った記事に書いた、デルモントの殺人現場の興味深い詳細もそうか？」

「もちろんです」オトフォードが顔をしかめた。「たしかに、話をおもしろくするために、死んだ婦人の膝の上までスカートがめくれて脚がのぞいていたとか、超自然の力によるものだとか、少しばかり脚色をする必要はありましたが、そんなのはよくあることです。新聞業界では日常茶飯事です」

「ああ、そうだと思っていた」

オトフォードがずるそうな表情でアダムを見た。「詳しいことが知りたければ、たぶん明日の午後、ジュリアン・エルズワースから聞けるでしょう」

キャロラインの表情が鋭くなった。「どういう意味？」

「今日ウィンターセットハウスに張りだされていた掲示を見たんですよ。J・J・ジャクスン警部補と心霊調査協会の会員のために、エルズワースが霊能力の特別実演をおこなうそうです」

「どうしてジャクスンが関わっているのだ？」アダムはたずねた。

「エルズワースが自分の霊能力を使って、デルモントとトーラーの殺人事件の捜査に協力できるかもしれないと言っているんです」オトフォードがふんと鼻を鳴らした。「おもしろいことになりそうじゃありませんか？　霊能力を持っていると主張する人物に、警察が事件を解決するのを手伝ってもらうとはね」

アダムはオトフォードを解放した。「うせろ、オトフォード。二度とわたしを尾行したりするな。次はこれほど寛大にはすまないぞ」

オトフォードは曲がったネクタイを整えて帽子をかぶりなおすと、憤然とした足取りで霧の中へ歩き去った。

キャロラインがアダムを見た。「血に染まった花嫁のヴェールと哀悼のブローチが新聞に書かれていなかったのは、うっかり書き落とされたわけではないようですね。そしてあなたのお話からすると、普通の泥棒に盗まれたのでもなさそうだということでした」

アダムは霧の中へ消えていくオトフォードの後ろ姿を見つめた。「考えられる可能性はひとつしかない。わたしが現場から去ったあと、何者かがデルモントの死体を発見して、ヴェールとブローチを持ち去ったのだ。問題は、なぜかということだ」

「もちろん、明日の午後ウィンターセットハウスでおこなわれるジュリアン・エルズワースの霊能力の実演に、わたくしたちもいくと考えていいのでしょうね?」

「見逃してなるものか。きみが言っていたではないか。この心霊現象のたわごとに関しては、偏見のない探究精神を持たなければならない、と」

27

翌日、講堂は満員の人であふれんばかりだった。キャロラインとアダムは、最後列の最後の二席をどうにか確保した。

「エルズワースは大勢の人間を集める術《すべ》を心得ているな」キャロラインの隣の席に腰をおろしながら、アダムが低い声で言った。「演出の才能があることは認める」

「言ったでしょう、心霊現象を研究している人たちからは高く評価されていると」キャロラインは言った。ざわざわしている観客を見まわすうち、見おぼえのある顔を見つけた。

「ほら、ミスタ・オトフォードがいますよ。横に立っている大勢の紳士たちの中です。みんな手帳と鉛筆を持っていますわ。きっと新聞記者ですね」

アダムがキャロラインの視線の先を追って、少しうんざりしたようにかぶりを振った。

「このばかげた降霊会は、警察にとっては時間のむだになるだろうが、新聞の売上げ部数が大幅に伸びるのは間違いないな」

「ぶつぶつ言うのはやめてください、アダム。今日はご自分から望んでここにいらしたのではありませんか」

「エルズワースの霊能力を目の当たりにする機会を逃すわけにはいかないからな」

その口調にキャロラインはなにか引っかかるものを感じた。「エルズワースがお嫌いなのですね？ なぜですか？ あの人とは一度お会いになっただけですし、彼はあなたを怒らせるようなことはなにもしていないではありませんか」

「あの男は信用できない。男の直感だ」

キャロラインはおやと思った。「アダム？」

「うん？」アダムは彼女のほうを見なかった。観客を観察するのに余念がないようだ。

「ひょっとして、ミスタ・エルズワースに嫉妬していらっしゃるのですか？」

一瞬、戸惑ったような間《ま》があった。

「嫉妬する理由があるのか？」どっちつかずの、ひどくあいまいな口調だった。

「いいえ、もちろんありませんわ」

「それを聞いて安心したよ。椅子を宙に浮かせたり心を読んだりできる男と張りあうのは、大変そうだからな」

アダムの口調がわずかに変わったので、キャロラインは肩の力を抜いた。実際に嫉妬していたのではないにしても、少なくとも、彼女がエルズワースに好意を持っているのではないかと心配していたようだ。いいえ、そんなことはあてにはならない、とキャロラインは思った。にもかかわらず、心がはずむのがわかった。

「ご心配なく。あなたのことですもの、必要とあれば、椅子を宙に浮かしたり心を読んだりするくらいのことは、おできになるに決まっていますよ」

アダムがさぐるような目でちらりとキャロラインを見たが、どう答えるつもりだったにせよ、その機会は永遠に失われてしまった。ちょうどそのとき、幕があいて男が舞台に出てきたのだ。

「お集まりのみなさん」司会者が節をつけて言った。「申しあげます。ご存じのようにミスタ・エルズワースは、二人の霊媒が立てつづけに殺された先日の衝撃的な事件を解決するために、ご自身の無類の霊能力を警察に提供することに、快く同意されました。そして、その模様を観客のみなさんにご覧いただくことも了解されました。ただし、降霊会の最中に私語や不必要な音を立てることは、厳につつしんでいただきたいと言っておられます。会場への出入りもお断りいたします。ミスタ・エルズワースが用いられる特異な霊能力は、きわめて繊細でもろいのです。大きな物音や人の動きが、重大な妨げとなりかねません」

観客のざわめきが即座に静まった。会場に期待感が満ちた。キャロライン自身はアダムと同様、大いに懐疑的な見かたをしていたが、それでも、好奇心で思わず緊張した。万が一、エルズワースが霊能力を使って手がかりを見つけたら？

会場が暗くなった。アイリーン・トーラーの自動書記の実演が始まるときも同様に暗くなったが、今回はあのときほど急にではなく、ゆっくりと明かりが弱まっていって、観客の興奮をいやがうえにも高めた。ついには、灯がついているのは舞台の卓の上のランプひとつだけになった。

「ミスタ・エルズワースと面接をされる、J・J・ジャクスン警部補です」司会者が言った。

そう紹介されて、ジャクスン警部補が舞台に出てきた。見るからに居心地が悪そうだとキャロラインは思った。ジャクスンが観客に軽く会釈をして、卓のそばに置かれた二脚の椅子のひとつに座った。

「そろそろミスタ・エルズワースの準備もよろしいようです」司会者がうやうやしい口調で言った。「どうか拍手はおひかえください。何時間もかけてこの降霊会に向けて準備をしてこられたのです。精神統一を乱されるといけませんので」

エルズワースがおもむろに幕のあいだから現れた。薄暗い明かりの中で、黒い髪に混じった一条の銀髪がきらりと光った。まだ午後だというのに、正式な夜会服を着ている。黒い燕尾服とズボンは上等な仕立てで、白いシャツと蝶ネクタイはしわひとつなく、上品だった。

この人は舞台照明の効果を心得ている、とキャロラインは思った。ひとつだけのランプの明かりの中で、貴族的な顔立ちがひときわ引き立ち、劇的な効果を高めていた。

よく見ようとして、キャロラインは身を乗りだした。エルズワースの目の周囲がなにか変だ。この距離ではたしかなことは言えないが、どうやら舞台化粧をしているようだ。

アダムが軽く腕に触れた。キャロラインは思わずびくりとして、彼のほうを見た。ほのかな明かりの中で、さげすむような冷たい表情がかろうじて見て取れた。アダムもエルズワースの化粧に気づいたに違いない。

エルズワースが卓に近づいたとき、J・J・ジャクスンは自分もなんらかの動きを見せる必要があると感じたようだった。あわてて立ちあがってから、またすぐに座った。緊張しているようだとキャロラインは思った。無理もない。

「警部補さん」エルズワースのよくとおる深い声が会場の隅ずみまで響いた。

エルズワースがジャクスンに向かって、キャロラインの目にはばかにしているように見えるお辞儀をした。そして着席した。

「ミスタ・エルズワース」ジャクスンの声は細く、照れくさそうだった。「今回の件でのご協力、感謝します」

エルズワースがまた会釈をしてから、手を伸ばしてランプの芯をぎりぎりまでしぼった。観客からはっきり見えるのは彼の顔だけになり、J・J・ジャクスンの姿は黒い影になった。

「全力をつくして警察に協力し、ミセス・トーラーとミセス・デルモントを殺した犯人の捜査をお手伝いする所存です、警部補さん」エルズワースが言った。「それがわたしの義務だと思っています。質問をどうぞ」

ジャクスンが何度も咳払いをしながら、手帳を出してめくった。

「あなたはミセス・トーラーとミセス・デルモントの霊と、その、話すことができますきますか？」

か？」ジャクスンがぎごちない口調でたずねた。「犯人がだれか、二人にたずねることがで

「いいえ」エルズワースが答えた。「わたしはそういうことはしません。一般に言われているる伝統的な霊媒ではないのです。トーラーやデルモントができると称していたような方法で、霊界と接触することはできません。正直なところ、あの世から亡霊や幽霊を呼びだすことが可能だとは考えていません」

司会者に注意されていたにもかかわらず、観客席のあちこちから驚きの声があがった。

「わたしの霊能力は、普通の霊媒のそれとはまったく異なります」エルズワースがつづけた。「そういう能力を持ちあわせていない人に、わたしの超自然的な能力をわかるように説明するのは不可能です。トランス状態に入ったら、通常の感覚ではおよびもつかない方法でものごとを感じ取ることができる、と言うにとどめておきましょう」

「では、殺した犯人の顔を見ることができますか？」ジャクスンがたずねた。

「写真を見るようなわけにはいきません」エルズワースが言った。「しかし、持ってきてくださるようにとお願いした品物をお持ちなら、この犯罪を犯した人間について、なんらかの手がかりをお教えできるかもしれません」

「ええ」ジャクスンがポケットから小さな品物を取りだした。「これはミセス・デルモントがつけていた耳飾りの片割れです」そして別のポケットから、刺繡がほどこされた四角い麻の布を引っ張りだした。「こっちはミセス・トーラーのハンカチです」

「ありがとうございます」エルズワースが耳飾りとハンカチを手に持って目をとじた。「力を集中するのに少し時間をください」

期待に満ちた静寂が会場に広がった。しばらくしてエルズワースが目をあけ、暗がりを見通すことができるかのように、目を凝らして満員の会場を見まわした。

じっと見守っていたキャロラインは、エルズワースの顔がだんだんこわばってきたようだと思った。目が不気味な穴のように暗くなった。

「憤怒」エルズワースがささやいた。「殺した犯人は、すさまじい怒りに取りつかれた男です。その男がミセス・トーラーの家の中にいて、何度もなぐりつけているのが見えます。男は前にも一度人を殺しています。それで大きな自信を得たのです。今回はもっと簡単で、もっと満足できることを知っています」

エルズワースが突然しゃべるのをやめた。

観客のあいだに、耳で聞き取れるほどのおののきが走った。

ジャクスン警部補は質問をどのように進めていけばいいのかわからないようだった。「では、あの、犯人はなぜミセス・トーラーにそれほどの怒りを抱いているのか、わかりますか？」

「二人にだまされたと思っているのです」エルズワースが抑揚のない口調で言った。

キャロラインはアダムが隣の席でわずかに身じろぎするのを感じた。彼は両腕を膝に突いて身を乗りだし、食いいるように見つめた。

「霊媒たちは犯人をどんなふうにだましたのですか?」今や警官らしい口調になって、ジャクスンがたずねた。

「二人とも霊界と交信できると主張していましたが、どちらも嘘だったのです」

ジャクスンが鉛筆を取りだした。「その嘘について詳しく教えてもらえますか?」

エルズワースはしばらくじっと座ったまま、ぴくりとも動かなかった。

「男は二人がおこなった降霊会で、霊だけが正しく答えられる質問をしました」ようやくエルズワースが言った。「トーラーとデルモントの答えが間違っていたので、男には二人がいんちきだとはっきりわかりました。男は激怒して、二人を罰することに決めたのです」

「犯人は二人の霊媒の降霊会に参加したのですね?」ジャクスンが初めて本物の熱意を見せた。「あなたが言っているのはそういうことですね?」

エルズワースが口ごもった。「そのようです」

会場に驚きのささやきが広がった。

キャロラインには、アダムの体が緊張でこわばったのがわかった。たった今エルズワースが示した手がかりに、アダムとジャクスンがそろって同じ反応を示した。二人を見てキャロラインは、獲物の足跡を見つけた猟師そっくりだと思った。そして、もし上流階級に入っていなかったら、アダムは腕利きの刑事になっていただろうと考えた。

「それは最近の降霊会ですか?」ジャクスンがさらにたずねた。「日にちがわかりますか?」

「残念ながらわかりません」エルズワースが突然ひどく疲れたように見えた。両手をあげてこめかみをもむ。「今日はもうこれでおしまいです、警部補さん。残念ながら、もうこれ以上の情報を提供することはできません。このように極度に神経を張りつめて力を行使すると、急激に体力を消耗するのです」

「非常に助かりました」ジャクスンが言った。「実際、非常に有益でした。あなたがおっしゃったとおりなら、ミセス・トーラーとミセス・デルモントの両方の降霊会に参加した人間をさがせばいいわけです。容疑者を絞りこむ助けとなります」

「とんでもない」アダムが小声で言った。強い集中が、始まったときと同様、急速に解けた。彼は肩の力を抜いて椅子の背にもたれた。「思ったとおり、あの男は完全にいんちきだ」

観客が思いがけない情報について口々に話し始め、会場に低いざわめきが広がった。舞台に司会者が進みでた。

「これでミスタ・エルズワースの霊能力の実演を終わります。ご静聴いただきありがとうございました」

会場から拍手が起こった。オトフォードとほかの新聞記者たちがいっせいに扉のほうへ動きだした。舞台では、エルズワースが立ちあがって観客にお辞儀をすると、ジャクスンを残して幕の中へ消えた。

このあとどうすればいいのかわからないというように、警部補がちらりとあたりを見まわした。そして立ちあがり、急いで舞台から消えた。

明かりがついた。キャロラインは、アダムが考えこんだ表情で無人の舞台を見つめていることに気づいた。

「なにを考えていらっしゃるのですか？」

「今気がついたのだが、ミスタ・エルズワースは警察に、捜査の方向をそらす興味深い手がかりを提供したな。ジャクスン警部補は、二人の被害者がおこなった降霊会に参加した男全員の名前を調べあげるために、膨大な時間をむだにすることだろう。どうにかその名前がわかったとしても、それからさらに、その男たちに動機やアリバイがあるかどうかを調べなければならない。非常に時間がかかるうえに、むだ骨に終わるに決まっている」

「ミスタ・エルズワースの霊能力は本物ではないと決めつけていらっしゃるのですね」

「炯眼《けいがん》だね、きみ。まさにそのとおりだ」アダムが立ちあがり、キャロラインに手を差し伸べて立ちあがらせた。

「でも、なぜわざわざ嘘の手がかりをでっちあげたりするのでしょう？　本当の犯人が見つかって嘘だとわかったら、かえって自分の信用が傷つくことになるのに」

アダムがキャロラインの腕を取って扉のほうへ歩きだした。「考えられる可能性は二つある。ひとつは、見こみがないと踏んでいるからだ」

「なんの見こみですか？」

「警察が殺人犯人をつかまえる見こみだ。つまるところ、警部補が犯人を見つけられなくても、それはエルズワースの責任とは言えないだろう？　霊能顧問として最善をつくしたのだから」

「なるほど。で、二つ目の可能性というのは？」

アダムの表情が固くなった。「エルズワースは殺人事件についてなにか知っていて、捜査を混乱させて見当違いの方向へ向けるために、今日の実演を利用したという可能性だ」

キャロラインは心底驚いた。「ミスタ・エルズワースが殺人事件に関わっているとおっしゃるのですか？」

「ミセス・フォーダイス。ちょっと待ってください。お話があります」

廊下を歩いていたキャロラインとアダムの後ろから、ジュリアン・エルズワースが声をかけてきた。二人はすぐに立ち止まった。エルズワースの手の届かないところまでキャロラインを引っ張ろうとするかのように、彼女の腕をつかんでいたアダムの手に反射的に力がこもった。

エルズワースが整った顔に差し迫った表情を浮かべて、大股で近づいてきた。目の周囲の化粧はほとんど落としていたが、どうやら大急ぎで落としたらしく、まだかすかに汚れと痕跡が残っていた。

二人の前で足を止めると、エルズワースがアダムに小ばかにしたような会釈をした。「ミスタ・ハーデスティですね。どうしてそうなったのかわかりませんが、前回お会いしたときには、お名前を聞き違えてしまったようです。たしかミスタ・グローヴと名乗られたと思ったのですが」

「気になさる必要はありませんよ、エルズワース」アダムがそっけなく言った。「よくある間違いです。別に気を悪くしてはいませんから」

エルズワースがばかにしたような笑いを浮かべた。「それを聞いてほっとしました。そもそも間違いが起こったのには、そちらにそれなりの理由があったのだと思いますがね」そしてキャロラインのほうを向いた。「今日はわたしの実演を見にきてくださって光栄です」

「とてもすばらしいものでしたわ」キャロラインは言った。

「ありがとうございます」エルズワースが言った。そして声を落とした。「おいでになっていることは、先ほどトランス状態のときにわかりました。暗い会場にいらっしゃるのを感じて、気をつけたほうがいいと注意しておかなければと思ったのです」

「注意するとは、なにをですか？」アダムがたずねた。

エルズワースは無視してつづけた。「ミセス・フォーダイス、トランス状態であなたを見たとき、あなたの身が非常に危険だとわかったのです」

「え？」キャロラインはつぶやくように言った。

アダムが半歩前に出た。キャロラインは彼から威嚇するような空気が放射されているのを感じた。

「エルズワース、なにか言いたいことがあるのなら、はっきり言ってください」アダムが言った。

エルズワースが口を引き結んだ。「残念ながら、わたしにもそれ以上詳しいことはわかりません。言えるのは、トランス状態にいたとき、ミセス・フォーダイスの上に大きな危険がおおいかぶさろうとしているのが感じられたということだけです」そして、いかにも心配そうにキャロラインを見た。「あなたのために、どういう危険かをもっとはっきり特定できるといいのですが」

「漠然としていたほうが、なにかと便利ですからな」アダムが穏やかすぎる口調で言った。

「そうすれば、あなたがいんちきだとは思われにくいでしょうし」

エルズワースはアダムにはまったく注意を払わず、じっとキャロラインを見つめて言った。「わたしにできるのは、充分に気をつけてくださいと注意することだけです、ミセス・フォーダイス。以前からよく知っている人以外は、だれも信用なさってはいけません」

そして、これみよがしに横目でアダムのほうを見てから、踵《きびす》を返すと、足早に廊下を歩き去った。

アダムがその後ろ姿をにらみつけた。「くそったれ。要するに、わたしを遠ざけろと警告しているのだ」

「そうでしょうか、以前からよく知っている人以外の人というだけでは、大勢いますわ」キャロラインは扇子で軽くてのひらをたたいた。「いったいどういうわけであんなことを言ったのでしょうね？」

「注意をそらすためだ」

キャロラインはアダムのそっけない言いかたが気になった。「本気でエルズワースが犯人かもしれないと思っていらっしゃるのですか？」

「ああ、可能性は大いにあると思う」

「でも、ミセス・トーラーとミセス・デルモントを殺すどんな動機があったと？」

「この事件には金がからんでいる。どんな犯罪であれ、金はほぼ普遍的な動機となる」

キャロラインはそれについてちょっと考えた。「でも、どう見ても、謎のミスタ・ジョーンズの特徴には合致しませんわ。ミスタ・エルズワースは足が不自由でもなければ、ひげぼうぼうでもありませんし、眼鏡もかけていません」

「その特徴はどれも、うまい俳優が好んで使うものだが、エルズワースがすばらしい演技の才能を持っていることは明らかだ」

28

「こんにちは、ミスタ・スプラゲット」キャロラインは葉巻の煙の強烈なにおいを気にすまいとしながら、アダムの先に立って事務所へ入っていった。「こちらは、親しいお友達のミスタ・ハーデスティです」

「ミセス・フォーダイス」スプラゲットがあわてて葉巻をもみ消して立ちあがった。「驚きましたな」アダムに会釈して、かぶっているまびさしの下からすかすようにじっと見た。

「ミスタ・ハーデスティ。あの、思いがけない喜びです」

「スプラゲット」アダムは板ガラスのはまった事務所の戸を音高くしめ、その戸にもたれて腕組みをした。「新聞発行人の事務所をおとずれるのは初めてでしてね。では、ここが、『フライング・インテリジェンサー』の扇情的な記事が生みだされる場所なのですな」

スプラゲットが眼鏡ごしにアダムをにらみつけた。頭がはげかかった屈強な中年で、テリアのようにせかせかした精力的な男だった。手にはいつもインクのしみがついていた。汚れたコーヒー茶碗や食べかけのペストリー、サンドイッチなどが、そこらじゅうに散らかっている。

「われわれは、新聞で大衆に事実を知らせるという責務を、真摯に追及しているんです」スプラゲットがきっぱり言った。

「ほう、そうですか」アダムの口が冷笑するようにゆがんだ。「殺された霊媒に関する今朝の記事は、実に暴露的なものでしたな」

「ことに、ミスタ・ハーデスティの名前が刻まれた懐中時計が、第二の犯罪現場で見つかったことを書いた部分はね」キャロラインは言った。

「事実は事実です」

「おやまあ」キャロラインは持ってきた新聞を勢いよく広げると、声に出して読んだ。「〝著名な作家が、犯行時刻には人目を忍ぶ場所にミスタ・ハーデスティと二人きりでいたと主張した。記者の見るところ、この二人を包むロマンティックな親密さから、二人がどのような仲か疑問の余地はないと思えた。ミセス・フォーダイスの場合、どうやら小説と現実が緊密にからみあっているようだ〟」

「ミセス・フォーダイス、残念ながら、もっか、あなたとミスタ・ハーデスティは世間の話題になっているんですよ」スプラゲットがもっともらしい表情で言った。「そして、われわれが『フライング・インテリジェンサー』を発行しているのは、話題を載せるためなんです」

「わたくしの小説も載せていらっしゃいますわ」キャロラインは新聞を机の上に放りだした。「少なくとも、今の契約が終了するまではね。そのあとは、別の出版業者をさがすことになるかもしれません」

スプラゲットの声が狼狽で高くなった。「おっと、ミセス・フォーダイス、オトフォードが書いた記事を個人にあてつけたものと考えてはいけませんよ」

「個人にあてつけたものと考えていますとも」キャロラインは椅子の上に置いてあった新聞の束をどけて、これみよがしにスカートを整えながら腰をおろした。「次回、新しい小説の契約に署名するときには、こちらの新聞で大きな醜聞として取りあげられたことを思い出すつもりです、ミスタ・スプラゲット」

「なんですと？　またティロットスンズ小説編集所から、出版の申し出があったんですか？　くそいまいましい成りあがりの出版屋め。言っておきますが、連中があなたをうちの新聞から横取りしようとしたら、訴えるつもりです」

「おそらく、ティロットスンズはわたくしの評判にそれなりの敬意を払ってくださることでしょう」

スプラゲットが怒りだした。「ロンドンじゅうの新聞が、あなたがミスタ・ハーデスティと殺人事件とに関わっているという記事を載せているときに、あたしにどうしろとおっしゃるんですか？　あなたがお書きになっている『謎の紳士』を載せているのに、知らん顔をするわけにはいかないでしょう」

「知らない顔をすることはできなかったかもしれませんけれど、いかにも読者の興味をかきたてるような、派手な表現を避けることはできたはずです。親密な愛の巣とか、わたくしがミスタ・ハーデスティと連れ立って殺人のあった家から出ていくとき、頬をほのかに染めていたというような表現をね」

「ねえ、ミセス・フォーダイス――」

「新聞を売るためにわたくしを利用したのですから、せめて、ささやかな埋めあわせをしてくださってもいいでしょう」

スプラゲットが顔をしかめた。「小説の稿料を上乗せして払えとおっしゃっているんなら、稿料は契約で決まっていることを思い出してください、奥さん」

「落ちついてください」キャロラインは手袋のゆがみをなおした。「稿料の上乗せをお願いしているのではありません。わたくしたちが欲しいのは、あなたの専門家としての知識と協力です」

スプラゲットの顔に警戒するような表情が浮かんだ。「というと?」

キャロラインは印刷所の標章を描いた紙切れをドレスのポケットから取りだした。「ある株券に、グリュプスとBの字を組みあわせたこの小さな印がついていました。ミスタ・ハーデスティとわたくしは、この印刷業者がだれかおわかりになるかどうかを知りたいのです」

「はあ?」スプラゲットの顔に浮かんでいた警戒が好奇の表情に変わった。そして紙切れを受け取ると、しばらく目を凝らしてから、顔をしかめた。「株券についていたんですね?」

「ええ。見おぼえがありますか？」

「この標章は、長いあいだバッシングソープが使っていたものです。昔はすばらしい仕事をしていましたが、いつも妙なうわさがつきまとっていました」

「バッシングソープか」アダムがかすかに眉を寄せて言った。「引退したと思っていたが」

「あたしもそう思っていました」スプラゲットがもう一度紙切れに目をやった。「しかし、彼の標章にほぼ間違いありません」

「そのうわさというのは？」キャロラインはたずねた。

スプラゲットが肩をすくめた。「医学校に在籍したことや法学の学位を証明するよくできた証明書が必要なら、実際にその大学に在籍したことがあろうとなかろうと、バッシングソープのところへいけば、いかにもそれらしい証明書が買えるというものです」

「なるほど」キャロラインは立ちあがった。「ありがとう、ミスタ・スプラゲット」

「待ってください」スプラゲットがまたあわてて立ちあがった。「いったいどういうことなんですか？　バッシングソープが殺人事件になにか関わっているんですか？」

「わからない」アダムがキャロラインのために戸をあけながら言った。「しかし、わたしがきみなら、彼のところへ記者をいかせたりはしないだろうな」

「なぜですか？」

「バッシングソープが方針を変えていないかぎり、そして変えているとは思えないが、あの男からはなんの情報も得られないからだ。わたしが聞いたところでは、口が堅いからこそ、彼はあの評判を勝ちえたのだ」

スプラゲットにそれ以上質問されないうちに、アダムはキャロラインをうながして部屋から出て戸をしめた。

廊下で、キャロラインは興味しんしんでアダムの顔を見た。「ミスタ・バッシングソープの評判とは、いったいどのようなものなのですか？」

「うわさによると、バッシングソープはときたま医師免許を偽造していただけでなく、本物と区別がつかないほど精巧な偽札を作ることができたということだ」

「そうだとすれば、非常に用心深い人間だというのも納得できます」キャロラインはちょっと口ごもった。「でも、バッシングソープが顧客のことをぺらぺらしゃべる人間ではないとすると、どうやって話を聞きだすつもりですか？」

「むかし裏の世界で秘密を売って暮らしていたとき、バッシングソープはまだ現役で仕事をしていた。そのころ二、三度、彼の頼みを聞いてやったことがある。うまくすればそれを思い出してくれるだろう」

「すぐに会いにいかなくては」

アダムがかぶりを振った。「いきなりバッシングソープの家へいってもだめだ。きちんと手順を踏む必要がある。わたしから伝言を送る。運がよければ、向こうから会う場所と時間を知らせてくるはずだ」

29

その客間の内装はいつもアダムを楽しませてくれた。思わず目を疑いたくなるほど、これでもかとごてごて飾り立てられている。手がけた室内装飾家は、劇的な効果を重んじるあまり、抑制の上品さということをまったく顧みなかったようだ。中心となっている色は赤で、どっしりした長椅子と椅子は深紅の絹地張り、窓には、床まで届く朱色のビロード地のカーテンが垂れており、絨毯は緋色と金色で柄が織りだされていた。

イギリス全土の多くの家庭と同様、大型の凝った額におさめられた喪服姿のヴィクトリア女王の写真が、暖炉の上の特等席に掛けられている。しかし、それ以外の四方の壁にひしめくように掛かっている絵の主題は、それとはまったく異なるものだった。どの絵にも、輝く甲冑に身を固めた豪胆な騎士が、薄物をまとっただけの美女を救出している場面が描かれていた。

フローレンス・ストットリーは騎士道の主題が大好きなのだ。

フローレンスは六十を間近にひかえた、半白の髪の丸々と太った陽気な婦人だった。明るく温かい目とえくぼのある顔、その魅力的な変人ぶりを見ると、だれかの最愛の祖母か子煩悩な大伯母と間違われそうだった。ロンドンでも指折りの高級売春宿の経営者として財をなしたと聞かされても、信じる者はほとんどいないだろう。

表向きはもう引退していたが、まださまざまな方法で企業家の才能を発揮して稼いでいる。長年、世間の多くの人間がフローレンス・ストットリーを過小評価していた。アダムはあらためてそう思った。しかし、アダムは貧民街でその日暮らしをしていたころからフローレンスを知っており、心底から彼女を尊敬していた。

ある意味では仕事仲間と言えたが、二人が関心を抱いている対象は少し異なっていた。アダムはこのごろはもっぱら社交界のできごとに関心を持っているが、フローレンスは今でもまだ、ロンドンの裏の世界の汚い営みに関心を向けていた。

どちらかがもうひとりの力を借りるのは珍しいことではなかった。つまるところ、上流階級の金と権力を持つ人びとの営みは、ロンドンの非合法的な領域に住む人びととの仕事上の営みと、多くの人たちが知りたくないほどひんぱんに交差しているのだ。

「また会えてうれしいわ、アダム」フローレンスがみごとな龍をかたどった高価な銀のポットから紅茶を注いだ。「最後に会ってからもうずいぶんになるけれど、ジュリアたちはみんな元気なんでしょうね？」

「おかげで、三人とも元気で幸せに暮らしています」アダムは大型の肘掛け椅子に落ちついて、脚を投げだした。「今ジュリアは、今回もまた人びとの記憶に残るような舞踏会にしようと、準備におおわらわです」

「あの子のことだから、今年もきっと斬新な趣向を凝らした、目をみはるような舞踏会になることでしょうね」フローレンスが楽しそうな笑い声をあげて、アダムに紅茶茶碗を手渡した。「キャメロットを主題にした去年の春の舞踏会の大成功は、そのあと何週間も話題になっていたもの」

「あの主題を思いついたのはあなたのおかげでした」アダムは紅茶茶碗に描かれた円卓の場面の繊細な絵柄を眺めた。「新しい器《うつわ》ですね」

「ええ。とても気に入っているのよ」フローレンスがスカートを整えて、期待するような表情を浮かべた。「さてと、知ってのとおり、きてもらうのはいつでも大歓迎よ、アダム。霊媒の家政婦が行方不明になっているから、居場所を見つけるのを手伝ってほしいという手紙を受け取って、今調べているところだけれど、これまでのところはまだ見つかっていないのよ」

「ベス・ホエイリーを見つけられる人間がいるとしたら、あなたをおいてほかにはいないでしょう、フローレンス。全面的に信頼しています。しかし、今夜うかがったのは別の用件です。今回は、手紙ではなく直接お話ししたほうがいいと思ったので」

フローレンスがうなずいた。「わかったわ。で、その用件というのはなんなの?」

「偽札作りのバッシングソープ老人への伝言をお願いしたいのです。あの男はかつてあなたの顧客でしたね。今でもまだ連絡を取りあっているのですか？」

フローレンスがにっこりした。「もちろんよ。以前のお客であると同時に、お友達ですもの。あんたが話したいと言っていることを伝えるわ」

「ありがとうございます」

「それだけ？」

「今のところは」アダムは言った。

フローレンスが紅茶のおかわりを注いだ。「例の霊媒が殺された事件だけれど、ひどく奇妙ね。二人とも、自分たちがうっかり解き放った霊界の邪悪な力に殺されたといううわさが流れているわ」

「二人を殺したのは、間違いなくこの世の人間です」

「あんたがなぜこの事件に関心を持っているのか、たずねてもいいかしら？」

「モード・ギャトリーをおぼえていらっしゃいますか？」

「ええ。ほんとにかわいそうな人だったわね」フローレンスがかぶりを振った。「気の毒に、どうしても中毒から抜けだせなかった。あんたがどれだけ親身になって救おうとしたかは知っているわ、アダム。大枚のお金をかけてあれこれ矯正治療を受けさせたのに、どれもみな効果がなかった」

「いつも、モードの意志より阿片のほうが強かったのです。彼女は日誌をつけていて、それがエリザベス・デルモントの手に渡ったらしいのです。デルモントはそれをねたにわたしをゆすろうとしました。しかし、日記は彼女が殺された夜、消えてしまいました。そして今度は、アイリーン・トーラーが同じように殺された」

「ああ。それで納得がいったわ。モードはあんたとジュリア、ジェシカ、ネイサンの出自を知っていたんでしょう？」

アダムはうなずいた。「ミセス・トーラーとミセス・デルモントはいんちき投資話を仕組んでいて、それに、脚の不自由な男がからんでいたらしいのです。見た人物の話によると、男はひげぼうぼうで、金縁の眼鏡をかけているとか」

「変装だと考えているのね？」

「どれも目立ちすぎますし、人の記憶にも残りやすい特徴です」

「同感よ」フローレンスが顔をしかめた。「でも、その男が日記を持っているんだとすると、まだあんたに接触してゆすろうとしていないのは、なぜかしらね」

「時節を待っているのでしょう」

「無理もないわ」フローレンスがあっさりと言った。「あんたのことを少しでも知っていれば、慎重の上にも慎重を期さなければならないことがわかるでしょうからね。ひとつでも間違えてへまをすれば、あんたにしっぽをつかまれて一巻の終わりだもの」

アダムはフローレンスをじっと見た。「かならずやつを見つけます。あとは時間の問題です」

「わかっているわ。アダム、あたしはあんたを子供のころから知っているのよ。けっしてあきらめない人だもの。でも、重々注意をおこたらないようにね。この事件ではもう二人の人間が殺されているのだから」

「心配してくださってありがとうございます」アダムはふと、フローレンスにはあらゆる社会階層に広い知りあいがいることを思い出した。「このところ、心霊研究の世界に首を突っこんでいましてね。ウィンターセットハウスに出入りしている人びとについて、なにか役に立ちそうなことをご存じですか？」

「大してないわね。心霊研究者というのは概して、思い違いがはなはだしいものの、比較的無害な人たちだと思うわ」フローレンスはそこで言葉を切って、ちょっと考えているようだった。「心霊調査協会の会長のミスタ・リードは、奥さんを亡くしてからずっと、亡くなった奥さんの霊と交信することを夢見ているという話よ」

「奥さんはどうして亡くなったのですか？」

「ずいぶん前に殺されたのよ。しばらく新聞が大騒ぎしていたけれど、細かいことは忘れたわ。ミセス・リードの遺体は自宅近くの公園で発見されたんだったと思うわ。たしか、結婚式の翌日かその次の日に、散歩に出かけて襲われたんじゃなかったかしら。新聞によると、乱暴されて首を絞められていたということだったわ」

「犯人はつかまったのですか？」

「いいえ」フローレンスが紅茶をひと口飲んで茶碗を置いた。「おそらく、ダーワード・リードがなんとしても奥さんと交信したいと考えているのは、そのせいもあるんでしょうね。きっと、殺した犯人の名前をたずねたいんでしょう。そうすれば法の裁きを受けさせることができるから」

「わたしなら、もっと直接的な方法で犯人をさがすことにしたでしょうね」アダムは言った。

「ええ、そうでしょうとも。でも、だれもがあんたのように広い人脈を持っているわけではないし、あんたみたいに平気で力に訴えようと考える人となると、ほとんどいないと言ってもいいわ」

アダムはそれを聞き流した。「リードはなぜ奥さんと交信できると考えているのでしょう」

フローレンスがひょいと眉をあげた。「あの世にいる奥さんと交信できると確信しているのは、たぶん、奥さんが生前、霊能を持っていると言っていたからでしょうね。この世と交信できる霊がいるとしたら、生前そういう能力を持っていた者こそそれだろう、ミスタ・リードはきっとそう考えているのよ」

「ミセス・リードは霊媒だったのですか?」

「ええ、そうよ。十年ほど前になるけれど、結婚する前はとても売れっ子だったわ。そして、超がつくくらい上流の人たちのために、降霊会をひらいていたのよ」

「上流社会に出入りしていたのですか?」

フローレンスがうなずいた。「海運で財を成した名家の最後のひとりでね。うちの顧客にも、あの人の降霊会に参加したという人が大勢いたわ」

「ありがとうございました、フローレンス。またまた恩に着ます」

フローレンスが意味ありげな表情を浮かべたので、アダムにはなにか交換条件を出してくるつもりだろうとわかった。

「借りは、あんたの世界の情報で簡単に返してもらえるわ」彼女が言った。

「わたしの知っていることなら、喜んで質問に答えましょう」

「マーベリー通りの小さな店のことをおぼえている？　責めや縛りのサドマゾ遊びが好きな紳士の要求に応じている店よ」

「ええ。ミセス・ソーンはあそこを売ったと聞きましたが」

「そのとおりよ。店を引き継いだのは、ミセス・ラッシュ《鞭打つ》という、いかにもぴったりの名前の婦人なんだけれど、その人がとても意欲的な人でね。商売を拡大して、今より数段立派な新しい場所に移りたいと考えているの。そして、そのために必要な資金を集めるすばらしい計画を思いついた。常連のお客さんの中から何人かを選んで、出資者組合を組織しようという計画よ」

「へえ？」アダムは話に釣りこまれた。「それはたしかに独創的だ。で、その出資者は上流階級の紳士たちなのですね？」

「ええ。それであたしに、出資者の財政状態を調べてもらえないかと頼んできたの。あの人のように、紳士たちと事業をしようと考えている婦人は、どれほど細心の注意を払っても払いすぎるということはないから」

「しかり」アダムはうなずいた。

「今その名簿を見せるわ」フローレンスが立ちあがり、近くの卓のところへいって引出しをあけた。「この中の二人はあたしの知っている名前だったんだけれど、残りの三人は知らない人なの。あんたなら、その三人についてなにか知っているだろうと思って」

アダムは立ちあがってフローレンスから名簿を受け取り、長年の習慣でその名前を記憶に刻みこんだ。こういう情報はかならず役に立つ。

「アイヴィブリッジとミルボーンが鞭打ちが趣味とは知らなかったな」上の空でつぶやく。

「そこに名前が書いてある全員がそうよ。そもそも、そうだからこそ、あのお店の顧客になるのだもの。その男たちについて、あんたが知っている情報を聞かせてもらうのが楽しみだわ」

アダムは肩をすくめた。「どいつもこいつも、よくある、鼻持ちならないほど道徳家ぶった偽善者どもですね。いかにも上等な人間で、まさに品行方正の鑑《かがみ》のようなふりをしながら、陰では毎日のように、小間使を手ごめにしたり売春宿に通ったりしている」そこでひと息入れた。「しかし、今お知りになりたいのは、彼らの財政状態でしたね？」

「ええ。ミセス・ラッシュの立場では、その点に関して、この人たちの中に信頼できない人物がいても、それを知る手立てがほとんどないのよ」

名簿にある男たちの財政状態について知っていることを、アダムは簡潔に要約して話した。

「ありがとう」フローレンスが名簿を引出しにもどした。「出資者はだれも破産に瀕してはいないようだと、ミセス・ラッシュに伝えるわ」

「危険はそれだけではないと念を押しておいてください。そいつらはみな信用できない人間ばかりです」

「人柄に関しては、あの人もよく知っているはずよ」

「そちらの用がそれだけなら、そろそろ失礼させてもらいます」アダムはフローレンスの手を取ってお辞儀をした。「おやすみなさい、フローレンス。いつもながら、とても楽しいひとときでした」

「本当に立派になったこと」フローレンスがつぶやいた。その目に、昔を思い出しているような遠い表情が浮かんだ。「まったく、上等な服に身を包んだ礼儀正しい今のあんたを見ていると、うちの裏口へやってきては、モードが客から聞きだした秘密やうわさを売っていた、あのみすぼらしい男の子だったなんて、とても信じられないわね。でも、あたしには最初からわかっていたわ。いつか成功するだろうとね」

アダムはにやりとした。「そうですか?」

「ええ。あたしが疑問に思っていたのはただひとつ、財をなす方法が合法的なものか、それとも非合法的なものかという点だけだったわ」

「これまでに学んだ多くの教訓のひとつは、その二つの方法のあいだには、多くの場合、ほとんど区別がないということですよ」

「ばかばかしい。あんたがいくら世間に冷たい非情な顔を見せていても、あたしは昔からあんたを知っているのよ、アダム・ハーデスティ。弟や妹たちを救ったことも知っているわ。貧民街に子供たちのための救貧院を作ろうとしていることもね。その赤さびたよろいの下に、円卓の騎士にも負けない自尊心と高潔な志が宿っていることは、よくわかっているわ」

アダムは含み笑いをもらして、手近な絵を眺めた。そこに描かれているのは、精巧な細工の甲冑姿の騎士が、ほとんどなにも身にまとっていないに等しいニンフたちの注目を一身に浴びている光景だった。「では、大勢の裸の美しい婦人たちに襲われることがめったにないのは、なぜでしょうね？」

「それはなにより、あんたの悪名高いルールとやらのせいよ。あんたときたら、醜聞を避けることしか頭にないじゃないの」

アダムは別の絵を眺めた。金色の甲冑をつけた騎士の腕に裸の美女が抱かれている絵だ。キャロラインと味わった熱く甘美な感情がよみがえり、血が熱くなった。

「このところ、自分のルールをいくつも破っているような気がします」アダムは言った。

「たしかに、新聞で派手に書きたてられているわね」フローレンスが声をあげて笑った。

「それで思い出したけれど、ミセス・フォーダイスとの関係は真剣なものなの、それとも、単なる奔放な激しい情事？　あたしとしては、その両方であってほしいけれど」

「彼女の小説を読んでいますか？」

「ええ、もちろん。ミセス・フォーダイスの小説は大好きよ」

「やむをえません、不面目な真実をお話ししましょう。どうやら、わたしはミセス・フォーダイスの小説に霊感を与えたようでしてね。彼女から聞いたところでは、新作のエドマンド・ドレイクという登場人物のモデルはわたしだそうです」

「まあ、すてきだこと。フォーダイスの悪役を待ちうけているいつもの運命を、あんたがうまく逃れるかどうかを見るのが楽しみだわ」

30

アダムはフローレンス・ストットリーの瀟洒《しょうしゃ》なタウンハウスの広い大理石の階段をおりていった。ゆく手に夜と霧の壁が立ちはだかった。通りに建ち並ぶタウンハウスの玄関にはそれぞれガス灯がともっていたが、そのほとんどは街路を照らす役には立たず、霧の中にぼうっと浮かぶ光の玉にすぎなかった。

出かける前に、街に濃い霧が出てきたことには気づいていた。霧で馬車がのろのろとしか走れないことを見越し、フローレンスの家まで歩いてきたのだ。

アダムは階段をおりると、元きた方向へ歩きだした。頭の中にあるロンドンの地図の、網目のような秘密の人道や小道、路地を伝って帰るつもりだった。

ときおり、速度を抑えて用心しつつ進む、影のような四輪馬車や二輪の辻馬車が、がらがらと通りすぎていった。

濃い霧の中を、人影が亡霊のように行きかっている。その姿が一瞬ガス灯の明かりに黒く浮かびあがっては、足音だけを残してまたすぐに消えた。

静かな一画にある小さな公園を横切っていたとき、アダムはふと、そこからコーリー通りまでは目と鼻の距離だと気づいた。まだ十時前だ。今日の午後キャロラインは、今夜は執筆をするつもりだと言っていた。おそらく、フローレンス・ストットリーを訪問した顛末を聞きたがるだろう。

キャロラインを訪問する口実としては見えすいている。いや、口実など必要ないではないか。二人はもう親密な関係になったのだから、ふらりと立ち寄っても許されるはずだ。

いずれにせよ、キャロラインの小さな家の前を通ってみるのも悪くない。窓に明かりが見えたらノックしよう。見えなければ、そのまま素通りすればいい。

アダムは横に連なったタウンハウスのあいだの小道を足音を忍ばせて抜け、また別の公園を通り抜けて、狭い通りに入った。

少しいったところで、曲がりくねった細い道に入る。道の両側に建つ石造りの黒っぽい建物は、中世に建てられたものだ。この道は、十代のころ、情報を売るために街のこのあたりへきたときによく使っていた。

突然うなじに、電流のようななじみのある感覚が走った。つづいて耳が、背後の石畳を靴底の革がこする音をとらえた。

あっと驚くできごとのうちでも、これはとりわけ興味深いものだ。

尾行されているのに気づいたことを、足取りにもそぶりにも出さないように気をつけて、アダムはそのまま歩きつづけた。

この通りに面した玄関の多くは、扉が通りから少し奥まった造りになっていた。その暗がりが格好の隠れ場所になる。アダムは適当にそのひとつを選び、中世の石が作っている暗いくぼみに音もなく滑りこんだ。

まもなく足音が止まった。獲物が消えたことに気づいたのだ。アダムはじっと息を殺して待った。尾行者があきらめないようにと念じる。尾行しているのが何者にせよ、いくつか聞きだしたいことがあった。

数秒ほどして、また足音が聞こえた。今度は急ぎ足だ。

アダムは細い通りに目を凝らした。通りの端にひとつだけあるガス灯の明かりでは、かろうじて動く人影が見える程度だったが、今はそれで充分だ。

暗い道に黒い人影が落ち、尾行者の姿が現れた。

アダムは隠れていた場所から飛びだした。勢いよく男に体当たりしたので、二人は重なるように石畳に倒れたが、男が下になって、倒れたときの衝撃をほとんど引き受けてくれた。

金属製のものが石畳に落ちる音がした。

男の恐怖と怒りのしゃがれた叫び声がふいに途切れ、地面にたたきつけられた衝撃で肺から押しだされた息を吸いこもうとする、苦しげな音が聞こえた。

「動くな」アダムは命令した。

そして横に一回転して立ちあがると、一歩さがり、片足で石畳をさぐった。なにかが足に当たった。彼はかがんで短刀を拾いあげた。

「武器を持っていたのだな」彼は言った。「ということは、近くの酒場で一杯やろうとさそうつもりで追ってきたわけではなさそうだ」

　男がごくりと喉を鳴らすような音が聞こえた。「伝言だ。伝言を伝えようとしただけだ。あんなふうに飛びかかることはないだろうが、このくそったれ」

「どんな伝言だ。そして、それを頼んだやつは――」

　アダムははっと言葉を切った。またうなじの毛が逆立ったのだ。暗がりから別の足音が突進してきた。

　アダムは振り向いて横によけたが、鉄製の手すりにぶつかった。次の瞬間、二人目の悪党が重い長靴《ブーツ》をはいた足で蹴りを入れてきた。アダムはとっさに体をひねり、衝撃を少しでも軽くしようとした。

　ある程度は成功した。長靴は肋骨に当たったものの、直撃は避けることができた。それでも、バランスを失って石畳に倒れた。

「これが伝言だ」二人目の男が低い声で言った。そしてすばやく駆け寄り、肋骨を踏みつけようと脚をあげた。

　アダムはその脚をつかみ、渾身の力でぐいと引いた。

「ちくしょう」男が片足でバランスを取りながら、つかまれた脚をふりほどこうとしたが果たせず、どさりと石畳の道に倒れた。

最初の男が立ちあがった。アダムは背後からその男が迫ってくる足音を聞き、短刀を握りしめて振り向いた。

男が二、三歩手前で立ちすくんだ。

取りあげた短刀を左手で握ったまま、アダムは外套の懐に手を入れた。

二人目の男がよろよろと立ちあがった。

「なにをぐずぐずしてるんだ、ジョージー?」情けない声で言う。「刺しちまえ。おれたちをこんな目にあわせやがったんだ。かまうもんか」

「短刀を取られちまったんだ、バート」

「そのとおりだ」アダムは言った。「だが、使うのなら自分のもののほうがいい」上着の内側に忍ばせた革の鞘に入った短刀を、男たちに聞こえるように、シュッと音を立てて抜く。

「このほうが使い慣れているからな」

その返事は短い沈黙だった。

「なあ、おい、おれたちは刃傷《にんじよう》沙汰を起こすつもりなんかない」ジョージーがじりじりとあとずさった。

「そのとおりだ」バートがあわてて請けあった。「ちっとばかり誤解があったようだ。おれたちは伝言を伝えるために雇われただけだ」

「それなら、なぜ襲いかかったりしたのだ?」アダムはたずねた。

「おれたちに伝言を届けるように頼んだ男が、ちょいと痛めつけたら身を入れて聞くだろうと言ったんだよ」

「その男だが、ひょっとして、ひげぼうぼうで脚が不自由だったか？」

また短い沈黙があった。

「なんで知ってるんだ？」バートがひどく不安げな声でたずねた。

「気にするな。さあ、これだけ手間をかけたのだから、伝言を伝えたらどうだ？」

ジョージーが咳払いをした。「投資の件をほじくり返すのはやめろ。お前には関係のないことだ」まるで学校の授業で朗誦しているような口調だった。「他人のことをつつきまわるのをやめないと、日記を新聞社に渡すぞ」

「ありがとう」アダムは言った。「やはり思ったとおりだ。日記は殺人犯が持っているのだな」

「殺人犯ってなんのことだ？」ジョージーがうわずった声でたずねた。「いったいなにを言ってるんだ？」

「伝言を伝えるためにお前たち二人をよこした男は、つい最近、少なくとも一人、ひょっとしたら二人の人間を殺したのだ」

「あんた、どうかしてるぜ」バートがうなるように言った。「おれたちを雇った男は人殺しなんかじゃねえ。実務家だった」

「わたしもそうだ」アダムは言った。

そして突きつけていた短刀をわずかにあげた。その刃がぼんやりした明かりを受けてぎらりと光った。

バートとジョージーはくるりと背を向けて走り去った。

31

「エドマンド」リディアは小声で懸命に言った。「こんなことをなさってはいけません。激しい怒りがおさまって本当のことがわかったら、後悔なさるのは目に見えています。誓って申しますが、わたくしのことを誤解なさっているのです」

エドマンドは返事のかわりにしゃにむに接吻して、猛り立った海賊があわれな捕虜を屈服させようとするがごとき激しさで、リディアの分別を奪った。

屈強な体に組み敷かれて、リディアのスカートは青い絹の海さながらに波打っていた。彼女はエドマンドの荒々しい断固とした表情を見あげた。そのとたん、自分には彼を止めるのは不可能だと悟った。噴怒と絶望に駆られたエドマンドは、リディアのささやかな抵抗に気づいてもいないようだった。

正気にもどったら、自分のしでかしたことに仰天するだろう。けれど、そのときはもう取り返しがつかない。

なんとかして、自分だけでなくエドマンドも救おうと、リディアはきゃしゃな手でたくましい肩を懸命に押しあげ、性急に襲いかかってくる彼を止めようとしたが、かなわなかった。

キャロラインはちょっと考えて、ペンを置いた。どうもしっくりこない。非常にわくわくする場面なのに、エドマンド・ドレイクが自制心をなくしているように見える。どう考えてもエドマンドらしくない。

書きなおそうとペンを握ったとき、玄関のノッカーがかすかに鳴る音が聞こえた。エマとミリーが早めに帰ってきたようだ。今夜の芝居が期待していたほどおもしろくなかったのだろう。休憩時間になったのを潮に帰ってきたに違いない。

ミセス・プラマーはジンと阿片チンキを混ぜたいつもの寝酒を飲んで、二階で床についている。それを飲めば、間違いなく朝までぐっすり眠れるのだ。

じっと耳を澄ましたが、鍵穴に鍵をさしこむ音が聞こえないので、キャロラインは立ちあがった。おそらく、伯母たちは鍵を持って出なかったのだろう。

絨毯を横切って廊下に出ると、玄関の間までいった。そこでちょっと立ち止まり、玄関扉にはめこまれた四角い小さな面取りガラスごしにのぞく。衝撃が体を貫いた。アダムの姿が見えたのだ。ぐったりと脇柱にもたれかかっているようだ。

キャロラインはあわてて錠をあけて扉を引きあけた。「こんな時間にどうなさったのですか？」

「話せば長い話だ」アダムが片手を脇柱に突いて、まだ興奮のさめやらぬこわばった表情で彼女を見た。

キャロラインは急に、自分が化粧着に室内ばきというくつろいだ姿だということを、痛いほど意識した。

「なにかあったのですね」彼女はアダムの硬い表情をのぞきこんで言った。「なにがあったのですか？」

「入ってもいいかな？」

「ええ、もちろんです」彼が玄関に入れるよう、キャロラインは一歩さがった。

アダムが力をふりしぼるようにして脇柱から離れた。キャロラインは彼が歩く姿を見て、いつものしなやかさがないのに気づいた。

「大丈夫ですか？」右目の下が内出血して色が変わりはじめているのを見て、彼が返事をする前に自分で答えた。「いいえ、大丈夫でないのはわかります。おけがをしていらっしゃるのですね」

「伯母さんのシェリー酒を一杯もらいたい」アダムがうなずいて、玄関の小卓に帽子を放り投げた。「いや、二杯にしてくれ」

そして外套を脱ごうとして顔をしかめた。

「お手伝いします」キャロラインは後ろにまわって外套を脱がせた。「なにがあったのか話してください」

「まずシェリー酒をもらえないか？」キャロラインは先に立って書斎へ引き返し、アダムを読書用の椅子に座らせると、シェリー酒をたっぷり注いだ。

アダムがうれしそうにごくりと飲み、ため息ともうめき声ともつかない音をもらしてグラスをおろした。

「今夜はつくづく、もう以前ほど若くないと感じたよ。みんなが結婚しろとうるさく言うのも無理はない」

「心配がつのるばかりですわ、アダム。お願いですから、なにがあったのか話してください」

アダムが椅子の背に頭をもたせかけて目をとじた。「さっき、ならず者らしき紳士二人が、わたしあての伝言を伝えにきた。いんちき投資と、おそらくは殺人事件もだろうが、その調査をやめなければ、日記を扇情的な新聞のひとつに渡すという伝言だった」

キャロラインはぞっとした。かがみこんで目の下のあざにそっと触れる。「殺されていたかもしれないのですね」

アダムが目をあけた。そこに捕食者の非情な光を見て、キャロラインは思わず身震いした。

「あいにく、そうはならなかった」

なにを考えているのかわからない、このようなアダムを見るのは初めてだった。今夜なにが起こったにせよ、ひどく強烈で危険なことだったのだろう。

「外套を脱ぐとき、脇腹をかばっていらっしゃいましたね」キャロラインはフローレンス・ナイチンゲールのような冷静沈着な口調を心がけて言った。「どこか骨が折れているとお思いですか？」

「いや」アダムが慎重に脇腹に触ってみてから、先ほどより確信のある表情で首を横に振った。「どこも折れてはいない。打ち身だけだ」

「ここで待っていてください」キャロラインは急いで扉のほうへ歩いた。「エマ伯母の打ち身用の膏薬ときれいな布を取ってきます」

アダムが顔をしかめた。「その必要はない――」

キャロラインは耳を貸さず、必要なものを取りに台所へいった。

しばらくして布と膏薬を持って書斎にもどってみると、アダムはもう読書用の椅子には座っておらず、机の向こうに立って、キャロラインが先ほど書いた場面を読んでいた。自分でシェリー酒のおかわりを注いだようだ。

「これはいったいどういうことだ？」アダムが顔をあげてキャロラインをにらんだ。「ドレイクがミス・リディアに襲いかかっているではないか」

「大変な誤解があるのです」キャロラインは膏薬が入っている瓶のふたをあけながら説明した。「エドマンド・ドレイクはミス・リディアが嘘をついたと思いこんでいます。苦悩と怒りで自分を抑えられなくなっているのです」

「それを言いわけにして許されるのは、畜生か頭のおかしい人間だけだ」アダムがにべもなく言った。そしてまたシェリー酒を飲んだ。

キャロラインは布に膏薬を塗る手を止めた。「おっしゃるとおりです。その場面はどうもしっくりこないと思っていたところです。ドレイクのそのふるまいを説明するために、なにかほかの理由を考えなくては」

「なぜだね？　ドレイクは悪役だったはずだろう。悪役は畜生か頭のおかしい人間ではないのか？」

「お気になさらないで」キャロラインは膏薬を塗った部分の布をはさみで切り取り、内出血している頬にそっとあてがった。「もう一枚、脇腹に貼る布を用意するあいだ、これを押さえていてください」

アダムが上の空の表情で布を押さえた。「エマとミリーはどこだ？」

「劇場です。ミセス・プラマーはいますけれど、二階で眠っています」キャロラインは布に膏薬を塗った。「これは脇腹の分です。シャツを脱がせるあいだ、じっとしていてください」

そっとシャツの裾を引っ張りだすとき、アダムはうっと息をのんだが、なにも言わなかった。

キャロラインがシャツを脱いだアダムを見るのは、まだ二回目だった。黒い胸毛におおわれた裸の胸を見て、一瞬、うっとりした。この人はわたくしの愛人よ、と考える。だから、このような姿を見る権利がある……。

　砕け散った分別を、意志の力でどうにかかき集めて、彼女は濡れた長方形の布をアダムの脇腹に巻きつけた。アダムが顔をしかめ、残りのシェリー酒をぐいとあおった。

「痛うございまして？」キャロラインは心配になってたずねた。

「いや。膏薬が冷たかっただけだ」

「それも効能のひとつです」彼女は布の端を慎重に結んだ。「冷やすと、打ち身を早く回復させる効果があるのです」

　手当てをしているキャロラインの手元を、アダムが上からじっと見つめた。「まさか、伯母さんは膏薬の中にアルニカチンキを入れてはいないだろうね？」

「ええ。アルニカチンキは打ち身にはとてもよく効くけれど、危険が大きすぎると言っています。傷口から体の中に入ったときに、強い毒性がありますから。アダム、あなたを襲った男たちですが、殺人に関わっているのでしょうか？」

「関わっていないと考えて、ほぼ間違いないだろう。二人は例の男に雇われたと言っていた。われわれにはもうなじみの、ひげぼうぼうで脚の不自由な実務家だ」

「でも、もしも――」

　アダムが突然、頰にあてがっていた布を放りだし、室内ばきの爪先にまで震えが走るほど激しくキャロラインに口づけした。

　ようやく彼が顔をあげたとき、キャロラインは思わず彼の肩にしがみついて体を支えた。

「アダム？」

「今夜ここへくるべきではなかった。まっすぐ家へ帰るべきだった」

「いいえ、かまいません」キャロラインは咳払いをした。「わたくしたちは関係を持ったのですもの。ここへおいでになるのは当然ですわ」

「そうかな？」アダムが両手で彼女の顔をはさんだ。「本当に、こんなふうにきみと二人きりでここにいるのは当然だと思っているのか？　本当のことを言ってくれ、キャロライン」

「え、ええ」彼女はアダムの気持ちを測りかねて、ごくりと唾をのみこんだ。「わたくしたちはもう愛人同士ですもの」

「愛人か」その意味がよくのみこめないとでもいうように、アダムがつぶやいた。「ああ、たしかにわたしはきみの愛人だ」

そしてもう一度口づけした。今度は、彼が顔をあげたとき、キャロラインはほとんど息ができなかった。

「アダム、その体でこのようなことをなさってはいけません」彼女はどうにか言った。「今夜はひどい目にあわれたのですもの」

「きみが欲しい」

キャロラインは完全に息ができなくなった。

「ここで？」ようやくそう言った。「今？」

「ここで。今」

彼女は舌で唇を湿した。「まあ」

「わたしたちは愛人だと言ったではないか」アダムがキャロラインの化粧着の襟をはだけ、肩のくぼみに口づけした。「愛人たちのすることはそれだ。愛しあうこと」

キャロラインはアダムの後ろの壁の本棚を見つめた。「この……この書斎で？」

「どこだろうが構わない」彼が化粧着の一番上のボタンをはずした。「愛人たちはあらゆる機会を利用しなければならない」

「ええ、本当にそうですわね」キャロラインはその言葉に感動して言った。「でも、もしだれかがことの最中に入ってきたら？」

「それはそのときに考えればいい。口づけをしてくれ、キャロライン」

キャロラインはアダムが痛くないように気をつけて、そろそろと彼の首に腕をまわした。

「言っただろう、口づけをしてくれと」アダムが彼女の口の間近でささやいた。

彼の体にはまだ、先ほどのこぜりあいのなごりの、男っぽい粗野なにおいが残っていた。全身から不自然な精気がたちのぼっているのが感じられた。

まだ残っている荒々しい気分を愛情で押しのけようと、キャロラインはやさしく口づけをした。

アダムが有無を言わせないすばやい動きで化粧着の前をはだけた。キャロラインが気づいたときには、彼の両手がくびれた腰をつかんで、彼女の体を持ちあげていた。

絨毯の上に横たえられるのだろうとキャロラインは思った。書斎の中で使えそうな場所はそこしかなかった。ところが、気がつくと机の端に腰かけていた。アダムが彼女の膝を割って太腿のあいだに手を入れてきたとき、キャロラインは仰天して抵抗した。いつのまにか、彼の手が脚のつけ根をまさぐっており、彼女の秘所は濡れてうずいていた。

今夜のアダムはひどく神経を高ぶらせているものの、自制心を失うほどではなかった。二人がどれほど荒々しい情熱にのみこまれようと、彼といるときは、キャロラインはいつも安心していられた。

それは陶然とするほどのすばらしい感覚だった。

アダムがズボンを脱いだ。キャロラインはその猛り立ったものを両手で包みこみ、すばらしい大きさと形を心ゆくまで楽しんだ。

「本当に驚いてしまいますわ」彼女はうっとりしてささやいた。

彼がそそるような低い笑い声をあげた。そして指を魔法のように動かして、キャロラインが心底驚くようなことをした。

キャロラインの体の深いところから固いしこりが広がり、耐えられないほど熱くなった。もうこれ以上がまんできない……。彼女の指がアダムの肩に食いこんだ。

「アダム」

ふいに、キャロラインの体の中で極限まで高まった緊張が解き放たれ、激しい痙攣が次つぎと波のように襲ってきて、狂おしいほどの歓びに満たされた。

その歓びがまださめきらないうちに、アダムが彼女のやわらかいお尻を両手で抱え、一気に押し入ってきた。

彼が体をこわばらせた。その喉から抑えた歓喜のうめき声がもれるのが聞こえた。自分の腕の中で彼がそれほどの満足を味わったことがわかって、キャロラインはまた別の歓びを知った。そして、狭量な考えだと思いつつも、アダムはほかの婦人とは、これほどの歓びを味わうことができませんようにと、心底から願わずにはいられなかった。

キャロラインはアダムにしがみつき、すべてが平常にもどるまで、太腿で彼の腰をしっかり抱えこんでいた。

永遠と思えるほどの時間がすぎて、アダムがいかにも気の進まない様子で体を離し、身支度を整えはじめた。

「そろそろいかなくては」彼がちらりと時計を見て言った。「まもなく伯母さんたちが帰ってくるだろうが、とても顔を合わせられる状態ではないからな」

「貸馬車を呼ぶと約束してください。お宅まで歩いてお帰りになるのは心配です」

アダムがにやりとして、キャロラインの腰を両手でつかむと、机からおろして自分の脚で立たせた。

「大丈夫だよ。すばらしい強壮剤のおかげで、すっかり元気になった気がする」

「でも、また先ほどの男たちが襲ってきたら？」

「近いうちにあの二人と顔を合わせる気遣いはないだろう」アダムが彼女の鼻の頭に軽く口づけして、シャツを拾いあげた。「おやすみ、いとしい人。明日またくるよ」

キャロラインはアダムの機嫌が一変したことに驚いた。まさに、効果絶大な強壮剤か不老不死の霊薬《エリクシル》をのんだようだった。婦人と愛しあうことは、男性にとってはこれほどの効き目があるものなのだろうか？

アダムはもう扉のほうへ大股で歩きだしていた。キャロラインはあわててあとを追った。

「くれぐれも気をつけてください」彼女は懇願するように言った。

「もちろんだ」

アダムのその口調があまりにさりげなかったので気になったが、キャロラインにできることはほとんどなかった。玄関までついていって、彼が通りに出ていくのを見送るのがせいぜいだった。

アダムが帰ってしまうと、キャロラインはしめた玄関扉に背中をもたせかけて、取っ手を両手で握りしめた。

男の人というのは、本当に妙な生き物だこと。

しばらくして、キャロラインは書斎に引き返して机に座った。アダムがくるまで書いていた原稿を読みなおしたが、ますます気に入らなく思えてきた。エドマンド・ドレイクが激情に駆られて自制心を失い、ミス・リディアに襲いかかるというのは、どう考えてもありえない。たとえリディアに裏切られたと思いこんだとしてもだ。

〈それを言いわけにして許されるのは、畜生か頭のおかしい人間だけだ〉

キャロラインの頭に、エマ伯母の膏薬を脇腹に貼ったときアダムが言っていた言葉がよみがえった。

〈まさか、伯母さんは膏薬の中にアルニカチンキを入れてはいないだろうね？〉

そして自分の返事を思い出した。〈ええ……体の中に入ったときに、強い毒性がありますから〉

毒。

エドマンド・ドレイクが毒を盛られたとしたら、彼らしくないふるまいをすることはありうる。

キャロラインはペンを取ると、いくつかの段落を大きな×印で消して、書きなおした。

「エドマンド、わたくしの言うことをよく聞いてください」リディアは懇願した。「今日のあなたは変ですわ。一服盛られたのではないでしょうか」

エドマンドが凍りついたように動きを止めた。熱に浮かされたような目に、正気と分別がもどってきた。「一服盛られた？　しかし、どうやって？」

「ケーキです」リディアは卓の上の盆に視線を走らせた。「おかしくなられたのは、さっきあのケーキを召しあがってからでした」

「くそ、きみの言うとおりだ」思考をくもらせている霧を振り払おうとするかのように、エドマンドが頭を振った。「なにか変だ。頭がぼんやりしている気がする」そして立ちあがり、仰天した表情でリディアを見おろした。「わたしはいったいなにをしたのだ？　許してくれ、ミス・リディア。きみを傷つけるつもりなどなかった」

「わかっています」リディアは体を起こし、急いでスカートを整えた。「とんでもない誤解があったのです。きちんと説明いたします」

ずっとよくなった、とキャロラインは考えた。

けれど、もう否定するわけにはいかなくなった。エドマンド・ドレイクはどんどんヒーローらしい人物になっていく。とすると、重大な問題が持ちあがる。別の悪役を見つけなければならない。それも大急ぎで。物語が終わるまで、あと数章しか残っていなかった。

32

翌晩の十一時すぎ、アダムは大勢の客でにぎわう舞踏室から抜けだした。近道の召使用の廊下を使い、広い屋敷を急ぎ足で書斎へ向かう。

背後の音楽と人声がだんだん遠ざかっていく。ジュリアはまたもや大成功をおさめたようだ。噴水はどれも高く水を噴きあげて水漏れもなく、完成した廃墟はまさに本物と見まごうばかりだった。ロンドンじゅうの野心のある女主人たちはこぞって、古代ローマの荘園の主題をまねることだろう。

しかしアダムにとっては、今宵の最大の成功はキャロラインだった。深紅の上品なドレスをまとった彼女は、並みいる淑女たちの中でひときわ輝いていた。結いあげた髪には金色の小さな花がきらきら光っていた。

キャロラインが即座に注目の的となったのは、権勢を誇るアダムの一族との結びつきゆえではなく、『謎の紳士』の作者として名声を博しているからだった。アダムにはそれが興味深かった。キャロラインが舞踏室に入っていくやいなや、人びとがまわりに集まってきた。その場にいるほぼ全員が、エドマンド・ドレイクにどのような悲惨な運命が待ち受けているのか、知りたがっているようだった。

アダムは扉をあけて書斎に入った。

「伝言を受け取ったよ、ハロルド」

いらいらと部屋の中をいったりきたりしていたハロルド・フィルビーが、足を止めてくるりと振り向いた。眼鏡の奥の目に、彼にしてはめずらしく心配そうな表情が浮かんでいる。

「舞踏会の最中におじゃまして申しわけありませんが、つい先ほどロンドンにもどりまして、その足でこちらへまいりました。持ち帰った知らせをすぐさまお耳に入れねばと思ったものですから」

「そのような気遣いは無用だ」アダムは書斎の戸をしめて絨毯を横切った。「わたしがいなくても、だれも気づきもしないだろう。今夜の舞踏会の主役はミセス・フォーダイスだ」

「おや」ハロルドが目をせばめてじっとアダムを見た。「目をどうかなさったのですか？なにか事故でも？」

「いろいろあってな。それはあとで話す」

ハロルドが咳払いをした。「ええ、では、ミセス・フォーダイスに関してわかったことをご報告いたします。電報を受け取ったあと、チリンガム村へ出かけました。かなり苦労しましたが、やっとのことで、ミセス・フォーダイスが巻きこまれた醜聞の詳細を調べあげました」

「まったく、このところのあれやこれやで、きみを調査にやっていたことを忘れかけていた」アダムは自分の机の端に寄りかかって腕を組んだ。「それで？　なにがわかったのだ？」

「残念ながら、問題のできごとというのは、そこいらにあるようなたぐいのものではありませんでした。ことは、殺人未遂と気がふれた婦人、自殺、不義密通、そして若い婦人の評判に関わるものでした」

アダムは胃のあたりが冷たくなるのを感じた。「ミセス・フォーダイスのことだから、生半可なことではないだろうとは思っていたが」

「驚くべき事実が山ほどあるのですが、今なにより重要なのは、それに関わった紳士がいたことです」

「醜聞の性格からして、そうだろうと思った」

「はい。気がかりなのは、その紳士の名前がアイヴィブリッジだということです」

アダムははっと体を固くした。「その男はわたしの知りあいだ」

「ええ。しかし火急の問題は、アイヴィブリッジと夫人が今ロンドンにいることです。二人には社交界に有力な縁故があります。差しでがましいようですが、今夜のレディ・サウスウッドの招待客名簿には、社交界の全員の名前が載っているのではありませんか？」

「ちくしょう」アダムは急いで扉のほうへ向かった。「今この瞬間にも、アイヴィブリッジが舞踏室に現れているかもしれない。その前にキャロラインをつかまえなければ」

あわてないで、とキャロラインは自分に言い聞かせた。向こうはあなたの姿を見ていないのだから。

彼女は大急ぎで、舞踏室の端のフランス扉から石造りの小さなテラスに出た。そこにはだれもいなかった。テラスの奥に、作りものの石を積みあげて青いビロードの幔幕《まんまく》で囲った場所があった。金色の飾り帯で束ねられた幔幕の向こうから、かすかな水音が聞こえる。

ジュリアが客たちのためにと用意した、人目を忍ぶ休み場所のひとつだ。ランタンのともる庭やテラスの横などに、こうした隠れ場所がいくつも配されていた。まばゆいほど明るい舞踏室のにぎわいから逃げだした、男女の二人連れや少人数のグループのためにとしつらえられたものだ。

キャロラインの予想どおり、この小さなテラスのあずまやは人目につきにくく、だれもいなかった。青いビロードの幔幕の中に入ると、そこは古代ローマの庭園を模した趣向になっていた。彫刻をほどこした木製の長椅子と小さな噴水がある。

彼女は木の長椅子にへたりこむように座り、やっとひと息ついた。しばらくは安全だ。幸いにも、ちょうどアイヴィブリッジが妻と連れだって舞踏室へ入ってくるところを見つけたのだ。客の中にキャロラインがいることを、彼が知っているはずはない。たとえ、作家のミセス・フォーダイスが今夜の舞踏会にきていることが話題になっているのを聞いたとしても、その名前を彼女と結びつけることはありえない。キャロラインが筆名を考えたのは、チリンガムの事件のあとだった。

エマとミリーは一時間ほど前にカード室へ消えていた。アイヴィブリッジがきていることをなんとかして二人に知らせて、彼が三人のだれかと鉢あわせしないうちに、舞踏会から抜けださなければ。

遅まきながら気づいて、キャロラインは青いビロードの幔幕を束ねている金色の飾り帯をほどいた。幔幕が垂れて、彼女の姿を完全に隠してくれた。こうしておけば、だれかがこの小さな隠れ場所に気づいても、もう先客がいると思ってよそへいくだろう。

キャロラインは考えを集中しようとした。今必要なのは、きちんと手はずを考えることだ。エマとミリーへの伝言を従僕に頼んで、横手の扉から抜けだすようにと伝える必要がある。そのうえで、舞踏会を中座せざるをえなくなったことをアダムに話さなければならない。詳しいことは明日説明しよう。

テラスに低い足音が響き、キャロラインは考えを中断された。はっとして息を殺す。アイヴィブリッジが気づいて追ってきたのだろうか？

「まさか、もう踊り疲れてわたしとワルツを踊れないというのではないだろうな、ミセス・フォーダイス」アダムが青いビロードの幕を手で片寄せた。口には笑みが浮かんでいたが、薄暗い明かりの中では目の表情は読み取れなかった。「今夜きみが引っ張りだこなのは知っているが、なんといっても、わたしたちは近しい友達ではないか」

「アダム」不安でざわめいていた胸に安堵が広がった。キャロラインははじかれたように立ちあがった。「いらしてくださってよかったわ。大変な醜聞が起こりかねない事態になりました」

「またかね？　あまり立てつづけに起こるものだから、正直なところ、どれがどれなのかわからなくなりそうだ」

「これは、ほかのすべてがささいなものに思えるくらい重大なものです。本当です、今すぐエマとミリーを見つける必要があるほどの緊急事態です。三人でこっそりこのお屋敷を抜けだす手はずをととのえなければなりません」

「またもや、あっと驚くできごとが起こったらしいな」アダムが困惑したようにかぶりを振った。「まったく、きみと出会ってからというもの、わたしの人生は扇情小説さながらになってしまった」

「冗談をおっしゃっているときではありません、信じてください」動揺のあまり、たたんだ扇子をやたらに振りまわしていることに気づき、キャロラインはきまりの悪い思いで手をおろした。「これまでにいきさつをすっかりお話ししておくべきでしたが、殺人やら霊媒やらなにやらに気を取られて、チリンガムの災難のことを詳しくお話しするひまがありませんでした」

「ああ、たしかにそのようなひまはなかったな」

「アダム、あれはきわめて恐ろしいできごとでした。本当に。そして、そのすべての張本人が、今夜このお屋敷にいるのです。つい先ほど、その人を見かけました。もしその人がわたくしか伯母たちの姿を見たら、わたくしたちが今巻きこまれている醜聞は、何百倍もひどいものになるでしょう」

「きみが言っているのはアイヴィブリッジのことだな？」

キャロラインは凍りついた。「アイヴィブリッジのことをご存じなのですか？」

「事情をすべて知っているわけではないが、ミス・コナーだったときのきみの評判を台なしにした紳士だということは知っている」

「まあ。驚きましたわ。いったいどうやってお知りになったのですか？」

「簡単ではなかった。ことに、きみがわざとバースという別の地名を言ったからな」

キャロラインは申しわけない思いに駆られた。「ああ、そうでした。すっかり忘れていましたわ。申しわけありません。ですが、あのときは、手がかりになるようなことをあまりたくさん明かしたくなかったのです。あなたのことをまだ、その――」

「全面的には信頼していなかった、かね？」

彼女は顔を赤らめた。「数日前には、あなたのことをまだよく存じあげていませんでしたから、用心する必要があったのです」

「わかるとも」アダムがうなずいた。「過去を隠そうとしている人間は、どれほど用心してもしすぎるということはないからな。おぼえているだろうが、わたしにも同じ経験がある」

「ええ、そうですわね。今ちょうど、どうやって伯母たちとお屋敷を抜けだそうかと考えていたところでした。こういうことには慣れていらっしゃるでしょうから、きっとよい知恵を貸していただけることでしょう」

「どうするつもりだったのだ」

「召使用の通路を使って逃げだそうと考えていました」

「なんとも奇妙な方法だな。わたしはワルツを使おうと考えていた」

キャロラインは目をむいた。「今夜はお酒をたくさん召しあがったのですか、アダム？」

「まだだ。しかし、事態のこの進展具合からすると、今夜の舞踏会が終わるまでに、元気回復のためにしこたま飲む必要があっても驚かないだろうな」

「このきわめて重大な状況を、なぜそのように軽く片づけようとなさっているのか、わたくしには理解できませんわ。エマとミリーとわたくしが、アイヴィブリッジに姿を見られないうちに逃げださなければ、あなたとご家族はきっと、想像もおよばないほどひどい醜聞に巻きこまれることになります」

アダムが腕組みをほどき、キャロラインの唇を指先で押さえて黙らせた。

「まず、ワルツを踊ろう」

アダムがキャロラインの腕をつかんで、古代ローマの庭園を模した隠れ場所から引っ張りだした。

「アダム、待ってください。おわかりになっていないようですが――」

「そのような目でわたしをにらんでいると、けんかをしているのかと思われるぞ」アダムがそう言いながら舞踏室のほうへ向かった。「そうなったら、またどんなうわさが飛びかうことか」

不安でくらくらしそうだったが、キャロラインはもうそれ以上は抵抗しなかった。やるだけのことはやった、と内心でつぶやく。警告はした。あとはアダムが自分で決めることだ。

ダンスフロアに着き、キャロラインの腰にアダムのたくましい腕がまわされた。気がつくと、うっとりするワルツの曲に乗って、すべるようにフロアを移動していた。

これは夢に違いないとキャロラインは思った。状況はとてもロマンティックで、黒と白の正式な夜会服姿のアダムは、どきどきするほどセクシーで、危険なほど魅力的だった。抑制された男らしいたくましさを発散している彼と踊っていると、キャロラインは自分が女であることを痛いほどに意識した。

ところが、現実には悪夢そのものだった。会場のそこここで、人びとがこちらに顔を向けている。謎のミスタ・ハーデスティが親しい友達の作家とダンスを始めたことに、客たちが気づいたのだ。アイヴィブリッジがキャロラインに気づくのは時間の問題だ。

アイヴィブリッジとの対決は、まもなく、しかも計ったようなタイミングで起こったので、アダムが細部まで計算しつくしてそうしたのだということがわかった。

踊っていたアダムが、仰天しているアイヴィブリッジの目の前で止まった。まるで幽霊が現れたとでもいうように、アイヴィブリッジが口をあんぐりとあけてキャロラインを見つめた。

「アイヴィブリッジ」いかにもとってつけたようなさりげない口調で、アダムが言った。

「先ほど見かけたように思ったものでね」

アイヴィブリッジがごくりと唾をのみこみ、キャロラインに釘づけになっていた視線を引きはがした。「ハーデスティ」アダムの顔を見て、一瞬黒いあざに気を取られたようだった。

「なんと、戸にでもぶつかったのか?」

「そのような単純なことではない」アダムの笑みは、地獄の業火も凍るかと思うほどだった。彼がちらりとキャロラインを見た。「きみ、ミスタ・アイヴィブリッジを紹介しよう。たしか、チリンガムという小さな村に地所を持っている一族だ。聞いたことがあるかもしれないな。バースのすぐ近くだから。アイヴィブリッジ、こちらは近しい友達のミセス・フォーダイスだ。すばらしい扇情小説をものしている作家でね。おそらく名前は聞いたことがあるだろう」

キャロラインはアイヴィブリッジの目の端がぴくりと引きつるのを見つめた。

「ミスタ・アイヴィブリッジ」アダムと同じ、冷ややかで超然とした口調で言う。

引きあわされたことで、アイヴィブリッジが不意打ちを食らったのは明らかだった。どういう反応を見せるべきかと迷ったあげく、結局無難な道を選び、キャロラインにこくりとひとつうなずいて見せた。

「ミセス・フォーダイス」つぶやくように言った。

「さあ、きみ、あちらへいこう」アダムがキャロラインの腕をつかんでいた手に力をこめた。「妹が軽食室の扉のところから合図をよこしているようだ」

そう言うなり、キャロラインを引っ張って人波の中へ入ったので、彼女とアイヴィブリッジは別れの挨拶をするひまもなかった。

「あのようなことをなさって、いったいどういうおつもりだったのですか？」キャロラインは小声でアダムにたずねた。

「敵と一戦交えるときには、敵ではなく自分が選んだ場所で戦いたいからだ」

「それも例のルールのひとつですか？」

「ああ」

「アダム、なにをたくらんでいらっしゃるのかわかりませんが、心配でたまりませんわ」キャロラインの不安は時間が経つにつれてふくらんだ。「わたくしの上にぶらさがっている醜聞がどれほど大きなものか、ご存じないのです」

「どれほどのものかは、じきにわかるだろう。扇情小説の世界では、事態がきわめて速く進むことがわかった。けっして退屈はしない」

アダムが数人の客と歓談しているジュリアアの前で立ち止まった。

「あら、アダム」ジュリアがキャロラインににっこりした。「お二人はダンスフロアで注目の的になっていましてよ」

「よかったら、しばらくキャロラインをあずけたいのだが」アダムが言った。「ちょっと書斎で片づけなければならない仕事があってね」

「お仕事ですって？　今夜？」ジュリアがなじるような目でアダムを見た。「まったく、アダム、明日に延ばすわけにはいかないのですか」

「差し迫った用件なのだ」アダムがキャロラインの手を口元へ持っていき、軽く口づけした。「ウィルスンにわたしの近しい友達と踊ってもらってくれ、いいな?」

ジュリアは即座になにかまずいことが起こったのを察したらしく、もうそれ以上の質問はしなかった。

「ウィルスン伯父さまは、きっと大喜びでキャロラインと踊ってくださるでしょう」

キャロラインは咳払いをした。「お心遣いはありがたいのですが、今はとてもダンスをするような気分ではありません」

「残念だな」いつのまにかウィルスンが横に立っていた。「ワルツを踊るのを楽しみにしておったのに。つきあってくださるでしょうな」

「でも――」

もう手遅れだった。ウィルスンはすでにキャロラインの腕を取って、ダンスフロアの人波のほうへとうながしていた。

「お三方がなにをたくらんでいらっしゃるのか存じませんが」キャロラインが低い声で言ったとき、ウィルスンが大仰なしぐさで彼女の腰に腕をまわした。「間違いなく、事態をますます悪くしておられますわ」

「正直なところ、わたしはなにが起こっておるのか知らんし、見たところジュリアも知らんようだ」ウィルスンが平然と言った。「しかし、アダムは事態を掌握しておるようだ」

「ご自分ではそう考えていらっしゃるようです。問題は、アダムも起こっていることの全容をご存じではないことです」ウィルスンの驚くほど精力的なダンスについていこうとして、キャロラインは息があがってきたことに気がついた。「間違いなく、またもや大きな醜聞が起こりかけています」

「本当かね？　それが今の醜聞をしのぐものかどうか、楽しんで眺めることにしよう」

「でもアダムは、世間を騒がせる事件に巻きこまれないようにするのが自分のルールだ、とおっしゃっていましたが」

「アダムには山ほどのルールがあるのだ」ウィルスンが言った。「しかし、どうやらきみには、その中でもっとも重要なものを話しておらぬようだな」

「もっとも重要なもの？」

「ああ、すべてのルールには例外がある、というものだ」

33

「悪い知らせをもたらす使者となってしまって残念だよ、きみ」アイヴィブリッジが言った。革張りの肘かけ椅子におさまり、いかにも率直そうな表情でアダムを見た。「しかし、お互い同じクラブの会員という仲でもあるし、きみがミセス・フォーダイスと名乗る婦人とつきあっていることについて、少しばかり忠告しておかないのは不親切というものだと思ってね」

アダムは椅子の背に体をあずけ、客をしげしげと眺めた。彼は書斎にもどると、フィルビーに赤葡萄酒の瓶と軽食室から運ばせたサンドイッチをあてがって、別の部屋へ移動させた。そして、アイヴィブリッジを待った。長く待つ必要はないだろうと思っていたが、案の定そうだった。

「昔から、使者とはそういうものと決まっている」アダムは抑揚のない口調で言った。

それを聞いて、アイヴィブリッジが目をしばたたき、ちょっと眉を寄せた。やがて含み笑いをもらした。「この知らせを聞いたら、きっとぼくに感謝するぞ、ハーデスティ」

「そうかね？」

「そうだとも。道化の役を振られたい者などいないからな」

「うわさ話を伝えたくてうずうずしているようだな」

「うわさ話ではない。ぼくが話そうとしているのは事実だ。まず、あの婦人の名前はミセス・フォーダイスではない」アイヴィブリッジが期待するようにブランディのデキャンターをちらりと見た。「本当の名前はキャロライン・コナーだ。過去を隠すために、ミセス・フォーダイスという名前をでっちあげたのだろう」

あからさまにブランディを要求するそのしぐさを、アダムは無視した。アイヴィブリッジのような人間に上等な酒をふるまう気はなかった。

「彼女が事実を隠そうとする理由を話してくれるつもりなのだろうな」アダムは言った。

「詳細をくだくだしく話して退屈させるつもりはないが、ミス・コナーは大変な醜聞に関わって、評判を台なしにしたのだ」

「なるほど」

「正直なところ、彼女が新しい名前で復活したことを知って、心底驚いたよ。だが、考えてみれば、かなり才走った女ではあったな」

アダムは指先を突きあわせて三角形を作った。「わたしの見るところでは、非常に聡明で機知に富んだ婦人だ」

「ああ、それこそ女山師として成功するのに必要な資質ではないかね？」アイヴィブリッジが声をあげて笑った。「普通とは違うものを味わいたい気分のときには、なかなかおもしろい相手だということは認める。しかし、上品な婦人の鑑とはとても言えない、そうだろう？」

アダムはアイヴィブリッジを始末するのに使えそうな方法をあれこれ思い浮かべた。残念ながら、そのほとんどは絨毯をひどく汚してしまうものだった。

「きみの好みではないと？」かわりにそう言った。

「ああ、チリンガムでの不幸な一件のせいで、紳士ならだれも家族に紹介したいとは思わない評判の女になってしまったからな」アイヴィブリッジがわけ知り顔で片目をつむって見せた。「言いたいことはわかるはずだ」

「ああ、わかるとも」アダムは言った。またもや、銀のペーパーナイフの鋭利な先端に視線が引き寄せられた。「死んだ使者の話題にもどろう」

アイヴィブリッジが困惑した表情を浮かべた。「え？」

そのとき、ノックもなしに、取っ手が反対側の壁にぶつかるほどの勢いで扉があいた。キャロラインがガーネット色のスカートをひるがえして飛びこんできた。ウィルスンがその後ろにつづいている。見るからにほくほく顔だ。

「きみ」アダムは立ちあがった。「これはまた思いがけない喜びだ」

キャロラインは彼には目もくれなかった。「思ったとおりだわ、アイヴィブリッジ」絨毯の中央で立ち止まる。「舞踏室から出ていくのを見て、なにをするつもりなのかわかりました。チリンガムのできごとを自分に都合よく脚色して、すぐさまミスタ・ハーデスティに伝えずにはいられなかったのでしょう？」

アイヴィブリッジは立ちあがろうともせず、あざ笑うようにちらりと彼女を見てから、アダムの顔を見た。「今も言ったとおり、上品な婦人の鑑とはとても言えない」

アダムはそれを無視した。「どうか座りたまえ、きみ」

彼の声が聞こえないのか、あるいは座る気などないのか、キャロラインは突っ立ったまま、怒りと軽蔑のこもった目でアイヴィブリッジをにらみつけていた。

アダムはウィルスンを見た。

「すまん」ウィルスンが少しもすまなさそうでない表情で、陽気に言った。「止めるひまもなかったのだ。アイヴィブリッジが舞踏室から出ていったのに気づいたとたん、狐を追う猟犬さながらに飛びだしてな」

うかつだった、とアダムは思った。ウィルスンは心底から楽しんでいるようだ。おかげで手に負えない状況になってしまった。

アダムはおもむろに机の前にまわり、机に寄りかかった。そして両手を机に突いて体を支えると、三人を見まわした。

「正直なところ、チリンガムでなにが起こったのか、なんとしても知りたくなった」アダムは穏やかに言った。

言った。

「大変なうわさのたねになったことは、断言できる」アイヴィブリッジが脅すような口調で言った。

キャロラインがくるりとアダムのほうを向いた。「起こったことを残らずお話しします」

そのとき、また扉があいて、ジュリアとリチャードが入ってきた。

「レディ・サウスウッド」アイヴィブリッジがはじかれたように立ちあがり、ジュリアに敬意を示して深く腰をかがめた。「どうか席をはずしていただけませんか？　きわめて不愉快なこのやりとりなどお聞きになりたくないでしょうから。繊細なご婦人の神経では――」

「わたくしの神経のことなどお気になさらずに、ミスタ・アイヴィブリッジ」ジュリアがそっけなく言った。

「大丈夫だ、アイヴィブリッジ。家内の神経は非常に安定しているから」リチャードがアダムに向かって片ほうの眉をあげた。「いったいなにごとだ?」

「キャロラインが、三年前に巻きこまれた大きな醜聞の詳細を話してくれようとしていたところだ」アダムは言った。

「まあ、わくわくするわ」ジュリアが腰をおろし、謹聴する構えになった。

「おもしろい醜聞ほどわくわくするものはない」リチャードがうなずいて、暖炉のそばに立った。

またもや扉が勢いよくあいた。今回書斎に飛びこんできたのは、エマとミリーだった。アイヴィブリッジの姿を見たとたん、二人の表情が懸念から憤怒に変わった。

「あのろくでなしはここでなにをしているのですか?」ミリーがたずねた。

「なんと下品な言葉だ」アイヴィブリッジがひどく感情を害したという表情を浮かべた。

「きみに警告しようとしたのはこれだよ、ハーデスティ」そしてまた椅子に腰をおろした。

「あの一家には礼儀作法を重んじる感覚が欠けているのだ」

エマが嫌悪感をあらわにしてアイヴィブリッジを見た。「またキャロラインを破滅させようとしてきたのでしょう?」

「今、ミセス・フォーダイスがその顚末を話そうとなさっていたところです」リチャードがうながすようにキャロラインを見た。「話をつづけてください」

アイヴィブリッジが腹立たしげに口を引き結んだ。「ミス・コナー、こんなふうにみずから自分の恥をさらすようなまねをしてなにが得られると思っているのか、ぼくにはわからない。ますます事態を悪くするだけだ」

ジュリアがうっとりした表情になった。「それが本当のお名前ですの? コナーが?」

「ええ」キャロラインが言った。

「つづけてくれ」アダムはキャロラインに言った。

「なるべく手短にお話しするつもりです」キャロラインが言った。「ミスタ・アイヴィブリッジは、チリンガムの村の近くに広い地所を持っています。一族が何代か前からそのあたりに土地を持っているのです」

「正確には、六代だ」自分が社会的に上の階級にいることを知っている人間の尊大な口ぶりで、アイヴィブリッジが言った。

「三年前、アイヴィブリッジは身を固めようと考えました」キャロラインがつづけた。「チリンガム近辺の土地を持参金として持ってこられるような奥さんを求めていることは、村ではだれもが知っていました。そして地元の地主階級を物色して、短期間でしたが、そのあたりでは古い一族の娘のミス・オーロラ・ケントに求愛しました。ところが、自分の勝手な都合で、結婚は申しこまないことに決めたのです」

アイヴィブリッジが舌打ちをした。「一族の財政状態が、申し立てとは違うことがわかったからです」ウィルスンとアダムに向かって、秘密を打ち明けるような口調で説明する。

「つまり、その婦人の相続財産が、あなたを満足させるほど多くなかったということでしょう」キャロラインが冷ややかに言った。「あなたは彼女から手を引いて、別の方向に目を向けました」

「わがうるわしきヘレンにだ」アイヴィブリッジがいかにも満足そうにうなずいた。「こちらはまたとない縁組みだとわかった」

「その婦人はとても美しいだけでなく、アイヴィブリッジの地所と境を接する広い土地を持参金として持ってきました」キャロラインが言った。「ところが、ミス・オーロラ・ケントにちょっとした問題が起こりました。捨てられたことを受け入れようとしなかったのです」

アイヴィブリッジが顔をしかめた。「ぼくが計画を変更したことで、あの婦人の神経に妙な影響が出たのだ。とんでもなくおかしなふるまいをし始めた。実際、二度ばかりぼくの家へやってきた。それも、二度とも付添いなしでだ。そして、自分のかわりにだれを選んだのか知りたいと迫った。二度目のときは、泣きわめいて大騒ぎを演じたあげくに、脅しまがいのことまで口にした」

アダムの胃がぎゅっと固くなった。「オーロラ・ケントは心の平衡を失ったのか？」

「残念ながらそうだ」アイヴィブリッジがぶるっと身震いした。「まったく、危ないところだったよ。もう少しであの女と結婚するところだったと思うと、今でもまだ身震いがする」

「オーロラ・ケントが正気ではなかったというのは、まったくそのとおりです」キャロラインが言った。「アイヴィブリッジが求婚を撤回したせいで、妄執にとらわれたのです。それで、本当の婚約者の名前を教えるのは賢明ではないとアイヴィブリッジは考えました」

「ヘレンに危害を加えるかもしれないと思ったのです」アイヴィブリッジが理解と同意を得ようと、またウィルスンとリチャードのほうを見た。「ぼくには、気がふれた女から未来の妻を守る義務がありましたから」

「それで、オーロラ・ケントにわたくしの名前を告げたのです」キャロラインが手袋をはめた両手を体の横で握りしめた。「気がふれたかわいそうな婦人に、わたくしと結婚するつもりだと言ったのです。しかも、そのことをわたくしに知らせるだけの親切心すら、持ちあわせていませんでした」

アイヴィブリッジの顔が怒りでゆがんだ。「ぼくがきみを危険にさらしたなどと、よくもそんなことが言えたものだ」

「あなたのしたことは、まさにそうではありませんか」キャロラインが言った。「腹いせをしようとしたのです」

「ばかばかしい」アイヴィブリッジがあわてて言った。「とんでもない作り話だ」

キャロラインがひたとアイヴィブリッジをにらみつけて言った。「言い寄ったのをはねつけられたことで、ひどく腹を立てていたではありませんか。愛人になれという見さげはてた申し出を断られた腹いせをする、絶好の機会とばかりに利用したのです」

「不本意にも言い寄られたなどと、よくもまあそんなことが言えたものだ」アイヴィブリッジがあわてたようにちらりとアダムを見てから、急いでまた目をそらした。「型破りなふるまいで気を引いたのは、そっちではないか。きちんとした付添いもなしに、いつもひとりで田園を歩きまわって――それを見て紳士がどう考えると思っていたのだ？」

アダムは肺から酸素がなくなったような気がした。身じろぎもせず、ただじっとしていた。いま自制心を失ったら、自分は間違いなくアイヴィブリッジを殺すだろう。

「たしかにわたくしには、小説の構想を練るために長い散歩に出かける習慣がありました」キャロラインが言った。唇がこわばっている。「田舎は街とは事情が異なります。慣習もゆるやかです。わたくしに目を留める人など、村ではあなたくらいのものでした。そしてあの日、わたくしに言い寄ってはねつけられたとき、あなたはひどく腹を立てました。それで、オーロラ・ケントが危険な兆候を示すようになったとき、千載一遇の好機と、わたくしに注意を向けさせたのです」

「なにがあったのですか？」ジュリアがたずねた。

「ある日の午後、オーロラがわたくしのあとを追ってきたのです」キャロラインが言った。

「それはもう、まるで獲物を追う猟師さながらでした」

「まあ」ジュリアがつぶやいた。

アイヴィブリッジが目玉をぐるりとまわした。「メロドラマのような想像の産物だ。ミス・コナーが扇情小説家になったのも無理はない」

キャロラインがアダムの顔を見た。「わたくしが木の下に座って構想を書き留めていたとき、オーロラが近づいてきました。見た瞬間すぐに、変だとわかりました。寝間着一枚に靴という、あられもない姿だったからです。わたくしはオーロラに声をかけて、体の具合が悪いのかとたずねました。彼女にはわたくしの質問は聞こえないようで、くり返し同じ言葉をつぶやくばかりでした」

三年前の恐怖がヴェールのようにその目をおおっていくのを、アダムは黙って見ていることができなかった。もたれかかっていた机から離れると、部屋のまんなかに立っているキャロラインのところまで歩いていった。そして、むきだしの白い肩にそっと手を置いた。だれも動かず、だれもしゃべらなかった。アイヴィブリッジすら、突然まじないをかけられたようだった。

「オーロラはこう言っていました。〈あなたには消えてもらわなくては。わからないの？あなたがいなくなれば、あの人はもどってくるのよ〉」

オーロラの言葉をくり返すとき、キャロラインの声の調子が変わり、不気味な読経のようになった。記憶の中に引きもどされ、もう一度悪夢を体験しているのだ。アダムの手の下で、肩の肌が冷たくなっていた。体に小刻みに震えが走っているのが感じられた。アダムは肩に置いた手にゆっくり力をこめていき、彼がそばにいることにキャロラインが気づくようにした。

「それからなにが起こったのだ？」張りつめた静寂の中で、アダムはたずねた。

キャロラインがじっとアダムを見た。まるで、渦の中にとらわれていて、そこから這いあがる綱を彼が握っているとでもいうように。「オーロラは、背中にまわしていた手に大型の肉切りナイフをつかんでいました。そして、それを高く振りかざして襲いかかってきました。わたくしを殺そうとしたのです、アダム」

アダムは彼女を引き寄せて抱きしめ、自分の体温で温めようとした。

「きみは生き延びた」やさしく彼女を揺すりながら耳元でささやく。「生き延びたのだ。もう大丈夫だよ、キャロライン。終わったのだ」

「わたくしは踵を返して逃げようとしました」キャロラインが彼の上着に顔をうずめてつぶやいた。「でも、スカートが足首にまとわりつき、足がもつれてころびました。彼女が迫ってきてわたくしにおおいかぶさり、肉切りナイフで喉をかき切ろうとしました。わたくしは必死で横にころがって逃れると、立ちあがりました。そして走りました」

「キャロライン」エマが右手を差し伸べて前に踏みだした。

アダムは目の隅で、ミリーがエマの肩に腕をまわして無言で引き止めるのを見た。

アイヴィブリッジがまたうんざりしたように鼻を鳴らした。「この場におられるみなさんのために説明しますと、肉切りナイフなど見つかりませんでした。これもまた、ミス・コナーの過剰な想像力の産物だったのでしょう」

「わたくしはスカートを抱えあげ、川へ向かって逃げました」キャロラインが抑揚のない声で言った。「一歩ごとに彼女が近づいてきます。すぐそこまで迫ってきました。重いドレスを着ていては逃げきれないことがわかりました。やっと川に着いて人道橋を渡りはじめましたが、とうとう追いつかれてしまいました」

まだ命をかけて逃げている最中であるかのように、キャロラインが心身ともに極度に張りつめているのが、アダムには感じられた。

「それで、どうしたのだ？」彼はこわばった口調でたずねた。

「そのとき、日傘を持っていたことを思い出しました。お誕生日にエマ伯母さまとミリー伯母さまからいただいた、新しい帯飾りの鎖にさげていたのです。大急ぎでそれをはずし、橋の上で立ち止まりました。そして日傘を長剣のように構えて、オーロラの顔めがけて突きだしました。彼女はあとずさりました。本能的に目を守ろうとしたのでしょう。ところがバランスをくずし、人道橋の低い欄干に膝の裏をぶつけて、そのまま欄干を越えて川に落ちてしまいました。川はとても深く、オーロラは泳げませんでした」

「おぼれたのか？」アダムはたずねた。

アイヴィブリッジがふんと鼻を鳴らした。「普通の人間ならそう考えるところだが、あいにく、はずれだ。ミス・コナーには淑女らしからぬ特技がいろいろあって、泳ぎが得意なのもそのひとつだ。恥も外聞も考えず、シュミーズ一枚になると川に飛びこんで、おぼれているミス・ケントを岸に引っ張りあげた。びしょ濡れの下着姿の二人を、ぼくの地所の小作人が見つけた。腰が抜けるほど衝撃的な光景だったに違いない。村は何か月もその話でもちきりだった」

「オーロラ・ケントはどうなったのだ?」リチャードがたずねた。「おそらく精神病院に送られたのだろうな」

キャロラインがアダムの肩から頭をあげた。「その日の午後、みずから命を絶ちました」

「父親の拳銃を使って、川がやりそこねたことを果たしたのだ」アイヴィブリッジがぶっきらぼうに言った。「ミス・コナーのこっけいな救助は、まったく意味がなかったわけだ」

「肉切りナイフはどうなったのだ?」アダムがたずねた。

「オーロラ・ケントはナイフを握ったまま川に落ちました」キャロラインがつぶやくように言った。「橋の下の深い水の中に落としたのでしょう。たぶん、まだ川底の泥の中にあるはずです」

「とにかく、大変な騒動でした」アイヴィブリッジが言った。「そのとどめが、ミス・コナーとぼくが不義の関係を結んでいたといううわさでした。それやこれやで、ミス・コナーの評判はめちゃくちゃになったのです」

リチャードが炉棚にかけていた手を離すと、うやうやしくキャロラインにお辞儀をした。

「あなたの自己犠牲的なお人柄には感服しました、ミス・コナー」

ジュリアが立ちあがった。「わたくしもです、キャロライン。本当に、今の悲しいお話には大きく心を揺さぶられました。わたくしの見るところでは、アイヴィブリッジのふるまいには、一片の道義心も高潔さもありませんわ」

アイヴィブリッジが仰天した表情を浮かべた。「お言葉ですが、マダム。ぼくは紳士ですよ」

「ぼくも家内の意見に全面的に賛成だ」リチャードが言った。そしてアイヴィブリッジのほうを見た。「紳士の風上にもおけないやつだ」

「アイヴィブリッジ、以前からずっと虫の好かぬやつだと思っておった」ウィルスンが言った。「舞踏室で奥さんをさがして、すぐに帰ってくれ。きみはもうこの家では客として歓迎されておらぬ」

アイヴィブリッジの顔が、最初は信じられないというように、つづいて、ふくらんでいく驚きで、くしゃくしゃになった。ようやく、チリンガムの一件における自分の役割が、この場のだれにもよく思われていないことに気づいたのだ。

「なあ、おい」アイヴィブリッジがよろめきながら立ちあがった。「せっかく、きみのためを思って知らせにきたのだぞ、ハーデスティ。大変な醜聞に関わった婦人とおおっぴらに関係を結んで、社交界の反感を買いたいというのなら、もうぼくの知ったことではない」

「しかり」アダムはキャロラインから離れてアイヴィブリッジのほうへ歩いていった。「きみの知ったことではない。それと、この件でもうひとつ、頭にしっかり刻んでおいたほうがよいことがある」

アイヴィブリッジが椅子の背をつかんだ。「というと？」

「ミス・コナーはわたしの近しい友達というだけでなく、いずれ、わたしからの結婚の申しこみを承諾してもらいたいと考えている人だ」

アイヴィブリッジの顎ががくりと落ちた。アダムの耳に、キャロラインが驚きの小さな声をあげるのが聞こえた。おもしろいことに、部屋にいるそれ以外の人たちはだれも、今の発表を聞いても少しも驚いたようには見えなかった。

アダムはアイヴィブリッジの前に立った。「チリンガムの一件に関するうわさで、ミス・コナーがほんのわずかでも気まずい思いを味わわされることになったら、わたしがどれほど腹を立てるかは、推測がつくと思う」

「よくもまあ、ぼくを脅すなどということができるものだ」アイヴィブリッジがぼそりと言った。

「それどころか、怒り心頭に発して、マーベリー通りの店にきみが出資していることを、ロンドンじゅうの勇猛果敢な新聞記者どもに、躊躇なく暴露する」

アイヴィブリッジの顔に衝撃が広がった。「なんのことを言っているのかさっぱりわからない」

「紳士が売春宿でひそかな楽しみを買うことと、その手の店に出資することとは、まったく別ものだろう？　きみの友人たちがそのことを新聞で読んだらどう思うか、考えてみるがいい」

「なあ、きみがなにを言おうとしているのかわからないが、証拠はなにひとつないはずだ」

アダムは両手を広げた。「新聞が派手に書き立てれば、その効果たるや驚くばかりだ。そうだろう？　確たる事実や証拠など提示されなくとも、紳士の評判と社交界における名声に大打撃を与えることもある」そこでちょっと言葉を切った。「しかし、安心したまえ、わたしは記者たちに山ほどの証拠を提供することができるから」

「ミス・コナーの過去を口にするつもりはない」アイヴィブリッジが見るからに動揺したようすで言った。「しかし、家内はどうするのだ？　あれは間違いなく彼女の顔をおぼえているだろう」

「奥さんも知らぬ顔をしているほうが身のためだ」アダムは言った。「ミセス・フォーダイスが三年前のチリンガムの一件に関わっていたことを、ほんのわずかでもうかがわせるようなうわさがわたしの耳に入ったら、どんなものであれ、その出所はきみだと考えるぞ、アイヴィブリッジ。そして、しかるべく対処する」

「だれかほかの人間がミス・コナーの顔をおぼえていて、うわさと結びつけたとしても、それをぼくのせいにするのはお門違いだ」

「いや、躊躇なくきみのせいだと考える。一瞬たりとも躊躇はしない。亭主なら、お茶の席でうわさを広めたりしないよう、奥さんを説得することができるはずだ」アダムはちらりと大型の振り子時計を見た。「五分以内に、奥さんを連れてこの屋敷から出ていけ」

呆然とした顔で、アイヴィブリッジがよろめきながら戸口まで歩いていき、ぐいと扉を引きあけて廊下へ出ていった。

書斎に残った人びとのあいだに、短い沈黙がおりた。

ミリーが音高く扇子を広げて静寂を破った。そしてアダムに満足そうな笑顔を向けた。「楽しい夜を、これまで目にしたうちで、もっとも愉快な光景でしたわ」ミリーが言った。「これほど愉快な茶番劇でしめくくってくださって、ありがとうございます」

エマが一歩前に出た。「本当に、アイヴィブリッジが売春宿に出資することについての情報をお持ちなのですか？」

それに答えたのはウィルスンで、含み笑いをもらして言った。「間違いありません。アダムは社交界の全員の秘密を握っておるのです」

「あの男をわが家の招待客名簿からはずすのは、少しも残念ではない」リチャードが言った。そしてジュリアの腕を取って扉のほうへ歩きだした。「父親同士が古くからの知りあいだったから名簿に載せていただけだ。しかし、どちらの父親もすでに亡くなっている。これ以上つきあう必要はないだろうな、きみ？」

「ええ」ジュリアが言った。

「さあ、お客さんたちのところへもどらなくては」リチャードが扉の前でちょっと足を止め、アダムににやりとして見せた。「ところで、結婚の計画だが、幸運を祈るよ、ハーデスティ。そろそろ身を固めてもよいころだ。もう若くないのだからな」

アダムはうなずいた。「歳を取ってきたことを指摘してくれて感謝するよ、サウスウッド」

「どういたしまして。義理の弟として当然のことをしただけだ」リチャードはそう言うと、声をあげて笑っているジュリアをうながして部屋から出ていった。

「結婚の計画については、わたしもサウスウッドと同じ意見だ、アダム」ウィルスンがキャロラインに満足げな笑顔を向けた。「加えて、すばらしい花嫁を選んだものだ。うちの一族にぴったりではないか」

ミリーがうれしそうに扇子で顔をあおいだ。「本当にロマンティックだこと」

エマが眉を寄せて真剣な表情でたずねた。「姪と結婚するつもりだとおっしゃったのは、本気ですの、ミスタ・ハーデスティ？　それとも、結婚の件は、アイヴィブリッジを脅すために口になさっただけだったのですか？」

「むろん、本気ですとも」ウィルスンが片手でエマの腕を取り、もういっぽうの手でミリーの腕をつかんで扉のほうへ歩きだした。「婦人との交際について、アダムにはいろいろとルールがありましてな。大丈夫、本気でなければ、結婚の話を口にしたりはしなかったはずです」

三人はそのまま部屋から出ていった。

ふと気がつくと、アダムはキャロラインと二人きりになっていた。

「アダム」

キャロラインが駆け寄って彼の腕の中に飛びこみ、ひしと抱きしめた。このままずっと放さずにいてもらいたいとアダムは思った。アダムは彼女の体に腕をまわし、はちきれんばかりの女らしい温かさとやわらかな感触を楽しんだ。

「たった今あなたとご家族がしてくださったことは、とても現実だとは思えませんわ」キャロラインがささやいた。

アダムは彼女の髪に顔をうずめて笑みを浮かべた。そして、彼女には半分もわかっていないだろうと考えた。アイヴィブリッジを書斎から逃げだすまでに追いこんだ軽い脅しは、ほんの手始めだ。これから数か月あまりかけて、じっくり真の正義がおこなわれることになるのだ。アイヴィブリッジは徐々に、しかし確実に、自分がもはや社交界の重鎮たちの招待客名簿に入っていないことに気づくだろう。そして、非公開の投資組合からもはずされる。さらに、主だったクラブでも歓迎されなくなるだろう。最終的に、キャロラインにしたことに対する代償を、それも高い代償を払うのだ。しかし、その詳細をキャロラインに話して心をわずらわせる必要はない。

「あの男がきみにしたことを考えれば、ほんのささやかなものだ」アダムが言ったのはそれだけだった。

「お気持ちはありがとうございます」キャロラインが顔をあげ、いかにも気が進まないそぶりで、一歩さがって体を離した。「惜しむらくは、アイヴィブリッジをやりこめたいあまりに、ちょっと勇み足をしてしまわれたことですね」

「くそ。そうだとしたら、腹立たしいかぎりだな」

34

どうやらアダムは、目の前の状況に充分な注意を払っていないようだ。先ほど自分が言ったことの意味を、まだじっくり考えていないのだろう。

「おもしろがっていらっしゃる場合ではありませんわ、アダム」キャロラインはなじるように言った。「あなたがご自分のルールを重んじていらっしゃることを、ご家族のみなさんはご存じのはずです」

アダムがうなずいた。「そのとおりだ」

「アイヴィブリッジにあんなことをおっしゃれば、みなさん、わたくしたちが婚約するとお思いになるに違いありません。本当に、なにを考えていらしたのですか？」

「むろん、結婚を考えていたのだ」アダムはブランディが置いてある卓のところへいって、デキャンターを持ちあげた。グラスに注ぐためにかたむけたとき、クリスタルの切子面が光を受けてきらりと光った。「アイヴィブリッジは別として、ほかの者たちはみな、わたししたちは似合いの夫婦になると思っているようだ」そして、きらきら光るデキャンターを持ちあげて見せた。「ブランディを飲むかね?」

「いいえ、せっかくですが。どちらかひとりはしらふでいる必要がありますから」

「それならきみのほうが適任だな」アダムがたっぷりのブランディを喉に流しこんだ。

キャロラインはくるりとアダムに背を向けると、細長い部屋の中をいったりきたりして、混乱している気持ちをいくらかでも落ちつけようとした。

「どうか誤解なさらないでください」早口に言う。「アイヴィブリッジを痛いめにあわせてくださったことは、心底ありがたく思っています。本当に、どうやって恩返しをすればいいのかわからないほどです」

アイヴィブリッジが書斎から出ていってから初めて、アダムが不機嫌な表情になった。

「恩返しをしてくれる必要はない」冷ややかな声だった。「きみはわたしに借りなどない。わたしのほうこそ、アイリーン・トーラーが殺された夜のアリバイを証言してもらったことで、きみに恩義がある」

「ばかな。わたくしは本当のことを言っただけです」

アダムが肩をすくめた。「さっきわたしがしたのも、それと同じことだ」

「でも、わたくしに結婚を申しこむつもりだとアイヴィブリッジにおっしゃいましたわ」

「ああ、言ったとも」

キャロラインはため息をついた。「あれがみな、アイヴィブリッジを脅すためのよくできた計画の一部だったことはわかっています。おかげでアイヴィブリッジは、謎のミスタ・ハーデスティの花嫁になる婦人についてのうわさを広める前に、よく考えるに違いありません。でも、あそこまでおっしゃる必要はありませんでしたわ。おわかりになっていらっしゃるはずです。あの売春宿との関係を持ちだされたあと、アイヴィブリッジはもう身震いしていましたもの」

アダムが考えこんだ表情で、またブランディをぐいと飲んだ。「ありがとう。あの店との関係を持ちだしたのは、きわめて効果的だったろう？」

「非常にうまい戦略でしたわ」キャロラインは部屋の端で立ち止まり、たたんだ扇子を大きく振りまわした。「もっとも、あなたのなさることはすべて、巧妙でよく考えられています。それなのに、いったいなぜ、わたくしに結婚を申しこむつもりだなどとおっしゃったのですか？」

アダムは机の角に腰かけて、その質問の答えを考えるあいだ、またブランディを口にふくんだ。

「おそらく、そうするつもりだったからだろうな」

キャロラインは足が床に貼りついて動けなくなったような気がした。だれかが「火事だ」と叫んでも動けなかったことだろう。

「わかりませんわ」ふいにめまいがした。「わたくしたちの情事はうまくいっていると思っていましたのに」

「それは考えかたの問題だ」

キャロラインはひどく落胆した。「まあ。わかりました。気がつきませんでしたわ、あなたが……つまり、わたくしは……おそらく、わたくしにこれまで経験がなかったせいで、がっかりさせてしまったのでしょうね。でも、大丈夫です、わたくしはおぼえの速い人間ですから」

アダムが謎めいた表情で彼女を見た。「本当のことを言ってくれ、キャロライン。きみは、作家として霊感を得るために、単なる道具としてわたしを利用していただけなのか?」

キャロラインは愕然とした。「いいえ、そんな、とんでもない」

「本当か?」

「本当です」

「では、わたしは単なるなぐさみものではないのだな?」

キャロラインの体がかっと熱くなった。おそらく、顔はドレスの色に負けないほど真っ赤になっていることだろう。「どうしてそんなことをおっしゃるのですか?」

「単なるなぐさみものでも便利な霊感のもとでもないのなら、なぜ、そうまで結婚の話を避けたがるのだ?」

〈それは、狂おしく、激しく、情熱的に、わたくしを愛していると言ってくださらないからです〉キャロラインは心の中でつぶやいたが、声に出して言うことはできなかった。

「それは――」そこで口をつぐみ、アダムの論理的な面に訴えるような理由を考えた。「時間的なこともあります。結婚を考えるには、まだあまりに時期尚早だということには、きっと同意していただけるでしょう。なんといっても、わたくしたちは知りあってまだ一週間足らずですもの」

「しかし、お互いにとってふさわしい相手だと思える。ほかの者たちもみなそう思っているようではないか」

ふさわしい。不滅の愛の告白とはとても言えない。

キャロラインは咳払いをして、気持ちを落ちつけた。「正確に言うと、どのようにふさわしいのですか？」

アダムが官能的な笑いを浮かべた。「きみはわたしの秘密を知っているし、わたしはきみの秘密を知っている」

心臓が二、三回打つあいだ、キャロラインは口がきけなかったが、どうにか考えが横道にそれないよう踏みとどまった。

「ええ、たしかにそうかもしれません」一応うなずく。「でも、それだけで、結婚の充分な理由になるとお思いですか？」

「今この瞬間、少なくともわたしに関するかぎりは、そうだ」アダムがブランディグラスを置いて、机から腰をあげた。「しかし、安心したまえ、わたしたちが互いにふさわしい理由は、それだけではない」

キャロラインの頭の中が真っ白になった。「というと？」

アダムが近づいてきた。目のまわりに黒いあざができているうえに決然とした表情を浮かべているので、見るからに危険な感じだった。

「たとえば、このようにだ」彼がささやいた。

アダムがキャロラインの細い首をたくましい手でやさしくはさみ、口づけをするために顔を仰向かせた。

キャロラインの体に電流のような震えが走った。これは間違いなく破滅にいたる道だ、と心の中でつぶやく。多少なりとも分別があるなら、今すぐ、ただちに、彼の唇が触れる前に、顔をそむけて逃げたほうがいい。

けれど、足が床に貼りついたように動かなかった。そうこうするうちに手遅れになった。アダムがゆっくりと焼印を押すように口づけした。キャロラインの中ですべてが溶け、血が燃えあがった。

アダムが事務的に結婚を提案したことについては、考えたくなかった。それより、彼の腕に抱かれたとき自分が感じることだけを考えたかった。

彼の舌が口の端に触れ、少しずつ唇を割って入りこんできた。キャロラインは両腕を彼の首にからめて、体をあずけた。アダムの体温とたくましさが彼女を包みこんだ。

アダムがキスを深め、キャロラインは夢中で彼にしがみついた。

彼が自分を激しく求めているとわかり、キャロラインの胸に勇気と希望がわきあがった。

アダムが愛の告白に慎重になるのは、理解できた。幼いころは貧民街で、長じては、愛が軽んじられ、金が幅を利かせるきらびやかな表面だけの世界で、生き延びる術を学んできたのだ。そして多くの教訓を学び、自分のルールを作った。ひどく用心深くなるのは無理からぬことだ。

自分は危険を冒している、とキャロラインは思った。けれど、アダムには危険を冒すだけの価値がある。

そのとき、遠慮がちなノックの音が聞こえた。

アダムがわずかに顔をしかめて頭をあげた。「モートンだろう。ということは、重要な用件だ。ちょっと失礼するよ」

アダムが部屋を横切っていって扉をあけた。謹厳そうな執事が廊下に立っているのが見えた。モートンは細心の注意を払ってキャロラインのほうを見ないようにしていた。低い深刻な口調でアダムになにか言っているのが聞こえた。アダムがてきぱきと指示を与えた。

彼が扉をしめてこちらに向きなおったとき、即座に、なにかあったらしいとわかった。彼の顔から満ち足りた官能的な表情があとかたもなく消えて、猟師が獲物に集中している表情に代わっていた。

「なにごとですの？」キャロラインはたずねた。

「モートンが持ってきたのは、フローレンス・ストットリーという古い友人からの伝言だった。アイリーン・トーラーの行方不明の助手、ベス・ホエイリーの居所を知らせてくれたのだ。すぐに出かけなければならない」

「今夜会いにいらっしゃるおつもりですの？」

「ああ」アダムが肩をすぼめて上着を脱いだ。「ぐずぐずしていると、また姿を消してしまうかもしれない。今、モートンが別の上着と長靴《ブーツ》を持ってきてくれる」

「その助手と話しにいらっしゃるのなら、わたくしもごいっしょしたほうがいいと思います」

「その必要はない。これからいくのはロンドンの高級住宅地ではない」

「ベスが逃げたのは理由があってのことです。こんな時間にあなたがいらっしゃったら、恐慌をきたすでしょう。わたくしがいっしょなら、きっと安心すると思います」

アダムはちょっとためらってから、こくりとうなずいた。「いいだろう。きみの肩かけを取ってこさせよう」

35

ベス・ホエイリーが身を隠している地区は、貧民街ではなかったものの、夜更けのこのような時間に好んで足を踏み入れたい場所でもなかった。アダムはネッドに指示して、通りの、めざす家から少し離れた場所で馬車を止めさせた。こちらの準備がととのわないうちに、車輪とひづめの大きな音でホエイリーが目をさましてしまわないようにしたかったのだ。

「なにをするかはわかっているな?」アダムはキャロラインが馬車からおりるのに手を貸しながら、ネッドに言った。

「はい、旦那さま」

アダムはキャロラインを見た。「本当にいっしょにきたいのか?」

「もう何度もしてきたことではありませんか、アダム。いっしょにまいります」キャロラインが腰をかがめ、ドレスの長いスカートの裾が地面につかないよう、きちんとホックが留まっているかどうかをたしかめた。

賞賛の念がわきあがってきて、アダムはかすかに笑みを浮かべた。ほかの男たちが高価な香水に惹きつけられるように、彼はキャロラインの気概に惹きつけられた。だからといって、彼女独特の魅力的な香りがないと言っているわけではない。われながら、そんなことを考えている自分がおかしかった。

ベス・ホエイリーの家までくるあいだに急いで考えた計画に従って、アダムはキャロラインをともない、建物の裏を走っている路地へつうじる狭い小道を歩いていった。びっしり並ぶ小さな裏庭の数をかぞえて、ホエイリーの新しい住まいの裏口が面している庭の見当をつける。

門の中へは難なく入れた。そして、二人で裏口のそばの暗い陰に立って待った。しばらくすると、表の通りから馬車のがらがらという音が聞こえてきた。ネッドが指示どおりにしたのだ。まもなく遠くでどんどんという音が聞こえ、ネッドが玄関の扉をノックしたことがわかった。

ちょっとのあいだ、なんの物音も聞こえなかった。アダムは見こみ違いをしたのだろうかと考えた。

そのとき、裏の廊下にあわただしい足音が響き、突然勝手口の戸があいた。化粧着に室内ばきという格好で庭へ飛びだしてきた女の姿が、月明かりではっきり見えた。

「ベス・ホエイリーだな？」アダムはそう言って前に立ちはだかった。

ベスが悲鳴を抑えたひっという声をもらして立ち止まった。「そこをどいて」その声にはむきだしの恐怖がこもっていた。「どいてったら。お願いだから危害を加えないで。絶対にひと言もしゃべったりしないから」

「落ちついて、ベス」キャロラインがやさしく言った。「ミセス・フォーダイスよ。おぼえているでしょう?」

ベスがぱっとキャロラインのほうを向いた。「ミセス・フォーダイス? ほんとにあなたですか、奥さん?」

「ええ。そして、これはわたくしの助手のミスタ・グローヴよ。降霊会のとき会ったから、おぼえているでしょう?」

「ここでなにをしてらっしゃるんですか?」

「あなたの力になりたいのよ」キャロラインがなだめるように言った。

「どういうことですか」ベスがのぞきこむようにアダムの顔を見た。「通りに馬車が止まる音を聞いて、てっきり、あの男か警察だと思ったんです。正直なところ、あたしにとってはどっちも同じくらい恐ろしい相手でした。どっちかに見つかるんじゃないかって、ずっと恐れてたんです」

キャロラインがベスの手を取って勝手口のほうへ歩きだした。「話があるのよ。外は寒いから、中へ入りましょう」

アダムはおびえているベス・ホエイリーとともに、傷だらけの小さな食卓に座った。キャロラインはランプに火をともすとすぐ、やかんとマグをさがしてお茶をいれはじめた。舞踏会用の優雅なドレスにきゃしゃな靴という格好のまま、みすぼらしい台所でかいがいしく立ち働いている姿がどれほど珍妙か、気づいているのだろうかとアダムは思った。気づいていたとしても、そんなそぶりは毛ほども見せていなかった。むしろ、いんちき霊媒の元家政婦兼助手を落ちつかせるためにお茶をいれるのは、ごく当然のことだといわんばかりに、すっかりその場になじんでいるようだった。

「ミセス・デルモントとミセス・トーラーを殺した犯人をさがしてるっておっしゃるんですか？」ベスの顔が不安と困惑でゆがんだ。

「その男は非常に危険な人間なのだ、ベス」アダムは言った。「できるだけ早く見つけることが、関わっている人間すべてのためだ」

「でも、わかってらっしゃらないんです」ベスがそう言うのはこれでもう五回目か六回目で、まるで連禱のようにそればかり口にしていた。

「それなら、わたくしたちになにもかも話してくれなくては、ベス」キャロラインがポットに紅茶の葉を入れた。「大切なのは、この件について知っていることを残らず話してくれることよ」

「まず初めに、なぜミセス・トーラーが殺されたあと逃げだしたのか、その理由を話してくれ」アダムは言った。「殺した犯人を見たのか？　そいつに姿を見られたから恐れているのか？」

「いいえ」ベスが口ごもった。「正確には、姿を見たわけじゃありません。次の朝、いつものように仕事をしようとあのお宅へいって、ミセス・トーラーが死んでるのを見つけたんです。降霊室はめちゃくちゃになってましたけど、すぐに、殺した犯人は強盗やこそ泥じゃないとわかりました。値打ちのあるものがなにもなくなってなかったからです」

「なかなかの明察だ」アダムは言った。

「はい。ありがとうございます」ベスが化粧着の襟をかきあわせた。「あたしが見つけたとき、ミセス・トーラーは降霊会をするときのドレスを着たままでした。玄関の扉の錠はかかってませんでした」

「本当か？」アダムは穏やかにたずねた。

ベスが悲しげな目で彼を見た。「奥さまはあの人がくると思ってらしたんです」

コンロの前にいたキャロラインが凍りついたように動きを止めた。「だれがくるのを待っていたの、ベス？」

「もちろん、恋人です」ベスが肩をすくめた。「あの人がくることになってる晩は、あたしはいつもひまを出されました。ここ何週間かは足が遠のいてましたけど、あの晩は、間違いなくあの人がくるのを待ってました」

「それはだれなのだ、ベス？」アダムはたずねた。キャロラインが警告するような表情を向けたので、言いかたがきつすぎたのがわかった。

また恐怖がぶり返したように、ベスが目を大きく見ひらいた。「言ったでしょう、知らないって。誓って知りません。姿を見たことはないんです。一度も。二人して厳重に秘密を守ってましたから。奥さまの話だと、あの人がそうするようにとうるさいんだってことでした」

「さあ、お茶よ、ベス」キャロラインが絹地のスカートを優雅に波打たせて、なみなみと紅茶の入ったマグをベスの前に置いた。「お砂糖と牛乳を入れてあるわ」

ベスがマグに目を向け、化粧着の襟をつかんでいた手を放すと、両手でマグをつかんだ。そして、生まれて初めて目にするとでもいうように、紅茶をじっと見つめた。

「ありがとうございます」つぶやくように言う。

キャロラインはアダムの前にもマグを置いてから、ベスの向かいに腰をおろした。「ゆっくりでいいのよ、ベス。急ぐ必要はないのだから。ミセス・トーラーの恋人がだれなのかは知らないと言うのね？」

「ええ、奥さん」ベスがためらいがちに紅茶をすすった。少し落ちついたようだった。「あの人は、自分がくるときは奥さまにひとりでいるようにと言ってたんです。そのことにはすごくやかましかったみたいです」

「その男がたずねてくる夜を、ミセス・トーラーはどうやって知っていたのだ？」アダムはベスにたずねた。

ベスが困惑した表情になった。「わかりません。なぜだかわかったみたいでした」

「家に伝言を届けて、ミセス・トーラーに知らせていたのではなかったの？」キャロラインがたずねた。

ベスが上下の唇をぎゅっと押しつけて首を横に振った。「あたしは見たことがありません」

「だが、ミセス・トーラーが殺された夜はやってきた、そして、彼女を殺したのはその男だと思っているのだな？」

「あたしにはっきりわかってるのは、あの晩、あの人がくることになってたことだけです」ベスがまた紅茶を飲んだ。「奥さまはあの人に腹を立ててました。だから、けんかになって、あの人が奥さまを殺したんだと思います」

アダムはわずかに身を乗りだして、ゆらめくランプの明かりの中でベスの顔をじっと見た。「どうして、ミセス・トーラーがその男に腹を立てていたことがわかったのだ？」

「奥さまのところで働くようになって、もう何年にもなります。奥さまのことならなんでもわかるようになってました。最初は家政婦でしたけど、そのうちに助手の仕事もするようになって。奥さまはあたしを信用できると思ってたんです」

「降霊会をいかにも本物らしく見せる仕掛けを操作するのを手伝っていたのだな」アダムは言った。

ベスが深いため息をついた。「いい働き口でした。残念でたまりません。もうあんなにお給金のいい仕事は見つからないでしょう、絶対に」

キャロラインが自分のマグを横にどけた。「ミセス・トーラーが恋人に腹を立てていた理由はなにか、知っている?」

ベスがふんと鼻を鳴らした。「昔からよくあるものですよ」

キャロラインがたずねるように眉をあげた。「恋人が浮気しているのを見つけたの?」

「ええ、奥さん」ベスがまた紅茶を飲んだ。「それも、商売敵と」

アダムは音を立ててマグを置いた。「エリザベス・デルモントか」

「はい」ベスが悲しげにかぶりを振った。「ミセス・トーラーは何日も泣いてました。やがて、悲嘆を通りすぎたら、ものすごく怒りだして。奥さまがなにか計画してたのは知ってましたけど、恋人に直接問いただして、浮気は許さないと言う気だろうと思ってました。本気であんなことをするつもりだったなんて、考えもしませんでした」

またもうひとつ、鎖の環がはまった。アダムはじっとベスの顔を見つめた。

「エリザベス・デルモントを殺したのはアイリーン・トーラーだったのだな?」

「はい」ベスが言った。ほとんどささやくような声だった。そして飲みかけの紅茶をじっとのぞきこんだ。「それを知ってることはおくびにも出しませんでした。とんでもない。口をつぐんで、そ知らぬ顔で働いてました」

「どうしてミセス・トーラーが殺したと思ったの?」キャロラインがたずねた。

「あの晩も、ミセス・トーラーはあたしにひまを出しました。最初は、恋人がくるんだろうと思いました。でも、翌朝お宅へいったら、そうじゃなかったのがわかりました」

「どうしてわかったのだ?」アダムはたずねた。

ベスが事務的な感じでいっぽうの肩をあげた。「家政婦はほかの人たちが気づかないことに気づくんです。ミセス・トーラーと恋人は、何か月ものあいだ特別な夜をいっしょにすごして、二人の習慣みたいなものができてました」

「たとえば？」キャロラインがたずねた。

「こまごましたことです。奥さまは恋人のお気に入りのブランディを、切らさないように置いてました。秘めごとの前にそれを飲むのが、二人の習慣でした。いつも客間の卓の上に、二人の使ったグラスが置きっぱなしになってました。でも、ミセス・デルモントが殺された翌朝は、グラスがなかったんです」

「ほかにいつもと違っていたことは？」アダムはたずねた。

「あの日、あたしがお宅に着いたとき、ミセス・トーラーは化粧着姿でしたが、様子がひどく変でした。おおかた神経の発作かなんかだろうと思いました。それと、寝台がきれいに整えてありました。絶対に自分で整えたりしない人でしたから、あの夜は床に入らなかったんだと思います。でも、骨までぞっとしたのは、洋服簞笥の中を見たときでした」

「なにを見つけたの？」キャロラインがたずねた。

「なにかがあったんじゃなくて、なくなってたんです」ベスがわけ知り顔で言った。「新しいドレスが消えてたんです。お気に入りのドレスでした。それも、すごく上等な。恋人に買ってもらったものでした。あんなドレスが突然消えるなんて、ありえません」

キャロラインが緊張した。「そのドレスはどうなったの？」

「あたしも同じことをたずねました」ベスが卓の上で両手の指を組んでうなだれた。「ミセス・トーラーは、前の日に通りすがりの馬車にはねあげられた泥がべったりついて、台なしになったんだって言いました。だから、慈善院に送ったんだと。でも、あたしにはそうじゃないってわかりました。あたしの知るかぎり、奥さまは一ペニーだって慈善に寄付したことなんてありませんでした。ああいうのはみんないんちきだと言って」

「ドレスはどうなったと思うの？」キャロラインがたずねた。

「降霊室にある秘密の戸棚のひとつに隠してありました」ベスがこわばった口調で言った。「お二人が参加された降霊会のために部屋を片づけてたとき、偶然見つけたんです。どうして秘密の戸棚なんかに入ってるのか、わけがわかりませんでした。ところが、スカートに乾いた血がべっとりついてるのを見て、すぐに、ミセス・トーラーがなにをしでかしたのかわかりました。ほんとに、死ぬほど恐ろしかった」

「無理もないわ」キャロラインがぶるっと身震いした。

「ええ、奥さん」ベスがため息をついた。「そして、別の働き口をさがさなきゃならなくなるだろうってわかりました」

「そのドレスはどうしたのだ？」アダムはたずねた。

「そのまま戸棚にもどして、なにも見なかったふりをしました」ベスが肩をすくめた。「奥さまには、殺されるまでに始末するひまはなかったんじゃないかと思います。警察が見つけてなければ、たぶん、まだあそこにあるでしょう」

三人はしばらく紅茶を飲みながら、ゆらめくランプの明かりの中で互いの顔を見つめた。

アダムはおびえている女の顔をじっと見た。「ミセス・トーラーの死体を発見した朝、殺した犯人と警察の両方に見つかるのを恐れて逃げだした、と言ったな」

「はい」ベスが沈んだ口調で言った。「警察はあたしがミセス・トーラーを殺したと考えるんじゃないかって思ったんです。あたしたち、お給金のことで言い争いをしたんです。その声は近所の人たちに聞こえたでしょう。でも、あたしが二人の仕事のことを知りすぎてると考えて、奥さまの恋人がさがしにくるんじゃないかってことも心配でした」

アダムはマグをつかんだ手に力をこめた。「仕事？　ミセス・トーラーがやっていたいんちき投資計画のことを言っているのか？」

「あのことをご存じなんですね？」ベスがますます情けない顔になった。「そのとおりです。ミセス・トーラーとあたしが言い争ったのも、そのせいだったんです。すごくもうかることみたいで、そのもうけを恋人と二人で山分けしてるんだろうと思いました。それで、あたしも手伝ってるんだから、もうけを少し分けてもらってもいいんじゃないかって言ったんです。奥さまは口をつぐんでるほうが身のためだと言いました。そして、推薦状なしでクビにするとあたしを脅したんです。だから、そんなことをしたら降霊会の仕掛けのことをばらしてやるって言い返しました。ものすごく激しい口論だったから、どなり声は近所の人にも聞こえたはずです」

「あといくつか質問がある」アダムは言った。「それに答えてくれたら、たっぷり金をやるから、汽車に乗って好きなところまで逃げて、わたしたちがミセス・トーラーを殺した犯人を見つけて警察に引き渡すまで、そこに隠れていなさい、ベス」

そのとき初めて、ベスの顔に警戒のまじった希望の表情が浮かんだ。「ご親切にありがとうございます。ほかになにをお知りになりたいんですか？」

「ミセス・トーラーの恋人が彼女を殺した理由に、なにか思い当たることはあるかね？」

ベスが口ごもった。「あたしもずっとそれを考えてました。怒った奥さまがミセス・デルモントを殺したのを知って、次にするかもしれないことを恐れたんじゃないかと思います。たぶん、自分と投資計画のことを暴露するんじゃないかと思ったんでしょう。さっきも言ったように、何者にせよ、すごく秘密主義の人でしたから」

「ミセス・トーラーの死体を見つけたときの様子を、正確に話してくれないか？」アダムは頼んだ。

ベスはしばらく考えてから言った。「血がたくさん流れてました。頭蓋骨がたたきつぶされてました。ミセス・トーラーは仰向けに倒れてました。そばの床に懐中時計が落ちてました。部屋はめちゃくちゃでした。新聞に書いてあった、ミセス・デルモントの殺されかたにそっくりだと思ったのをおぼえてます。妙な気がしました。だって、ミセス・デルモントを殺したのはミセス・トーラーで、恋人じゃないってことを知ってましたから。どうしてわざわざ同じように見せかけたのか、わけがわかりませんでした」

「死体の上かそばに、普通とは違ったものがなにかなかったかね？」アダムはたずねた。

「たとえば、哀悼の装身具やヴェールのようなものが？」

ベスが眉を寄せた。「いいえ。そんなものはなにも見ませんでした」

「最後の質問だ、ベス」アダムは言った。「殺人の翌朝、ミセス・トーラーの家へくるようにという手紙をミセス・フォーダイスとわたしに送ってよこしたのは、きみだったのか？」

ベスがきょとんとした顔をした。「いいえ。手紙なんか送ってません。荷物をまとめて身を隠す場所をさがすのにいそがしくて」

キャロラインは馬車に乗りこむと、アダムの向かいに腰をおろした。ひどく妙な気分だった。興奮と疲れのせいだろう。支離滅裂な考えを、どうにかまとめて脈絡のあるものにしようとした。

「もしベスの考えが当たっているとすると、ミセス・トーラーは嫉妬でかっとなって、エリザベス・デルモントを殺したようですね。ただ、人殺しに駆りたてたのは職業上の嫉妬ではなく、昔ながらの恋の嫉妬だった。恋人が自分を裏切って、ほかの女と情を通じていたことを見つけたのですから」

「ああ」アダムが暗がりで座席にもたれ、不機嫌そうに言った。「デルモントが殺された現場に、花嫁のヴェールとたたきつぶされた懐中時計、哀悼のブローチを残したのは、トーラーに違いない。問題は、なぜかということだ」

「おそらく、その品々はあの人にとって象徴的な意味があったのでしょう。でも、そうだとしても、だれがそれを持ち去ったのでしょうね？」

アダムが暗がりでキャロラインをじっと見た。「仕事の相棒でもあった恋人か？　その夜、やつはデルモントと逢引をすることになっていたのかもしれない。だとしたら、わたしと同様、死体の上にヴェールとブローチが置かれていたのを見たはずだ。おそらく、警察がそれを発見したら、やつにとっては答えたくない疑問を抱くだろうと考えたのだろう」

「それによって、自分が巻き添えになるかもしれないからですか？」

「今の時点では、考えられる可能性で筋が通っているように思えるのは、それしかないな」

キャロラインはこらえきれずに、口に手を当てて小さなあくびをした。「これからどうなさるおつもりですか？」

「きみを家まで送ったあと、わたしも少し眠るつもりだ。実に長い夜だった」

36

翌日の午後遅く、アダムはバッシングソープから手紙を受け取った。老贋金《にせがね》作りは、通り名のない路地にひっそりと建つこぎれいな家でアダムを迎えた。

度の強い眼鏡ごしに目を細くしてアダムを見てから、バッシングソープはあきらめたようなため息をついた。「目が昔のようではなくなった。このごろは、細かい作業はほとんど孫息子に任せている。あれには才能があってな、うん」

「それでも、まだ仕事に目配りをしているのですね？」アダムは言った。

「むろんだ」バッシングソープが鼻を鳴らした。「この仕事は、どれほど慎重を期してもしすぎるということはないからな。今、それを孫娘に教えているところだ。芸術家肌ではないが、計算が得意で、面倒を避けるのに必要な常識というものがある」

「では、お孫さんがあの株券を作っているのですか？」アダムはたずねた。

「ああ、そうだ」バッシングソープが得意そうに言った。「わしが言うのもなんだが、なかなかいい仕事をしている。わしがあれくらいの歳だったころといい勝負だ」

「わたしが関心を持っているのは客のほうです」アダムは言った。「昔は、仕事を引き受けるときはいつも細心の注意を払っておられたではありませんか」

バッシングソープが教え諭すように人差し指を立てた。「この仕事で成功するための第一の鉄則は、汝《なんじ》の客を知ることだ。欲をかいて、金目当てにどんな仕事でも引き受ける者は、監獄へいくことになる」

「あなたに株券の制作を依頼した人物が、どうやら女を殺したらしいのです。はっきり言うと、霊媒のアイリーン・トーラーを」

バッシングソープが顔をしかめた。「おい、それはたしかなのか?」

「確実ではありません。まだ調査をしているところです」

「ふん」バッシングソープが両手の指先を突きあわせて、すました表情を浮かべた。「あんたもよく知ってのとおり、わしは大勢の客を見てきた。あの客は人殺しをするような人間には見えなかった。どちらかと言えば実務家だった」

「そのとおりかもしれません。しかし、どちらにせよ、その男はわたしが追っている鎖の環のひとつです。ぜがひでも居所を突き止めたい」

「喜んで力になることはわかっているはずだ。あんたには、昔、一、二度世話になったからな。借りはいつでも返す」

「ありがとうございます」アダムは椅子の肘かけに両腕を載せた。「わたしが聞いたところでは、足がひどく不自由で、ぼうぼうにひげをはやした男だそうですが」

バッシングソープが含み笑いをもらした。「わしと会ったときにも、同じ格好をしていたよ。しかし、わしはいつもの用心を怠らなかった。こっちの住所を知られないように中立の場所で会って契約したあと、仕事場で雇っている若いのにあとをつけさせた」

アダムは期待に胸を躍らせた。「その少年は首尾よくやりましたか?」

「むろんだ。ハリーはあんたと似たような場所の生まれでな、アダム。通りで育った坊主以上に、街で人を尾行する術を心得ている者はいないだろう、え?」

「ハリーはなにを見つけたのですか?」

「なにより、あんたのさがしている男がなかなかの役者だということだ。自宅の裏口に入る瞬間まで、ずっと変装を解かなかった。もっとも、あの商売にはそういう才能が必要なのはたしかだがね」

「それで、その商売というのはなんですか?」アダムはたずねた。

「なんと、心霊研究の商売をしているのだ。それも、たいそうな評判を取っている。先だっての午後、警察のためにえらくめざましい実演をしたと聞いている。警察を手伝って、霊媒たちを殺した悪党を突き止める、とかいうふれこみだったな」

「どうぞお入りください、ミセス・フォーダイス」ダーワード・リードが散らかった事務室にキャロラインを招じ入れて、椅子を指し示した。「今日すぐにお時間を取っていただいて、なんとお礼を申しあげればいいのか。きわめてご多忙だということはわかっています。執筆に加えて、あの、ほかのあれこれもあって」そこまで言って、顔を赤くして言葉を切った。

「むろん、ミスタ・ハーデスティとの交際で生じる社交的なつきあいのことですよ」

「わかっていますとも」キャロラインは椅子に腰をおろし、緑色のドレスのスカートを整えた。リードが一瞬どぎまぎしたのには気づかなかったふりをした。有力な謎の紳士と関係を持っている婦人は、社交の場で相手がときに口を滑らせても、平然としていなければならない。「お手紙をいただいてうれしゅうございました。わたくしの小説に関心を持ってくださって、ありがとうございます」

「ええ、そうなのです。一読者として、また出版業者として、あなたの作品の熱心な愛読者でしてね」リードが紅茶の盆を手で指し示した。「一杯いかがですか?」

「ありがとうございます」

リードがポットの紅茶を二客の紅茶茶碗に注いでいるあいだに、キャロラインは事務室の中を見まわした。紙や本、書類ばさみなどが散らかっているスプラゲットの事務所と、似ていなくもない。『新しき夜明け』のバックナンバーがぎっしりつめこまれている棚がひとつあった。

壁の一番目立つところに、ヴィクトリア女王の写真がかかっていた。

「家内のセアラは小説が大好きでした。生きていたら、きっとあなたの小説を楽しんで読んだことでしょう」リードが紅茶の入った茶碗をキャロラインのそばの卓に置いた。「強力な霊能を持った霊媒でしたが、悲しいかな、ずいぶん前に亡くなってしまいました。婚礼の翌朝、通りの向かいの公園を散歩していて、極悪非道の悪党に襲われたのです」

「お悔やみ申しあげます、ミスタ・リード」

「ありがとうございます。あの世にいる家内と交信することが、わたしの最大の望みなのです。実際、それに人生を捧げています」

キャロラインの背筋を冷たいものが這いおりた。「わかりますわ」

リードが右手で、二人の上にのしかかるような大きな暗い屋敷と事務室を示した。「家内は一族の最後のひとりで、この家は家内が相続したものです。あれが亡くなったあともここに住んでいるのは、家内の霊がもどってくるとしたら、この世に生きていたとき暮らしていた家のほうが帰りやすいだろうと思ったからです」

「お気持ちはわかりますわ」

「交信ができないまま年月がすぎ、わたしは心霊研究に没頭しました。心霊調査協会を設立して、霊媒とそういうことに関心を持つ人びとを激励しようとしているのです。わたしよりもっと能力に恵まれただれかが、わたしの求めている答えを見つける手伝いをしてくれるのではないかという望みを抱いてね」

「あなたは心霊研究の分野に大きな貢献をなさっていますわ、ミスタ・リード」客の礼儀として、キャロラインは濃い紅茶をもうひと口飲んだ。牛乳と砂糖のおかげでなんとか飲めなくはないものの、ひどい味だった。

リードが大きな手を机の上で組んだ。キャロラインはそのワイシャツの袖口に、黒玉と銀でできた哀悼のカフスボタンがついていることに気づいた。

「セアラが亡くなってからわたしがしてきたことはすべて、あれと交信したいという思いから出たものでした」リードが言った。「しかし、これまでのところ、まだ一度として報われていません」

「もしかしたら、そういうことは起こらないのかもしれません」キャロラインはできるだけやさしい口調で言った。

リードが顔をしかめた。「そうだとしたら、わたしのセアラのような霊媒は存在しないはずです。ミセス・フォーダイス、家内は実際、驚くばかりの能力を持っていました。それはたしかです。それを知っているからこそ、さまざまな形の心霊研究を推し進める決意を、今も持ちつづけていられるのです。いずれは、家内と接触できる霊媒が見つかるでしょう。そうなったあかつきには、セアラと交信できるだけでなく、心霊調査が正当な科学の一分野であることを、世間に証明することができます」

「そう確信しているのはあなたおひとりではありません」キャロラインは一拍置いた。「その探求が首尾よくいくことを願っていますわ。でも、今日わたくしをここへお呼びになったのは、もっと世俗的な用件を話しあうためでしょう？」

「世俗的なことではありませんよ、奥さん。わたしはずっと、『新しき夜明け』の読者と協会の会員を増やす方策を模索していました。心霊現象を研究する人が増えれば、現状を打開する可能性が大きくなる、そう信じているからです」

「もっともなことですわ」

リードが身を乗りだした。「それで、『新しき夜明け』にあなたの小説を連載したら、大勢の新しい読者を惹きつけることができ、ひいては才能のある新しい霊媒を発見することができるのではないかと思ったのです」

キャロラインは喉がひどく乾いていがらっぽい気がして、ごくりと唾をのみこんだ。かぜを引きかけているのでなければいいが。

「ありがとうございます、ミスタ・リード。でも、わたくしの書く小説は、おたくの雑誌にはそぐわないとお思いになりませんか？」

「強力な霊媒とあの世に関わるあっと驚くできごとを主題にした、新しい小説を書くための調査をしている、そうおっしゃっていたではありませんか。ぜひとも、それを『新しき夜明け』に掲載する契約を提示させていただきたいのです」

不自然なほど乾いた口と舌を湿らせるために、キャロラインはもうひと口紅茶を飲んだ。

「魅力的なお申し出ですわね」

「現在の出版社が次の小説に最高の条件を提示するに相違ないことは、重々承知しています。わたしとしては、その条件を上まわるものを提示する機会を与えていただきたいとお願いするだけです。白状しますと、作家にどれくらいの金額を支払うものなのか、皆目見当もつきませんが、そのための資金はあります。きっと合意に達することができると思います」

事務室の扉に遠慮がちなノックの音が響いた。

リードがいらだたしそうに言葉を切った。「ああ、ミラー、なんだ？」

扉があいた。おどおどした表情の若い男が、申しわけなさそうにキャロラインに会釈してから、咳払いをして言った。

「おじゃましてすみませんが、ミスタ・エルズワースがいらしたら知らせるようにとおっしゃったものですから」

「エルズワースが？」リードが明らかに困惑した表情で言った。「今きているのか？」

「はい。今夜の歓迎会と実演の準備について相談があるとおっしゃっています。いくつか変更したいことがおありのようで」

「困ったな」リードが立ちあがった。「まだ三時をすぎたばかりだ。エルズワースとの約束は四時だったはずだ」

「出なおしていただくようにお願いしましょうか？」

「いや、だめだ、怒らせるようなことは絶対にするな。うちの協会には彼のような著名人が必要だ。彼のおかげで世間は大いに注目してくれたし、信用度も増した」リードが急いで机をまわった。「エルズワースがどれほど短気か、きみも知っているはずだ」

「はい」ミラーが指示を待った。

リードがキャロラインの椅子のそばまできた。「ミセス・フォーダイス、ちょっと失礼させていただいてよろしいでしょうか？　エルズワースにへそを曲げられると困りますので」

「いいですとも」キャロラインは軽い吐き気を感じた。皮膚が急に冷たくなった。「また後日、出なおしてまいりましょうか」

「いいえ、どうかこのまま待っていてください。すぐにもどってきます」

キャロラインが辞去する口実を考えつく前に、リードがミラーを追い立てるようにして出ていった。扉がばたんとしまった。

キャロラインは深呼吸をしてむかつきが落ちつくよう祈りながら、しばらくじっと座っていた。鼻につくほど甘い牛乳たっぷりの紅茶が半分残っている紅茶茶碗に目をやる。先日の夜、アダムが帰ったあとで書いた原稿の一節がよみがえった。〈どうかしていらっしゃいますわ……一服盛られたのではないでしょうか〉

ありえない、とキャロラインは打ち消した。作家の想像力を勝手にふくらませてはいけない。リードが彼女に危害を加える理由などないではないか。

にもかかわらず、いつもの自分ではないのがわかった。とにかく家に帰って寝台にもぐりこみ、上掛けをかぶって眠りたかった。

椅子から立ちあがるには渾身の力をふりしぼらなければならなかった。めまいがして、キャロラインは部屋の中央に突っ立ったまま、倒れないように足を踏んばり、頭をはっきりさせようとした。

また吐き気がこみあげてきて、思わず目をつむった。吐き気がおさまると、深呼吸をして目をあけ、扉のほうを向いた。

一枚の写真が目に入った。ヴィクトリア女王の写真ではなく、扉の横の壁にかかっている別の写真だ。これまではそちらに背を向けて座っていたので、気がつかなかった。品のよいドレスを着て白いヴェールをかぶった若い婦人の写真だ。意にそわない運命に忍従しているかのように、美しい顔に不幸な陰が刻まれている。

「セアラ・リードね？」キャロラインはつぶやいた。「あなたは本当に霊媒だったの？　本当に、ヴェールの向こうのあの世と交信していたの？」

ヴェール。

その写真にはなにか気になるものがあった……。

花嫁の金色の髪は、十年前に流行した形に結いあげられている。セアラ・リードは金髪だったようだ、とキャロラインは思った。それがなぜこれほど気になるのだろうか？

キャロラインは吸い寄せられるように写真に近づいた。気分の悪い状態で細部に目を凝らすのは、相当な努力が必要だった。セアラ・リードのドレスとヴェールは、ともに白だった。それは珍しいことではない。ヴィクトリア女王が愛するアルバートとの婚儀に白を着たあと、白は花嫁の衣装として人気のある色になっていた。もちろん、ほかの色のドレスを着る花嫁もまだ多かったが、白も珍しくなかった。

目を凝らして見ると、セアラ・リードはドレスの胴着にブローチを留めていた。黒い七宝のブローチのようだ。

キャロラインの胸に恐怖が芽吹いた。頭はもうろうとしていたものの、ぼんやりした意識の中で、エリザベス・デルモントの胴着の上に置かれていたブローチについてのアダムの説明がよみがえった。黒い七宝細工だったのは間違いない。白いドレスを着てヴェールをかぶった婦人の写真が入っていた、とアダムは言っていた……。面取りをした水晶の下に、ひと房の金髪が入っていた、とも。

大変だ。恐怖で血が凍りついた。今すぐここから逃げださなければ。

キャロラインが一歩踏みだそうとしたとき、事務室の扉がひらいた。

「ミセス・フォーダイス」リードが心配そうに眉を寄せて入ってきた。「大丈夫ですか?」

「いいえ、気分がよくありません。失礼させていただきます」キャロラインはふらつく足を踏みしめて歩こうとした。「今すぐ家に帰らなくては」

「手をお貸ししましょう」

リードが扉をしめ、両手を差しだして近づいてきた。

「触らないで」キャロラインはかすれた声で言って、その手をかわそうとした。

「しかし、ご気分が悪いのでしょう、ミセス・フォーダイス。助けが必要ですよ」

「いいえ。帰らなくては」

しかし、今はさっきよりひどく部屋がまわっていた。黒く濃い闇に包みこまれ、自分がどこにいるのかわからなくなった。椅子の背もたれをつかもうとしたが、つかみそこねて膝を突いてしまった。

「心配いりませんよ、ミセス・フォーダイス。わたしがついていますから」

リードがしゃがんで、キャロラインを抱えあげた。がっしりして肩幅の広いその体には、彼女が思っていた以上に力があった。

大声で助けを呼ぼうとして口をあけたところで、キャロラインは黒い霧にすっぽり包みこまれてしまった。眠っているのでも起きているのでもなく、無という巨大な未知の海を漂流している。夢の世界だ。

これはあの世なのだろうか。

37

上等な家具がそろった静かな家の中の暗がりで、アダムはじっと獲物を待った。夕方六時少し前、玄関の鍵をあける音が聞こえた。

扉があいた。エルズワースが部屋に入ってきて、近くのランプに火をともそうとした。アダムは暗がりから忍びでると、エルズワースの上着の襟をつかんで壁に投げつけた。エルズワースがげっという声をあげて壁板にぶつかり、横向きにどさりと倒れた。あわてて起きあがろうとする。

「指一本でも動かしたら、へし折るぞ」アダムは言った。

床に伸びて体を半分起こした格好で、エルズワースが凍りついた。「ハーデスティ？　これはいったいどういうことですか？」

アダムはランプをつけた。「二件の殺人と行方不明の日記の件だ」

「頭がおかしくなったのですか？　こんなふうに他人の住まいに侵入して、わたしが殺人と関わりがあるようなことを言うとは、どういうつもりですか？」

「答えてもらいたい、エルズワース。それも、急いでだ。エリザベス・デルモントとアイリーン・トーラー殺しについて、知っていることを残らず話してもらいたい」

「あの二人のいんちき霊媒とは顔見知り程度でした。二人の死とはまったく無関係だし、関係があるという証拠もないはずです。さあ、今すぐ出ていかないと巡査を呼びますよ。今夜はウィンターセットハウスで重要な歓迎会と実演があるので、その準備をしなければならないのです」

「わたしのたずねることに答えなければ、今夜の実演にいけないだけでなく、ロンドンでもっとも人気のある霊媒としての地位も、今夜かぎりにしてやるぞ」

エルズワースが目をむいた。「殺すと脅しているのですか？」

「今のところは、きみの生業《なりわい》を奪うと脅しているだけだ。しかし、ことと次第によっては、それだけではすまなくなる」

「ふん」エルズワースがはた目にもわかるほど肩の力を抜いた。「あなたがなにか言ったくらいで世間がわたしの霊能を信じなくなると、本気で考えているのですか？　もしそうなら、大ばか者だ。世間の人びとは自分が信じたいものを信じるのです。今、ロンドンの人びとの多くは、わたしを史上最強の能力を持つ霊能者だと信じたがっています」

「エルズワース、きみは誤解している。わたしが暴露するつもりでいるのは、いんちき霊能者だということではなく、金融詐欺師だということだ」アダムは先ほど卓の上に置いた封筒を取りあげた。ふたをあけて逆さにすると、ドレクスフォード商会の株式証書が絨毯の上に落ちた。

エルズワースがあわてた様子でちらりとその証書を見た。「どこでそれを手に入れたのですか？」

「きみの机の一番下の引出しだ」

「それにしても、どうしてわたしがその株券についてなにか知っているなどと考えるのか、わかりませんね」

「きみに依頼されてそれを作った印刷業者は、わたしの信頼する古くからの知りあいでね」アダムは言った。「彼は用心深いことにかけては人一倍で、きみと契約を交わしたあと、尾行させた。自分の顧客についてできるだけ多くの情報を知っておきたいのだそうだ。それが安全を保証する手だてになるからだ」

エルズワースが顔をしかめた。「あの老いぼれ悪党め。やはり、そういう小細工を弄したのだな。だが、だからといってあなたを利することにはなりませんよ。わたしに頼まれたとあの男が証言するはずがない。当人にも、隠さなければならない秘密が山ほどあるのだから」

「きみの仕事をつぶすのに彼の証言など必要ない。わたしが大きな影響力を持っていることを知らないようだな」

エルズワースが警戒するような目でアダムを見た。「なんの話ですか？」

「エルズワース、きみの仕事が本当はどういうものかということを、わたしがひと言もらせば、殺された二人の霊媒に手伝わせてきみがやっていた金融詐欺の醜聞を、ロンドンじゅうの新聞がこぞって書きたてるだろう」

「証拠はありません」エルズワースが弱々しく言った。

「新聞が派手に書きたてたら、証拠の有無を気にする者などだれもいないことは、わたし同様きみもよく知っているはずだ」

「どういう意味ですか？」

「上流階級でのわたしの地位を考えたほうがよいと言っているのだ」アダムは静かに言った。「巨万の財産があるだけでなく、ウィルスン・グレンドンの相続人でもあり、サウスウッド伯爵とは非常に近しい身内だ。わたしがその気になれば、今きみにひらかれている社交界の主だった扉は、突然、イギリス全土に影響がおよぶほどの勢いでとじられてしまうだろう」

エルズワースはそれについて二秒ほど考えた。

「なにが知りたいのか、はっきり言ってください」弱々しい声だった。

アダムは先ほど寝台の下で見つけた日記を手に取った。「好奇心からたずねるのだが、これをどこで見つけた？　あの夜、わたしはエリザベス・デルモントの家をくまなくさがしたのだがな」

「あの女とは、あなたより親しい仲でしたからね。実際、デルモントはわたしの仕事仲間気取りでした。彼女の仕掛けと装置について関心があるとお世辞を言ったら、得意になって秘密を見せてくれたのです」エルズワースが軽く鼻を鳴らした。「わたしをうならせようとしたのでしょう。たしかに、そこいらの同業者よりはいくぶん創意に富んでいて、いくつもの隠し戸棚を設置していました。そのひとつが降霊室の壁の中にあって、日記はその中で見つけたのです」

「残念ながら、その戸棚は見落としたな」アダムは日記を置いた。「あの夜、日記を見つけてさえいれば、これほどの手間をかけなくてすんだろうに」そしてひたとエルズワースを見た。「どうして日記のことを知っていたのだ?」

「最近、ゆすりに使えそうな日記を手に入れたとデルモントが言っていたのです。えらく自慢げでした。さっきも言ったように、自分はただの助手ではなく、対等な仕事仲間だとわたしに思わせたかったのでしょう。だから、彼女の死体を発見したあと、その日記をさがしてみるだけの価値はあるだろうと思いました。正直なところ、楽に金が手に入りそうだったので、気をそそられたのです」

「そして日記を見つけた」

「ええ。しかし内容を一読して、使わずにおくのが無難だと思いました」

「どうしてそう思ったのだ?」

「わたしは才覚で暮らしを立てている人間です」エルズワースがそっけなく言った。「ばかではありません。ハーデスティ、あなたほど有力で危険な人物をゆするようなあぶないまねはしたくなかった。ところが、あなたが殺人事件の調査をやめないので、やむなくそうせざるをえなくなりました。あのままだと、早晩、例の非常に金になる投資計画を知られるだろうと思ったからです」

「やめるよう警告するために、あの二人の男をよこしたのだな？」

エルズワースが肩をすくめた。「もう必死でした。あなたを脅すのに使えるのは、あの日記しかありませんでしたから」

「なぜ日記を持ち去ったのかはわかった。しかし、哀悼のブローチとヴェールまで持ち去ったのはなぜだ？」

エルズワースが心底当惑したように顔をしかめた。「ブローチ？　ヴェール？」

「ヴェールにはミセス・デルモントの血が染みこんでいた。ブローチは黒い七宝細工で、中には白いドレスとヴェールをまとった若い婦人の写真が入っていた。ひと房の金髪とともに」

エルズワースがぴたりと動きを止めた。「たしかですか？」

「ああ。わたしが死体を発見したときには、ヴェールとブローチがデルモントの体の上に置かれていた。トーラーが意図的に置いたに違いない。しかし、その理由と、どこで手に入れたのかがわからない」

エルズワースの声がこわばった。「ウィンターセットハウスのダーワード・リードの事務室へ何度かいったことがあります。その扉のそばの壁に、写真が一枚かかっています」

「なにを言っているのだ？」

「どうやら、状況はあなたが考えているよりはるかに悪いようです」

しばらくして、アダムはコーリー通り二二番地の玄関のノッカーをたたいた。ミセス・プラマーが出てきた。アダムがキャロラインに会いたいと言うと、困惑した表情を浮かべた。

「奥さまは午後からお出かけになりました。心霊調査協会のミスタ・リードから、奥さまの小説の契約について相談したいという手紙が届きましてね。もうお帰りになってもいいころなのですが。手間取っていらっしゃるに違いありません」

アダムは落ちつけと自分に言い聞かせた。

「伯母さんたちは在宅かね？」

「いいえ。お二人とも、お友達と食事をしてカードをすると言ってお出かけになりました。お帰りは遅くなるでしょう。なにかあったのですか、ミスタ・ハーデスティ？」

「いや、万事大丈夫だ、ミセス・プラマー」

しかしアダムには、自分がみずからにも彼女にも嘘をついているのがわかった。

38

かなりの時間がすぎて、キャロラインはようやくはっきり意識を取りもどした。目をあけて暗い天井を眺めながら、頭の中で体の状態を点検する。吐き気はおさまったようだ。

慎重に体を起こしたとき、リードに寝台の上に横たえられたことを思い出した。新たな恐怖の波が襲ってきて、息ができなくなった。灰色の霧の中を漂っていたあいだに、なにが起こったのだろうか？

キャロラインはあわてて大きな寝台から立ちあがった。下半身にいつものスカートとペティコートの重みを感じ、心底ほっとした。まだきちんと服を着ている。家を出たときのまま、ストッキングは靴下留めでしっかり留まっているし、ズロースもずりおろされてはいない。ひとまず安心だ。

気持ちを集中して、自分が漂っていた不気味な黄昏《たそがれ》の世界の記憶を呼びおこす。リードに乱暴されたのならおぼえているはずだ。薬入りの紅茶で完全に意識を失ったわけではなかった。二、三口しか飲まなかったおかげだろう。実際、寝台に横たえられとき、リードが奇妙なほど丁重だったというぼんやりした記憶があった。時間をかけてスカートの乱れをなおし、足首まできちんとおおって、部屋から出ていった。

キャロラインは踵に体重をかけて体を回転させながら、暗い部屋を調べた。リードがもどってくる前にここから逃げださなければ。

まず扉のところへいき、鍵がかかっていないかもしれないという一縷《いちる》の望みを抱いて取っ手をまわしてみた。けれど、当然ながら鍵はかかっていた。

くぐもったかすかなざわめきが、はるか下のほうから聞こえてくる。遠くで音楽が演奏されている。ジュリアン・エルズワースの歓迎会が始まっているのだろう。

急いで窓のところまでいってみたが、ひと目で釘づけされているのがわかった。鉛枠にはまった小さな板ガラスごしに、大きな屋敷の裏に広がる殺風景な庭が見えた。月光が薄い霧を通して射しこんでいる。

地面までかなり距離があるとわかって、キャロラインは気落ちした。今とじこめられている部屋は、どうやら古い屋敷の最上階のようだ。

大声で助けを呼んでもむだだろう。壁が厚く、一階でにぎやかに歓迎会がおこなわれていることを考えると、声がだれかに聞こえるとは思えない。

キャロラインはあらためてじっくり部屋を調べてまわった。白い霧に反射して射しこむ月明かりで、寝台と洋服箪笥と椅子がひとつずつあるのが見て取れた。見える範囲にはランプも蠟燭もなかった。

洋服箪笥の戸をあけてみる。空っぽだろうと思っていたので、白いサテンの輝きが目に入ったときには仰天した。

その流行遅れのドレスを引っ張りだし、よく見ようと目の高さに掲げる。驚いたことに、見おぼえのあるドレスだった。

セアラ・リードの花嫁衣裳だ。

洋服箪笥の棚に、長いヴェールがきちんとたたんで置いてあった。乾いた血がこびりついている。引出しには、一双の白い手袋とともに、黒い七宝の哀悼のブローチが入っていた。

いずれリードがもどってくるだろう。なにか方策を考えなければ。キャロラインの頭に、調査をする際のごまかしの戦術として、アダムが何度か口にした言葉がよみがえった。彼はそれを、昔からよく使われていて、非常に有効な方法だと言っていた。

注意をそらすこと、だ。

39

アダムは、正式な夜会服を着て馬車の向かいに座っているエルズワースの顔を見た。

「注意をそらすことが必要だ。その役をきみにやってもらう。そういうことにかけては、きみ以上の適任者はいないだろう」

「今のはほめ言葉と考えることにします」エルズワースが白い蝶ネクタイのゆがみをなおした。「しかし、どれほど熟練した霊能者でも、観衆が進んで参加してくれて初めてうまくやれるのだということを、忘れないでください。実演の最中にリードが会場から出ていって、あなたが屋敷を捜索しているのを見つけたらどうなるか、わたしにはそこまで責任を負うことはできません」

「きみは自分の役目をきちんと果たせばいい」アダムは上着の胸を軽く押さえ、短刀の鞘の頼もしい形をたしかめた。「わたしも自分の役目を果たす」

「わかりました」エルズワースが手袋のしわを伸ばして外套を抱えると、馬車からおりた。

そして、ちょっと口ごもってから言った。「信じられないかもしれませんが、幸運を祈っています、ハーデスティ。実のところ、ミセス・フォーダイスの小説が好きになってきたのです。『謎の紳士』の結末を読みそこねるようなことにはなってほしくないですからね」

「それなら、今夜は一世一代の実演をすることだ、エルズワース」

エルズワースがうなずいて背を向けると、大きな屋敷の明かりのほうへと歩いていった。

リードがキャロラインを捕らえたとしたら、あの古い陰気な屋敷のどこかにとじこめている可能性がもっとも高い、とアダムは考えた。

もちろん、考えうる可能性はほかにもあるが、それは考えまいとした。アダムはこの一時間、リードはキャロラインを殺したりはしない、少なくとも、めざす目的がどれほど不可解なものであれ、そのために彼女を利用するまでは殺さないはずだと考えようとしてきた。今夜のエルズワースの歓迎会と霊能力の実演の準備のあわただしさの中で、おそらくリードには、自分の計画を実行するひまはなかったに違いない。

霊媒が入口の階段をあがり、煌々《こうこう》と明かりのついた心霊調査協会本部の玄関の中へ消えるまで待ってから、アダムは馬車をおりて御者に心づけを渡し、近くの路地の暗がりに入った。

その位置から、もう一度ウィンターセットハウスを眺める。明々《あかあか》と灯のともった一階の窓と上階の不気味な暗さとのあまりの落差に、アダムは思わず寒気をおぼえた。

キャロラインはあの暗がりのどこかにいる。彼はそれをはっきり感じることができた。

急ぎ足で湿っぽい路地を進む。

路地の端に出ると、屋敷の庭を囲む高い石の塀が、霧の立ちこめたゆく手の暗がりに立ちはだかった。

最後に石塀をよじ登ってからもう数年になるが、自分がまだそのこつを忘れていないことがわかって、アダムはほっとした。


十年前はドレスのスカートを大きくふくらませるスタイルが流行していたので、セアラ・リードの花嫁衣裳もそういう形だったが、硬くて張りのある芯地《クリノリン》がないと、スカートは体にそってだらりと垂れさがった。

けれど、硬いクリノリンが入っていたら、形が自由にならないばかりか、大きく場所を取って、今身を隠している洋服簞笥には入りきらなかったろう。

キャロラインは洋服簞笥の扉を少しあけたままにしておいた。その細いすきまから、寝室の扉と四柱式寝台の一部が見えた。リードがもどってきたら、注意深く逃げるすきをうかがって、ここぞという機会を逃さないようにしなければならない。

もう何年もこの洋服簞笥にとじこめられているような気がしたが、実際には、せいぜい一時間というところだろう。キャロラインは身じろぎもしなかった。いつリードがもどってくるかわからないからだ。

洋服簞笥の狭い空間にじっと立っていると、神経も体力も急速にすり減っていった。薬の影響はかなり薄れてきていたが、精神的にはまだ完全に回復したとは言えなかった。階下でおこなわれているにぎやかな歓迎会のかすかな音が、目に見えない不気味な波さながら、寄せたり引いたりしているように思えた。ひどく陰鬱な気分になってきた。死んだ婦人の花嫁衣裳を着ているせいだろうか。

金属がこすれあう音で、キャロラインは奇妙な夢うつつの世界から現実に引きもどされた。脈拍がはねあがり、皮膚が冷たくなってひりひりした。

落ちついて、と自分に言い聞かせる。いつでも走りだせるよう、スカートをしっかり抱えるのよ。三年前のようにころんではいけない。これを逃したら、もう二度目の機会はないだろう。

洋服簞笥の戸の細いすきまから、寝室の扉があくのをじっと見つめる。床にランプの光が落ちた。

「もう目がさめましたか、ミセス・フォーダイス？　階下では歓迎会がたけなわです。みんなエルズワースに注目しているので、ちょっと抜けだして、どんな様子か見にきました。あなたにやむなく飲ませた薬は、きわめて不快な作用があるということでしたが」

扉をあけっぱなしにしたまま、リードが部屋に入ってきた。片手にランプを持ち、もういっぽうの手に拳銃を握っている。

「まだ眠っているようだな」ランプを高く掲げて寝台に近づく。「それとも、眠っているふりをしているだけなのかな？　どちらでもかまわない。この残念な仕事はすぐに終わるのだから」

寝台のそばまでいったとき、リードがふと立ち止まった。キャロラインは息をつめて、ランプの明かりに浮かびあがっている緑色のドレスを見た。丸めた敷布と枕を胴着とスカートにつめて、かろうじて人の形に見えるようにしておいたものの、よく見れば、もぬけの殻だとすぐに見抜かれることはわかっていた。

「ハーデスティなどにたぶらかされて大きな醜聞に巻きこまれるとは、実に残念です」そう言って、リードがまた前に踏みだした。「自分の評判のことを考えなかったのですか？　セアラのように、あなたも弱い女の性《さが》に負けたのでしょうね。婚礼の夜、セアラが純潔ではないとわかったときの苦悩と怒りは、言葉ではとうてい言い表わせません。そう、あれの恋人は死んだのですが、わたしにはその男のことをひと言も話しませんでした。ところが婚礼の日、その男の死を悼んで作った哀悼のブローチを、美しい白いドレスにつけていました」

リードが寝台の間近までいって、立ち止まった。

「あざむかれたことに気づいたとき、わたしは頭がおかしくなってしまいました。あの世の邪悪な霊に取りつかれたに違いありません。あれの美しい首にスカーフを巻きつけて、力のかぎり絞めたのです。やがて、あれは――」

そこではっと口をつぐみ、気持ちを落ちつけたようだった。

「あとになって、自分がしでかしたことに気づいて悲嘆に暮れ、恐ろしくなりました。そして、起こったことをだれにも知られないようにするには、死体を始末しなければならないと考えました。それで、夜が明ける少し前に、散歩用の一張羅のドレスを着せ、通りの向かいの公園に運びました。ブローチは取っておいて、のちに、あれの恋人の写真と遺髪を、あれのものと入れ替えました。しかし、そのときはもう手遅れで、すでに、セアラはわたしに取りついていたのです」

キャロラインが見ていると、彼女がまだドレスを着ていれば頭があるはずの場所に置いてある枕に、リードが手を伸ばした。

「しかし、あなたこそは、わたしがずっと待っていた人、あの世のわがセアラと接触できる人です。間違いありません。あなたがあの世と渡りをつけてくれたら、婚礼の夜のわたしは本来のわたしではなく、なにかに取りつかれていたことを、セアラに説明します。そうすれば、きっと許してくれて、わたしをそっとしておいてくれるでしょう」

リードが枕をどけた。

「これはなんだ？」リードがもぬけの殻のドレスを見て目を丸くした。驚愕のあまり、身動きもできないようだ。

キャロラインは今だと思った。白いサテンのスカートをしっかり抱えると、洋服箪笥の戸をあけて飛びだし、扉めざして走った。

リードが面くらったようにゆっくり振り向いた。

「セアラ？　そんなはずはない。セアラ」

キャロラインは部屋から飛びだした。そこは暗い廊下だった。壁のほの暗い突きだし燭台の明かりで、廊下の両側にしまった扉がずらりと並んでいるのが、かろうじて見えた。せわしなく左右に目を走らせて主階段をさがしたが、扉がどこまでも並んでいるのが見えるばかりだった。

背後で足音が聞こえた。衝撃で呆然としていたリードが、われに返って追いかけてきたのだ。

「もどっておいで、セアラ」

キャロラインはどちらかを選ぶほかなかった。

とっさに右を向き、廊下の突き当たりにあるほのかに明るい窓へ向かって走った。主階段に出られなくても、せめて召使用の階段が見つかるかもしれない。

「セアラ、止まれ。説明させてくれ。きみを殺したのはわたしではない。悪霊に取りつかれていたのだ」

キャロラインが肩ごしにちらりと振り向くと、背後の暗がりにリードが見えた。

「きみの霊から解放されるにはどうすればいいのか、教えてくれ」リードがわめいた。「きみのおかげで頭がおかしくなりそうだ」

廊下に銃声がとどろいた。キャロラインの近くで壁板が砕ける音がした。あと少しで廊下の突き当たりだが、階段らしきものはどこにも見えない。途中の扉のどれかをあけてみたほうがいいだろう。中に入って扉があかないように固定することができれば、わずかにせよ時間を稼ぐことができる。

ただ、ふたたびとじこめられることになってしまう。

「セアラ」

また銃声がとどろいた。キャロラインの前方のガラス窓が割れた。

背後で扉が勢いよくひらく音がした。

「リード」アダムのどなり声がした。「止まれ。さもないと命はないぞ」

「ハーデスティ」リードが立ち止まり、くるりと振り向きざま、ほんの数歩の距離にいるアダムをねらって銃をあげた。

「だめ」キャロラインは悲鳴をあげた。その距離だと、リードがねらいをはずすことはありえない。

アダムの腕がさっと動くのが見えた。なにかを投げたようだ。

手提げランプの光の中で、一瞬、金属が光った。

リードの体がひきつけを起こしたように硬直した。握っていた銃がまた火を噴いたが、弾は的から大きくそれたらしく、アダムはよろめきもしなかった。

リードがうつぶせに床に倒れ、そのまま動かなくなった。

アダムが拳銃を遠くへ蹴ってから、キャロラインを見た。

「けがはないか？」地獄の底から聞こえるような声だった。

「ええ」花嫁衣裳のスカートをつかんだまま、キャロラインはふらつく足でゆっくり廊下を引き返した。「ええ、大丈夫です、アダム。リードはわたくしには指一本触れませんでした」

アダムが右手を差し伸べた。キャロラインは白いサテンのドレスをひるがえして走った。駆け寄った彼女を、アダムがひしと抱きしめた。

そのまま、アダムは長いことキャロラインを抱きしめていた。やがて、体を離してリードのそばにしゃがんだ。

キャロラインはてっきりリードは死んだものと思っていた。けれどアダムが仰向けにすると、うめき声をあげた。そのとき初めて、リードの胸に刺さった短剣の柄が見えた。

リードが目をあけてキャロラインを見あげた。

「セアラ。この十年、きみはずっとわたしに取りついていた。ああ、ようやくあの世できみといっしょになれる」

リードが目をとじた。そして、もう二度とあけることはなかった。

40

翌日の午後、一同はラクストン広場にある屋敷の書斎に集まった。アダムがウィルスンとリチャード、エルズワース、そして自分のブランディを注いだ。キャロラインとジュリア、エマ、ミリーは紅茶にした。

アダムはデキャンターを置きながら、ひそかにキャロラインの顔を観察した。はしばみ色の目には陰があり、顔にはまだ昨夜の恐ろしいできごとの疲れが刻まれていたが、強靭《きょうじん》でしなやかな気概は今も明々と燃えているのがわかった。順調に回復しているようだ。

その点アダムのほうは、彼女ほど早く立ちなおれるかどうか自信がなかった。ウィンターセットハウスの廊下での恐怖の数秒間を、この先何年も夢に見てうなされそうな気がした。アダムがいくのがあと数分遅かったら、あるいは、運よく召使用のあの階段にいき当たらなかったら……。

それを考えるのはやめよう。頭がおかしくなってしまう。

アダムは強いブランディをひと口飲んで、自分の机に腰をおろした。

「トーラーとデルモントがともに、リードとエルズワースの二人と関わりを持っていたために、ことがひどく複雑になったのです」アダムは一座の人びとに向かって言った。「ここにいるエルズワースは、トーラーとデルモントを始めとして大勢の霊媒と、かなり直接的な仕事上の結びつきを持っていたようです」

「しかし、あくまで仕事の上だけの関係でした」エルズワースがブランディをひと口飲んで、グラスをおろした。「仕事の仲間とは恋愛関係を持たないことにしているのです。経験から、恋愛関係を持つとかならず金銭のもめごとが起こるからです」

キャロラインがエルズワースを見た。「ミスタ・リードがデルモントとトーラーの両方と親密な関係を持っていたことは、ご存じだったのですか？」

「うすうす感じていました」エルズワースが認めた。「ばかげた自動書記の実演を協会の本部でやらせて、素人じみた芸を宣伝してやるなど、リードはトーラーに少しばかり甘すぎるようでした。しかし、二人の関係は終わりに近づいているのではないかと感じていました。リードの関心は急速にデルモントに移っていっていましたから」

「死んだ奥さんと交信できるのではという期待から、あなたにも降霊会をしてほしいと言ってきたのですか？」ジュリアがたずねた。

「いいえ」エルズワースがグラスの中でブランディをまわした。「わたしは最初から、死者との交信はできないとはっきり言っていましたから。わたしの霊能はまったく別の種類のものなのです」

リチャードがうろんな目でエルズワースを見た。「純然たる好奇心からたずねるのだが、きみの投資計画とやらを実施するために、このロンドンでほかに何人の霊媒を使っているのだね？」

エルズワースの顔に、しらばくれた、それでいてむっとしたような表情が浮かんだ。「職業上の秘密を明かすわけにはいきません」

アダムはエルズワースを見た。「しかしながら、投資の金をあずけたデルモントとトーラーの客に金を返すことには、同意した。そうだろう？」

エルズワースがため息をついた。「そのとおりです」

ウィルスンが、椅子の肘かけの革を指先でたたいた。「トーラーとデルモントに霊能がなかったのなら、リードはなぜ二人を引き立てたのだ？」

うんざりしたように、エルズワースが品のいい鼻にしわを寄せた。「そういうことに関しては、リードにはまったく見る目がありませんでした。にせものを見ても、あのばかにはそうとわからなかったのです。思い出していただきたいのですが、なにしろ、霊媒と結婚した男ですからね。財産目当てで結婚したのかもしれませんが、奥さんには霊能があると本気で信じていたのです」

アダムは机に置いてある大型の本を持ちあげた。「これはリードの日記です。今朝、リードの書斎で警察と落ちあったときに見つけました。どうやら、男の霊媒にはほとんど関心がなかったようです。死んだ妻の霊と接触できるのは婦人の霊媒だと考えていたのです」

エルズワースが肩をすくめた。「心霊研究をしている人びとの多くは、概して婦人のほうが、あの世と交信するのに向いていると考えているのです」

アダムは書かれている名前と日付に注目しながら、ページを二、三枚めくった。「近年は、かなり大勢の魅力的な婦人の霊媒を、計画的に試していたようだ。そして、その霊媒たちと親密な関係になっていることを、隠そうともしていない。そのような関係が霊能を高めると信じていたからだ」

キャロラインがぶるっと身震いした。「ある方面では、そういう考えがいきわたっているようですわね」

アダムはまたページをめくった。「いわゆる誘惑と試験のしかるべき期間を経たあと、これぞと思った霊媒には、セアラの使っていた寝室で最後の試験を受けさせたようだ。死んだ妻があの部屋に出没すると考えていたのだ。そしてその霊媒が最後の試験をしくじったら、また別の候補者を口説きにかかった」

「婚礼の夜、リードはあの寝室でセアラを殺したのですね」キャロラインがつぶやくように言った。

アダムはうなずいた。「日記によると、死体に服を着せて、翌日発見されるように公園へ運んだようだ。翌朝、セアラがいないことに召使はだれも気づかなかった。みな、普通の花嫁ならそうであるように、新婚初夜のできごとに大きな衝撃を受けて、遅くまで眠っているのだろうと考えたからだ。のちに、だれにも気づかれずに家を抜けだして、散歩にいったのだろうということになったようだ」

ジュリアが小首をかしげて言った。「リードはどう見ても、きわめつけの美男子でもなければ、魅力あふれる男でもありませんでした。トーラーやデルモントやほかの霊媒たちは、なぜ飛びつくように彼の誘いに乗ったのかしら？」

「ダーワード・リードと関係を持った霊媒には、明白な利点がありました」エルズワースがひどく事務的な口調で言った。「リードに気に入られているあいだは協会の後援が得られます。そうすると霊媒としての名声があがり、収入も増えるというわけです」

「ええ、そうでしょうね」ミリーがつぶやくように言った。「それが動機づけになるのはわかる気がします」

「競争の激しい商売ですからね」エルズワースが認めた。「ことに下層の霊媒のあいだでは」

「ところが、アイリーン・トーラーは致命的な間違いを犯した。リードを本気で愛してしまったのです」キャロラインが静かに言った。「リードが自分を捨ててエリザベス・デルモントに乗り換えようとしていることに気づいて、トーラーは取り乱し、腹を立てました」

「以前からデルモントを強力なライバルと考えていたトーラーとしては、とてもつらかったでしょうね」エマが言った。「女として愚弄された気がしたのだと思うわ」

「トーラーはウィンターセットハウスをよく知っていた。ことに、リードに言われて最終試験の降霊会をおこなったので、セアラ・リードの寝室の場所はわかっていた」アダムはつづけた。「ある日、リードの目を盗んで三階までいき、洋服簞笥からブローチとヴェールを盗みだした」

キャロラインがうなずいた。「そしてエリザベス・デルモントを殺した夜、それを現場に残した。リードに取りついている死んだ婦人のものだったということで、その二つは、トーラーにとっては大きな意味がある品だったのです」

「同じようにデルモントの死体のそばで見つかった懐中時計は、どうなのですか？」ジュリアがたずねた。「新聞に書いてあったでしょう？」

「あれはエリザベス・デルモントのものだった」アダムは言った。「リードからの贈り物だったのだ。アイリーン・トーラーはそれを知っていて、怒りに駆られてたたきつぶしたのだろう。あの晩、殺した犯人が立ち去ったあとでデルモントの家へいった最初の人間は、わたしだった。わたしが死体を見つけたときには、ヴェールとブローチと時計はまだそこにあった」

「二番目にいったのがリードだったのだな」ウィルスンが言った。「亡き妻のブローチとヴェールが現場にあるのを見て、仰天したことだろう。そして、それを盗んでデルモントを殺した人間がだれか、即座にわかったに違いない。彼はブローチとヴェールは持ち去ったが、懐中時計はそのままにしておいた。時計はリードにとってはなんの意味もなかったからだ」

「最後にいったのがわたしでした」エルズワースが話を引き取った。「街で遅くなった帰りに寄ったのです。夜明け近くでした」

ミリーが好奇心をかきたてられたように言った。「いったいどういうわけで、そんなに遅い時間にデルモントの家へいったのですか？」

「デルモントがわたしから要領を学び、わたし抜きで独自の投資計画を始める準備をしているようだったので、考えなおさせようとしたのです。彼女がひとりでそれをしようとしたら、いんちき霊媒だということをばらすと脅すつもりでした。いってみたら玄関があいていました。中へ入ると、死体がありました」

「モードの日記もだ」アダムはつけ加えた。

エルズワースが当然だろうというように右手を動かした。「せっかくの機会を見逃すような間抜けではありませんからね。しかし、前にも言ったとおり、日記を読んで、へたなことはしないほうがいいと考えました。あまりにも無謀だ、と」

「でも、もう手遅れだったのでしょう？」ミリーが楽しそうに言った。「すでにアダムはあなたを追っていた」

エルズワースが顔をしかめた。「アイリーン・トーラーの実演のあと、彼がミセス・フォーダイスといっしょにいるのを見て、自分がやっかいな状況に直面していることがわかりました。それで、警察に心霊上の協力をすることで、人びとの注意をほかへ向けて捜査を攪乱しようと、全力をつくしました。そうすれば、新聞が派手に書きたてるに違いないと思ったのです。ミセス・フォーダイス、あの日、観客の中にあなたの姿を見つけて、あなたの身に危険が迫っていると警告したでしょう。あれで、あなたとハーデスティの注意をそらすことができると思いました。ところがすべてがむだだったので、やむなく手荒な方法に訴えたのです」

「二人の悪党を雇ってアダムを襲わせたのですね」キャロラインがなじるような表情で言った。

「ええ、なんと言ったらいいのでしょう。もう必死だったのです」

「リードはそれ以上に必死だった」アダムは言った。「日記によると、エリザベス・デルモントこそ死んだ妻の霊と接触できる霊媒だと考えて、大きな期待を抱いていたようだ。ところが、セアラの寝室で最終試験の降霊会をおこなう前に、トーラーが彼女を殺してしまった。そしてトーラーから、会いにこいという手紙が届いた。リードは、妻の寝室での降霊会の件を新聞に暴露すると脅されるのではないかと考えた」

「それで、トーラーを殺したのですね」ジュリアが言った。「そしてその現場を、新聞に書かれていたデルモントの殺害現場とそっくり同じにした。そうすれば、新聞が飛びつくだろうとわかっていたからですね」

アダムはうなずいた。「デルモントが殺されたあと、キャロラインがウィンターセットハウスに出入りするようになったのは単なる偶然ではない、とリードは考えた。自分がセアラと交信するために使えるよう、なんらかの霊的な力がキャロラインを差し向けたと思ったのだ。そして昨日、キャロラインを自分の罠の中に誘いこんだ」

エマが顔をしかめた。「わかりませんわ。キャロラインをかどわかして恐ろしい降霊会に利用して、だれにも知られずにすむと本気で考えていたのでしょうか？　キャロラインが姿を消したらあなたがおさがしになるだろうということは、リードにもわかっていたはずですのにね、アダム」

「用がすんだら、ほかの二件の殺しと同じような方法で、キャロラインを殺すつもりだったのだ」ウィルスンが静かな怒りに口元をこわばらせて言った。「壊れた懐中時計と死体をキャロラインの家に置いて、またもや、アダムが犯人だと示唆するような証拠を残すつもりだったのだろう」

ジュリアが身震いした。「扇情小説家が恋人に殺されたとなったら、新聞は間違いなく大喜びで飛びついたでしょうね」

ミリーが肝をつぶしたように言った。「本気でそんな計画がうまくいくと思っていたのかしら？」

エルズワースがかぶりを振った。「おわかりになっていないのですね。あの世と交信できると信じている人びとは、それを願うあまり、論理も常識もすべて棚あげにしてしまうのです。実際、わたしがこれまでに会った中でも、リードはもっともだまされやすい部類の人間でした」

キャロラインがエルズワースを見た。「トーラーが殺された翌朝、アダムとわたくしに彼女の家へくるようにという手紙をよこしたのは、あなただったのですか？」

「いいえ」エルズワースが両手をあげててのひらを前に向けた。「誓ってわたしではありません」

「手紙をよこしたのはリードだ」アダムは日記をとじた。「警察とほうぼうの新聞にも匿名の手紙を送ったようだ。大きな騒ぎを引き起こそうとしたのだ」

「きみが逮捕されることを願っておったに違いない」ウィルスンが言った。「逮捕されぬまでも、疑惑と醜聞の黒い雲に包まれるだろう。主たるねらいは、きみとキャロラインの仲にくさびを打ちこむことだった。きみが殺人事件と関わっておるとわかれば、キャロラインが衝撃を受けて怖気づくと思ったのだろう。自分の評判を守るべく、きみに背を向けると考えたのだ」

アダムはにやりとしてキャロラインの顔を見た。「どう見てもリードには霊能力はなかったようだな。たとえそのせいで大きな醜聞にさらに深くはまりこむことになっても、きみがわたしのアリバイを証言してくれることを、彼は予見できなかった」

ウィンターセットハウスでの恐ろしいできごとをくぐり抜けて以来初めて、キャロラインが晴れやかな目で笑い声をあげた。「リードには、扇情小説家のことがなにもわかっていなかったようですわね。わたくしたち扇情小説家は、醜聞を生きがいにしているのです」

41

ひと月後……

「なんとまあ」ウィルスンの大声が朝食室いっぱいに響いた。そして『フライング・インテリジェンサー』をばさりと食卓に置いた。「まったく、実に意外な展開だ」

アダムは壺からジャムをすくった。「朝っぱらから大声をあげて、なにをそんなに騒いでいるのですか？　金融関係の悪いニュースでも載っていたのですか？」

「金融のニュースなぞくそくらえ。そんなものよりはるかに重大なことだ」ウィルスンが新聞に人差し指を突き立てた。「『謎の紳士』の最終回だよ。信じないだろうが、エドマンド・ドレイクがヒーローになった」

アダムは一瞬心臓が止まったような気がした。胸に希望が燃えあがり、トーストにジャムを塗ろうとしていたバターナイフをおろした。

「ドレイクは悪党だと思っていましたが」用心深く言う。

「賭けてもよいが、わたしも、連載をずっと読んでおるほかの読者たちも、みなそう思っておった」ウィルスンがコーヒーに手を伸ばした。「ところが、はずれた。今、最終回を読み終えたところだが、ドレイクがミス・リディアを救いだして、あのきざなジョナサン・セントクレアの化けの皮をはがしたのだ」

「だれもが英雄だと思っていた人物ですか?」

「ああ。虫の好かんやつだった。あまりにも行儀がよくて、すまし返っておって。正直なところ、きわめて退屈な男だった。キャロラインがあのような男をミス・リディアと結婚させるはずのないことは、わかっていてしかるべきだった。最初から、ドレイクこそが本命だったのだ」

「エドマンド・ドレイクがミス・リディアと結婚するのですか?」

「ああ、そのとおりだ」ウィルスンがうなるように言った。「実に刺激的な結末だ。ジュリアがなんと言うか、聞くのが楽しみだな。今朝は、ロンドンじゅうの読者が仰天して目を丸くしておるに違いない。名手ミセス・フォーダイスは今回もまた、最終回に予想外のあっと驚くできごとを用意して、われわれ読者の意表を突いた。まったく才気煥発な婦人だよ」

アダムは膝のナプキンを取って食卓に放りだした。「失礼します」

そう言うなり立ちあがると、扉のほうへ歩きだした。

「なにごとだ? いったいどこへいくのだ、アダム? まだ朝食の途中ではないか」

「申しわけありませんが、今すぐ出かけなければなりません。一刻も猶予のならない、きわめて重大な用ができたのです」

ウィルスンが目を丸くしたが、すぐに当惑の表情が消え、満足そうな表情に変わった。そしてまた新聞を手に取った。「キャロラインによろしく伝えてくれ」

窓から暖かい陽射しが射しこむ書斎で、キャロラインが次の小説の構想を書き留めていたとき、アダムが入ってきた。彼女は期待に胸をはずませて顔をあげた。そしてアダムの表情をじっくり見たが、目が熱っぽくくすぶっているのに気づいて、はっとした。

「アダム？　どうかなさったのですか？　少し熱があるように見えますが」

アダムがつかつかと机に近づいてきた。

「エドマンド・ドレイクをヒーローにしたそうだな」

「あら、ええ。それがなにか？」

彼は机の前で立ち止まり、机に両手を突いて身を乗りだした。「なぜそんなことをしたのだ？」

「とてもおもしろい展開だと思ったからです」キャロラインはさらりと言った。「正直なところ、『謎の紳士』の結末を知っていらっしゃるとは驚きましたわ。あの一章をお読みになっただけで、読むのはおやめになったものとばかり思っていました」

「最終回のあっと驚くできごとを、ウィルスンが話してくれたのだ」

「なるほど。どうしてそんなに気になさるのか、おたずねしてもいいですか？　あの手の小説はお読みにならないはずでしょう？」

アダムが体を起こし、キャロラインがその意図に気づいたときにはもう、机の後ろにまわってきていた。そして彼女の肩をつかんで立ちあがらせた。

「それは、わたしがきみを愛しているのと同じくらい、きみもわたしを愛してくれているのかもしれない、という希望を与えてくれたからだ」

キャロラインの体を驚きと喜びが駆け抜けた。「わたくしを愛してくださっているのですか？」

「この部屋できみを見た、あの最初の瞬間から」

「ああ、アダム、わたくしも心から愛しています」

キャロラインは彼の首に抱きついた。

「では、わたしをじらすのはやめて、結婚してくれるかね？」

「ええ、もちろんです。これまでためらっていたのは、ご自分のルールを守るために、やむなく結婚を申しこまれたのではないかと思ったからです。高潔な品性から、責任感がとても強くていらっしゃるのですもの」

「キャロライン」穏やかではあるが力のこもった口調だった。「言葉では言いつくせないほど愛している。それは一生、そしてその先も変わらない。きみに愛されることで、自分がこの世でだれより幸せな男になるとわかっているからだ。しかし言っておくが、きみを求めるこの気持ちは、高潔さとは無関係だ。ただひたすらきみが欲しいだけだ。きみを手に入れるためなら、嘘もつくし、詐欺や盗みもするし、もっと悪いこともするだろう」

キャロラインは笑い声をあげた。「どうかなさったのですか？　ご自分がヒーローにされたとわかって、うろたえてしまわれたのですか？」

「ヒーローは小説の中のものだ」アダムが親指で彼女の下唇をなでた。「わたしはひとりの男だ。望みはただひとつ、女が男を愛する方法で、きみに愛してもらうことだ」

「一生、そしてその先も変わらずに」キャロラインは誓った。

アダムが金色の陽光の中でキャロラインに口づけした。彼の胸に強く抱きしめられて、キャロラインはほかのすべてを忘れた。

聞き慣れた声で、彼女は現実に引きもどされた。

「いい日和ですこと、ミスタ・ハーデスティ」扉のところからエマが言った。「そのようなことをするには、まだ少しばかり時間が早いのではありませんの？」

アダムが頭をあげた。「おはようございます。今の質問の答えですが、いいえ、このようなことをするのに早すぎる時間ではありません。キャロラインと結婚して、毎日こうやって一日を始めるのを常とするつもりなのです」

「なんとロマンティックなこと」ミリーが紅茶の盆を持って入ってきて、卓の上に置いた。そしてポットを持ちあげると、三人を見まわした。「だれかお茶を飲みたい人は？」

「みんな、飲んだほうがよさそうですね」キャロラインはアダムの腕の中で言った。「今アダムが、自分はヒーローのタイプではない、そう言ってわたくしを納得させようとしていたところなのです」

「ばかばかしい」ミリーが四つの紅茶茶碗に紅茶を注いだ。「頭のてっぺんから爪先まで、ヒーローそのものではありませんか」

「わたくしもそう思いますよ」エマが椅子に腰をおろしながら言った。

アダムが心底傷ついたような表情を浮かべた。「話題を変えてもらえると、きわめてありがたいのですが」

「お好きにどうぞ」キャロラインは言った。「わたくしにはもうひとつ、とても興味深く思っていることがあります。実を言うと、さっきまで、新しい作品の第一章の構想を書き留めていました」

「心霊研究を題材にした小説？」エマがたずねた。

「ええ」キャロラインはアダムから離れて自分の机へ歩いていった。「今度もまた、アダムが着想の源になってくれそうです」

アダムがうめき声をあげた。「もう勘弁してくれ――」

「落ちついてください。今回わたくしが使おうと思っているのは、ヒーローの資質ではありません」

彼が警戒するような表情を浮かべた。「ひょっとして、金融面の手腕か？」

キャロラインは机の前に座ってペンを持つと、ペン先を吸い取り紙に軽く押しつけた。

「いいえ。考えていたのは、あなたの霊能力のことです」

アダムがはじかれたように背筋を伸ばした。「わたしの、なんだって？」

「明白だと思いますが」

「だれにとって明白なのだ？　いったいなんの話だ？」

「起こったことを考えてみてください」キャロラインは自分の論法に満足して、力づけるようなほほえみを浮かべた。「今回の事件で、ここぞという重大なときに、霊能力があるとしか思えない直観にもとづいて行動なさったではありませんか」

「ばかげたことを言うにもほどがある――」

エマが人差し指を立てた。「キャロラインの言うことには一理あると思いますわ」

「そうですとも」ミリーがすました顔でうなずいた。

「それなら、わたしの霊能力の例をひとつあげてみてもらいたい」アダムがうなるように言った。

「そもそも、この事件にわたくしが関わっていると判断なさったことがそれです」キャロラインは言った。「エリザベス・デルモントが殺された翌朝、そう考えてわたくしに会いにいらっしゃらなかったら、わたくしはどうなっていたかわかりません。みなさんご存じのように、リードはあのときすでに、わたくしをデルモントの次の候補者にと考えはじめていたのですから」

「ちょっと待った。あの日わたしがここへきたのは、完璧に論理的な理由があってのことだ」アダムが言った。「きみの名前がデルモントの降霊会の参加者名簿にあったからだ」

「さらに、二人でストーン通りのあの部屋ですごした夜のこともです」キャロラインはつづけた。「もしも、わたくしを口説くのにあの夜を選んでいらっしゃらなかったら――」

「よせ、キャロライン」

アダムがあわてた表情で、エマとミリーをちらりと見た。二人がにっこりした。彼の頬骨のあたりが真っ赤になった。

「ほかにもまだいくつか、あなたの霊能力の表れと思えるものがありますけれど、その中でもっとも顕著なのは、エルズワースが差し向けた暴漢に襲われたあとここにいらした夜、おっしゃったことです」

アダムが眉を寄せた。「あの晩、霊能力を示すようなことを口にしたおぼえはない」

「あのとき、書いたばかりのわたくしの原稿をお読みになったでしょう」キャロラインは穏やかに言った。「エドマンド・ドレイクがミス・リディアに襲いかかろうとする場面でした。わたくしは、ドレイクは怒りのあまり自制心を失ったのだと説明しました。するとあなたは、婦人を陵辱するのにそんな言いわけを使うのは、畜生か頭のおかしい男だけだとおっしゃいました」

「それがどうしたのだ?」

「いい案が浮かばないまま、やむなくあの場面を書いてしまったものの、自分でも納得がいかなかったのです。で、お帰りになったあとで書きなおしました。ただ、すでにミスタ・スプラゲットに前の章を渡していたので、全面的に変えるわけにはいきませんでした」思わせぶりに、そこでひと呼吸置く。「それで、ドレイクがあのようなことをした別の理由を考えるほかありませんでした」

わけがわからないというように、アダムがキャロラインをじっと見た。

「毒ね」エマが大きな声で言った。

「ええ、そうよ」ミリーがうれしそうに言った。「わたしも気づいてしかるべきだったわね」

「気づくって、なににですか？」アダムがたずねた。

ミリーが楽しげにくっくっと笑った。「ミスタ・ハーデスティ、あなたに不自然だと指摘されて、キャロラインは、騎士道に反するドレイクのふるまいを説明する別の理由を考えざるをえなくなりました。つまり、毒入りのケーキです」

「いったい、それがこれとどんな関係があるのですか？」アダムが要領を得ないという表情でたずねた。

「あの日、リードに注がれた紅茶を飲んでいたとき、なにか変だと感じたのです」キャロラインは静かに言った。「そして、あの場面のおかげで、リードに一服盛られたのではないかと気づき、ふた口ほど飲んだところでやめました。それでも、何時間も夢うつつの状態がつづくほどでしたけれど、少なくとも、完全に意識を失うところまではいきませんでした。だから、すきを見て逃げだすことができたのです」

「ミスタ・ハーデスティ、そのおかげで、あなたがリードを始末する機会が生じたのです」エマが言った。「リードがあのままキャロラインを人質に取っていたら、いったいどういうことになっていたか」

アダムが腕組みをした。「で、そのささやかな偶然の一致を根拠に、わたしに霊能力があると考えたというわけか？」

「心霊研究は緒についたばかりです」キャロラインは真剣そのものの表情で言った。「まだほとんどなにもわかっていません。いずれこの分野でどういうことが発見されるか、だれにもわからないでしょう？」

「わたしがこれまでに聞いた、もっとも非論理的で、もっとも途方もない推論だ」アダムが、めったに見せない魅力的な笑みを浮かべた。「しかし、扇情小説家と結婚するつもりなら、このようなことには慣れたほうがよいのだろうな」

アダムの愛を確信して、キャロラインはまたもやぞくぞくするような戦慄が体を駆けめぐるのを感じた。

「ええ、そうですわね」彼女は言った。「でも、ご心配なく。わたくしは根っからのハッピーエンド信奉者ですから」

エピローグ

著名作家、ミスタ・ハーデスティと結婚
――『フライング・インテリジェンサー』記者ギルバート・オトフォード

先ごろ、著名な作家キャロライン・フォーダイスとミスタ・アダム・ハーデスティが当世風の結婚式をあげ、社交界の主だった人びとが大勢、式に出席した。

本紙の愛読者ならご記憶だろうが、新婚の夫婦はつい最近、超自然的な原因による複数の殺人事件をふくむ大きな醜聞に巻きこまれた。実際、当座は醜聞と殺人の黒雲が、二人の幸福な未来を押しつぶすやに見えた。

しかしながら婚礼の当日は、過去の不吉な脅威が打ち負かされて永遠に消えたことを強調するかのごとく、太陽が明るく輝いていたことを報告できて、記者も歓喜の念にたえない。

式の出席者はみな、輝くばかりに美しい花嫁と誇り高く気品のある花婿が、まごうかたなき真実の愛が発する霊気に包まれていたと認めた。生涯つづく幸せな結婚生活が二人を待ちうけているのは、明白だった。

「へえ。あっと驚くできごととは、まさにこのことだ」アダムは『フライング・インテリジェンサー』をナイトテーブルに放り投げると、ほの暗い大型の寝台にもぐりこみ、笑い声をあげているキャロラインを抱き寄せた。「今回だけは、あの新聞も正しい記事を載せたな」

訳者あとがき

アマンダ・クイックのヒストリカル・ロマンスの新作『真夜中まで待って』をお届けします。

ヒストリカル・ロマンスのおもしろさでは定評のあるアマンダ・クイックが選んだ今回のヒロインは、小説家です。それも、もっかロンドンで大人気を博している新聞連載小説の名手という設定です。

ときは十九世紀後半、ヴィクトリア女王治世下のイギリスは海外の植民地を拡大し、空前の繁栄を謳歌していました。そんななかで、庶民階級、貴族階級を問わず、心霊術が流行し、夜ごと、霊と交信できると称する霊媒たちによる降霊会がさかんにおこなわれていました。霊の存在や霊能者に懐疑的な考えを抱き、そんな風潮を苦々しく思っている人たちも多かった半面、ひょっとしたら、と考える半信半疑の人も多く、そういう人びとが流行を支えていたのでしょう。

ある晩ロンドンの街で、若い美人の霊媒が殺されます。新聞はそれを興味本位で派手にとりあげ、なんらかの霊的な力が関係しているのではないかと書きたてます。そうこうするうち、殺された霊媒のライバルだった女性の霊媒が、またもや同じような方法で殺され、残された現場の状況もそっくりでした。

ロンドンで大人気の小説家ミセス・キャロライン・フォーダイスは、最初の霊媒が殺される直前におこなった降霊会に参加したために、不本意ながら事件に関わることになってしまいます。キャロラインはミセスと称しているものの、小説家として、みずからの筆で稼いだ稿料で生活する自立した女性で、親がわりの二人の伯母といっしょに暮らしており、身辺に夫らしき男性の気配はありません。どうやら、夫はすでに他界し、未亡人として自由な暮らしを楽しんでいるようすですが……。

本書では心霊術が物語の重要な部分を占めていますが、この心霊術は、十九世紀半ば以降、イギリスを中心として世界各地に広まっていきました。日本にも大正のころに入ってきたようです。欧米で一大ブームを引き起こしたこの心霊術は、叩音降霊《ラッピング》や騒霊《ポルターガイスト》現象、物質化現象などがその代表的なものでした。

名探偵シャーロック・ホームズの生みの親であるコナン・ドイルも、この心霊術に深く傾倒していました。科学実証主義の極地のようなホームズものを書くいっぽうで、ドイルは心霊術推進の旗手としても知られ、心霊術の調査研究に私財を投じました。心霊術に関する本も出版しており、二人目の妻のジーンは、ドイルと結婚後、霊能力に目ざめたということです。

また、ハンガリー生まれでアメリカへ移住し、のちに縄抜けなどの脱出の名人として名を馳せたハリー・フーディーニは、母親の死をきっかけに、当時大流行していた心霊術にのめりこみ、一時はドイルとも親交を結びました。けれど、自身の奇術師としての知識と洞察力から、心霊術はいんちきだと考えるようになり、そのトリックをあばくことに心血を注ぎました。ドイルとも最後はけんか別れのようになり、「ドイルはだまされやすい人物」だと書いた手紙が残されています。

こうした心霊術とは少しちがうようですが、数年前から日本でも、「スピリチュアル」とか「スピリチュアリティ」という言葉を目にするようになっています。スピリチュアル・カウンセラーなる人びとがテレビや雑誌などに登場し、「霊的真理」を説いた本の販売部数は数百万部に達しているということです。霊魂や霊界の存在を前提とするスピリチュアリズムが、現代の日本でどこまで支持を広げていくのかは未知数です。ただ、戦後わたしたち日本人が、物質的価値観ばかりを追い求めて、目に見えないものへの敬いを忘れてしまったことはたしかです。そして、先ゆき不透明で希望がもちにくい今の世の中で、人びとが、既存の宗教ではない、信じることのできるなにかを求めるのは、ある意味では自然な流れと言えるのかもしれません。

ところで、本書の中に、ヴィクトリア女王のドレスがイギリスの女性たちのファッションを作ったという記述が出てきます。女性が高貴な人たちの服装をまねるのは、国や時代を問わず世の常ですから、女王が結婚式で着た白いウェディングドレスが、花嫁のドレスとして定着していったのはうなずけます。けれど、女王が夫であるアルバート公の喪に服して黒ずくめのドレスをまとっていたら、それが一般の女性たちのファッションになったというくだりには、不謹慎かもしれませんが、思わず笑ってしまいました。ヴィクトリア女王は生涯、最愛の夫の喪に服して黒いドレスを身につけていましたが、現代でも黒を好んで着る女性は大勢います。ひょっとしたら、その先鞭をつけたのはヴィクトリア時代の女性たちだったのかも……。そんなことを考えながら読むのも、ヒストリカル・ロマンスの楽しみかたのひとつかもしれません。

では、ともにプライドが高く自立心の強いキャロラインとアダムが、理解ある身内の応援を受けながら、おたがいの愛をたしかなものにしていく物語を、どうぞゆっくりお楽しみください。

二〇〇七年八月

WAIT UNTIL MIDNIGHT by Amanda Quick
Copyright © 2005 by Jayne Ann Krentz
Japanese translation rights arranged with Jayne Ann Krentz (aka Amanda Quick) c/o The Axelrod Agency, Chatham, New york through Tuttle-Mori Agency, Inc., tokyo

真夜中まで待って

著者　アマンダ・クイック

訳者　高田恵子《たかたけいこ》

2007年9月20日　初版第1刷発行

発行人　鈴木徹也

発行元　株式会社ヴィレッジブックス
〒102-0074 東京都千代田区九段南2-1-30
電話 03-3221-3131(代表) 03-3221-3134(編集内容に関するお問い合わせ)
http://www.villagebooks.co.jp

発売元　株式会社ソニー・マガジンズ
〒102-8679 東京都千代田区五番町5-1
電話 03-3234-5811 (販売に関するお問い合わせ)
03-3234-7375 (乱丁、落丁本に関するお問い合わせ)

印刷所　中央精版印刷株式会社

ブックデザイン　鈴木成一デザイン室

本書の無断複写・複製・転載を禁じます。乱丁、落丁本はお取り替えいたします。

定価はカバーに明記してあります。

©2007 villagebooks inc. ISBN978-4-7897-3163-8 Printed in Japan

ヴィレッジブックス好評既刊

「雨に抱かれた天使」
ジュリー・ガーウッド　鈴木美朋［訳］　924円（税込）ISBN978-4-7897-3080-8

美しき令嬢と彼女のボディーガードを命じられた無骨な刑事。不気味なストーカーが仕掛ける死のゲームが、交わるはずのなかった二人の世界を危険なほど引き寄せる……。

「精霊が愛したプリンセス」
ジュリー・ガーウッド　鈴木美朋［訳］　924円（税込）ISBN978-4-7897-3025-9

ロンドン社交界で噂の美女、プリンセス・クリスティーナ。その素顔は完璧なレディの仮面に隠されていたはずだった。あの日、冷徹で危険な侯爵ライアンと出会うまでは…。

「魔性の女がほほえむとき」
ジュリー・ガーウッド　鈴木美朋［訳］　924円（税込）ISBN4-7897-2433-6

失踪した叔母を捜すFBIの美しい女性と、彼女を助ける元海兵隊員。その行手に立ちはだかるのは、凄腕の殺し屋と稀代の悪女だった！ 魅惑のラブ・サスペンス。

「標的のミシェル」
ジュリー・ガーウッド　部谷真奈実［訳］　924円（税込）ISBN4-7897-2056-X

美貌の女医ミシェルを追ってルイジアナを訪れたエリート検事テオ。が、なぜか二人は悪の頭脳集団に狙われはじめていた……。全米ベストセラーのロマンティック・サスペンス。

「イヴ&ローク 14　イヴに捧げた殺人」
J・D・ロブ　中谷ハルナ［訳］　903円（税込）ISBN978-4-7897-3067-9

毒殺事件の容疑者は、意外にもかつてイヴが逮捕した非道な女。復讐に燃える稀代の悪女が最後に狙うのは、イヴの最愛の夫ロークの命だった…。待望の第14弾登場！

「イヴ&ローク 13　薔薇の花びらの上で」
J・D・ロブ　小林浩子［訳］　893円（税込）ISBN4-7897-2984-2

特権階級の青年たちがネットの出会いを利用して仕掛けた戦慄のゲーム。彼らとともに甘美なひと時を過ごした女性はかならず無残な最期を迎える…。人気シリーズ13弾！

ヴィレッジブックス好評既刊

「知らず知らずのうちに」
スーザン・ブロックマン　山田久美子[訳]　1040円(税込) ISBN978-4-7897-3083-9

ホワイトハウス勤務のキャリアウーマンと、米海軍特殊部隊SEALの若き勇者。互いに心惹かれていく彼らの知らないところでは、恐るべきテロリストの計画が進行していた!

「緑の迷路の果てに」
スーザン・ブロックマン　阿尾正子[訳]　1040円(税込) ISBN4-7897-2954-0

灼熱の密林で敵に追われるSEAL(米海軍特殊部隊)の男と絶世の美女。アメリカ・ロマンス作家協会の読者人気投票で第1位を獲得した傑作エンターテインメント!

「氷の女王の怒り」
スーザン・ブロックマン　山田久美子[訳]　987円(税込) ISBN4-7897-2712-2

人質救出のため、死地に向かった男と女。その胸に秘めたのは告白できぬ切ない愛……。『遠い夏の英雄』『沈黙の女を追って』の著者が放つロマンティック・サスペンスの粋!

「沈黙の女を追って」
スーザン・ブロックマン　阿尾正子[訳]　945円(税込) ISBN4-7897-2400-X

運命の女性メグとの再会——それは、SEAL隊員ジョン・ニルソンにとってキャリアをも失いかけないトラブルの元だった。『遠い夏の英雄』につづく、全米ロングセラー!

「遠い夏の英雄」
スーザン・ブロックマン　山田久美子[訳]　924円(税込) ISBN4-7897-2147-7

任務遂行中に重傷を負った米海軍特殊部隊SEALのトムは、休暇を取って帰郷した。そこで彼が見たのは、遠い昔の愛の名残と、死んだはずのテロリストの姿……。

「星降る夜に、だれかが」
ビヴァリー・バートン　高里ひろ[訳]　924円(税込) ISBN978-4-7897-3056-3

帰郷した男は復讐を誓っていた。再会した女は真の愛を探していた。アラバマの夜に、根深い謎と炎のような情熱が交錯する……人気作家が贈るエンターテインメント巨編!

ヴィレッジブックス好評既刊

「令嬢レジーナの決断　華麗なるマロリー一族」
ジョアンナ・リンジー　那波かおり[訳]　819円(税込) ISBN4-7897-2275-9

互いにひと目惚れだった。だからこそ彼女は結婚を望み、彼は結婚を避けようとした……運命に弄ばれるふたりの行方は？ 19世紀が舞台の珠玉のヒストリカル・ロマンス。

「舞踏会の夜に魅せられ　華麗なるマロリー一族」
ジョアンナ・リンジー　那波かおり[訳]　840円(税込) ISBN4-7897-2412-3

莫大な遺産を相続したロズリンは、一刻も早く花婿を見つける必要があった。でも、彼女が愛したのはロンドンきっての放蕩者……。『令嬢レジーナの決断』に続く秀作。

「風に愛された海賊　華麗なるマロリー一族」
ジョアンナ・リンジー　那波かおり[訳]　903円(税込) ISBN4-7897-2770-X

ジェームズは結婚など絶対にしたくなかった――あの男装の美女に出会うまでは……。『令嬢レジーナの決断』『舞踏会の夜に魅せられ』に続く不朽のヒストリカル・ロマンス。

「ハイランドの霧に抱かれて」
カレン・マリー・モニング　上條ひろみ[訳]　924円(税込) ISBN4-7897-2610-X

16世紀の勇士の花嫁は、彼を絶対に愛そうとしない20世紀の美女……。〈ロマンティック・タイムズ〉批評家賞に輝いた話題のヒストリカル・ロマンス！

「ハイランドの戦士に別れを」
カレン・マリー・モニング　上條ひろみ[訳]　924円(税込) ISBN4-7897-2918-4

愛しているからこそ、結婚はできない……それが伝説の狂戦士である彼の宿命。ベストセラー『ハイランドの霧に抱かれて』に続くヒストリカル・ロマンスの熱い新風！

「運命のフォトグラフ」
ジュード・デヴロー　高橋佳奈子[訳]　798円(税込) ISBN4-7897-2985-0

見合いを斡旋する慈善事業をおこなっていたキャリーは、送られてきた1枚の写真に心を奪われ、この人こそ自分の夫となる運命の人だと信じ、彼の住む町へと旅立つが……。

ヴィレッジブックス好評既刊

「波間に眠る伝説」
アイリス・ジョハンセン　池田真紀子[訳]　903円(税込) ISBN4-7897-2931-1

美貌の海洋生物学者メリスを巻き込んだ、ある海の伝説をめぐる恐るべき謀略。その渦中で彼女は本当の愛を知る——女王が放つロマンティック・サスペンスの白眉!

「その夜、彼女は獲物になった」
アイリス・ジョハンセン　池田真紀子[訳]　882円(税込) ISBN4-7897-2609-6

女性ジャーナリスト、アレックスと元CIAの暗殺者ジャド・モーガンを巻き込む巨大な謀略とは?　ロマンティック・サスペンスの女王アイリス・ジョハンセンが贈る娯楽巨編!

「そしてさよならを告げよう」
アイリス・ジョハンセン　池田真紀子[訳]　819円(税込) ISBN4-7897-2351-8

エレナは他人を一切信頼しない孤高の女戦士。だが、我が子を仇敵から守るためには、一人の危険な男の協力が必要だった……。ロマンティック・サスペンスの女王の会心作!

「三つの死のアート」
エリザベス・ローウェル　高田恵子[訳]　987円(税込) ISBN4-7897-2692-4

亡き祖父が描いた数々の絵に魅了された美貌の女性レイシーは、高名な画家に鑑定を依頼し、絶賛された。しかし、そのときから彼女の周囲には危険な罠が……。

「禁じられた黄金」
エリザベス・ローウェル　高田恵子[訳]　903円(税込) ISBN4-7897-2070-5

ラスヴェガス有数のカジノリゾートで働くライザ。ある日、彼女は古代の極めて貴重な宝飾品にめぐりあう。が、そのときから命を狙われ始めることに……。

「水晶の鐘が鳴るとき　上・下」
エリザベス・ローウェル　高田恵子[訳]　〈上〉714円(税込)〈下〉683円(税込)
〈上〉ISBN4-7897-1926-X〈下〉ISBN4-7897-1927-8

豪華な写本を祖母から受け継いだために、美女セリーナは姿なき殺人者の標的となった。だが、やがて彼女が見いだすのは、千年の時を経てよみがえる宿命の愛……

ヴィレッジブックス好評既刊

「イヴ&ローク 15　汚れなき守護者の夏」
J・D・ロブ　青木悦子［訳］　893円（税込）ISBN978-4-7897-3110-2
次々と奇怪な死を遂げる犯罪者たち。解剖の結果、なぜか彼らの脳は異様に肥大していた。最新テクノロジーを駆使して人命を奪う陰謀にイヴは敢然と立ち向かう!

「イヴ&ローク 14　イヴに捧げた殺人」
J・D・ロブ　中谷ハルナ［訳］　903円（税込）ISBN978-4-7897-3067-9
毒殺事件の容疑者は、意外にもかつてイヴが逮捕した非道な女。復讐に燃える稀代の悪女が最後に狙うのは、イヴの最愛の夫ロークの命だった…。待望の第14弾登場!

「イヴ&ローク 13　薔薇の花びらの上で」
J・D・ロブ　小林浩子［訳］　893円（税込）ISBN4-7897-2984-2
特権階級の青年たちがネットの出会いを利用して仕掛けた戦慄のゲーム。彼らとともに甘美なひと時を過ごした女性はかならず無残な最期を迎える…。人気シリーズ13弾!

「イヴ&ローク12　春は裏切りの季節」
J・D・ロブ　青木悦子［訳］　893円（税込）ISBN4-7897-2849-8
五月のNYを震撼させる連続殺人の黒幕の正体は? 捜査を開始したイヴは犯人を突き止めるが、やがてFBIに捜査を妨害され、窮地に立たされた……。大人気シリーズ第12弾!

「イヴ&ローク11　ユダの銀貨が輝く夜」
J・D・ロブ　青木悦子［訳］　893円（税込）ISBN4-7897-2763-7
凄惨な犯行現場に残されたコインが物語るものは? 捜査線上に浮かび上がったのは、暗黒街の大物……警官殺しをめぐってNYに憤怒と愛が交錯する! シリーズ第11弾。

「イヴ&ローク10　ラストシーンは殺意とともに」
J・D・ロブ　小林浩子［訳］　882円（税込）ISBN4-7897-2711-4
イヴとロークが観劇中の芝居の山場は、妻が夫を刺し殺す場面。だが、妻役の女優の使う小道具が本物のナイフにすり替えられていた……。大人気シリーズ第10弾!

ヴィレッジブックス好評既刊

「イヴ&ローク9　カサンドラの挑戦」

J・D・ロブ　青木悦子［訳］　882円（税込）ISBN4-7897-2575-8

「われわれはカサンドラ。われわれは現政府を全滅させる」――イヴに戦慄のメッセージを送り、NYを爆破する犯人の正体は？ 人気ロマンティック・サスペンス第9弾！

「イヴ&ローク8　白衣の神のつぶやき」

J・D・ロブ　中谷ハルナ［訳］　903円（税込）ISBN4-7897-2535-9

被害者の臓器を摘出する恐るべき連続殺人事件。捜査に乗り出したイヴは、やがて犯人の狡猾な罠にはまり、かつてない窮地に追いやられる！ 大好評イヴ&ローク第8弾。

「イヴ&ローク7　招かれざるサンタクロース」

J・D・ロブ　青木悦子［訳］　840円（税込）ISBN4-7897-2444-1

近づく聖夜を汚すかのように勃発した残虐な連続レイプ殺人。イヴはみずからの辛い過去を思い起こしつつ、冷酷な犯人を追跡する！ イヴ&ローク・シリーズ待望の第7弾！

「イヴ&ローク6　復讐は聖母の前で」

J・D・ロブ　青木悦子［訳］　840円（税込）ISBN4-7897-2352-6

次々と惨殺されていくロークの昔の仲間たち。姿なき犯人は、自分は神に祝福されていると語った…。ロークの暗い過去が招いた惨劇にイヴが敢然と挑む！ 待望の第6弾！

「イヴ&ローク5　魔女が目覚める夕べ」

J・D・ロブ　小林浩子［訳］　819円（税込）ISBN4-7897-2300-3

急死した刑事の秘密を探るイヴの前に立ち塞がるのは、怪しげな魔術信仰者たちだった……。ローク邸を脅かす残虐な殺人の背後には？ イヴ&ローク第5弾！

「イヴ&ローク4　死にゆく者の微笑」

J・D・ロブ　青木悦子［訳］　819円（税込）ISBN4-7897-2196-5

相次ぐ動機なき自殺。奇怪なことに、死者たちの顔はみな喜びに満ちていた……。イヴは直ちに捜査を開始するが、事件の背後に彼女とロークを狙う人物が潜んでいた！

アマンダ・クイックの好評既刊

黒衣の騎士との夜に

中谷ハルナ＝訳

903円（税込）ISBN4-7897-3001-8

持っていた緑の石を何者かに
盗まれてしまった美女アリスと、
彼女に同行して石の行方を追う
たくましい騎士ヒューの愛。
中世の英国を舞台に描く
ヒストリカル・ロマンス！

雇われた婚約者

高田恵子［訳］ 924円（税込） ISBN4-7897-2869-2

19世紀前半、氷のような男と評される伯爵アーサーは、ある危険な目的を実現すべく婚約を偽装した。誤算だったのは、そのために雇った美女を心底愛してしまったこと……。

隻眼のガーディアン

中谷ハルナ［訳］ 903円（税込） ISBN4-7897-2314-3

片目を黒いアイパッチで覆った子爵ジャレッドは先祖の日記を取り戻すべく、身分を偽って女に近づいた。出会った瞬間に二人が恋に落ちるとは夢にも思わずに……。

エメラルドグリーンの誘惑

中谷ハルナ［訳］ 840円（税込） ISBN4-7897-1899-9

村人たちから悪魔と呼ばれる謎めいた伯爵と結婚した娘ソフィー。彼女が伯爵夫人となったのは、三年前に妹をもてあそんで死に追いやった人物を突き止めるためだった……。